Fuego en la sangre

Fuego en la sangre

Kat Delacorte

Traducción de
Scheherezade Surià

Rocaeditorial

El papel utilizado para la impresión de este libro ha sido fabricado a partir de madera procedente de bosques y plantaciones gestionadas con los más altos estándares ambientales, garantizando una explotación de los recursos sostenible con el medio ambiente y beneficiosa para las personas.

Fuego en la sangre
Título original en inglés: *With Fire in Their Blood*

D. R. © 2022, Kat Delacorte

Publicado en acuerdo con Random House Children's Publishers UK,
un sello de The Random House Group Limited.

Primera edición en España: junio de 2023
Primera edición en México: noviembre de 2023

D. R. © de esta edición: 2023, Roca Editorial de Libros, S. L.
Av. Marquès de l'Argentera 17, pral.
08003 Barcelona
actualidad@rocaeditorial.com
www.rocalibros.com

D. R. © de la traducción: 2023, Scheherezade Surià
© de las ilustraciones, Shutterstock
© de la cita del epígrafe es de «Cruzando en el ferry de Brooklyn»,
de Walt Whitman, *Hojas de hierba*, 1860

ISBN: 978-841-974-331-2

Impreso en México – *Printed in Mexico*

Para mis padres, que me dijeron que podía

No es solo sobre ti que caen las manchas oscuras,
la oscuridad dejó caer sus manchas también sobre mí.

WALT WHITMAN, en *Cruzando en el ferry de Brooklyn*

1

*E*n el viaje desde Roma, toda la carretera estaba envuelta en niebla. Supongo que era algo bueno: me impedía comentar el paisaje. Decían que Italia era una preciosidad, pero yo tenía mucha fe en mi capacidad de no conmoverme. Las colinas onduladas y las ciudades antiguas son buenos destinos vacacionales, no lo dudo, pero vivir allí, estar obligada a quedarse… ya es otro cantar. Sea cual sea el encanto del país, sabía que no funcionaría conmigo. Al menos entre aquella niebla podía fingir que estaba en otro lugar. Preferiblemente en casa.

Habíamos salido de Maine el día anterior por la mañana justo antes del amanecer. Al cruzar la puerta, me había quedado inmóvil, mirando el patio descuidado y los escalones rotos del porche, pensando: «Esta es la última vez». Había vivido en el mismo lugar toda mi vida y no era perfecto —no era gran cosa, vaya—, pero me resultaba familiar. Mi papá puso la casa en venta en cuanto lo contrataron en el trabajo nuevo y, al cabo de una semana, el único hogar que conocía se había vendido. Me planteé dejar una nota a los nuevos propietarios, algo para darles la bienvenida.

A quien corresponda:
Mi mamá se suicidó en la sala.
Y justo antes intentó quemar la casa entera.
¡Pásenla bien!

Al final, sin embargo, decidí que no merecía la pena. Me daba miedo que Jack se enterara y tuviera que pasarme el viaje en avión a merced de su decepción. Tenía diez años cuando murió mi mamá, pero procuraba mantener mis recuerdos de ella cuidadosamente velados. Como Polaroids descoloridas: tan borrosas que no podrían hacerme daño.

Para mi papá fue distinto, perder a Carly le había afectado profundamente. Seis años después, aún no había aprendido a llenar los silencios.

—¿Ya nos perdimos? —me aventuré a decir, mirando hacia el inexistente paisaje italiano sumido en la niebla—. ¿O esto es lo normal?

Habíamos tomado una carretera secundaria desde la autopista y el GPS del tablero se había fundido a negro. No había señal. Alcanzaba a ver algunas formas grises fuera del coche: una espesa maraña de bosque. En la niebla, resultaba claustrofóbico, rozando lo espeluznante. El GPS no se actualizaba por mucho que lo pulsara. Mi celular había perdido la cobertura hacía tiempo.

—Es normal —dijo mi papá—. Castello está en una zona muerta. Las montañas interfieren con el servicio de telefonía.

Castello. Ese era el lugar al que nos mudábamos. No a Roma, con sus museos y bulevares, no. Ni siquiera a Florencia. Castello.

Estaba perdido en mitad de Italia, era una manchita en Google Maps que no se cargaba correctamente cuando buscabas la ciudad. Lo máximo que podía decir era que había bosques alrededor de la ciudad, y más bosques alrededor de esos bosques. Al parecer, también había montañas. Vista desde el satélite: una colección borrosa de tejados que asomaban entre las copas de los árboles. La imagen se pixeló entera cuando intenté ampliarla. Como si la ciudad fuera tan poco importante que el resto del mundo hubiera olvidado que estaba allí. Por eso nos habíamos mudado, para que mi papá pudiera ayudar a Castello a modernizarse.

—Si está en una zona muerta, ¿cómo sabremos por dónde ir?

—Me enviaron un mapa —dijo Jack, y lo buscó bajo el tablero.

En definitiva, fue una conversación apasionante; la charla más larga que mi papá y yo habíamos conseguido mantener desde que salimos de Estados Unidos. No hablábamos mucho en situaciones normales y, desde el anuncio de que nos mudábamos a Italia, las cosas estaban peor que de costumbre. Cada palabra que salía de mi boca sonaba mordaz ahora, con un ligero tono de incredulidad: «¿Cómo pudiste hacerme esto?».

Mi papá era ingeniero, uno de esos chiflados por las maquinitas que desarman las cosas y las vuelven a armar el doble de rápido. Cuando era pequeña, me hacía juguetes: osos de peluche mecanizados y muñecas bailarinas que giraban, un móvil luminoso que podía apretar si tenía miedo a la oscuridad. Me encantaba ese móvil… hasta que mi mamá decidió que le provocaba migrañas. Al día siguiente, desapareció misteriosamente.

Tras la muerte de Carly, mi papá se alejó de todos y también de mí. Al principio fue como una pesadilla: el hombre que me leía cuentos para dormir y me había enseñado a andar en bicicleta se había roto de repente en mil esquirlas que amenazaban con cortarme si me acercaba demasiado. Durante meses, había vivido con un desconocido, hablaba con el aire cuando Jack estaba en la misma habitación. Llegaba a casa después de clase y me lo encontraba mirando el sitio exacto en el suelo donde ella se había quitado la vida: sobre las baldosas junto a la chimenea.

Cuando por fin salió de esa neblina, todo cambió. Mi papá nunca lo reconocería, pero ya no quería ni mirarme. Pasaba horas y horas en su taller, arreglando máquinas como no pudo lograr con ella. Me enviaba a hacer extraescolares o a casa de Gracie, la vecina, para que hiciera de niñera; los comentarios amables eran forzados y me evitaba en el pasillo, y nunca se atrevía a decirlo en voz alta: «La quería más a ella».

13

Entonces llegó la oferta de trabajo de Italia. Ciudad enclaustrada busca ayuda para entrar en la década actual. Se proporciona alojamiento y transporte.

Tendría que haber sabido que Jack no podría resistirse. Italia era el país de origen de mi mamá y a mi papá empezó a fascinarle de una forma morbosa al morir ella. Estoy segura de que habría preferido mudarse a Venecia, la ciudad natal de Carly, donde podría haber seguido los pasos de su infancia por las sinuosas calles y los deslumbrantes canales. Pero en Castello había trabajo, así que tendría que conformarse con Castello.

No me lo explicó de este modo, claro. Jack había intentado venderme la mudanza como un nuevo comienzo, una emocionante aventura, una forma de pasar página para ambos. No pude hacer una mueca más grande. O, al menos, lo habría intentado si no hubiera estado tan enfrascada enfureciéndome.

Fuera del coche, la niebla empezaba a disiparse y veía retazos de carretera embarrada que nos adentraban más en las montañas. Jack miró el mapa y dijo:

—Está a la vuelta de la siguiente curva.

Me crucé de brazos y contuve un comentario innecesario del tipo: «¡Nunca es tarde para chocar!». Entonces doblamos una esquina y sentí que se me cortaba la respiración.

Habíamos salido del bosque hacia el borde de un estrecho desfiladero: Castello estaba construida en la cima de la montaña al otro lado.

La ciudad surgía de la niebla como un reino de cuento de hadas, el tipo de sitio que jamás habría esperado ver en la vida real. Los edificios de mármol brillante se apilaban contra el cielo, un mar de tejados rojos enmarcados por las siluetas afiladas de dos torres de vigilancia. Entre las torres, en lo que imaginé que era el centro de la ciudad, había una colosal cúpula de iglesia que proyectaba largas sombras sobre las casas de abajo. Y la muralla. Estaba tallada directamente en la montaña como las almenas de una enorme fortaleza, protegiendo a Castello del mundo exterior.

—¿Ves? —dijo mi papá—. Sabía que te impresionaría.

Sonaba victorioso, como si el hecho de que la ciudad fuera preciosa compensara el haberme obligado a mudarme aquí. Y no. Y además no me impresionó. Eso implicaba aprobación o respeto, sentimientos que ciertamente no sentía por Castello.

«Fascinada», más bien. Eso mejor. Porque era como si Castello irradiara poder. Cuanto más nos acercábamos, más imperfecciones descubría. La ciudad era vieja y se veía deteriorada; la muralla se estaba desmoronando; los tejados parecían combados. Pero la sensación de poder permanecía y le daba una pátina de autoridad intemporal, como si nos estuviéramos acercando al castillo de un antiguo dios. De repente, me dio cierto temor entrar en Castello, como si el dios que vivía allí pudiera enojarse por nuestra intromisión.

—¿Tú me vas orientando? —me preguntó mi padre mientras recorríamos el desfiladero hacia las puertas de la ciudad. Me entregó el mapa como si fuera una ofrenda de paz.

La insignia de Castello estaba estampada en la parte superior: una cruz dorada debajo de una especie de triqueta o símbolo de la trinidad. La reconocí por el paquete de bienvenida que habíamos recibido por correo, que contenía las llaves de nuestra nueva casa y una lista de tiendas de la zona, todas con esa misma marca dorada.

De mala gana, pasé el dedo por el mapa, trazando una ruta serpenteante hacia nuestra dirección: Edificio 62, Via Secondo.

—Ve recto —murmuré—. Está justo en la esquina.

Pasamos por debajo de las puertas de la ciudad: una hilera de enormes dientes de hierro abiertos hasta la mitad para dejar pasar un coche. Había antorchas a ambos lados de la puerta, con brillantes cuencos de fuego que parecían faros en aquella luz menguante. Encima de ellas había dos ángeles de mármol, esculpidos con las alas desplegadas, la cabeza inclinada y unos ramos de rosas bien asidos con las manos.

Debería haber sido una imagen agradable, pero los ángeles no tenían rostro. Siglos de viento y lluvia habían erosionado y

15

borrado sus rasgos, en los que solo quedaban ya las cuencas de los ojos. Me quedé mirando las estatuas mientras cruzábamos las puertas, preguntándome por qué de repente estaba convencida de que me estaban vigilando.

En el interior, Castello era silencioso y decadente, más de lo que parecía desde la distancia. Las calles eran estrechas, pavimentadas con adoquines desiguales, las casas torcidas y manchadas por el clima. Había trozos de yeso y revoque en los lados de la carretera. El nuestro era el único coche a la vista.

«Parece que nos hayamos mudado a una ciudad fantasma —pensé, viendo cómo el sol se perdía de vista tras los tejados de la ciudad—. Al menos en Venecia habría habido gente».

Había grafitis y frases pintadas en los muros de todo el edificio, además de carteles amarillentos anunciando algo que no alcanzaba a ver. Vi el símbolo de la trinidad de Castello en la parte superior, pero tuve que entornar los ojos para leer las letras impresas debajo: «salvezza».

Estaba bastante segura de que eso significaba «salvación».

Atardecía ya cuando llegamos a Via Secondo. El edificio 62 tenía el mismo aspecto que todos los demás que habíamos dejado atrás: alto y encorvado, con hileras deformadas de ventanas llenas de hollín.

—Estamos en el tercer piso —dijo mi padre, y fue a abrir la puerta principal. Lo observé desde el coche, una figura esculpida pero empequeñecida por la enorme escala de la arquitectura circundante. Me sentí tentada de hacer algo dramático mientras él estaba ocupado, como pasarme al asiento del conductor y largarme de ahí. Pero una mirada al GPS en blanco me disuadió. Además, estaba oscureciendo.

Cuando llegué a la planta superior, estaba cubierta de telarañas y sin aliento por arrastrar la maleta. Aparte del tercer piso, el resto del edificio estaba claramente abandonado. Mi papá toqueteaba el cerrojo de la puerta de nuestro departamento, rozando el mecanismo con una expresión admirada.

—Es una cerradura protegida —me explicó Jack como hacía antaño, cuando yo era pequeña—. En la Edad Media, esto era lo más de lo más en seguridad.

—Uy, qué tranquilizador —dije—. ¿Podemos irnos a casa ya?

—Muy graciosa, Lilly —repuso mi papá mientras yo entraba en el departamento.

Descubrí un montón de habitaciones vacías, todas viejas y lúgubres, algo recurrente que empezaba a percibir en Castello. Levanté el celular mientras caminaba, buscando cobertura. Había una barrita cerca de la ventana de la sala, dos en el pasillo. Definitivamente, nada de wifi. Sentí una punzada de decepción al ver que el mensaje que quería enviar a Maine rebotaba y no podía entregarse. No podía decirle a Gracie que había llegado bien. Podría estar muerta en una cuneta y ella ni se habría enterado. Pues resulta que esta era mi vida ahora.

Al final del pasillo, pasada la *suite* principal, encontré mi nuevo dormitorio, grande pero prácticamente vacío, con muebles desvencijados que aguardaban en la oscuridad. Entonces encendí la luz del techo y me fijé en la pintura.

La habitación estaba cubierta por un gigantesco mural: descarapelado y descolorido, pero aún visible en toda su espantosa gloria. Era la escena de una batalla, algo histórico, supuse, pero no lo reconocía.

Dos ejércitos enlodados se enfrentaban a muerte; los caballos pisoteaban los cadáveres de los soldados caídos. Las banderas ondeaban en un viento invisible a ambos lados del campo de batalla. Una llevaba una rosa pintada; la otra, las alas curvadas y desplegadas de un ángel. Entre los ejércitos y grabada en el cielo como una aparición celestial, había una daga cruzada sobre una llave de oro.

Me pasé un buen rato absorta en el mural, dividida entre la maravilla y el horror. Embelesada por el odio que veía en el rostro de los soldados; la sangre de las armaduras goteaba hacia los postes de mi cama.

«Dulces sueños, Lilly», pensé. La luz del techo parpadeó y se apagó con un restallido.

La electricidad tardó en volver. Jack ni se inmutó por el apagón; al fin y al cabo, sustituir la red eléctrica y cablear internet era para lo que Castello lo había traído aquí. Pero a mí me molestaba bastante que pudiéramos quedarnos a oscuras en cualquier momento. Sentía que habíamos dejado atrás el mundo real desde el momento en que cruzamos las puertas de la ciudad.

Cuando por fin volvió la luz, cenamos: pan, queso y aceitunas, que nos proporcionó el hombre que había contratado a mi papá, el mismo que nos había enviado por correo el mapa y las llaves. Firmaba sus cartas como «El General», pero Jack me había dicho que era una especie de predicador y líder político de Castello. Cuando le pregunté a mi papá a qué se debía el título militar, me contestó que no lo sabía.

Era la primera comida real que compartíamos en años, y el chirrido de los cubiertos con la vajilla entre tanto silencio me ponía de los nervios. Estaba acostumbrada a comer sola, a las cenas de microondas en mi cuarto o tirada en el sofá frente a la televisión. A veces, me escabullía y comía con Gracie, la mujer que vivía en la casa de campo junto a la nuestra. Mi papá la había contratado para que cuidara de mí durante un tiempo después de la muerte de Carly, y ella había sido mi heroína de la infancia, con su brillante pelo cano y sus suéteres de lana para todas las estaciones. Fue quien puso orden en mi vida allí donde mi mamá había causado estragos. Antes de marcharnos de Maine, Gracie me dio un abrazo firme y silencioso. Como si pensara que ya no volvería a verme.

—¿Tienes ganas de ir a la prepa nueva? —preguntó Jack cuando el silencio en la mesa se había extendido más allá de lo razonable.

Lo miré fijamente. Me metí una aceituna en la boca.

—Oí que tienen una optativa de música.

18

En primero de secundaria, me moría de ganas de aprender a tocar el piano, pero dejé de intentarlo en segundo.

—Ya lo dejé.

Mi padre frunció el ceño, jugueteando con el armazón de los lentes, una costumbre infantil que me recordaba lo joven que era. Tenía treinta y seis años, y las canas no habían surcado aún sus suaves rizos castaños. Pero era fácil olvidar su edad porque la pena lo había cambiado mucho: le había esculpido unas ojeras permanentes y le había atrofiado esa sonrisa con hoyuelos tan característica. O quizá no. Tal vez fuera yo quien lo había cambiado. A veces, no podía quitarme de encima la sensación de que todos esos meses que había pasado mirando al vacío no se debían solo a la ausencia de Carly, sino a que le había tocado quedarse conmigo. Una niña de diez años con los ojos muy abiertos, mala en mate y que se moría de miedo los días de tormenta. Nadie quería eso. Al menos es lo que habría dicho mi mamá.

Ella aún me hablaba de vez en cuando; era como un susurro frío en el fondo de mi mente que me embestía cada vez que bajaba la guardia. La voz que me decía que yo era peligrosa, que yo fastidiaba todo aquello que tocaba. La voz que me decía que huyera y me escondiera.

—Lilly, sé que estás enojada —dijo Jack—. Y lo siento, de verdad que sí. Pero esta es una segunda oportunidad para nosotros. Es una nueva oportunidad.

—¿Una oportunidad para hacer qué? —pregunté—. ¿Para abrir un negocio de linternas? ¿Entrenar palomas mensajeras? O tal vez podríamos dedicarnos a robar tumbas, ya que toda esta ciudad parece prácticamente muerta…

—Lilly…

—Castello da repelús —dije—. Estamos en mitad de la nada, no funciona mi celular y hay un mural de guerra en mi cuarto.

—Castello es diferente —me corrigió Jack—. Ya viste el estado de las carreteras: la ciudad lleva aislada durante décadas. Por eso me contrataron. Tendré el wifi funcionando dentro de nada, pero de momento tómate esto como una experiencia cultural. Llevas Italia en tu sangre. A mucha gente le parecería un privilegio vivir aquí.

—Pues le hubiéramos dado mi boleto de avión a otro.

Durante un instante, me pareció que mi papá estaba dolido. No me gustaba nada hacerlo sentir así, pero al mismo tiempo no podía evitarlo. Era como si me saliera de forma natural.

—Lilly, por favor. Nos podría venir bien. Arriba esa barbilla, ¿recuerdas?

Me estremecí. Era una expresión del pasado, una que se había sacado de la manga mi padre el día del funeral de mi mamá: los dos en aquel sofocante coche fúnebre negro con su ataúd en la parte trasera. Me negué a salir del coche porque íbamos a enterrarla y temía que saliera de la tumba y me arrastrara a mí también. Mi padre se había dado la vuelta en el asiento delantero, me había tocado la barbilla y me había levantado la cara para que lo mirara. Eso fue antes de que decidiera perderse en sí mismo, de que me excluyera por completo. De ser mi papá pasó a convertirse en un hombre desconocido y vacío llamado Jack Deluca al que apenas reconocía.

«Arriba esa barbilla, Lilly —me había dicho—. Sé fuerte. Podemos hacerlo».

Negué con la cabeza, empujé la silla hacia atrás con fuerza; me importaba un bledo si arañaba las baldosas.

—Eso ya no funciona conmigo.

Tardé una eternidad en dormirme. La casa era de piedra, así que esperaba que estuviera en absoluto silencio, pero no. Era como si respirara a mi alrededor, moviéndose como lo hacen las cosas viejas y maliciosas: a tus espaldas, en las sombras. Las tuberías crujían, los ratones correteaban por los tablones del ático. Y en una ocasión estoy convencida de haber oído pasos allí arriba. Temblando un poco, salí de la cama a hurtadillas y me acerqué a la ventana.

Desde mi habitación, tenía una vista panorámica de Castello, y la ciudad parecía más nítida a la luz de la luna, menos decadente. Eterna. Como si pudieran pasar siglos y siguiera estando aquí cual bestia dormida enroscada bajo el cielo nocturno. Esperando el momento adecuado, observando, escuchando. Esperando sangre nueva. Porque las ciudades nunca mueren, solo las personas que las habitan.

Cuando volví a meterme en la cama, sabía que tendría pesadillas. De niña, había intentado mantenerme despierta alguna vez para evitarlas, me pellizcaba las muñecas durante horas en la oscuridad. Pero al final aprendí que no servía de nada. El sueño es así de cruel. Cuanto más intentas luchar contra él, más poder tiene. Y entonces llegan las pesadillas.

Caminaba por la ciudad bajo la nieve. Los copos blancos se arremolinaban en torno a mi cuerpo y me encerraban en una jaula de silencio absoluto. Castello estaba en ruinas a mi alrededor; las secuelas de una guerra. Edificios quemados hasta los cimientos, montones de muebles rotos a ambos lados de la carretera. Y de repente: una voz muy fuerte.

Había una figura más adelante, una silueta negra que contrastaba en el fondo nebuloso. No alcanzaba a verle el rostro, pero sabía que era mi madre porque estaba cantando, riendo, me instaba a avanzar. Eran canciones de cuna que me había enseñado de pequeña. Sobre rosas y anillos a su alrededor, y gente que caía y algo más, también, algo importante.

«Cenizas —había dicho mi mamá—. Son las cenizas, Lilly».

Su pelo oscuro estaba enmarañado de sangre, como el día en que encontré su cuerpo. Echó la cabeza hacia atrás y giró en círculos en la nieve.

Solo que no era nieve. Había sido ceniza todo el tiempo.

Mi mamá me sonrió y vi sangre en sus afilados dientes blancos. Luego comenzó a alejarse.

«Espera —grité, tratando de ir tras ella y tropezando—. Espérame. No te vayas».

21

Mi mamá miró hacia atrás por encima del hombro, curiosa pero de una manera indiferente, como un ángel que observa la caída de los mortales. Tenía una mirada inteligente, afilada e insondable, sobrenatural. Eran las respuestas a las preguntas que me moría de ganas de conocer. E iba a hacérselas, iba a exigírselas, pero entonces patiné en ese suelo y acabé arrodillada en mitad de la carretera, envuelta en una espiral de ceniza.

Mi mamá esbozó una sonrisa suave, compasiva, y siguió caminando.

«No —le rogué—. Tienes que ayudarme. Por favor, mamá. AYÚDAME».

Pero ya se había ido.

2

A la mañana siguiente me despertó el zumbido errático de la alarma del celular, que mostraba un aviso de batería baja junto con la desagradable notificación de que eran las siete de la mañana. Apagué la alarma de un manotazo; me sentía desorientada y extremadamente cansada, como si no hubiera pegado ojo siquiera. Durante un momento, me quedé acostada en la cama y me pregunté si debía molestarme en levantarme. No había sido una noche lo que se dice agradable, pero no imaginaba que pudiera ser peor que el día que tenía por delante.

Tenía un sabor metálico en la boca; el labio inferior me sangraba lentamente, como si me lo hubiera estado mordiendo. Fruncí el ceño y me pasé la lengua por la herida. Hacía siglos que no me hacía daño mientras dormía; hacía siglos que no tenía sueños tan claros, y hacía siglos que no veía a mi mamá.

Enojada, salí arrastrándome de la cama y me fui a limpiar el labio, mientras observaba mi reflejo que se ondulaba y se distorsionaba en el espejo roto del cuarto de baño.

La chica que me devolvía la mirada estaba pálida y tenía el rostro empañado, y el pelo negro hecho un auténtico desastre. Había en ella algo fiero, difícil de domar. Eso me alegró, porque ocultaba lo frágil que me sentía por dentro. Como si hubiera otra chica, asustada y perdida, encerrada entre mis costillas, que amenazaba con abrirse paso hacia la superficie si no llevaba cuidado. Primero, el sueño, y ahora, esto. Me fastidiaba lo rápido que Castello me estaba desmontando las defensas.

De camino a la cocina, pasé junto al dormitorio de mi papá y lo vi estudiando con detenimiento documentos del trabajo con una taza de café en la mano. Levantó la vista hacia mí a modo de saludo, pero lo ignoré. No me fiaba mucho de cómo sonaría mi mal genio tan temprano.

Sobre la mesa encontré un paquete de galletitas de la compañía aérea y me las comí mientras examinaba el mapa de Castello de la noche anterior. La ciudad tenía una simetría perfecta; partida por la mitad por una gigantesca plaza mayor y la catedral que había visto ayer desde la carretera. Mi nueva escuela, igual que nuestra casa, se encontraba en el lado sur de la ciudad, señalizada con la insignia de Castello y las palabras «Scuola Lafolia». Hice una mueca.

En Maine, tomaba diariamente un autobús para ir a la preparatoria pública del pueblo de al lado, donde ponían juntos a los alumnos de las zonas rurales. Me gustaba ese anonimato: la habilidad de flotar por los pasillos pasando desapercibida, sin que nadie se diera cuenta o le importara de dónde venía o qué había hecho. Durante todo el año, me había sentado a comer con las mismas chicas y a ninguna de ellas se le ocurrió nunca preguntarme sobre mi madre muerta.

Pero en la secundaria las cosas habían sido distintas. Allí los alumnos eran de mi pueblo y habían propagado rumores despiadados, como que Carly estaba loca, de modo que lo más seguro es que yo también lo estuviera. Me evitaban en los pasillos, se cambiaban de pupitre si intentaba sentarme cerca de ellos. A veces se me quedaban mirando tan fijamente que sentía como si me fuera a romper.

Así temía que pudieran ser las cosas en Castello. Yo era la chica nueva, a la que estaba bien visto observar y reírse de ella.

Volví a sopesar mi plan original: dejarme caer de nuevo en la cama y olvidarme de todo. Pero pensé que, si me saltaba las clases el primer día, mi papá se enteraría.

Cuando salí eran casi las ocho, pero las calles seguían grises y silenciosas, como si los edificios inclinados impidieran la entrada de la luz del sol. Caminé despacio —y decidí que, si no me podía saltar las clases, al menos podía llegar tarde—, empapándome de las vistas de la ciudad. Las tiendas cochambrosas con rejas metálicas en los escaparates, un carnicero descargando cerdos muertos de un camión, dos trabajadores con overoles sucios. Muy apasionante todo.

Lo único que me llamó la atención fueron los carteles. La mayor parte de los edificios estaba repletas de ellos: enormes anuncios amarillentos como ya había visto la noche anterior desde el coche. En todos decía la palabra «salvezza» en negrita, con la cruz de Castello y el símbolo de la trinidad encima. Y debajo, una firma de trazo fino, que reconocí de las cartas de mi papá.

El General

En la siguiente esquina, las calles que me llevaban al centro de la ciudad comenzaron a empinarse. Los carteles aquí eran cada vez más escasos, superados en número por los grafitis. Me llamó la atención una frase en concreto, porque alguien había intentado borrarla con pintura roja.

«LOS SANTOS VIVEN», rezaba el grafiti.

No tenía ni idea de qué significaba, pero la persona de la pintura roja estaba en claro desacuerdo. Habían tachado furiosamente las palabras y habían escrito otra cosa al lado, un revoltijo salvaje de letras que parecían garabateadas con sangre.

TODAS LAS BRUJAS ARDEN

Suspiré. Así que en Castello hasta los grafitis iban con quinientos años de retraso.

Al final de la calle, descubrí la plaza de la ciudad, que era grande como un campo de futbol y estaba asfaltada con un reluciente mármol blanco, de un brillo sorprendente, teniendo en cuenta las partes del pueblo que había visto hasta ese momento. Y después estaba la iglesia.

Se erguía en la parte posterior de la plaza, con unas dimensiones casi sobrehumanas; era, de lejos, el edificio más alto que hubieran visto nunca mis ojos. Me dejó cautivada: la cúpula de bronce que centelleaba bajo el sol, los cristales resplandecientes de las vidrieras. Tenía unas escaleras de mármol en curva que llevaban a una terraza justo delante de la entrada principal, como un podio desde donde un orador podría dirigirse a la plaza. Y la iglesia tenía dos alas idénticas, flanqueadas por aquellas dos atalayas también idénticas. Simetría perfecta, lo mismo que había visto en mi mapa. Las mitades norte y sur de Castello eran el reflejo exacto la una de la otra.

Mi escuela estaba en una calle que salía de la plaza más adelante, así que caminé por uno de los lados, contenta de no tener que cruzar hasta el otro. No podía explicar por qué, pero me daba en la nariz que habría sido peligroso hacerlo. Para empezar, no había nadie a la vista, y todos los escaparates estaban abandonados y tenían las ventanas cubiertas con tablones de madera. Una especie de vacío limpio y ordenado, como si se hubiera desalojado el vecindario por un vertido químico. Como si a toda la ciudad le hubieran dicho simple y llanamente que la plaza era el peor sitio donde se podía estar.

Llegué a la Scuola Lafolia sobre las ocho y media, una respetable media hora tarde, y me recibió otra vez más la cruz y el símbolo de la trinidad, esta vez chapados en oro sobre la puerta. El vestíbulo, que estaba vacío, se caía a pedazos y, en cuanto entré, me di cuenta de que no tenía ni idea de adónde ir. A lo lejos oí un zumbido de voces, cerca de allí se estaban impartiendo clases, pero no había una recepción donde me ayudaran y me dieran indicaciones. A lo mejor, al final, llegar tarde no había sido una idea tan brillante. Lo único que sabía es que tenía que ir a primero de bachillerato; lo que aquí llamaban tercer año.

Estaba deambulando sin rumbo fijo y me preguntaba si podía marcharme con el pretexto de no haber encontrado el aula cuando choqué con un chico. Sentí un fuerte calor al rozarle la muñeca con los dedos, como electricidad estática, que me hizo apartar la mano de inmediato.

—Perdona —le dije en inglés—. ¿Te lastimé?

El chico parpadeó. Parecía de mi edad, era delgado y pálido, y tenía unos rizos de color arena que le caían sobre unos ojos azul oscuro. Pero, durante un instante, cuando me miró, tuve la extraña sensación —el corazón se me aceleró, se me nubló la mente— de que me alejaba de la realidad y me hundía en un estanque de aguas oscuras. Y que lo arrastraba a él. O puede que él a mí.

Un destello de pánico cruzó la cara del chico, boquiabierto.

—¿Te conozco? —me preguntó. En italiano, claro está. El idioma de mi mamá. Sofisticado, hermoso y letal. Con lo que tenía que contestarle en su mismo idioma.

—Todavía no —respondí, con la esperanza de acertar con la gramática. De pequeña hablaba el italiano casi con fluidez, pero, tras la muerte de Carly, fue otra de las cosas que quise olvidar—. Llegué aquí anoche.

—*Certo* —dijo el chico. «Claro». Se movió un poco, como para salir de un aturdimiento. Cuando se dio cuenta de que me estaba mirando fijamente, se le encendieron las mejillas—. Perdón, es que nadie llega nunca tan tarde a la escuela. No puedo creer que tenga competencia.

—Bueno, lo intento —dije entre dientes, mientras yo también me esforzaba por no mirarlo a él fijamente.

Me recordaba a algo de un cuadro; algo delicado y etéreo como un ángel renacentista. Pero su belleza también tenía un matiz oscuro: ojeras, los rizos enmarañados, la ropa holgada, que se tragaba su cuerpo. Como si quisiera ocultar su aspecto. No le funcionaba en absoluto.

—¿Sabes cómo llegar a tercero? —le pregunté, cuando estuvimos el tiempo suficiente allí plantados sin mirarnos. Ahora las palabras en italiano me venían con facilidad, surgían de dondequiera que se hubieran escondido en mi cerebro—. Ten en cuenta que, si me dices que no, tendré que irme a casa. Y tu récord de llegar tarde permanecerá imbatido.

—Por desgracia, sí lo sé —dijo el chico, con una sonrisa triste—. También es mi clase. Te puedo acompañar. —Me hizo un gesto para que lo siguiera hacia una escalera mugrienta al fondo del vestíbulo—. Me llamo Christian.

—Lilly.

—Lilly —repitió él, como si estuviera probando a ver cómo sonaba la palabra. Me lanzó una mirada burlona desde sus ojos con destellos azules, y enseguida la retiró.

Subimos juntos la escalera al segundo piso, una red de pasillos estrechos con las puertas de las aulas con el nombre de la clase. Aquí había más carteles en las paredes, pero ahora no era solo «salvezza» lo único que anunciaban. También decían «unità», «onore», «vittoria» y «sacrificio».

Unidad, honor, victoria y sacrificio.

Debajo de los carteles, el yeso estaba tan desgastado que casi se había descarapelado.

El viento barrió el rellano; el aire de octubre entraba en espiral por una serie de ventanas rotas y obligó a Christian a abrocharse la *bomber*. Me moría por preguntarle sobre el estado de la escuela: si es que el presupuesto en Castello era tan limitado que no se podían permitir pintar las paredes y reparar los cristales de las ventanas o es que era el tipo de localidad que no cree en la educación subvencionada. Pero no quería ser maleducada.

De todos modos, Christian parecía leerme la mente porque, cuando eché un vistazo alrededor, negó con la cabeza.

—Háblalo con el General.

Tercero estaba en la última aula a la que llegamos; lo indicaba una deslustrada placa dorada en la puerta. Jamás habría encontrado el camino para llegar si no me hubiera acompañado Christian; la prepa era un laberinto, igual que las calles de Castello. Alguien había pegado un cartel en la pared más cercana, en el que, escrito con marcador negro, decía:

LASCIATE OGNE SPERANZA, VOI CH'ENTRATE

Tenía el italiano un poco oxidado, pero creía que significaba algo así como: «A los que entran aquí, abandonen toda esperanza».

—El *Infierno*, de Dante —dijo Christian, siguiendo mi mirada—. Es la frase que hay en las puertas del infierno.

—Qué simpático —dije.

Esbozó una sonrisa.

—¿Tienes uniforme? Nadie lo lleva la mayor parte del tiempo, pero hoy es obligatorio.

Negué con la cabeza y me pregunté por qué mi papá no me había avisado. Pensaba que Lafolia tenía mucho descaro obligando a llevar uniforme cuando ni siquiera se molestaban en reparar las cosas más básicas.

—No es un uniforme completo —dijo Christian, volviéndome a leer la mente—. Es más bien como algo simbólico. Una muestra de respeto.

Dudó y luego se llevó las manos al cuello y se quitó una corbata holgada que llevaba puesta. Por debajo vislumbré una delicada cadena de oro sobre su piel.

—Toma —me dijo—. Con esto debería bastar.

Dio un paso hacia mí y se detuvo, con los dientes apretados sobre el labio inferior, como si me estuviera pidiendo permiso para ponerme la corbata en el cuello. Sentí una vertiginosa punzada de expectación al darme cuenta de repente de cuánto deseaba que me tocara este chico. Bajé la cabeza para indicarle que lo hiciera.

Pero, en el momento en que mis dedos rozaron su piel, volvió a ocurrir: aquella descarga eléctrica, aquel pulso de calor que me encendía. A Christian se le abrieron los ojos como platos, se balanceó hacia mí como si no pudiera evitarlo. Y llegó una sensación de caída; como si nos deslizáramos el uno en el interior del otro. Esta vez fue tan agradable que me dejó sin aliento.

Era evidente que Christian no opinaba lo mismo. Lo siguiente que noté fue que se alejaba de mí trastabillando hacia atrás y se llevaba la mano al pecho como si se la hubiera quemado. Estaba pálido como un fantasma, sobrepasado de nuevo por el pánico.

—Lo siento —tartamudeé, y me acordé de mi mamá, que me agarraba del brazo en el supermercado y me susurraba: «No toques nada»—. Te juro que esto no me suele pasar…

—No pasa nada —dijo Christian. Pero ahora tenía un deje extraño en la voz, y tensó los hombros como si esperara un ataque. Se me cayó el alma a los pies al darme cuenta de lo que estaba viendo: me tenía miedo.

Sin embargo, antes de que pudiera preguntárselo, Christian se puso en marcha, abrió la puerta del aula y entró por delante de mí. Desorientada, observé cómo se iba y, de forma mecánica, toqué la corbata que me había puesto en el cuello. La tela estaba suave de tanto lavarla y conservaba la calidez de su piel. Era una intimidad peligrosa. Me sacudí un poco el cuerpo, metí la corbata por debajo del suéter y entré tras él en el aula de tercer año.

Lo primero que vi fue a un chico con una navaja. Estaba recostado en el alféizar de una de las ventanas rotas de Lafolia, vigilando algo abajo en la calle. La caída desde ahí tenía que ser impresionante, pero al chico no parecía afectarle lo más mínimo. Hacía girar entre sus dedos una navaja plateada como si hubiera nacido con ella; la movía tan rápido que el metal no era más que un borrón.

—¿Alguna señal, Nico? —preguntó un chico de rizos alborotados, que, inexplicablemente, llevaba puesta una máscara antigás.

El chico de la ventana, Nico, negó con la cabeza.

—Sigue despejado —dijo—. ¿En serio piensas que voy a dejar que se acerquen a ti?

—Genial —dijo el chico de la máscara de gas, frotándose las manos como si fuera un científico loco entusiasmado—. Tengo que desactivar mis petardos.

Nico puso los ojos en blanco.

—No te mueras.

Era todo lo contrario a Christian, excepto en que ambos eran guapos. Piel bronceada, pelo negro, las orejas llenas de *piercings*. Llevaba una camiseta blanca sobre la ancha espalda y unos tatuajes negros que serpenteaban por sus clavículas. Irradiaba autenticidad, algo sin pulir. Era magnético. No pude evitar quedarme mirando cómo se le contraían los músculos al hacer girar la navaja.

En torno a él, la clase era un vertedero de pupitres desperdigados y bolas de papel, subrayadores y libros de texto esparcidos por el suelo. Pensé en mi antigua prepa, con sus filas asépticas de pupitres de metal y aquel timbre martilleante que nos hacía arrastrarnos de aula en aula. En comparación, esto era como entrar en el ojo de un huracán. Había unos diez o doce chicos con uniforme sentados aquí y allá, hablando o tirándose cosas los unos a los otros. Y no había profe.

Alguien había pintado con espray en la pared del fondo una caricatura de las vistas de Castello: la cúpula de la iglesia, las atalayas, ratas enormes en las alcantarillas. Allí aparecía también el símbolo de la trinidad, pero dibujado bocabajo, como una perversión satánica que goteaba pintura fresca sobre el horizonte. Un chico de pelo negro engominado y cargado con un puñado de botes de pintura, al que supuse el artista, estaba discutiendo con Christian.

31

—No es culpa mía que hayas llegado demasiado tarde para detenerme —estaba diciendo el chico. Tenía unas mejillas cinceladas como las de un modelo y llevaba una chamarra de cuero con cadenas que, cuando se movía, hacían un montón de ruido—. Me alcanzó un rayo de inspiración divina y tuve que seguirla.

—Inspiración divina para que te arresten —le soltó Christian, mirando fijamente el símbolo de la trinidad—. Alex, en serio, ¿no estarás pensando dejar eso ahí para probar...?

—Okey —dijo el chico llamado Alex—. Pero ayúdame a esconder la pintura.

Echó la mitad de los botes en la mochila de Christian y lo empujó por detrás hacia el pasillo, y salieron discutiendo. Me dije a mí misma que no me importaba que Christian evitara mirarme al pasar por mi lado.

En la parte delantera del aula, había una chica con el pelo rubio oscuro sentada con las piernas colgando en la mesa del profesor, con un avión de papel y un encendedor en la mano. Mientras la observaba, le prendió fuego a la cola del avión y lo lanzó por el aire. Dio varias vueltas en espiral, como un cometa brillante, y luego se apagó sobre la mesa. Se le llenó el pelo de cenizas, y me recordó mi sueño en el que deambulaba perdida por las calles quemadas de Castello. Me estremecí y me di la vuelta. Y me vi cruzando la mirada con Nico, el de la ventana.

Al principio, solo parecía sorprendido, pero luego cambió esa cara por una fría máscara de hostilidad. Dejó de mover la navaja que llevaba en las manos. Eso llamó la atención del chico de la máscara de gas, que se giró para ver qué pasaba. Cuando advirtió mi presencia, casi se le salieron los ojos de las cuencas.

—¡Ahí va! —dijo—. ¿Tú de dónde has salido?

Me quedé helada. De repente, la clase se quedó en completo silencio, los chicos se giraron en las sillas uno tras otro para mirarme. Tenía una sensación de opresión en la garganta; el peso de sus miradas me robaba el aliento. Esto era lo que había estado temiendo.

«Di algo —pensé rápidamente—. Lo que sea. Vamos».

—Mmm, hola —fue lo que me salió.

Silencio. Más miradas. De pronto me alegré de que Christian hubiera salido del aula, porque así no tenía que ver cómo me ponía en evidencia yo solita.

Y entonces alguien dijo:

—Dejen de comérsela con los ojos, que esto no es el zoológico.

Era la chica de la mesa del profesor. Se había puesto en pie, ligera y ágil, y vino hacia mí con el encendedor aún en la mano.

—Lo digo en serio —les soltó a los chicos. Y luego a mí—: Ignóralos. Se quedaron tiesos. Nunca viene gente nueva a esta pocilga. —Se apartó la larga melena de los hombros y me tendió la mano—: Me llamo Liza.

Hablaba de un modo rápido y musical, sus palabras en italiano se entremezclaban como si conjurara un hechizo. Tenía las mejillas sonrosadas, pecas en la nariz, y unos ojos verdes, fieros y deslumbrantes, como llamas encendidas. Ojos de luchadora. Me dejó hipnotizada.

—Lilly —conseguí decir.

—*Perfetto* —murmuró Liza—. Ven conmigo.

Me llevó a través de una especie de carrera de obstáculos, en la que sorteamos cuadernos arrugados y cajas de lápices volcadas, hasta un pupitre doble en el centro del aula, y se desató un pañuelo negro de la delgada muñeca.

—Ten —me dijo—. Para el humo, por si Iacopo enciende sin querer alguno de sus petardos. Los coloca por todos lados, y cada vez que un profe pisa uno nos dan la semana libre.

Hizo un gesto hacia el chico de la máscara de gas, que ahora estaba tendido en el suelo, manipulando algo por debajo del pizarrón. Cuando volví a mirar a Liza, sonreía un poco, con sus ojos verdes clavados en los míos. Su mirada me hizo sentir bien, me atrajo de un modo inexplicable. Quería agradarle.

—Bienvenida a tercero —me dijo—. Espero que no te guste cumplir las normas.

Nos sentamos juntas en el pupitre, con las rodillas tocándose por debajo. Liza llevaba unos jeans claros ajustados y una camiseta con las mangas enrolladas, que dejaban a la vista unos brazos largos y pálidos.

Eché otro vistazo al aula. Algunos de los chicos seguían aún lanzándome miraditas, pero la mayoría tenía la decencia de fingir que estaban ocupados cuando veían que les devolvía la mirada. Menos Nico. Volvía a darle vueltas a la navaja y vigilaba algo por la ventana, sin mostrar el más absoluto interés en mí. Me le quedé mirando mientras estaba de espaldas,

33

seguí la silueta de su cuerpo dorado, la curva seductora de sus labios.

—No lo voy a negar, ¿eh? —dijo Liza, jugueteando con la llama del encendedor.

—Ya te digo —dije, incapaz de negarlo. El físico de Nico no era de los que admiten discusión.

Liza se rio, con un leve deje en la voz, como si ella no estuviera de acuerdo. Me pregunté si había visto la manera en que me había mirado él antes, con ese desprecio en los ojos.

—Y ¿qué? —dije, con ganas de cambiar de tema—, ¿cuándo empieza la clase?

—Ah —dijo Liza—. Pues, teníamos Trigonometría a las ocho. Pero una tragedia dejó a la profesora incapacitada. Giorgia le puso pegamento en el café. —Hizo un gesto hacia una pelirroja que estaba en un rincón y hojeaba una revista de moda bastante antigua—. Además, llegaste el día de la prueba. Así que la cosa es un poquitín diferente.

—¿Prueba? —pregunté—. ¿Como un examen?

Liza me miró de reojo.

—No exactamente.

Hizo una pausa, como si esperara a que captara el significado oculto de sus palabras. No tenía ni idea de qué me hablaba.

—Está estipulado en la tregua —aclaró Liza—. Hay una prueba obligatoria a primeros de mes para los dos lados de la ciudad. El General dice que es la manera de garantizar el orden y la pureza en Castello.

Parecía que estuviera recitando un manual de instrucciones, con la voz plana, pero teñida de un ligero sarcasmo. La miré y me pregunté si me estaba fallando mi italiano. Nada de aquello tenía sentido.

—Pero no deberías preocuparte —dijo Liza, ajena a mi confusión—. Hace siglos que no encuentran un Santo. A estas alturas, creo que para el General es un mero entretenimiento. Dios nos libre de olvidarnos de quién es el que manda de verdad…

—¿No encuentran un qué?

—No le hagas caso —soltó alguien—. Hará que las encierren a las dos por hablar así. —Era la chica del pupitre de delante, que se dio la vuelta para mirarme. Apenas se le veía la cara demacrada tras una cortina de pelo castaño—. El día de la prueba es el más importante del mes —dijo—. Y el General es nuestro salvador. Eso no lo ibas a saber por boca de Liza. Si no vas con cuidado, te arrastrará al lado oscuro.

—Susi —dijo Liza muy tranquila—, te voy a partir la cara.

La tal Susi soltó un chillido.

—¿Ves lo que te digo?

Nos dio la espalda de nuevo con un bufido. Liza entornó los ojos y movió el encendedor en el aire como si estuviera haciéndole un exorcismo a la nuca de Susi.

—Padre nuestro, que estás en los cielos —entonó—, por favor, llévate a esta triste oveja descarriada con Jesús, amén.

—Liza —le dije cuando acabó—, ¿quién es exactamente el General?

—El General es el líder de Castello —dijo Liza como si nada. Después le lanzó una mirada al mural de Alex—. Al menos, por ahora.

—¿Como una especie de alcalde?

—Algo así. Aunque yo lo llamaría más bien mediador. Negoció el alto el fuego entre los Paradiso y los Marconi hace veinte años, y después decidió quedarse por aquí.

—¿Los Paradiso y quiénes?

Liza enarcó una ceja.

—Castello está partida por la mitad, ¿no te has dado cuenta?

Asentí lentamente.

—Okey —dijo Liza—. Pues siempre ha habido dos familias en la ciudad. Supongo que se les podría llamar clanes. Los Marconi aquí abajo y los Paradiso arriba, en el norte, al otro lado de la línea divisoria. Estaban siempre peleados. Fue como… una guerra abierta durante siglos. Entonces un día llegó el General y detuvo todo aquello. Punto final. Y vivimos felices como lombrices. Nuestro salvador, como dijo Susi. —El tono sarcás-

35

tico volvió a teñir sus palabras—. Así que ahora hay que hacer todo lo que nos diga.

—Como la prueba —dije—. Esa prueba que no es un examen.

—Exacto.

—Pero… entonces, ¿qué es?

Liza hizo un gesto despectivo.

—Un pinchazo para asegurarse de que no eres, ya sabes, distinta.

—¿Cómo que distinta?

Durante un momento, Liza pareció luchar consigo misma, sopesar sus opciones. Tuve la impresión de que había estado intentando protegerme de algo oscuro y desagradable, pero se había dado cuenta de que ya no había manera de evitarlo.

—Lilly —dijo—, ¿cómo crees que consiguió el General la paz entre los clanes? ¿Cómo logró que los que se habían odiado durante siglos dejaran de hacerlo de pronto?

Negué con la cabeza, perdida.

—Les proporcionó un nuevo enemigo —dijo—. Alguien a quien pudieran odiar juntos.

—¿A quién?

—Ya te lo dije —dijo Liza—. A los Santos.

3

*N*ico dijo desde la ventana:

—Están aquí.

La clase entera pareció congelarse. Luego todo el mundo se puso en movimiento, y corrieron a ordenar sus pupitres, metiendo los libros de texto y los estuches a toda prisa en sus mochilas. Iacopo se metió los petardos en los bolsillos, apretujándolos, y se quitó la máscara de gas de un jalón. Y entonces vi aparecer los uniformes, o al menos parte de ellos, a los que Christian se había referido como símbolos de respeto. De repente, todos llevaban algo formal: corbatas o saco desteñidos que parecía que en algún momento habían formado parte del uniforme de un colegio privado. El ambiente en el aula también había cambiado; ahora estaba cargado de tensión.

—Liza, ¿qué es un Santo? —pregunté, pensando en cuadros antiguos y gente con estigmas en las manos—. ¿Para qué se nos hace la prueba exactamente?

—No tiene importancia —contestó.

Volvía a evitar el tema mientras se quitaba la ceniza de la ropa y sacaba su corbata de la mochila.

Por el rabillo del ojo, vi que Nico bajaba del alféizar de la ventana y se dirigía a su sitio, un pupitre cercano al pizarrón. Incluso con la tensión existente, no pude evitar fijarme en lo grácil de sus movimientos, con sus jeans destrozados que ocultaban una especie de elegancia letal, como un asesino entrenado para caminar sin hacer ruido.

—Ya te he dicho que hace siglos que no dan con un Santo.
—Ahora Liza me arreglaba la ropa, me alisaba la corbata que
me había dado Christian; me preparaba para alguna especie
de ritual—. Y tú ni siquiera eres de aquí. Así que no te pasará
nada…

—¿Cómo lo sabes? —le pregunté, con un movimiento
brusco para que me soltara, pues empezaba a sentirme incómoda—. ¿Por qué no me dices para qué nos hacen la prueba
y punto?

—Lilly, verás, es que —dijo Liza con una sonrisa amarga—, si intentara explicártelo, no me creerías.

La puerta del aula se abrió de golpe. Entró un hombre con
un uniforme gris, seguido de otros seis vestidos de la misma
manera: pistoleras y botas militares, y el símbolo de la trinidad de un dorado brillante pegado en el bolsillo superior.
Supuse que no les haría mucha gracia el mural artístico de
Alex. El silencio se apoderó del aula. Era el momento que
todos habían estado esperando.

—¿Estos quiénes son? —le pregunté a Liza, mientras observaba cómo los hombres se ponían en formación delante
del pizarrón como si fueran soldados.

—Guardianes —susurró—. Trabajan para el General.

El tipo al mando del grupo se giró hacia nosotras. Era
más alto y joven que mi padre, imponente de un modo que
se antojaba peligroso, con un destello de depredador en los
ojos. Con algunos hombres pasaba eso: sabías que tenías que
temerles. Llevaba el uniforme suelto, de manera casi desen-
fadada, con el cuello desabotonado y las mangas desabrocha-
das. El largo pelo negro le rozaba los hombros. Una cicatriz
desvaída, como si fuera el zarpazo de una garra, le recorría el
lado izquierdo de la cara y acababa en el párpado.

—Y ese es Tiago —dijo Liza.

—Tercer año —dijo Tiago, con una sonrisa insulsa—. Es
un placer verlos de nuevo. Hoy es el primer día de octubre.
Un nuevo mes y una nueva oportunidad de purificar a los

indignos. Todos tendrán el honor de ponerse delante de mí y demostrar su lealtad a nuestra ciudad. En nombre del General, les deseo suerte y pureza a todos.

Miré a Liza, preguntándome si lo había entendido mal. «¿Suerte y pureza?», articulé sin sonido. Pero ella se encogió de hombros, sin más.

Tiago señaló con una mano enguantada hacia el pasillo donde dos soldados hacían guardia para indicarles que cerraran la puerta. Alguien entró en el aula justo antes de que lo hicieran: Alex, con sus mejillas de vidrio tallado y los brillantes ojos negros llenos de emoción. O tal vez fuera rabia. Esperé que Christian le pisara los talones, pero no apareció.

—Muy amable de tu parte que te hayas presentado —le dijo Tiago a Alex sin dignarse a mirarlo, mientras este pasaba a su lado.

—¿Verdad que sí? —dijo Alex.

Tras él, se cerró la puerta con fuerza, y los ejecutores del pasillo corrieron el cerrojo. Le lancé otra mirada a Liza, con ganas de preguntarle qué tipo de prueba era esta que requería encerrarnos en un aula con un puñado de soldados. Pero estaba mirando hacia el otro lado de manera deliberada.

Tiago se llevó la mano a la funda de cuero que llevaba en la cintura y, durante un segundo de infarto, pensé que iba a sacar el arma. En vez de eso, sacó una máquina, una especie de pequeño escáner de entradas, brillante y metálico, y lo bastante pequeño para caberle en la palma de la mano.

—Ahora me acuesto a dormir, al Señor le ruego que cuide de mí. —Tiago presionó un botón, que hizo parpadear de manera constante una luz roja en la parte superior de la máquina—. Y si en Santo debiera mutar, al Señor le ruego mi alma llevar.

—Amén —dijo alguien. Parecía la voz de Susi.

—Traigan a Carenza —les dijo Tiago a los ejecutores.

Dos de ellos fueron hasta el pupitre de Nico, lo agarraron por los hombros y lo pusieron de pie a la fuerza. Lo obliga-

ron a acercar la mano al escáner de Tiago como si pensa-
ran que, si lo soltaban, los atacaría. A Nico parecía que todo
aquello le aburría, que no tenía ningún interés en causar
problemas.

—No tienes por qué obligarlos a que me hagan esto cada
vez —le dijo a Tiago—. No muerdo.

—Eso dices —dijo Tiago con frialdad.

Una aguja descendió desde el interior del escáner y pinchó
la yema del dedo de Nico. La sangre le cubrió la piel y la clase entera mantuvo un silencio sepulcral mientras la máquina
llevaba a cabo algún tipo de análisis. Contuve la respiración, a
la espera de que saltara alguna alarma, algo extraño y ensordecedor, pero no ocurrió nada. La luz roja del escáner siguió
parpadeando de manera sistemática. Negativo. Así que Nico
no era un Santo. Significara lo que significara eso. Y todo aquel
alboroto por un simple análisis de sangre.

Tiago retiró el escáner y frunció el labio con desdén.

—Te volviste a salvar, Carenza. Algún día nos tendrás que
contar cómo lo haces.

Cuando se dirigió al siguiente pupitre, los ejecutores de-
volvieron a Nico a su silla de un empujón y volvieron a su
puesto en el pizarrón. Por lo visto, no hacía falta tratar así a
nadie más.

Observé cómo Tiago cambiaba la aguja y le pinchaba el
dedo a Iacopo, y sentí un pánico anticipado en el pecho. Repasé
distintas hipótesis en la cabeza, intenté recordar para qué ser-
vían los análisis de sangre. «Para detectar enfermedades», pensé. A lo mejor ser un Santo era algún tipo de enfermedad. Pero
los ejecutores no parecían muy preocupados por contagiarse.
Al contrario, parecían casi hambrientos. Deseosos de abalan-
zarse sobre quien diera positivo.

«Por lo menos es sencillo —me dije a mí misma—. Lo único que tienes que hacer es alargar la mano». Pero a un análisis
de sangre tampoco se le podía engañar. Si eras un Santo, lo eras
por dentro. No se lo podías ocultar.

Iacopo dio negativo, y después Tiago le pinchó el dedo a Susi, asomándose al pupitre justo delante del nuestro. Ella esperaba el resultado sin aliento, como si pensara de verdad que podía tener algo malo en la sangre. Pero no. Después, sus mejillas adquirieron un color rosado y le hizo a Tiago una pequeña reverencia tímida. Liza, a mi lado, hizo un sonido sordo de arcada. Ahora era su turno.

—Mezzi —dijo Tiago—. ¿Procedemos?

Liza se puso de pie y alargó la mano. Ni pestañeó cuando le clavó la aguja, y miraba a Tiago con aquellos ojos verdes como el acero. La luz roja parpadeó de manera rítmica por encima de su dedo, lo que anunciaba que era normal. Tiago parecía algo decepcionado.

—Ya sabes que siempre me pregunto por ti —dijo—. Por tu linaje sucio.

Un destello cruzó la mirada de Liza, pero no se dignó a responder. Tiago volteó a verme.

Sentí con claridad el momento en el que su mirada se clavó en mi cuerpo, porque era como si me estuviera desnudando, como si me viera a través de la ropa, sus ojos de cazador descubriendo partes secretas y ocultas de mi interior, y manchando todo lo que tocaba.

—¿Y quién se supone que eres tú? —dijo Tiago.

Tragué saliva y me puse de pie como había hecho el resto de la clase.

—Lilliana Deluca.

—*Ciao*, Lilly —dijo Tiago, acortándome el nombre sin ni siquiera preguntarme. Caminando, trazó un círculo lento a propósito alrededor de mi pupitre—. ¿Nos habías visitado antes?

Negué con la cabeza.

—Nos acabamos de mudar aquí.

—Bueno, no tengas miedo —dijo, mientras me sostenía la mano con su reluciente guante de cuero—. Todos tenemos una primera vez.

Me clavó la aguja en el dedo. Di un respingo hacia atrás y sentí que el dolor me subía en espiral por el brazo. El corazón se me desbocó mientras observaba el parpadeo de la luz roja, y deseé que no titubeara.

Por toda el aula, los chicos no me quitaban ojo, girados en su silla para verme mejor. Las caras reflejaban bastante curiosidad, bastante interés. Como si tal vez esperaran que no fuera a pasar la prueba. Solo Nico parecía falto de interés; jalaba un pedazo de madera astillada de su pupitre, con la mirada baja y los labios formando un pequeño mohín. «Mírame —pensé en un repentino rapto de desafío—. Te reto a que me mires». Pero no se movió.

La prueba no podía haber durado más de un minuto, pero a mí me pareció una eternidad. La sangre que resbalaba por un lado del dedo, el escáner haciendo el análisis, la luz roja que parpadeaba continua y demostraba que estaba limpia. Por debajo del pupitre, Liza me apretó la mano libre tan fuerte que tuve miedo de que me hubiera roto algo.

—Ya está —dijo Tiago, sonriendo benevolente mientras retiraba el escáner—. Eres pura.

En cuanto se alejó, me hundí en la silla y esperé a que el corazón se me calmara, con el deseo de poder borrar la sensación sebosa que sus ojos me habían dejado en la piel. Esto de hacer pruebas de pureza era algo raro, no estaba bien... No entendía cómo íbamos a poder demostrar algo así, ni por qué teníamos que hacerlo, pero sentí un alivio tremendo por haberla pasado.

Tiago se había desplazado ahora hacia el fondo de la clase, hacia el pupitre doble donde estaba sentado Alex junto a una silla vacía que supuse que pertenecía a Christian. El símbolo invertido de la trinidad lucía osado y sombrío en la pared justo por encima de su cabeza. Tiago lo miró de pasada y se le disparó un músculo de la mandíbula.

—Nos pusimos creativos, ¿no, Latore? —dijo, y lo puso en pie tirándole de la estrecha muñeca y le pinchó en el dedo.

—¿Yo? —dijo Alex—. Yo no dibujé eso. Pero debe reconocer que quienquiera que lo haya hecho tiene bastante talento...

Tiago agarró de golpe la mochila de Alex y la volcó. Una cascada de cuadernos, marcadores, barras de pegamento y cómics detonó en el suelo. Pero no había botes de pintura. Alex dibujó una rápida sonrisa y se llevó el dedo ensangrentado a la boca, mientras observaba a Tiago a través de un mar de pestañas negras. Su prueba había dado negativo. A Tiago no le hacía gracia.

—¿Dónde está tu compinche? —le soltó volteando hacia la silla de Christian.

—Se fue a casa —dijo Alex—. Se sentía mal. —Le tosió una vez a Tiago en la cara a propósito—. Yo lo contagié.

Durante un instante, pareció que Tiago valoraba si podía darle un puñetazo a Alex y quedar impune. Luego decidió que no valía la pena malgastar el tiempo.

—Dile a Asaro que pasaré por su casa —dijo—. Siempre disfruto de poder ver a su padre.

Aquello desinfló a Alex, que se sentó sin contestar. Sentí una punzada de desconfianza y deseé saber qué estaba pasando: si Christian estaba enfermo de verdad o si todo esto tenía que ver con la manera en la que Alex había vuelto a clase, enojado, como si se hubieran peleado.

La prueba acabó poco después; la última fue la pelirroja, que ofreció su dedo de manicura impecable al escáner y pasó sin problemas. Luego Tiago se colocó de nuevo el escáner en el cinturón y volvió a su posición en la parte delantera del aula. En mi cabeza no había duda alguna de que ahora estaba decepcionado. Estaba claro que esperaba haber encontrado por lo menos a uno o dos Santos entre nosotros. Algo con lo que alimentar las ávidas miradas de los ejecutores que lo flanqueaban a ambos lados.

—Chicos de tercero, los felicito —dijo Tiago—. Este mes están todos puros. Son todos leales. Mantengan mente y alma orientadas hacia la luz. —Se llevó dos dedos a los labios a

43

modo de beso y los puso sobre el pin dorado del saco—. Viva el General.

Por toda el aula, mis compañeros respondieron con una sola voz entrenada a la perfección:

—Porque solo él nos protege.

4

—¿**V**es? Te lo dije —soltó Liza, de repente muy relajada—. No hay Santos. Aquí nunca los hay. Sabía que iría bien.

—Qué desagradable todo, ¿no? —dije, mientras miraba al pasillo por donde Tiago y los ejecutores habían desaparecido para entrar en la siguiente aula—. ¿Qué estaban buscando en nuestra sangre?

—¿Qué más da? —dijo Liza—. La prueba terminó. ¿Para qué darle más vueltas?

—Porque quiero saberlo —insistí, brusca—. ¿A qué se refería con eso de la pureza?

Pero Liza no quería saber nada del tema.

—Vamos —me dijo—. Al salir te haré una visita guiada por la prepa.

—¿Al salir? —Agarré el teléfono para mirar la hora y lo único que descubrí fue que me había quedado sin batería—. Pero de seguro todavía no son las diez…

—Los días de prueba podemos salir antes.

En efecto, los alumnos estaban ya recogiendo sus cosas y charlando como si no hubiera pasado nada fuera de lo normal. Me sentí como si estuviera contracturada; aún no había desaparecido la tensión en mi interior.

—Pero no te preocupes —dijo Liza—. Como tienes tantísimas ganas de tener clases de verdad, te encantará saber que mañana toca Historia. Veronica Marconi es toda una experta. Estoy segura de que aprenderás un montón.

—¿Marconi? —repetí—. ¿Como el clan?

Liza asintió.

—Antes de la tregua era la líder de este lado de la ciudad. Ahora trabaja con el General para mantener la paz. —El sarcasmo se volvía a colar en su voz—. Para recordarnos las cosas tan increíbles que ha hecho el General por nosotros.

Salimos del aula y en el pasillo adelantamos a Nico. Se echó ligeramente hacia un lado cuando pasamos junto a él, como si no pudiera soportar la idea de que nuestros hombros se rozaran.

—Gracias —le solté, y volteé un segundo para mirarlo.

Liza me llevó por los pasillos de la escuela y me señaló los lugares importantes a medida que íbamos pasando por ellos: un laboratorio de química repleto de matraces rotos, una biblioteca con estanterías vacías, un patio subterráneo con agujeros de bala en las paredes. Todo tenía un aspecto lastimoso, cubierto de una gruesa capa de mugre. Definitivamente, a mi padre no le habían informado bien sobre la optativa de música.

Estábamos llegando a la escalera principal cuando apareció de la nada la pelirroja de tercer año y se abalanzó sobre mí. Tiago debía de haber acabado de hacerle la prueba a otra clase porque ahora había alumnos más jóvenes con uniforme que, apiñados en el pasillo, intentaban bajar por la escalera. A la pelirroja le dio igual estar deteniendo el tráfico.

—Ay, Dios —dijo sin aliento, mientras agarraba de las muñecas como si pensara que con eso tenía que pararme—. ¡Llevo siglos buscándote! Pero Liza y tú se escabulleron, ¿no?

Liza me lanzó una mirada de resignación.

—Lilly, ella es Giorgia. Giorgia, Lilly.

—Mírate —murmuró Giorgia, y me sostuvo la mano como si fuera un animal raro y valioso. Un chico con una mochila de gran tamaño intentó abrirse paso entre nosotras a empujones; Giorgia lo apartó de un manotazo de manera experta—. Una extranjera de verdad en Castello. Esto no había pasado nunca. Eres un auténtico fenómeno.

—Encantada de conocerte, también —intenté decir, pero me vi barrida por la imparable corriente de su cháchara.

—Desde luego, tienes suerte de que te hayan colocado en el lado bueno de la ciudad. No debería decir esto, pero los Paradiso son malvados. Y tú eres tan dulce que estoy segura de que te habrían destrozado.

—Giorgia —dijo Liza, sarcástica—, deja de violar la tregua.

Giorgia no le prestó atención. Me sujetó del brazo y bajamos las escaleras a un ritmo demasiado pausado mientras me soltaba un montón de chismes.

—Hoy estaba segura de que Alex iba a conseguir que lo arrestaran. Este tipo tiene deseos suicidas o algo así. Y Christian, ¿se va a casa enfermo, así por las buenas? Qué escándalo. Lo mismo debería pasar a verlo…

—Buena idea —dijo Liza—. Así aprovechas y le vuelves a pedir que salga contigo. Porque las cuatro últimas veces te dijo que no.

A Giorgia se le encendieron las mejillas de un rosa brillante y se escabulló, recordando de pronto que tenía que ir a algún lugar. Liza sonrió satisfecha y ocupó el sitio libre a mi lado.

—Adiós, muy buenas.

Salimos juntas por la puerta de la prepa, acompañadas por la marea de alumnos que Giorgia había estado bloqueando, y de manera automática le eché un ojo al símbolo dorado de la trinidad que había justo encima. Esculpidas en el muro que había detrás, pude entrever las líneas difuminadas de una llave y un puñal cruzados.

—El dorado es la marca del General —explicó Liza—. Por si aún no te habías dado cuenta.

—Se parece a la Santísima Trinidad.

—Claro, si por trinidad te refieres a los Marconi, a los Paradiso y al General en el medio. Pero yo no la llamaría santísima.

—¿Y qué hay de la llave y el puñal? Los he visto antes. Pintados en mi cuarto.

—Es el escudo de armas original de Castello —dijo Liza—. Representa la clave de la fundación de la ciudad. Cuenta la leyenda que quien tenga la llave se convertirá en el verdadero líder de Castello. Lo que explica con bastante claridad por qué empezaron las guerras entre los clanes. Cuando tomó el poder, el General intentó librarse de todos los viejos símbolos, pero la piedra medieval tiene una resistencia sorprendente.

Liza sonrió, entrelazó su meñique con el mío y jaló de mí hacia la calle; le dije mi dirección y se ofreció a acompañarme a casa para que no tuviera que utilizar el mapa. Alguien había sacado un balón de futbol y vi a unos cuantos compañeros de clase que se unían al partido. Por delante de nosotras, una silueta de cuero negro torcía la esquina para entrar en la plaza mayor.

—¿Ese es Alex? —pregunté, entornando los ojos.

—Por desgracia, sí —dijo Liza—. El Miguel Ángel de barato es vecino tuyo. Edificio sesenta y uno o algo así. Su mamá trabaja para el General.

—¿Dónde vive Christian? —pregunté antes de poder evitarlo. A Liza se le dispararon las cejas, como diciendo: «Tú también, no»—. Da igual —añadí enseguida.

Recorrimos el borde de la plaza, que aún seguía desprovista de vida humana, con ese silencio inquietante de zona de evacuación. Con Liza no me parecía tan intimidante como cuando pasé sola, pero no me gustaba el brillo estéril del mármol, la manera en que la luz del sol parecía reflejarse en nosotras como miles de pequeños puñales en el suelo.

—¿Ves la línea fronteriza? —preguntó Liza.

Si me ponía la mano a modo de visera, podía entrever un bloque de metal que recorría el asfalto, atravesaba la plaza por la mitad y hacía de barrera entre los lados norte y sur de la ciudad.

—Antes de la tregua era un muro, pero el General lo hizo retráctil y decidió bajarlo. Muy osado por su parte. Obviamente, nos tiene prohibido cruzarlo. A la última persona que lo intentó la ejecutaron por traición.

—¿La ejecutaron? —pregunté, girando la cabeza de golpe.

—No te preocupes; fue hace siglos. Y, además, era lo que se merecían por ser tan estúpidos como para ir al norte. —El desprecio endureció la voz de Liza.

—No te caen nada bien, ¿no? —dije, mientras intentaba acordarme del nombre que había utilizado para la otra mitad de Castello—. Los… el clan Paradiso.

Se encogió de hombros.

—Cuesta deshacerse de los viejos hábitos. Y el odio hacia los Paradiso viene de lejos.

—Y, exactamente, ¿por qué? Es decir, ¿qué es lo que hicieron?

Liza entornó los ojos.

—¿Aparte de intentar destruirnos durante siglos? Vamos a ver. —Empezó a hacer una lista con los dedos—. Son unos desalmados; piensan que sus antepasados eran los dueños de Castello, y en su lado se quedaron con todas las cosas buenas, como todo el mármol o los molinos. Nosotros solo tenemos basura y cosas muertas.

Fruncí el ceño.

—Y entonces, ¿qué pasa con los Santos? Pensaba que se suponía que tenían que odiarlos a ellos en vez de odiarse entre ustedes.

—Pues sí, se supone. —Liza bajó la voz y se acercó a mí como si le preocupara que hubiera alguien con la oreja puesta—. Lo que pasa es que a mí los Santos nunca me han hecho nada.

—Y si no han hecho nada, ¿por qué son el enemigo?

—Baja la voz —me dijo entre dientes—. Dije que los Santos no me han hecho nada a mí.

Se detuvo y me acercó a ella de un jalón, como si se preparara para contarme un secreto.

—Mira la iglesia —dijo Liza. Estábamos cerca del ala sur de la catedral, el único edificio que atravesaba la línea fronteriza—. Hace veinte años, dos Santos decidieron prenderle fuego a la iglesia. Lo hicieron durante una misa de medianoche cuan-

49

do había cientos de personas de los dos clanes en el interior. Fue una matanza. Murieron todos.

—Es horrible —susurré.

—Pues entonces te alegrará saber que después de eso nos libramos de ellos —dijo Liza sin emoción alguna—. Y no solo de los chicos que provocaron el incendio. De repente, todos los Santos tenían que desaparecer.

Volví a fruncir el ceño y me pregunté por qué había elegido esas palabras.

—¿Deshacerse de ellos? ¿Cómo?

—De manera permanente —se limitó a decir—. El caso es que el General era casi un niño cuando tuvo lugar el incendio, pero luego se inventó lo de las pruebas de sangre y se convirtió en un héroe. Convenció a los Marconi y a los Paradiso de que firmaran la tregua, de que dejaran de pelearse entre ellos y, en lugar de eso, fueran contra los Santos. Y reconstruyó Icarium para demostrar que el mal nunca gana.

—¿Icarium?

Liza hizo un gesto hacia la iglesia.

—Antes del fuego era la catedral de San Pedro, pero el General tenía que ponerle un nombre nuevo. Ya sabes lo que pensamos de los Santos en Castello.

Cruzamos la mirada y me vi asintiendo de manera automática, cautivada por su encanto.

—Pero, bueno, Icarium suena mejor —dijo Liza—. El General es un fanático de las metáforas.

—¿Qué quieres decir?

—¿No conoces el mito? Ese chico griego, Ícaro, que se hace con un par de alas porque decide que quiere volar. Que está genial durante un tiempo, hasta que se acerca demasiado al sol y como que… se cae al suelo.

Casi me eché a reír por cómo contó la historia, pero decidí que no sería apropiado en ese contexto.

—La moraleja es que la gente que quiere alcanzar el cielo siempre se acaba quemando. Solo puede haber una autoridad suprema.

—¿Hablas de Dios o del General?

—Creo que quiere que nos olvidemos de la diferencia.

Liza me dejó al final de Via Secondo, segura de que no me perdería una vez que tuviera mi casa a la vista. De camino, me recitó una lista de normas de Castello, alguna de las cuales ya había intuido, como la de mantenerme apartada de la línea fronteriza o la de hablar de los Santos en público. Otras me resultaron nuevas. Como el toque de queda, que estaba fijado a las ocho en punto de la noche.

—Es para mantener la paz —explicó Liza—. Parece ser que la gente se vuelve más osada en la oscuridad.

Cuando subí al piso de arriba, el departamento estaba en silencio; unas sombras alargadas entraban por el pasillo, como si ya fuera de noche. Aquello le iba muy bien a mi estado de ánimo: estaba deseando que se acabara ya el día. Liza me había explicado el funcionamiento de Castello como si fuera la cosa más natural del mundo, pero, ahora que estaba sola, era plenamente consciente de lo extraño que era todo…, y fue como si unos dedos fríos me recorrieran la columna. Cuanto más pensaba en esta ciudad, más inquietante se volvía.

En la mesa de la cocina encontré un papel de reuso del paquete de bienvenida de mi padre y agarré un bolígrafo. Dudé un momento y luego escribí: «En Castello hay clanes mafiosos. Persiguen a personas a las que llaman Santos».

Esperaba que esas palabras escritas parecieran estúpidas, una gran broma. Si se las enviaba en una postal a Gracie, pensaría que me estaba volviendo loca. Y, sin embargo…, tenía un pinchazo en el dedo. Y la voz fría de Liza diciéndome: «Nos libramos de ellos… de manera permanente».

Debería haber insistido más, haberle preguntado a qué se refería. «De manera permanente» sonaba fatal. Sonaba a muerte. Pero me negué a creerlo.

51

Me paseé por la casa durante un rato, furiosa por no tener internet, lo que me imposibilitaba conseguir respuestas por mí misma. Quería investigar sobre los Santos, el General, o la utilidad de los análisis de sangre. Pero no, en estas circunstancias no podía hacer nada.

No tenía ni idea del horario del nuevo trabajo de Jack porque no se me había ocurrido preguntárselo. De pequeña, me fascinaba todo lo que hacía, me encantaba meterme a trabajar con él porque podía observar cómo creaba cosas. Él mismo sería apenas un chico cuando, con los ojos brillantes y un gran futuro por delante, me guiaba las manos entre tornillos y alambres, y me enseñaba a darle vida al metal. Pero, tras la muerte de Carly, había empezado a prohibirme la entrada en el taller. Se encerraba durante varios días seguidos, y allí comía y dormía. Al final, dejé de esperar que viniera a casa.

Pasé la tarde revisando de mala gana la maleta, sin ánimos de ponerme a deshacerla, pero con miedo a que se me rompiera lo que había dentro si lo dejaba allí demasiado tiempo. No había traído muchas cosas; libros y ropa, sobre todo, y chucherías para las que era demasiado mayor, pero de las que era incapaz de deshacerme. La muñeca de trapo que me había tejido Gracie para ahuyentar las pesadillas. La caja de música que me había construido Jack para mi noveno cumpleaños, uno de sus artefactos más ingeniosos. Tenía una bailarina dorada en la parte superior que daba vueltas con la música de *Para Elisa*. Cuando dejaba de girar, tenía un truco: sus ojos metálicos, provistos de unos minúsculos sensores de movimiento, parpadeaban en tu dirección con curiosidad. La mayor parte de la gente intentaba tocarla, buscando un cierre. Pero la caja solo se abría si te quedabas totalmente quieta frente a la bailarina.

En el interior, envueltas en un pedazo de terciopelo desvaído, había cosas que había heredado de mi mamá. Dos figuritas de vidrio soplado de Venecia, en forma de leones alados. Un par de pendientes de perlas y un frasco de perfume caro. La deslumbrante vida de Carly reducida a objetos. Esa era la especialidad de mi mamá: deslumbrar a la gente. Todo lo que la rodeaba hacía que te pararas a mirarla. Su risa alegre, su acento melodioso. Su exorbitante belleza.

Cuando era pequeña, solo quería ser como ella; la seguía por toda la casa, me probaba su labial y repetía sus palabras en italiano. Me contaba historias de su niñez que me sonaban a cuentos de hadas, como salidas a medianoche por los canales de Venecia, con las suaves luces de la ciudad refulgiendo en el agua. Aquella fue la época en la que había creído que podía hacerla feliz, que podía levantar el velo que nos separaba y que, de alguna manera, podríamos ser una madre y una hija normales.

Pero aquellas épocas nunca duraban. Al cabo de un tiempo, Carly siempre cambiaba. Su encanto se extinguía como si fuera un fusible roto, y me abandonaba con ojos apagados y una fría indiferencia. O peor aún: con ira. Rompía los espejos y destrozaba mis manualidades, conducía kilómetros y kilómetros hacia el interior del bosque y me amenazaba con abandonarme allí. Como si al esconderme en un lugar tan profundo y silencioso quisiera olvidarse por completo de que yo estaba viva.

Cuando se fue, tuve el impulso de tirar todas las cosas suyas a las que pude echarles mano, de quemarlas junto con mis recuerdos. Pero, en vez de eso, acabé organizando sus pertenencias de manera culpable, me ponía su ropa y leía sus viejos libros de texto; trataba de entender qué le había hecho yo para que se volviera contra mí.

Era una batalla perdida. Nada que tuviera que ver con mi mamá me era ya familiar. Su ropa había perdido la fragancia a lilas y sus notas al margen de los libros se habían borrado. Incluso su nombre me resultaba extraño, escrito en cursiva en la primera página de cada libro. «*Leonora Carlina Tale*». Nunca había utilizado Leonora desde que nací. Siempre había sido Carly. Carly era elegante. Carly podía hacerte trizas.

Cuando acabé con la maleta era ya casi de noche, les busqué un sitio a las chucherías y apilé los libros de mi mamá en la

53

parte de arriba del armario: ejemplares ajados de Shakespeare y de Milton. Después, me dejé caer en la cama y me quedé mirando el mural de guerra y jugueteando con la corbata de Christian, que aún llevaba colgada del cuello. Me resistí al deseo de acercármela a la nariz y descubrir a qué olía su piel.

Debí de quedarme dormida en algún momento porque lo siguiente que recuerdo fue despertar sobresaltada en mitad de la noche, jadeando, y con instantáneas de una pesadilla que se me difuminaban en la cabeza. La luna, que cubría mi cuarto con una pálida luz, estaba en lo alto, lo que la hacía perfectamente visible desde todos los ángulos.

Y, sin embargo, no pude evitar tener la sensación de que había alguien en la esquina, observándome.

5

A la mañana siguiente me desperté sin necesidad de la alarma, desorientada y enredada en las sábanas, con la piel ardiendo como si hubiera tenido fiebre. La ventana de la pared más alejada se había abierto de golpe y los libros apilados encima del armario estaban todos desperdigados por el suelo. «Empezamos bien», pensé, y me arrastré a darme un baño como pude.

Cuando entré en la cocina, mi padre ya estaba allí. Debía de haber vuelto por la noche mientras yo dormía, pero, por las ojeras que traía, deduje que había trabajado hasta tarde y había descansado poco. Del cinturón llevaba colgado un biper negro y brillante, como la máquina que había utilizado Tiago, y tenía un montón de documentos de trabajo encima de la mesa. Pero Jack no los estaba mirando. Tenía entre las manos un libro con tapa de cuero que reconocí enseguida. Era uno de los diarios de mi mamá.

Ella escribía diarios desde que tengo memoria: preciados secretos para los que Jack reclamó el derecho a leer cuando ella murió. Era como si entre aquellas páginas buscara un motivo: la respuesta a por qué lo había dejado. Daba lo mismo que mi padre hubiera dicho aquello de empezar de nuevo en Castello; parecía comportarse igual que siempre.

—¿Qué?, ¿cómo va la red eléctrica? —pregunté, más alto de lo necesario, mientras encendía y apagaba la luz de la cocina para darle más énfasis.

Mi padre dio un respingo, como si saliera del trance, y cerró el diario de golpe.

—Lilly —dijo—. Estás despierta.

—Eso parece —murmuré, con la corbata de Christian colgando de la muñeca, al tiempo que le robaba un trozo de pan tostado. Advertí que mi padre se tensaba al acercarme, como si pensara que le iba a arrebatar el diario de las manos. No me importaba en absoluto. Hacía años que había dejado de intentar entender a mi mamá.

—¿Dormiste bien? —me preguntó Jack, forzando un poco el tono amable—. ¿Qué tal el primer día en la escuela?

—Muy didáctico —dije, agarrando un segundo trozo de pan tostado—. Nos hicieron un análisis de sangre.

—¿Qué? —preguntó.

Ahora, preocupado, quitó rápidamente los documentos de encima de la mesa y los apartó de mi vista. Tal vez no fuera el diario lo que me estaba ocultando.

—Un análisis de sangre —repetí—. Buscaban a unos a los que llaman Santos. ¿Sabes algo de eso?

Durante un instante, mi padre se quedó paralizado, con los documentos en la mano y la mirada fija en mí. En ese momento, el biper que llevaba en el cinturón empezó a emitir un zumbido errático, y volví a perder su atención.

—Bueno, ¡que tengas un buen día! —le oí gritar cuando hacía rato que había salido de la cocina.

Me aguanté las ganas de darme cabezazos contra la pared.

Llegué a la prepa un poquitín antes que el día anterior, pero me pasé un buen rato yendo de aquí para allá, intentando recordar dónde estaba el aula de tercero. Lo que quedaba claro era que debería de haberle prestado más atención a Christian cuando me enseñó el camino. Al cabo de un rato, acabé en un pasillo polvoriento en lo que supuse que era un ala del edificio que no se usaba, porque había tal capa de suciedad en el suelo que iba dejando huellas al caminar. Si no hubiera oído voces al fondo, habría dado media vuelta.

Al final del pasillo había un baño enorme, que ahora servía como almacén, con espejos resquebrajados y lavamanos de mármol a un lado, y montones de pupitres rotos en el otro. Una tubería exterior goteaba agua pared abajo. Y allí, como si lo hubiera conjurado, estaba Christian, apoyado contra uno de los lavamanos, jugueteando con una fina pulsera de cuero que llevaba en la muñeca. Con él estaba Alex, que rebuscaba entre el montón de pupitres para recuperar los botes de pintura que debía de haber escondido allí el día antes.

—Te cubrí las espaldas —estaba diciendo Alex, mientras echaba los botes en su mochila abierta—. Como siempre. Pero tienes que contarme qué está pasando.

—Ya te lo dije —le respondió Christian. Intenté no obsesionarme con el arco de su cuello, o con la maraña dorada de sus rizos. O con la repentina necesidad de acariciárselos—. Me sentí mal y me fui a casa. No hay ninguna gran conspiración.

Alex resopló sin dar crédito y tiró un bote de pintura con más fuerza de la necesaria. Parecía distinto a ayer, más serio. Era como si se hubieran cambiado los papeles.

—Últimamente lo haces mucho. Te sientes mal. Desapareces...

—Alex, para —dijo Christian. Le tiró agua a Alex en la frente, lo que provocó que este se diera la vuelta, ceñudo—. Te estás emparanoiando. No pasa nada.

—¿Ah, sí? —dijo Alex—. Entonces ¿a tu papá no le importó que decidieras saltarte el análisis? ¿O que tuvieran que dejar que Tiago entrara en su casa?

Christian se quedó de repente muy callado. Alex entornó los ojos, se fue hacia él, le agarró la barbilla y se la giró para comprobar algo que no alcancé a ver. Durante un momento, se quedaron los dos quietos, inclinados el uno sobre el otro, como si fueran una estatua: todo bordes fluidos y líneas curvas.

—Eres un mentiroso de mierda —dijo Alex—. Especialmente conmigo.

57

Yo volvía a estar a mitad del pasillo, pues me di cuenta de que ya había visto más de lo que debería, cuando oí que Alex decía:

—¿Y qué pasa con la chica?

Hubo una pausa, una duda, y me quedé paralizada en el acto, con el corazón en la garganta por una razón inexplicable.

—¿Qué chica? —dijo Christian por fin.

La decepción me invadió el cuerpo como un calor líquido.

—Esa —dijo Alex.

Me di la vuelta y lo encontré en la puerta del baño con los brazos cruzados y mirándome fijamente, y me maldije a mí misma por no salir del pasillo lo bastante rápido.

—Te apellidas Deluca, ¿no? —preguntó Alex—. ¿De donde vienes no te enseñaron que es de mala educación espiar a la gente?

Un segundo después, por detrás de él, apareció Christian, con un destello brillante y vulnerable en la mirada.

—Lilly —dijo, y de pronto lo único en lo que pude pensar fue en sus dedos el día anterior rozándome el escote. Por el lento rubor que apareció en su rostro, me pregunté si él también estaba pensando en lo mismo.

Alex emitió un sonido de asco, como si supiera exactamente lo que pasaba por nuestras cabezas.

—A todo esto, ¿de dónde eres? —inquirió—. ¿Y hay alguna posibilidad de devolverte a ese lugar?

—Alex —dijo Christian—. ¿En serio?

Pero Alex solo se encogió de hombros.

—Bienvenida a Castello —me espetó, mientras me dirigía una mirada fría como el hielo—. No te quedes mucho tiempo.

Al pasar a mi lado, me golpeó en el hombro y desapareció por el pasillo. «Genial —pensé—. Otro». Lo mismo Nico y él podían montar un club.

Esperaba que Christian lo siguiera, pero cuando volví a mirar seguía en la puerta, con el ceño algo fruncido. Estaba en una postura indecisa, como si quisiera hacerme una pregunta, pero no encontrara las palabras. El ambiente entre los dos se volvió más denso de lo habitual, cálido y abrumador.

—No le hagas caso a Alex —dijo Christian—. Con quien está enojado es conmigo.

—No pasa nada —dije.

De manera instintiva recorrí su rostro con la mirada y me detuve en un punto oscuro en la mandíbula. Un moretón que se extendía como una mancha de tinta. Lo que le había estado examinando Alex antes. Y ahí estaban otra vez: las ganas terribles de alargar la mano y tocarlo. Acoger su cara entre mis manos.

Entonces me pregunté de dónde narices venían aquellos pensamientos y juré no volver a tenerlos jamás.

«¿Qué chica?», había dicho Christian.

Sin embargo, no hacía ningún esfuerzo por marcharse del pasillo.

—Te traje la corbata —le dije, en un intento de conversación normal, y me la desaté de la muñeca y se la ofrecí—. Gracias por prestármela.

Pero fue un error. Porque en el instante en que me moví, Christian pareció recuperar la razón, y se alejó de mí, con ese pánico familiar que le atravesaba la mirada. Igual que el día anterior. Debería de haberlo sabido.

«No quiere volver a tenerme cerca —me dije consciente de ello—. Teme que le dé una descarga. Me tiene por un bicho raro o algo así».

Un destello de humillación me recorrió el cuerpo e hizo que me ardieran los músculos.

—No me la devuelvas —murmuró Christian—. Te queda bien.

De camino a clase, hizo todo el recorrido dos pasos por delante de mí y, como no me chupaba el dedo, me olvidé de intentar acercarme.

Cuando llegamos a la clase de tercer curso hacía rato que habían dado las ocho, pero no tenía mucha importancia, porque tampoco había llegado la profe. Los pupitres estaban desperdigados y nadie estaba haciendo nada que se pareciera ni de lejos a la tarea. Iacopo acechaba en la ventana con un puñado de cables eléctricos, decidido a cazar un pájaro del tejado. Nico estaba despatarrado a su lado en el alféizar y le enseñaba a hacer una trampa.

—No lo aprietes tanto —le explicó, mientras probaba el círculo de cables con su navaja—. Si no, te harás daño.

Cuando entré en el aula, levantó la vista de forma automática, y observé que, al verme, se le endurecieron los rasgos perfectos de la cara y entornó los ojos con desagrado. El calor que me recorrió el cuerpo esta vez tenía matices cortantes y peligrosos. Quería soltarle: «¿Se puede saber qué te he hecho?».

En el otro extremo del salón, el reloj de pared que había justo encima de la cabeza de Nico se estampó contra el suelo y no le dio de milagro. El gancho que lo sujetaba debía de haber cedido.

—No sé qué pasa conmigo —dije furiosa, y me dejé caer en mi silla al lado de Liza, que se columpiaba hacia atrás en equilibrio sobre dos patas de la silla y disparaba ligas a la cabeza de Susi.

—Nico me odia, Christian se comporta como si yo tuviera la peste y Alex me dijo que vuelva al lugar de donde vine.

—Bueno —dijo Liza, y dejó que la silla cayera de golpe. Llevaba una falda plisada y una camisa de vestir descolorida que le colgaba suelta de los hombros.

—Nico es muy temperamental, Christian es muy dramático y Alex le guarda rencor a todo aquel al que le hable Christian. Pero, si te sirve de consuelo, yo creo que eres perfecta.

—Muchas gracias.

—No, lo digo en serio —dijo Liza. Me tomó de la muñeca y jaló mi silla para acercarla a la suya, a la vez que me lanzaba una de sus medias sonrisas seductoras—. Qué pesados son los chicos, ¿eh?

Durante un instante, cuando me inundó su dulce fragancia a vainilla, mi cerebro pareció hacer cortocircuito. De repente, no recordaba por qué me importaba lo que pensara nadie. Entonces Susi carraspeó a un volumen excesivo, Liza me soltó y le tiró otra liga.

—¿Por casualidad tendrás un cargador? —le pregunté, reuniendo el ingenio suficiente para sacar el celular de mi mochila—. Es que el mío solo sirve con enchufes estadounidenses.

—*Che bello* —dijo Liza, agarró el celular y lo miró de arriba abajo—. No había visto uno de estos en mi vida.

Me dejó boquiabierta.

—¿No habías visto nunca un celular?

—Uno tan chulo no —dijo. Sacó de su mochila un viejo celular con tapa y lo comparó con la pantalla táctil del mío—. Todo lo que hay aquí tiene por lo menos veinte años. El General no permite tecnología nueva. Dice que interfiere en nuestras conexiones espirituales.

—Pues los análisis de sangre son bastante avanzados —señalé.

—Eso es distinto. El propio General inventó esos escáneres. Lo que no permite es lo que viene de fuera. Como los teléfonos inteligentes. O una conexión a internet que funcione de verdad.

Me hice una nota mental para transmitirle esto a mi padre; quería hacerle saber que no era la única que necesitaba wifi desesperadamente.

—Para eso vino aquí mi papá —le expliqué a Liza—. Va a ayudar a modernizar la ciudad.

—¿De verdad? —Liza estiró otra liga entre dos dedos y la tiró a la nuca de Susi—. Jamás lo hubiera pensado. Parece que al General le gustan las cosas tal y como están.

Antes de que pudiera reflexionar sobre aquello, la profesora Marconi entró en clase. Supe que tenía que ser ella porque Liza suspiró y agarró de manera automática un ladrillo de His-

61

toria: *La ciudad de Castello: ayer y hoy.* Pero yo no podía dejar de mirar a aquella mujer.

Lo primero en lo que pensé fue en Carly; no porque se parecieran, sino porque las dos eran extremadamente hermosas. Una belleza fría, el tipo de belleza más poderosa.

—Veronica Marconi —dijo Liza, con cierta carga de respeto a su pesar—. Estoy convencida de que en otra vida era de la realeza.

Era mucho más joven de lo que esperaba; tendría la edad de mi padre, como mucho. Tenía el pelo negro, recogido por detrás en un chongo elegante, y una figura alta y esbelta. Llevaba una blusa blanca de seda, una falda de tubo negra y zapatos de tacón; sencilla, pero imponente. De una sola mirada recorrió toda la clase sin dejarse nada.

—Iacopo Rossi —dijo Veronica—, suelta esa paloma inmediatamente.

—Pero, *professoressa* —balbuceó Iacopo, mientras intentaba esconder por detrás de la espalda la paloma, que movía las alas y le picoteaba los dedos. Estaba claro que la trampa de Nico había funcionado—. Es mi animal de compañía.

—Una murió esperando —dijo Veronica.

La autoridad tiñó su voz de gravedad, pero percibí un deje de cariño en el fondo. Iacopo se quejó, pero dejó que la paloma saliera volando libre por la ventana.

—Gracias, muy amable —dijo Veronica—. Y ahora ya podemos empezar.

Tomó asiento detrás de su mesa y revisó una montaña de papeles.

—Me enteré de que tenemos una recién llegada en la ciudad. Lilliana Deluca. Qué nombre más bonito.

Su mirada se encontró con la mía en mitad del aula y me sonrió. Era una sonrisa sincera, pero también calculada, casi casi afilada.

—El General me dijo que te unirías a nosotros. Espero que los alumnos no hayan sido demasiado maleducados.

FUEGO EN LA SANGRE

Miré a Nico de manera automática. Por una vez, también me devolvía la mirada, con los ojos negros llenos de un brillo desafiante. Me retaba a disentir.

—En absoluto —contesté con tranquilidad.

—Muy bien —dijo Veronica—. A todos les gustará saber que te estás adaptando bien.

La manera en la que dijo «todos» me inquietó, como si hubiera una comisión secreta que juzgara mi comportamiento desde fuera y decidiera si era digna de vivir en Castello. A lo mejor era la misma comisión que juzgaba a los Santos. O quizás era solo el General, solitario y supremo. Por alguna razón, ese me parecía el peor de los casos.

—La semana pasada acabamos de ver la caída del Imperio romano —estaba diciendo Veronica—. Pero, como se acerca el aniversario del Icarium, el General nos pidió que dediquemos el día a recordarlo.

Liza, en claro descontento con la noticia, derribó la montaña de gomas de borrar que había erigido.

—Bien, empezaremos con el video, como siempre —dijo Veronica, y miró hacia el pasillo, por donde un niño pequeño traía rodando con gran esfuerzo un voluminoso televisor antiguo desde el aula más cercana—. Sí, *grazie*, Paolo —le dijo, cuando, tras colocar el televisor en su sitio, el niño pareció mostrar signos de querer quedarse. Él frunció el ceño y salió corriendo.

—La luz, por favor —dijo la profesora, y Susi se levantó de un salto a apagarlas.

—¿Qué vamos a ver? —le pregunté a Liza, mientras la tele volvía a la vida con interferencias.

—Es la historia de Castello según el General —murmuró Liza—. La profesora Marconi nos lo pone una vez al año, cuando se acerca el aniversario del incendio de la iglesia.

—Icarium —dije.

Liza asintió.

—Habrá una ceremonia conmemorativa el mes que viene, pero mientras tanto —señaló la pantalla— el General quiere

63

que recordemos cómo salvó a la ciudad. No puede permitir que haya gente que piense que antes se estaba mejor. —Se recostó en la silla con los brazos cruzados—. Por lo menos tú le vas a sacar provecho —dijo sombría—. Explica todo lo de los Santos.

6

*E*l video empieza con una música como de electricidad estática, heroica y cargadita de trompetas. El símbolo del General
parpadea de manera patriótica por toda la pantalla. «CIUDAD DE
CASTELLO —dicen los títulos de crédito—. RESURGIMOS DEL
FUEGO». La voz quebrada de un hombre comenzó la narración.

«Al principio, había una guerra».

Apareció una vista panorámica de Castello en blanco y negro. Después, planos de las calles: casas destrozadas con el yeso
acribillado por las balas; la plaza central llena de escombros,
como después del impacto de una bomba.

«Siglos de violencia sin sentido que destrozó nuestra ciudad».

El muro limítrofe que me había mostrado Liza el día antes
aparecía completamente elevado, unos seis metros de plancha
metálica y de alambre de espinos que cruzaba el centro de la
plaza como si fuera una barricada. Salpicaduras oscuras en el
suelo de mármol, puede que de sangre. Dos procesiones de
ataúdes camino de la iglesia; unos ataúdes cubiertos con banderas con los escudos de armas de las familias. Rosas para las
víctimas de los Marconi; alas de ángeles para las de los Paradiso.

«Los clanes Marconi y Paradiso: una vieja rivalidad con la
misma potencia militar. Los Paradiso vivían de la industria; los
Marconi, de la tierra. Ambos reclamaban el gobierno de Castello
por derecho de sangre, pero ninguno de los dos lograba imponer-
se en el campo de batalla. Y así la guerra se alargó y se alargó…».

—Y se alargó —murmuró Liza—. Como este video.

—Mezzi —dijo Veronica con frialdad—. Contrólese.

«Pero, mientras luchaban los unos contra los otros, el enemigo real iba ganando terreno en las sombras».

La película mostraba unas figuras inclinadas que desaparecían por un callejón oscuro. Era como una peli de terror de serie B: no sabía si echarme a temblar y poner los ojos en blanco.

Entonces apareció en pantalla una mujer, misteriosa y cauta. Una rosa en la esquina de la pantalla indicaba que era de la parte de la ciudad de los Marconi.

—Siempre supimos que pasaba algo con los vecinos de al lado —dijo—. Había ruidos en mitad de la noche, golpes contra los muebles. Una vez, vi al pequeño levantar la mesa del patio trasero con la mirada. Era monstruoso.

A la mujer la sustituyó un anciano arrugado. Las alas de ángel lo delataban como un Paradiso.

—Hay gente en la ciudad que puede hacer cosas —dijo con voz ronca—. Cosas antinaturales. Los solíamos llamar Santos, como los que obran milagros. Hasta ahora no habían dado problemas, pero de pronto quieren quemarnos vivos en la iglesia. —Entornó los ojos—. Demonios, eso es lo que son, no ángeles como pensábamos.

«En la confusión de esta guerra de los unos contra los otros, nos habíamos vuelto ciegos a la oscuridad interior. Castello estaba a punto de ser asediada. Un mal impío nos había contaminado».

«¡Los Santos!», gritaban las letras en la pantalla.

—Uno de ellos vivía en mi calle —decía una niña pequeña. Tenía unos nueve años y llevaba en las manos una muñeca de paja—. Cuando jugábamos a saltar la cuerda, chasqueaba los dedos y movía la cuerda sola.

—Mi primo era uno de ellos —decía un joven—. Si se enojaba, temblaba toda la casa. Los platos salían volando de las estanterías, reventaban las tuberías y las puertas se cerraban de golpe por todas partes. Casi me mata porque no pude quitarme de en medio.

Los últimos en aparecer fueron una madre y sus hijos, pintorescos de tan normales.

—Mató a mi marido delante de mí —dijo la madre—. Era una niña. Le señaló el cuello y se ahogó. —Agarró a sus hijos de los hombros con valentía—. La Biblia dice: «No permitirán que viva la bruja», así que me pregunto por qué se lo permitimos.

La película se quedaba en silencio el tiempo suficiente para que calara el mensaje. Me removí, incómoda, y me pregunté hacia dónde iba todo aquello. Seguía medio dominada por el impulso de tomármelo a risa, pero desconcertada por lo serio que se lo tomaba esta gente. Estaban diciendo auténticas locuras. Pero es que parecía que se las creían de verdad.

«¿Quiénes eran los Santos? —preguntaba el narrador—. ¿Por qué estaban en Castello? Nadie lo sabía con certeza. Lo único que sabíamos es que eran hijos del mal, nacidos con sangre impura en las venas. Sus capacidades iban contra las leyes de Dios. Y, sin embargo, habíamos dejado que vivieran entre nosotros durante décadas, disfrazados como nuestros vecinos, nuestros hijos, nuestros amigos. Habían diseminado su veneno a ambos lados de la ciudad, conspirando por igual contra los Marconi y los Paradiso. Se habían preparado para exterminarnos a todos».

De pronto la pantalla se llenó de llamas. Columnas de humo que tapaban el cielo. Era la iglesia, quemándose.

«El fuego nos abrió los ojos. Dos Santos de clanes opuestos se asociaron. Con la combinación de sus poderes eran más fuertes de lo que nos podíamos imaginar. Se aliaron para iniciar una matanza. Cientos de personas murieron aquella noche en la iglesia. La buena gente de nuestra ciudad fue aniquilada por los poderes de las tinieblas».

Apareció la foto de un chico rubio, como si fuera la de una ficha policial, pero sin el número. De manera instintiva, sentí una punzada de simpatía por él, a pesar de lo que contaba el narrador. Tenía más o menos mi edad.

67

«Se persiguió a los dos Santos que provocaron el incendio por sus delitos. El chico Paradiso fue capturado. La chica Marconi escapó. Pero los ciudadanos de Castello habíamos aprendido la lección. Los Santos eran abominaciones. Habían superado las rivalidades entre clanes para destruirnos; para destruirlos a ellos, haríamos lo mismo».

La iglesia era ahora una montaña de brasas, y había una tarima desvencijada delante de las ruinas y un chico vestido con una capa que se dirigía a la gente en la plaza. La figura estaba borrosa porque el video era antiguo, pero el poder que tenía sobre la multitud era inconfundible. Cuando la cámara se acercó, todas las caras estaban en pleno éxtasis.

«Que los Marconi y los Paradiso pactaran una tregua había sido hasta entonces algo impensable. Pero ahora teníamos la suerte de contar con un mediador, un profeta que llegó en nuestro peor momento para mostrarnos el camino. El General se dedicó en cuerpo y alma a unir Castello. Sabía que podía romperse para siempre la maldición de una guerra perpetua en nuestra ciudad. Solo teníamos que deshacernos de los brujos que habitaban entre nosotros. Los dos clanes teníamos que deshacernos juntos de los Santos».

De nuevo la plaza central. Se había replegado el muro limítrofe; en su lugar había una hoguera de maderas con una estaca plantada en el medio. Cuando me di cuenta de lo que estaba viendo se me cayó el bolígrafo que tenía en la mano. El chico de la ficha policial estaba atado a la estaca. Un joven alto y guapo con una antorcha daba vueltas a su alrededor en la plaza. El pavor me atravesó el cuerpo como si fuera agua helada; todas las piezas encajaban. Pensé en lo que me había dicho Liza, la manera despreocupada en la que lo soltó ayer: «Nos libramos de ellos».

Iban a matar al chico. Lo iban a quemar.

Me inundó una oleada de náuseas e intenté ponerme en pie; necesitaba salir de allí, escapar de lo que estaba viendo. Liza me agarró de la muñeca y me volvió a sentar de un jalón.

—No puedes —susurró.

«El mismísimo General hizo el mayor sacrificio —nos informaba el narrador, mientras la hoguera del chico empezaba a arder—. Entregó a su propio hermano para que fuera purificado. Después reunió un escuadrón neutral de ejecutores, que utilizó los análisis de sangre para cazar Santos a ambos lados de la ciudad».

Grupos de hombres con uniforme gris se apiñaban en todoterrenos militares con armas colgadas al hombro. Llamaban a las puertas, irrumpían en las casas, esposaban a la gente y se la llevaban. Las familias saludaban de manera entusiasta desde ventanas y portales.

«Al final, los buenos ciudadanos de Castello habían aprendido a reconocer a su verdadero enemigo. Los Marconi y los Paradiso dejaron de luchar entre ellos en las calles. Se habían salvado miles de vidas inocentes».

Los niños tomaban de la mano delante de la iglesia recién construida. El General, vestido con su capa, estaba en la terraza de mármol. A su derecha, Veronica Marconi. Aparentaba diecisiete años, joven pero curtida, una belleza inconfundible incluso en ese video borroso. A la izquierda del General, se encontraba un hombre con una gruesa gabardina apoyado en un bastón. El representante de los Paradiso, supuse.

«Los líderes de los clanes se vieron por primera vez en paz, bajo la supervisión del General».

El hombre de los Paradiso alargó la mano por delante del General y se la estrechó a Veronica. Me pareció condescendiente, como si pensara que era una niña pequeña.

«Se forjó una tregua permanente. Los clanes juraron permanecer unidos para siempre contra los Santos. Y nombraron al General custodio de Castello, para que les ayudara a cumplir su juramento sagrado. Sería un gobernante humilde e imparcial, que cuidaría por igual del norte y del sur».

Unos trabajadores pegaban carteles en los edificios, fáciles de reconocer porque aún seguían allí hoy en día. «SALVEZZA»,

69

«UNITÀ», «VITTORIA», «SACRIFICIO». Llenaban con ellos la ciudad hasta que fuera imposible no verlos. Sobre el dintel de la entrada de Lafolia, se erigía el símbolo de la trinidad del General, que sustituía al viejo de Castello con la llave y el puñal.

«Con el General al mando, en unos pocos años se eliminaron de nuestra ciudad a los Santos que quedaban. Se declaró limpia a Castello».

Un último plano de la plaza central, con la iglesia nueva y, delante, una hoguera. Una chica atada a la estaca. Tal vez la última Santa que se quemó. Siguiendo las indicaciones del General, el mismo joven guapo bajó las escaleras de la iglesia con su antorcha. Apreté fuerte los ojos para combatir el terror que me invadió; me negué a presenciar aquello. Pero no me atreví a taparme los oídos. Así que, pese al chirriante sonido de baja calidad, pude oír los gritos de la chica.

Cuando volví a abrir los ojos, la pantalla mostraba de nuevo la vista panorámica de Castello bajo el cielo, sombría y triste. Los títulos de crédito se superpusieron a la imagen: «En el momento de esta grabación hace más de dieciocho meses que no hay Santos en Castello. Pero el General les recuerda que permanezcan alerta. Es obligatorio cumplir con los análisis de sangre. Informe de cualquier comportamiento anómalo. La colaboración entre el norte y el sur es esencial para nuestra seguridad. Las personas que violen la tregua serán juzgadas por el General y castigadas como crea conveniente».

Música estruendosa de trompetas, como en la apertura.

«Ciudad de Castello. Resurgimos del fuego».

Y después tres palabras: «VIVA EL GENERAL».

Por toda el aula, mis compañeros de clase contestaron en piloto automático, y esta vez me vi contestando con ellos, demasiado paralizada para resistirme, empujada por la fuerza del grupo.

—Porque solo él nos protege.

7

La pantalla del video se fundió a negro. La oscuridad que reinaba en el aula la rompió un ligero aplauso sarcástico.

—Vaya obra maestra —oí que decía Alex—. ¡Que le den la Palma de Oro!

—No es necesario hacer comentarios, Latore —dijo Veronica, y encendió las luces.

El aula se enfocó de repente. Liza me observaba, con la mirada afilada y mordaz, esperando mi reacción. Veronica había vuelto a ordenar unos papeles y continuaba sin problemas su planificación de la clase.

—Una película que siempre resulta informativa —dijo—, aunque algo desfasada. Me pidieron que les dé algunas estadísticas más recientes. —Localizó una página y la leyó en voz alta—. El General les recuerda que el 1 de noviembre celebramos el vigésimo aniversario del incendio del Icarium. Durante más de una década no se ha encontrado a ningún Santo. La tregua entre el norte y el sur se sigue cumpliendo sin complicaciones. El toque de queda continúa fijado a las ocho en punto de la noche. Las tentativas de violencia entre clanes se consideran delitos contra la ciudad, y pueden acarrear prisión o la muerte. —Dejó la página en la mesa—. Mientras tanto, la semana que viene nos adentraremos en la Edad Media. ¿A alguien le gustaría hacer un trabajo sobre la fundación de Castello?

Susi levantó la mano, como una exhalación, todo lo que pudo. Veronica suspiró.

—¿A alguien le gustaría hacerlo, aparte de Susi?

Susi echaba chispas por los ojos.

—Lo siento, querida —dijo Veronica—, pero siempre lo haces tú.

Me apreté las mejillas para intentar sentir algo. El video me había congelado por dentro. En cierto modo, supongo que debía de haberlo visto venir; de hecho, Liza ya había intentado advertirme. Todo aquello de la rivalidad, la tregua y el ascenso al poder del General mediante la persecución de los Santos. Había sido tan buena que me había contado que los habían matado. Pero me había negado a creerlo. Parecía demasiado rocambolesco, demasiado imposible. No le puedes prender fuego a la gente e irte como si nada. Y, sin embargo, era exactamente eso lo que había hecho Castello.

«Queman a los brujos —pensé, confusa—. En esta ciudad todavía siguen quemando a los brujos».

Pero los brujos no existieron. Y eso empeoraba aún más el asunto.

«El General se lo inventó —caí en la cuenta—. Tenía que asustar a la gente, darles algo contra lo que arremeter. Por eso les contó historias de demonios, y la ciudad se las creyó. Los Santos son un invento. Y, aun así, la gente los quemó».

—Lilly. —Liza me sacudía el hombro con insistencia—. Estás pálida. En la escuela no tenemos enfermera ni nada por el estilo, así que, si te desmayas, vendrá Giorgia a echarte agua en la cabeza y ya está.

Parpadeé con dificultad, obligándome a centrar la mirada; buscaba algo normal que decir después de lo que acababa de ver.

—Estoy bien —balbuceé, lo que era una infame mentira—. Solo impactada.

—Los Santos —dijo Liza, sagaz.

Asentí.

—No esperaba…

«¿El qué? —me pregunté a mí misma—. ¿Verlos morir así? ¿Oír sus gritos?».

—No esperaba que se los hubieran inventado —dije yo por fin—. Cuando ayer no me quisiste hablar de ellos, pensé que había sido porque había algo que, de algún modo, los hacía terribles. No porque fueran un invento.

—Ah —dijo Liza, con un deje de disculpa—, pero es que no lo son.

—¿Qué?

—Los Santos no son ningún invento, Lilly.

—¿Es una broma o algo así?

—No —dijo Liza, inexpresiva—. Pero, si te vas a reír, hazlo ahora que la profesora Marconi está distraída.

Miré a mi alrededor. Veronica estaba en pleno debate acalorado con Iacopo, a quien le había encargado el trabajo en lugar de Susi. Iacopo parecía a punto de tirar un petardo en su propia cara para salir de allí.

—Esperaba que lo entendieras una vez que hubieras visto el video —dijo Liza, mientras jugaba con un mechón de pelo—. Si hubiera intentado explicártelo antes, te habría parecido delirante, pero lo que sale en el video es bastante claro.

—¿Claro? —repetí—. Hablaban de brujos y de brujas, de demonios y de superpoderes. Eso no es claro, Liza; eso es de psicópatas.

—Es solo historia —dijo, encogiéndose de hombros—. Así funcionan las cosas en Castello.

Me le quedé mirando, con las mejillas encendidas por la frustración. Liza era la primera persona en quien había elegido confiar en esta ciudad; no quería descubrir que, en el fondo, se estaba volviendo loca.

—¿Me estás diciendo que crees lo que dice el General? —le pedí que me aclarara—. ¿De verdad piensas que hay gente circulando por ahí con una especie de… facultades mágicas con las que pueden estrangularte y apagarte los electrodomésticos de la cocina?

—No es magia —dijo Liza, casi ofendida—. Los Santos tienen poder. Y lo que es seguro es que ya no circulan por ahí.

73

—No despegaba sus brillantes ojos verdes de los míos—. ¿No pusiste atención? Los quemamos a todos.

—Pero ¿cómo? —me oí tartamudear—. ¿Cómo se permitió que ocurriera aquello? ¿Por qué no lo paró nadie?

—¿Quién? —preguntó Liza, con verdadera curiosidad.

—Cualquiera. No estamos en el siglo xv, ahora hay leyes para todo. No puedes matar a la gente porque sospechas que hace brujería...

—¿Ah, no? —dijo Liza—. Nunca viene nadie a Castello. Ni tampoco se va nadie, la verdad. Así que la mayor parte del tiempo aquí hacemos lo que queremos. Yo, por lo menos, creo que hay muchas ciudades así.

Recordé el camino enlodado que habíamos tomado para llegar aquí; el barranco que habíamos cruzado, con las montañas y el bosque a cada lado. La imagen de Google Maps, demasiado borrosa para poder distinguir algo. De repente, me pregunté si podía olvidarse una ciudad entera. Si llevaba mucho tiempo perdida en lo alto de las montañas, si la gente dejaba de ir y venir, y si además el tipo que estaba al mando quería que las cosas siguieran así...

Pero ¿por qué había contratado a mi padre?

—Además —dijo Liza, cortando el hilo de mis pensamientos—, los Santos no eran sospechosos de brujería. Eran brujos de verdad.

—Seguro —dije entre dientes—. Claro, eran brujos de verdad, uy, eso tiene muchísimo sentido...

—No tienes por qué creerme a mí —dijo—. Hay muchas pruebas. Antes de ejecutarlos, el General obligó a los Santos a utilizar sus poderes. Como recordatorio para aquellos que tuvieran dudas de lo peligrosos que eran. Está todo guardado en videos en los archivos. Y es de acceso público, por si quieres ir...

—No —dije con dureza—. Paso.

Lo dije bajando la voz, consciente de que algunos de mis compañeros no me quitaban ojo y escuchaban la discusión. Puede que tuvieran miedo de que fuera a denunciarlos a la OTAN por quemar a la gente atada a estacas. O a lo mejor pensaban que yo misma era una bruja y que me iban a tener que quemar. De pronto, me sentí por completo fuera de sitio, flotando a duras penas en la parte más profunda de una alberca muy peligrosa.

Las opciones brotaron en mi cabeza como fuegos artificiales, mi instinto de supervivencia de la infancia resurgía del lugar donde lo había sepultado. «Corre. Escóndete. Mantén la cabeza gacha y no les darás una razón para que te hagan daño».

Me dije a mí misma que podía hacerlo. Había tenido mucha práctica con mi mamá.

—Okey —dije por fin, y tomé aire y miré a Liza a los ojos. Parecía preocupada por mí, pero al mismo tiempo enojada, como si le hubiera fallado al negarme a creer que Castello había sido en algún momento un hervidero de actividad sobrenatural—. Con lo de los Santos supongo que tendremos que estar de acuerdo en que no estamos de acuerdo.

Liza sonrió ligeramente.

—Eres cabezona, ¿eh?

—Me gusta pensar que es algo lógico.

—Si hay pruebas no es lógico.

—Nadie puede demostrar la existencia de las brujas —le solté—. Es absurdo.

—Lilly —dijo con lástima—, ¿qué sabrás tú?

Estuve tensa toda la tarde, dando vueltas por la casa; me dolía todo el cuerpo por el impacto del video. Había abierto las ventanas de par en par para dejar que corriera el aire frío por todas las habitaciones, con la esperanza de que eso me calmara. La ciudad olía a humo y, por debajo de eso, a podrido. A flores marchitas tiradas por las calles. Y no porque hubiera visto una sola flor en Castello. Solo la imagen vaga de la rosa de los Marconi.

Cuando mi padre llegó a casa, ya era casi de noche. Yo ya había vuelto a hacer la maleta y la había dejado al lado de la puerta, pero no se dio cuenta, pues incluso al entrar en la casa iba absorto en una carpeta del trabajo. Pude vislumbrar huellas dactilares difuminadas, planos eléctricos, símbolos dibujados como de una lengua antigua… antes de que Jack se diera cuenta de que estaba echándole un ojo y cerrara la carpeta de golpe. Igual que por la mañana: me ocultaba cosas.

—¿Qué tiene de información confidencial instalar internet? —le pregunté.

Mi padre sonrió de manera distraída.

—Al General le gusta llevar las cosas en secreto.

Me pregunté qué se suponía que significaba eso y luego decidí que no me importaba.

—Me regreso a casa —dije.

Jack detuvo la acción de remangarse. La tela de su camisa era de cuadros y estaba manchada de grasa, y sabía con exactitud cómo olía, aunque hacía años que no me acercaba tanto a él como para saberlo. A menta y a limón, mezclados con el fuerte olor a aceite de motor. El aroma de mi infancia. De las partes buenas, por lo menos.

—No tienes por qué acompañarme —dije, continuando con el discurso que había preparado—. Si prefieres quedarte aquí, puedo vivir con Gracie. Solo necesito las llaves del coche y las indicaciones para llegar al aeropuerto.

—Lilly, de verdad… —dijo Jack con su voz de padre paciente—. La escuela no puede estar tan mal.

—La escuela no es el problema.

—Entonces, ¿qué…?

—Es por los Santos.

Algo oscuro asomó en el rostro de mi padre antes de que pudiera ocultarlo.

—O sea, que has oído hablar de ellos, ¿no? Ya me parecía.

—Solo de pasada —dijo Jack—. Relacionado con todo un montón de supersticiones. Pero me aseguraron que ya no suponían un problema…

—Brujos —lo interrumpí—. La gente cree que son brujos. Y los matan…

—Los mataban, Lilly —dijo mi padre rápidamente—. Así pensaban antes. Pero eso fue hace décadas. Ahora, gracias a Dios, ya entraron en razón...

—Si entraron en razón, ¿por qué nos siguen haciendo análisis de sangre?

—¿Ah, sí? —Esta vez el destello de oscuridad que cruzó el rostro de mi padre fue casi de miedo.

—Te lo dije ayer, pero no me estabas escuchando... Vinieron unos tipos a la escuela. Unos soldados del General. Nos hicieron análisis a todos. Liza dice que se los hacen una vez al mes.

—Seguro que es una vieja costumbre —dijo mi padre, frunciendo el ceño—. Entonces la próxima vez te quedas en casa. Quiero que te sientas segura.

—Pero es que no me siento segura —le espeté, y la luz del pasillo, rozando de nuevo el apagón, parpadeó como para darme la razón—. Toda esta ciudad es insegura. Quiero volver a Maine.

—Sabes que no es posible —dijo Jack firme—. Ahora vivimos aquí. Tenemos que darle una oportunidad. No te voy a enviar sola allí como si fueras una huérfana...

—¿Por qué no? ¿Te da miedo estropear la dinámica de familia feliz que tenemos?

Mi padre se estremeció y sentí una punzada de arrepentimiento, como una quemazón en la garganta.

—Si es que apenas hablamos. De hecho, casi ni nos vemos. Así que no entiendo por qué no puedo volver a casa...

—Porque lo digo yo —repuso Jack con los ojos brillantes.

Era lo más duro que me había dicho en siglos, y tuve que morderme el labio y también la lengua. Mi padre parecía de pronto cansado, con la decepción grabada en la cara. La única emoción que sabía cómo provocarle.

Algo doloroso me recorrió el cuerpo como una oleada de calor que crecía y crecía, hasta que el repentino estallido de la bombilla que tenía encima de la cabeza me devolvió a la realidad.

Los dos dimos un respingo y nos cubrimos la cara con las manos para protegernos de la lluvia de cristales.

«¿Ves? —quise gritar en la oscuridad—. Este sitio está maldito».

Pero sabía reconocer una discusión perdida cuando la tenía delante. Jack era la única persona del mundo más terca que yo. A veces pensaba que había heredado lo peor de mis padres: la fuerza de voluntad destructiva de mi papá y la ira de mi mamá.

—Siento que no seas feliz aquí —dijo por fin Jack—. Siento que sea duro. Pero no es más que una vieja ciudad, Lilly. No puedes permitir que te afecten las supersticiones. Y además… no nos quedaremos aquí para siempre. Solo necesito algo de tiempo para hacer este trabajo. Tengo que… —Se interrumpió, como si librara una lucha interna.

—Tienes que ¿qué? —susurré.

Pero Jack negó con la cabeza y se encerró en sí mismo.

—Da igual.

—¿Cómo es el General? —pregunté después de quedarnos el tiempo suficiente en la oscuridad el uno delante del otro—. Quiero decir que es tu jefe, ¿no? ¿Qué piensas de él?

Jack no respondió enseguida. Cuando lo hizo, hubo algo en su voz que no me gustó nada. Parecía admiración.

—Habla muy bien.

8

*E*l resto de la semana fue, para mi sorpresa, bastante normal. Sin ejecutores, ni mención alguna a los Santos. No era capaz de decidir si eso era un alivio o no. Había fotogramas del video que seguían apareciendo en mi cabeza: la chica que gritaba en la hoguera, la figura magnética del General que predicaba a la multitud. A veces me sorprendía a mí misma mirando fijamente a mis compañeros de clase —a Iacopo haciendo experimentos con líquidos en el laboratorio de química; a Giorgia pintándose las uñas detrás del libro de texto— y pensaba: «Creen en las brujas. Creen que hay que matarlas».

En aquellos momentos, tenía que hacer acopio de todo el autocontrol que había en mí para no salir corriendo por las puertas de la ciudad. Pero ese saber subyacente de que estaba en tierra de nadie era lo que acababa haciendo que me quedara donde estaba. Me fastidiaba reconocer que, sin mi padre, no tenía ni idea de adónde ir.

No ayudaba el hecho de que parecía que Castello me enfermaba físicamente. Dormía poco, atormentada por los sueños durante casi toda la noche; como aquellos meses tortuosos después de morir mi mamá, cuando apenas podía meterme en la cama sin acabar despertándome a gritos un poco más tarde. Ya no gritaba, y los sueños eran distintos, pero la sensación de miedo era la misma; una desesperación densa y sombría, la sensación de estar atrapada sin salida. Más tarde, también había empezado a ver a un chico, una silueta difusa en una nube de humo. Tenía rizos tintados de fuego y un destello brillante en sus ojos azules. Me dolía anhelarlo, me sentía vacía y enferma por el deseo de llegar a él. Pero no era algo bueno. Nunca conseguía acercarme lo suficiente.

Después de esos sueños, me sentía nerviosa e inquieta durante todo el día, me ardía la piel y se me instalaba un dolor de cabeza en las sienes. Era como si se estuviera fraguando una tormenta en mi interior, como si mi cuerpo se rebelara contra la ciudad.

Por lo menos no tenía que concentrarme demasiado en la escuela. Aparte de Veronica Marconi con la historia, ningún profesor se preocupaba en exceso de las clases. La mayoría se contentaba con entrar y salir ilesos del caos generalizado de nuestra aula. Aprendí algunas cosas más sobre cómo funcionaban los dos lados de Castello: clases de Economía de los campos de cultivo de los Marconi y de las fábricas de los Paradiso; clases de Historia del Arte, donde analizábamos fotos de la cantera de mármol del norte… seguidas de interminables homilías sobre lo visionario que era el General al hacer que los clanes compartieran sus recursos. Sentí que si Liza ponía los ojos en blanco unos segundos más corría el riesgo de perderlos por detrás de la cabeza.

Al final de la semana, había hecho lo que me había prometido a mí misma: integrarme y pasar desapercibida. No ser una amenaza para nadie. Salvo, al parecer, para Alex, que no perdía la oportunidad de mirarme con desagrado. Y para Nico, claro está. Me aborrecía, y yo había dejado de intentar averiguar por qué. En vez de eso, le devolvía las mismas oleadas de desprecio que recibía de él, y decidí que, si estábamos destinados a ser enemigos, daría lo mejor de mí.

La mayor parte de mis primeros fines de semana en Castello la pasé encerrada en mi habitación, intentando hacer la tarea de Historia. Jack, como siempre, estaba en el trabajo; me había acostumbrado a cerrar con tal estruendo armarios y puertas cuando estaba en casa que casi no lo culpé por huir de allí.

La tarea que tenía era una ficha de trabajo sobre la fundación de Castello como reino medieval sobre las ruinas de una ciudad romana. La leyenda contaba que los primeros reyes habían desenterrado la llave de la ciudad y la habían convertido en el símbolo del linaje real. Había pasado de soberano en soberano —entre la peste y la prosperidad, las inundaciones y el hambre— hasta que un rey había sufrido la desgracia de tener dos hijos gemelos, y ambos habían decidido que tenían derecho a sucederlo. Cada uno de ellos había tomado su propio nombre dinástico como manera de distinguirse de su hermano: Vittorio de la casa Marconi y Angelico de la casa Paradiso. Y las dos dinastías habían reclamado la posesión de la llave. Que empiecen las guerras de los clanes.

Por lo menos ahora el mural de mi habitación tenía sentido: aquellos antiguos caballeros que marchaban el uno contra el otro con sus pendones con la rosa y las alas de ángel. La llave se había perdido durante las primeras batallas, pero, a pesar de eso, los clanes habían seguido luchando. Y no habían parado. Ni siquiera el hecho de construir un muro de separación había cambiado nada. O sea, que el video del General no exageraba. Antes de que él apareciera, la guerra había sido prácticamente eterna. Era un milagro que hubiera conseguido traer la paz total.

«No, no es un milagro —me dije a mí misma—. Asesinó a gente. Los Santos murieron por esa paz».

—¿Y tú qué crees? —le pregunté al caballero que estaba justo encima de mi cama, con una espada atravesada en el pecho—. ¿Había brujos de verdad? ¿Tengo que aceptar que existieran?

Mi caballero no me contestó. Estaba demasiado ocupado sangrando.

El domingo por la tarde Liza llamó a la puerta. Me acababa de quitar la piyama y llevaba todo el día como atontada después de otra noche de dormir mal. Volvía a tener la corbata de Christian enrollada en la muñeca; se estaba convirtiendo en una mala costumbre. Sabía que tal vez debiera deshacerme de ella, de ese recordatorio del chico que se estremecía cuando intentaba tocarlo. Pero era incapaz de forzarme a dar el paso. No podía escapar a su recuerdo en el pasillo: sus ojos azules fijos en los míos, la forma indefensa en la que se le encendieron las mejillas. El aire entre nosotros, cálido, intenso y eléctrico. Algunas noches incluso me permitía fantasear con que el chico que veía en mis sueños era él. Pero luego me dije que estaba haciendo el ridículo. Porque, durante todo el día, Christian parecía empeñado en fingir que no me conocía.

—¿Cómo entraste? —le pregunté, cuando abrí la puerta del departamento y vi que Liza esperaba en el rellano.

—La planta baja no estaba cerrada —dijo, aunque yo habría jurado que lo estaba—. Tenía la sensación de que andarías deambulando por aquí sola. Eso no lo podemos permitir.

Le costó un rato, pero acabó convenciéndome de salir. Imaginé que era mejor eso que hablarles a las paredes y comerme la cabeza con la corbata de un chico.

El cielo seguía brillando por encima de nosotras, pero se habían encendido las antorchas de los edificios anticipándose a la noche, y descubrí que ese fuego a la luz del día tenía cierto encanto. Les confería un halo de misterio a las partes decadentes y sombrías de la ciudad, como en una escena de un cuento popular. Me vi obligada a reconocer que, con toda seguridad, hubo un tiempo en el que Castello había sido muy hermosa.

Liza me guio por las calles, cruzamos la puerta de entrada a la ciudad, con aquellos dientes de hierro colgando severos sobre el horizonte. Muy por encima de ellos, había soldados armados que hacían guardia, siluetas oscuras apostadas en lo alto del muro.

—¿Hay ejecutores ahí todo el tiempo? —pregunté, e intenté recordar si los había visto cuando llegamos a Castello. En aquel momento, me habían distraído tanto las vistas de la ciudad que no me había fijado en nada más.

—Si las puertas están abiertas, entonces es que están allá arriba —dijo Liza—. Controlan quién entra y quién sale. Al General le gusta saber qué pasa en su ciudad.

Hice una mueca e intenté que aquello no me inquietara: otro revés para cualquier posible huida de Castello. Giramos en una bocacalle y entramos en una tienda lóbrega, como las que veía de camino a la escuela. Era un local con estanterías con caramelos envueltos en plásticos arrugados y cartones de tabaco detrás del mostrador.

—¿Qué quieres? —me preguntó Liza, mientras iba hacia el mostrador de chocolate del fondo de la tienda.

—No traje dinero.

Se rio.

—¿Y?

Deslizó una mano experta por las estanterías, agarró varios dulces y se los guardó a escondidas en el bolsillo de la chamarra.

—Liza —le dije entre dientes, mientras miraba a mi alrededor por si alguien se había dado cuenta.

—Ay, vamos —dijo, mirándome a los ojos—. No eres tan buena.

¿Y cómo iba a decepcionarla?

Acabamos en una banca de piedra de un pequeño patio, con el botín de golosinas de Liza esparcido en medio de las dos. Ella les hincó el diente enseguida, pero yo comí más lenta, más interesada en observar a la gente. Vi a unos hombres manchados de tierra con overoles de granjero, mujeres con la compra en cestos de mimbre. Todos parecían mayores, encorvados y agotados, como si hubieran salido de una fotografía en blanco y negro.

—Liza —me descubrí preguntándole—, ¿el General dijo alguna vez de dónde sacaban el poder los Santos?

Se giró de golpe y me miró fijamente, con un chocolate a medio camino de la boca, impactada por que hubiera decidido sacar el tema, habida cuenta de nuestra probada diferencia de opiniones. Pero, daba igual lo que hiciera, no podía quitarme a los Santos de la cabeza. No podía evitar saber que todo el que pasaba por allí creía en ellos a pies juntillas.

—Es decir, ¿le tenían que vender su alma al diablo o algo así?

—No le vendían su alma —explicó Liza lentamente—. No tenían que hacer nada. —Echó un ojo al patio, para asegurarse de que no nos escuchaban—. El General da un montón de discursos diciendo que los Santos son demonios, pero, al fin y al cabo, hay quien nace así. Si te fijas bien, en todas las familias hay un inadaptado.

—Pero ser un inadaptado no es lo mismo que tener superpoderes —afirmé—. No entiendo cómo las personas puede llegar a convertirse en brujos y brujas…

—Es por la ciudad —dijo Liza sin dudar—. Es algo que tiene que ver con la ciudad. En Castello ha habido gente con poderes desde tiempos inmemoriales. Los rumores dicen que incluso los antiguos reyes gobernaban así. Y los clanes también conocían la existencia de los Santos desde hace muchos años. Los utilizaban en la guerra; los entrenaban como soldados y los enviaban a las primeras líneas del frente. Eso el video se lo salta.

Se apartó un mechón de pelo sedoso por detrás del hombro y clavó en mí sus vívidos ojos verdes.

—El caso es que los Santos han existido aquí desde siempre. El General no fue el primero en descubrir que tenían poderes. Solo fue el primero en matarlos por ese motivo.

Nos estábamos poniendo en pie para marcharnos cuando llegó un fuerte sonido del patio: las revoluciones de unos motores y el chirriar de unos neumáticos sobre los adoquines. Un convoy apareció a toda velocidad a la vuelta de la esquina.

Lo encabezaban dos ejecutores, a lomos de unas brillantes motos negras con el símbolo de la trinidad de Castello en las ruedas, seguidos por un sedán negro y un herrumbroso camión militar con una docena de ejecutores más en la parte de atrás. La gente del pueblo se desperdigó al paso del cortejo, bajó las persianas de golpe y cerró con llave las puertas. Me invadió el miedo: tuve la repentina convicción de que los soldados venían por nosotras. Sabían que habíamos estado hablando de los Santos y ahora querían castigarnos.

Pero, en vez de eso, el convoy pasó como un relámpago por delante de nosotras y se detuvo en seco al final del patio.

—¿Qué pasa? —le pregunté a Liza, mientras observaba a los ejecutores bajar en tromba de la parte trasera del camión para aporrear las puertas cerradas. Tiago se bajó de una de las motos y desenfundó su arma. Solo el sedán negro permaneció completamente quieto, con los pasajeros ocultos tras las ventanillas tintadas.

—Es una redada —explicó Liza—. Lo hacen de vez en cuando. Comprobaciones aleatorias de lealtad, para asegurarse de que nadie oculta pruebas sobre los Santos.

Hice una mueca de dolor cuando vi que los esbirros se abrían paso en una casa con unas cuantas patadas bien dadas. En el interior, se oyó el estrépito de mesas y sillas volcadas. Una mujer gritó. Aquella eficiencia brutal me revolvió el estómago.

—Pero es extraño —murmuró Liza—. Ya estuvieron en esta zona el mes pasado. A veces pienso que las redadas no son para nada aleatorias. A veces creo que buscan algo concreto.

—¿Como qué?

Pero Liza se encogió de hombros.

—Ahora creo que deberíamos irnos, antes de que Tiago la tome con nosotras por estar aquí merodeando.

Les eché una última mirada a los soldados que entraban y salían de los edificios, y que tiraban en la parte trasera del camión los libros y los cachivaches confiscados de las casas. Candelabros metálicos, viejos marcos de cuadros, una bandeja de plata oxidada. Era difícil imaginar cómo cualquiera de aquellas cosas podía ser interpretada como desleal.

Al darme la vuelta para irme, me volvió a llamar la atención el sedán negro. A través de la ventanilla tintada, atisbé un movimiento. Algo muy leve, como una cabeza que se giraba. Como si quien había dentro me estuviera mirando ahora a mí.

—¿Quién va en el coche negro? —le pregunté a Liza, mientras nos alejábamos calle arriba.

Dudó, con los labios hacia dentro, y algo en los ojos que, de repente, me hizo temer la respuesta.

—No está confirmado —dijo—. Es decir, hay quien cree que nunca sale de la iglesia. Pero…, técnicamente, pertenece al General.

Aquella noche soñé con un incendio. Me encontraba en la plaza, mirando a una chica arder en una estaca de madera. Había otra decena de chicas en torno a mí, todas encadenadas y esperando a subir los escalones de la hoguera. Sentía el pánico en la garganta, mi cuerpo intentaba en vano librarse de los grilletes. Yo no tenía por qué estar allí; había habido un error. No tenía que morir así.

Era ya mi turno para la hoguera cuando divisé al chico. Cruzaba la plaza a través del humo, envuelto en una red de luz dorada. La neblina y la distancia le difuminaban los rasgos, pero, aun así, lo reconocí en lo más hondo de mi cuerpo, allí donde se albergan todos los secretos. Reconocí que lo necesitaba. Que si pudiera llegar a él, como fuera, las llamas no podrían atraparme. Porque estaría en sus brazos.

«Christian —pensé—. Christian, por favor».

Fue en ese mismo instante cuando la chica de la estaca giró la cabeza, me miró a los ojos y empezó a gritar.

9

La semana siguiente, de camino a la escuela, noté algo distinto. La abandonada plaza de la ciudad bullía de actividad con trabajadores que descargaban camiones con postes de madera y montones de telas, todo supervisado por un enjambre de ejecutores. Mantuve las distancias, con la cabeza gacha, muy consciente tras la redada de lo peligrosos que eran. Pero... habría jurado que estaban levantando carpas de circo.

—Ahí fuera está pasando algo —le informé a Liza el jueves, al sentarme a su lado en clase.

Ya me había tocado soportar la bromita de la mañana de Iacopo: una tira de hilo dental casi invisible cruzada en la puerta a modo de trampa. La advertí a tiempo de saltarla, pero Susi no había tenido la misma suerte y había caído de bruces al suelo.

—El fin de semana que viene es el carnaval —dijo Liza, sombría. Estaba sentada sobre nuestro pupitre, con las piernas colgando, mientras garabateaba respuestas sin sentido en la ficha de Historia del Arte del día anterior—. Ya lo están preparando.

—¿Carnaval?

—Es una de las estrategias de pacificación diseñadas por el General —explicó, e hizo una pausa cuando escribía «este cuadro trata sobre la muerte» junto a una imagen en blanco y negro de unos nenúfares—. Organiza actividades en las que los dos lados de la ciudad se puedan relacionar. El carnaval es como fiesta de gala con muchas pretensiones. Tenemos que llevar máscaras y trajes para ocultar nuestra identidad, para que recordemos que, en el fondo, todos somos iguales...

El desdén que desprendía era tan fuerte que casi podía paladearlo.

—Liza —dijo Giorgia, apareciendo de la nada—, que a ti no te guste divertirte en absoluto no quiere decir que tengas que estropearnos la diversión a los demás. Seguro que a Lilly le encantará el carnaval. Disfrazarse y competir contra los Paradiso... ¿no te parece pintoresco?

—¿A ti sí? —pregunté, alarmada. Liza se rio disimuladamente.

—Aunque, claro, necesitarás un vestido —dijo Giorgia, que, valiente, siguió a lo suyo—. Pero creo que uno de los míos te quedará bien.

Examinó mis medidas, me apretó la cintura y me movió los hombros arriba y abajo de manera agresiva.

—¡Ay! —solté.

—Tengo una cosita que te quedará espectacular si le añadimos unos encajes. Un Giorgia Alba original. De nada por adelantado.

Se escabulló para apuntar algo en su agenda. Liza siguió riéndose por lo bajo hasta que le pegué una patada en la espinilla.

Fiel a su palabra, a la semana siguiente Giorgia apareció en la prepa con un traje de carnaval para mí, un extravagante vestido blanco arrugado dentro de una bolsa de papel. Lo sacudí con cuidado y luego lo volví a esconder lo más rápido que pude, con la esperanza de que Christian no lo hubiera visto.

Desde aquel sueño de la hoguera, me resultaba difícil quitarle ojo en clase. Era como si algo en mi interior se hubiera desplazado, se hubiera unido a él sin mi permiso, y hubiera trasladado ese doloroso anhelo de mis sueños directamente a la realidad. Había días en que aquello me ponía furiosa, tenía que luchar contra el deseo de acercarme a él y exigirle que me dijera qué estaba pasando: por qué se me había infiltrado en la cabeza, cuando en la vida real no hacía más que evitarme. Por qué a veces, por el rabillo del ojo, juraría que también lo veía mirarme.

Pero, cada vez que me giraba para mirarlo, estaba exageradamente concentrado en cualquier otra cosa. Por lo menos, esperaba que eso significara que no había visto el vestido que me había hecho Giorgia: una cosa horrorosa transparente con una falda minúscula y un escote pronunciado.

—Yo no me puedo poner esto —le susurré a Liza, que hoy se entretenía mojando las puntas del pelo de Susi en corrector—. Para eso voy desnuda.

—La mamá de Georgia confecciona los uniformes de los ejecutores —me explicó Liza—. Piensa en esto como en su rebelión adolescente. —Luego se apiadó de mí y me dijo—: Tengo una idea: ¿por qué no vienes el sábado a mi casa? Así nos maquillamos la una a la otra y nos deprimimos juntas.

Fue casi humillante lo rápido que contesté:

—Me encantaría.

89

Liza vivía en una calle estrechísima y muy empinada, incluso para Castello. Se había ofrecido a que nos encontráramos al final de Via Secondo el sábado por la tarde, así que no tuve que averiguar cómo llegar sola a su casa, y daba gracias por ello. No había estado nunca en esta parte de la ciudad. En algunos sitios el asfalto estaba levantado, y había botellas rotas y colillas por todas partes. Una vez casi meto el pie en una rejilla metálica que había en el suelo, pero en el último segundo Liza me jaló hacia un lado.

—Ten cuidado. No quiero perderte en las catacumbas.

—¿Las qué?

—Catacumbas —repitió—. Son como túneles por debajo de las calles, pero llenas de muertos. Es lo que se usaba antaño como cementerio.

Hice una mueca. Como si Castello no fuera ya lo bastante lúgubre.

Unos pocos minutos después llegamos a la casa de Liza, una puerta mugrienta en un edificio mugriento.

—Lo siento —se disculpó, mientras manipulaba la cerradura—. No es exactamente el colmo del lujo, pero es lo que hay.

—No, está bien —le dije, mientras la acompañaba al interior.

—No me mientas —soltó con frialdad—. No soporto a la gente que miente.

La casa era un laberinto de ambiente cargado. Lo que había llegado a definir como «el olor de Castello» flotaba por toda la vivienda: ese efluvio a flores podridas sepultadas bajo la tarima. Había algo casi cautivador en aquella dulce decadencia. Subimos una escalera y salimos al departamento de Liza.

—Tachán —dijo sin entusiasmo alguno al encender la luz.

Esta vez supe que no tenía que hacer ningún comentario.

La luz nos reveló una claustrofóbica combinación de cocina y sala: paredes de un amarillo desvaído y barras de formica vacías. Por encima de un sofá desvencijado colgaba una cruz de madera, y no había mucha más decoración, aparte de unas pocas figuritas de querubines sobre la barra, pintadas de una manera tan anárquica que parecía que se les estaban escurriendo las caras.

—Y esta es la razón por la que no se les deberían dar materiales de arte y manualidades a los niños —dijo Liza, siguiendo mi mirada—. Esos los hice en preescolar.

—Seguro que por entonces Alex ya estaba pintando la Capilla Sixtina —dije entre dientes, sin estar segura de por qué me amargaba aquello.

Liza tiró su bolso sobre el sofá y yo di un respingo hacia atrás al ver un enorme gato blanco saltar de entre los cojines.

—Ah, olvidé decírtelo —dijo—. Este es Gato. La peor mascota del mundo. No hace más que comer y dormir.

Gato siseó ruidoso, como si protestara ante tal difamación sobre su carácter. Tenía el pelaje enmarañado y, por zonas, teñido de azul; supuse que sería otro de los fallidos proyectos artísticos de Liza.

—¿No tiene un nombre de verdad? —pregunté.

—Con Gato tiene de sobra —dijo Liza—. Gran alimaña de tufo ominoso. Garras abominables terriblemente odiosas. Cuando se me ocurre algo menos halagador, cambio las palabras.

—¿Por qué lo teñiste de azul?

Me pareció que se ponía rígida.

—No fui yo.

Apartó de un manotazo a Gato, que huyó enfurruñado a un rincón, y me hizo un gesto para indicarme que la siguiera a su habitación por el pasillo. Parecía distinta del resto de la casa, nebulosa y casi fantástica: había cortinas oscuras de seda en las paredes y velas a medio quemar en el alféizar de la ventana. Liza se sentó en una silla giratoria raída y empezó a dar vueltas mientras yo asimilaba lo que estaba viendo. Había una foto de familia en una estantería: una mujer guapa de pelo negro que tomaba de la mano a una niñita rubia. Incluso de niña, Liza ya había sido llamativa, y miraba desafiante a la cámara con sus intensos ojos verdes.

—Eras muy bonita —dije—. ¿Esa es tu mamá?

—Sí —respondió—. Antes de que empezara a trabajar en el matadero. Ahora parece que tenga cien años.

—A mi papá le pasa lo mismo. La mayor parte del tiempo está cansado. Mi mamá murió hace ya tiempo.

A Liza le brillaron los ojos.

—Qué suerte.

Me quedé helada.

—Lo siento —dijo—. No quería decir eso. Es que... —Se encogió de hombros—. Si te van a abandonar, es mucho más fácil si es por una muerte. Porque entonces no eligen dejarte. Así nunca tienes que preguntarte si fue por tu culpa.

—Mi mamá se suicidó. Una elección, sin duda.

Lo raro era que no estaba enojada con Liza. Estaba como fascinada. Aunque, en realidad, a menudo cuando estaba con ella me sentía así.

91

—Ay, lo siento, qué... —Liza iba a volver a disculparse, pero negué con la cabeza. Se inclinó hacia delante, descaradamente curiosa—. ¿Cómo lo hizo?

—Las muñecas —me oí decirle—. En la sala, junto a la chimenea. Tuvieron que limpiar toda la sangre del suelo con lejía.

—¿Por qué? —preguntó Liza—. Me refiero a que por qué quiso...

—No lo sé.

Nunca había hablado de la muerte de Carly, nunca quise hacerlo. Los recuerdos me resultaban demasiado peligrosos, como un pozo sin fondo que me tragaría si metía un solo dedo. A veces pensaba que por eso había tenido problemas para hacer amigos antes de venir aquí, porque sabían todo lo que estaba reteniendo.

Sin embargo, con Liza era distinto. Había algo en la manera en la que me había preguntado..., como si no le fuera a impactar, dijera lo que dijera. Como si me prometiera que después no iba a mirarme de manera distinta. De repente, me entraron ganas de hablar.

—Mi mamá tenía depresión —dije despacio—. Por lo menos, esa fue la versión oficial. Pero siempre tuve la sensación de que había algo más. Cuando me tuvo era muy joven, y sé que nunca había querido tener hijos, pero mi papá pensó que les vendría bien. Pero no fue así. Para ella, no.

Ahora las palabras me venían más rápido y se apelotonaban al salir.

—Al principio lo intentó, pero... era como si yo tuviera un defecto o algo así. Como si se avergonzara de mí. Cuanto mayor me hacía, creo que más deseaba deshacerse de mí en cuanto tuviera la oportunidad...

Me detuve, con la sensación de que el pozo abierto en mi mente amenazaba con arrastrarme al fondo. Liza me observaba tranquila, sin inmutarse por lo que había dicho. Como supe que haría.

FUEGO EN LA SANGRE

—Es curioso, ¿no? —murmuró—. Todo el que tiene que cuidar de ti, de mantenerte a salvo, la acaba fastidiando de un modo u otro. La gente como tú y como yo no podemos confiar en nadie más que en nosotras mismas.

«La gente como tú y como yo». Había algo implícito en esas palabras que enviaron un destello de callada alegría por todo mi cuerpo: había algo que nos unía de algún modo. Algo en lo que éramos iguales.

—Y ¿quién te lo fastidió a ti? —pregunté.

—Adivina —dijo Liza.

Le eché otra mirada a la foto de la mamá, con la sensación de que iba mal encaminada. En la casa no había indicios de otros miembros de la familia.

—¿Dónde está tu papá?

A Liza le centellearon los ojos verdes.

—Lo adivinaste a la primera.

—¿Qué le pasó?

—Nada —respondió—. Me dejó en herencia su mala sangre. Y después se largó. —Negué con la cabeza, sin entenderla, hasta que dijo—: Volvió a su lado de la ciudad.

Me le quedé mirando.

—¿Tu papá es un Paradiso?

Liza dibujó una sonrisa tan afilada que habría podido cortar un cristal.

—Sorpresa.

—Pero... ¿cómo?

—¿Tú cómo crees? —dijo impaciente—. Durante las purgas, cuando todo era un caos, conoció a mi mamá y... pues eso. Pero yo fui un error. Una prueba. A lo que me refiero es a que él ya estaba casado. Y también tenía otros hijos. Hijos legítimos de los que no tenía que avergonzarse.

—Entonces era eso a lo que se refería Tiago —dije—, el día de la prueba, cuando dijo aquello de...

—¿... mi linaje sucio? —dijo entre dientes—. Sí. Tiago piensa que la gente que de algún modo es... distinta es más

93

probable que acabe, ya me entiendes…, embrujada. —Se encogió de hombros—. A lo mejor es verdad.

—¿Hablas con él alguna vez? —pregunté—. Con tu papá, quiero decir.

—¿Hablar con él? —soltó—. ¿No has visto las circulares? Los Paradiso son escoria. Es mejor que no me reconozca jamás. Prefiero morirme a ser una de ellos.

—¿No estás siendo demasiado dura?

Liza se rio. De una manera fría, pero a la vez afectuosa. Como si mi ingenuidad le pareciera encantadora.

—Espérate a conocerlos. Ya verás.

Se puso en pie de repente, me dio la espalda y comenzó a pasearse por la habitación con pasos cortos e inquietos.

—Deberíamos asegurarnos de que te queda bien el vestido —dijo.

Pero no hizo el menor movimiento para sacarlo de la bolsa. Ni yo tampoco. Casi me había olvidado de la verdadera razón por la que estaba allí: maquillarme y ponerme un vestido bonito. Ahora mismo era incapaz de pensar en algo que me apeteciera menos. Estábamos intercambiando secretos, y había algo emocionante en todo aquello, que lo hacía mejor cuanto más peligrosos eran los secretos.

—No dejo de pensar —dijo Liza— en que debe de haber otra manera. El General quiere ser nuestro dueño y los Paradiso que desaparezcamos. Todo el que vive en esta ciudad está atrapado, de un modo u otro. Sin defenderse. Sin escapar. Todos menos…

Se sorprendió a sí misma justo a punto de decirlo, pero, de todos modos, adiviné hacia dónde se dirigía. Directa al más peligroso de los secretos.

—¿Menos…?

—Menos ellos —dijo Liza, y jaló de una cuerda en la pared. Las cortinas se corrieron en un abrir y cerrar de ojos y me quedé boquiabierta.

Las paredes de su habitación estaban cubiertas con fotografías granuladas, fichas policiales como las del video que habíamos visto en clase. Las caras de la gente de Castello me devolvían la mirada, unos ancianos y canosos, otros dolorosamente jóvenes, todos tensos y congelados ante la cámara. Cuando lo entendí, un rayo helado me recorrió todo el cuerpo: estaba mirando a los Santos.

En torno a las fotos, Liza había pegado todo un caótico *collage* de recortes de periódico, trozos de papel y notas garabateadas; todo etiquetado y codificado por colores con diferentes chinchetas y tipos de tinta. El conjunto tenía una apariencia obsesiva, como la de quien persigue a un asesino en serie. O la de quien trata de imitarlo.

—Liza —susurré—, ¿qué demonios es esto?

—La historia de los Santos —respondió—. Todo lo que he podido averiguar. —Me miró, con un brillo triunfal en los ojos—. Te dije que había pruebas.

10

$\mathcal{D}$i una vuelta entera en medio de la habitación, presa del vértigo, con el cuerpo atenazado por el miedo y algo más: la euforia. Los Santos de aquellas fichas policiales me miraban acusadores. «Míranos, Lilly —parecían decir—. Somos tan reales como tú».

—Esto es de locos. —Respiré hondo—. Si los soldados lo encontraran…

Liza le quitó importancia con un ademán.

—Nunca hacen redadas en esta zona, no me preguntes por qué. A no ser que tengas previsto delatarme.

Mostró una sonrisa traviesa y peligrosa.

—No inventes —le dije, y volví a pasearme por la habitación.

Fijé la vista en la pared más lejana: una cascada de fotografías que Liza había dispuesto separadas, como una especie de santuario. Vi una pila humeante de escombros; un revoltijo de cuerpos carbonizados en el suelo. Las consecuencias de un incendio. Pegados por encima de todo aquello había dos Santos más, como si fueran dioses. Un chico rubio de ojos grandes, cuya ficha policial reconocí del video. El hermano del General: el primer Santo quemado. Y a su lado, una chica.

En vez de una foto, había un dibujo que la representaba entre columnas de humo, con hebras de pelo negro que le azotaban la cara y le ocultaban las facciones. Llevaba un vestido blanco manchado de hollín, y las manos extendidas y ávidas, como si quisiera atravesar el papel y entrar conmigo en el cuarto. El dibujo parecía antiguo, como si Liza lo hubiera arrancado de un viejo libro olvidado, pero, de todos modos, había algo que lo hacía terrible: el inconmensurable poder que atesoraba el cuerpo de la chica en su interior. En comparación, la foto del chico parecía la de un querubín.

—¿Quiénes son? —susurré, aunque estaba bastante segura de saber quiénes eran.

Liza volvió a sonreír, satisfecha, como si supiera que había mordido su anzuelo, casi sin tener que esforzarse.

—Esos son los principitos —dijo.

—¿Principitos?

—Así los llamaba la gente. Los dos jóvenes que…

—Prendieron fuego a la iglesia —acabé la frase.

Sentí que el miedo me aguijoneaba el fondo de la garganta y, a la vez, un oscuro pálpito de expectación.

—Un chico y una chica de clanes opuestos —dijo Liza—. Él era Paradiso y ella Marconi…

—Pero ¿por qué principitos? Suena como si fueran de la realeza.

—De eso se trataba. Ellos mismos decidieron que lo eran.

Liza se acercó a mí, con su mano apenas rozando la mía.

—En la vida real, esos chicos no eran nadie. Solo dos Santos más, criados para luchar en la guerra de clanes. Pero se dieron cuenta de que, con sus poderes, podían ser mucho más que eso. No tenían por qué morir por la gloria de otros; podían tomar las riendas de su vida. Así que el chico Paradiso se autoproclamó príncipe. Y la chica Marconi era su reina. Cuando provocaron aquel incendio tenían un plan: derrocar a los clanes y gobernar juntos Castello. Más o menos la misma estrategia del General, solo que mejor. Porque los que deberían gobernar son aquellos que tienen un poder real.

—Eso suena a delirio —dije.

—No sé —murmuró Liza—. Creo que es algo muy valiente. Porque vieron algo que querían y fueron por ello. O por lo menos lo intentaron.

—Liza, eran asesinos —dije seria—. Eran mala…

—Ay, vamos —dijo desdeñosa—. Todos llevamos a un asesino dentro. Solo hay que darle una razón para salir.

La miré, la convicción de su voz me había agarrado desprevenida. Sus ojos verdes destilaban una frialdad despiadada.

—¿Crees que hicieron lo correcto? —le pregunté—. ¿Quemar una iglesia y matar a todos los que había dentro para hacerse con el poder?

—Yo creo que, si presionas mucho a la gente, esta te acaba respondiendo —dijo Liza—. A ver, ¿tú no lo harías? ¿Si te hubieran hecho mucho daño? ¿Si te hubieras enojado de verdad?

—No —le dije, menos tranquila de lo que pretendía. Me preguntaba qué veía en mí que yo desconocía. «La gente como tú y como yo»—. Por supuesto que no.

Liza se rio.

—Ay, vamos, Lilly. Ya te dije que no soporto a la gente que miente.

—Bueno, pues a los principitos les salió mal su plan de dominación mundial —le espeté—. Lo único que consiguió el incendio fue empezar una caza de brujas. Consiguieron que los mataran a ellos y a otra mucha gente.

—A otros muchos Santos, querrás decir —dijo—. Además, uno de los principitos sobrevivió. La chica Marconi, la que se hacía llamar reina. Desapareció tras el incendio. Nadie conocía su identidad, así que fue imposible seguirle el rastro. Ni siquiera el General fue capaz de sacarla de su escondite. Y créeme si te digo que lo intentó. Los principitos estaban enamorados o algo así, por eso estaba seguro de que, si sus soldados torturaban al chico lo suficiente, ella saldría corriendo a salvarlo. Pero no lo hizo. Dejó que lo quemaran solo.

De pronto, me sentí mal, el latido errático del corazón me resonaba dolorosamente en la cabeza. El dibujo de la chica se burlaba de mí desde el rincón: la cara oculta, el cabello negro como la noche, las manos rebeldes presionando contra los bordes del pergamino.

FUEGO EN LA SANGRE

—O sea, que, encima, para rematar, era una cobarde —dije.

—¿Estás bromeando? —dijo Liza—. El General la habría matado en el mismo instante en el que hubiera aparecido. ¿Por qué tenía que morir por un chico? No, era una chica lista. No iba a permitir que nadie la hundiera.

Liza se colocó ante el santuario con los hombros erguidos; la luz del sol tejía un aura en torno a su cuerpo. Parecía hecha de fuego.

—El tipo de persona que quiero ser —dijo—. Alguien que tiene sus propias reglas. Que no necesita a nadie.

Por fin habíamos llegado al quid de la cuestión: la verdad hacia la que se había estado encaminando la conversación todo el tiempo.

—Admiras a la principita —susurré—. Admiras a todos los Santos. Para eso son las fotos y toda esta investigación, para intentar descubrir cómo ser como ellos. Tú también quieres poder.

Liza volteó a verme, con un brillo poco natural en la mirada y con una sonrisa dibujada en los labios rojo rubí.

—Pensé que nunca te darías cuenta.

Me dejé caer de golpe en la cama y me llevé las rodillas al pecho, demasiado afectada de repente para ponerme de pie. Me di cuenta de que ya apenas dudaba de lo que me estaba contando Liza. Puede que fueran las fichas policiales en las paredes, que me miraban sin pestañear. O la decisión en su voz, esa determinación inquebrantable. Pero enseguida caí en la cuenta de que estaba empezando a creer en los Santos. Empezaba a creer en el poder. Desde fuera, la gente también podría pensar que estaba loca. Pero ellos no habían estado nunca en Castello.

—La principita, fuera quien fuera —dijo Liza—, hizo arrodillar a esta ciudad. Encontró la manera de controlar su destino. En eso consiste el poder: en liberarse del miedo, del dolor. Dejar de estar atrapado, dejar de no ser nada.

Con un paso rápido acortó la distancia entre las dos, y con los labios brillantes y los ojos resplandecientes me dijo:

—Y sé que, si descubro cómo lo planeó, y quién era y cómo salió de aquí, entonces podré seguir su camino. Yo también puedo hacerlo.

—¿Y dejar un rastro de cadáveres a tu paso? —susurré—. ¿Prendernos fuego a todos?

—Tal vez —dijo Liza, encogiendo los hombros—. O a lo mejor, si me lo pides con educación, te llevaré conmigo.

En aquel momento, me dio igual que se hubieran encendido todas las alarmas en el fondo de mi mente, y que me dijeran que era peligrosa; que aquella era una senda oscura, de la que no había vuelta atrás.

En aquel momento, solo sabía que me había dicho que me llevaría con ella. Y yo quería que lo hiciera.

11

—Será mejor que te pongas el vestido —dijo Liza—. El carnaval empieza al anochecer.

Parpadeé, intentando enfocar la mirada. El mundo real ahora parecía muy lejano. Me sentía medio hundida, como si estuviera saliendo a la superficie de un lago, solo que el lago era la cabeza de Liza, y que aún no había conseguido emerger del todo.

—¿Tenemos que ir? —pregunté.

—Por desgracia, sí —dijo Liza, y cruzó la habitación para rebuscar en su armario—. Es obligatorio asistir. Y los Paradiso se estarán muriendo de ganas de conocerte.

Hice una mueca. Casi había conseguido olvidarme de ellos.

—Deja de hacer pucheros —dijo, y se dio la vuelta con un vestido de noche en la mano. Era de seda verde, lujoso, pero ajado por el uso—. Te prohíbo que aborrezcas esta noche más que yo.

Sin más preámbulos, se quitó la camiseta y dejó el pecho al descubierto. Bajé la mirada un segundo demasiado tarde y sentí que me ruborizaba.

Liza se rio de mí.

—Puedes mirar, ¿eh? —dijo—. No me importa.

Poco a poco, le eché una mirada mientras me subía un calor por el estómago. Me embriagué con la vista de su cuerpo: sus hombros de ángulos afilados y el rastro de pecas que le recorría las costillas. Liza vio cómo la observaba y dejó escapar una sonrisita. Se metió el vestido por la cabeza a través de una maraña de tirantes de seda.

—Te toca —murmuró.

Tragué saliva y me quité la camiseta, plenamente consciente de que Liza no me quitaba ojo. Eso hizo volar mi imaginación, se me estremeció la piel ante el lento movimiento de su mirada. Se me agitó la respiración cuando me retorcí para intentar entrar en el vestido de Giorgia. Era ajustado, corto y estaba lleno de encajes, con cortes a los lados. No había bromeado cuando dije que era como ir prácticamente desnuda. Me sentía incómoda y poco glamurosa, y me picaba. La última vez que me había puesto un vestido había sido para el entierro de mi mamá.

Cuando levanté la vista, Liza volvía a tener esa sonrisita en los labios, esa curva prometedora.

—¿Qué? —le solté—. Sé que parezco estúpida.

—¿De verdad? —me dijo—. Por poco me engañas.

102

Del exterior llegó un zumbido ruidoso y di un respingo.

—Giorgia —dijo Liza entre dientes, y jaló de la cuerda de la pared para que las cortinas volvieran a ocultar a los Santos. Me alegré; era más fácil volver a la realidad sin las vertiginosas promesas de aquellas fotos persiguiéndome.

—¡Madre mía! —gritó Giorgia, irrumpiendo en el cuarto. Parecía un hada de cuento, con su vestido rosa pálido y el cabello recogido en un peinado elaborado—. ¡Lilly! ¡Sabía que te verías guapa!

—Muchas gracias —dije, pero, aun así, dejé que se preocupara por mí, me alisara partes del vestido y parloteara de manera incansable mientras Liza me maquillaba.

Cuando por fin estuvimos listas para salir, Giorgia nos dio las máscaras que había traído: eran finas, ocultaban los ojos y se ataban por detrás de la cabeza con una tira de seda. Una rosa para ella, verde para Liza y blanca para mí. Gato salió de debajo del sofá en cuanto las máscaras hicieron su aparición, rozándolas con la pata con la esperanza de que fueran juguetes.

—Gatito malo —dijo Liza, y lo espantó por el pasillo. Volvió un instante después con un largo bolso sobre el hombro, medio oculto bajo una capa.

Era noche cerrada cuando salimos de su casa. Caí en la cuenta de que no había estado de noche por la calle en Castello, pero supuse que para esa ocasión se suspendía el toque de queda. De noche la ciudad era tierra extraña, las calles estaban pobladas de sombras, deshechas aquí y allá por el resplandor de las antorchas. Sentía el cuerpo enfebrecido, un dolor sordo me palpitaba en la frente, y las hendiduras para los ojos de la máscara reducían mi ángulo de visión. Iba perdiendo el equilibrio por culpa de los tacones que Liza me había obligado a ponerme.

Al acercarnos al centro de Castello, las calles comenzaron a iluminarse. Al torcer una esquina, vi un sendero de antorchas, distintas de las de los edificios: grandes recipientes de fuego que, como señales flamígeras, indicaban el camino hasta la plaza central. La música revoloteaba de forma siniestra llevada por el viento. El carnaval había empezado sin nosotras.

Había un par de ejecutores apostados al final de la calle, que inspeccionaba a la multitud que entraba en la plaza y dividía a la gente en dos filas: los chicos a la derecha y las chicas a la izquierda. A Giorgia, a Liza y a mí nos echaron sin muchos miramientos hacia la izquierda.

—¿Por qué nos separan? —pregunté.

—Para el baile —contestó Liza—. Es la manera de entrar en el carnaval.

—¿Baile? —dije intranquila—. ¿Con un Paradiso?

Giorgia se estremeció.

—¡Dios no lo quiera! Si la norma fuera esa, acabaríamos matándonos los unos a los otros. *Disastro totale*.

—Es con alguien de tu clan —explicó Liza—. Pero la idea es que compartamos el espacio. Entramos en la plaza por distintos lados de la ciudad, pero cuando el baile acaba estamos todos juntos y mezclados. ¿Lo captas? —Imaginé que, bajo la máscara, movía las cejas—. Simbolismo.

Asentí. A través de la fila de chicas que tenía delante de mí veía retazos de la plaza: una larga alfombra roja extendida ante la iglesia, un remolino de bailarines que se movían por ella mientras tocaba una orquesta en directo. Y al fondo: carpas y puestos de venta iluminados con neones brumosos. El carnaval. No parecía haber otra manera de llegar allí más que a través del baile.

—Mira a Christian —dijo Giorgia, sosteniéndome de pronto del codo—. ¿Verdad que es lindo?

Seguí la dirección de su mirada casi de mala gana, porque ya sabía el precio de mirarlo: el inútil anhelo que brotaría en mi pecho. Estaba junto a Alex en la fila de los chicos, el cabello dorado a la luz del fuego, las mejillas hundidas bajo la máscara. Y, durante una décima de segundo, creí ver que giraba la cabeza, como si pudiera sentir que lo miraba; como si no pudiera evitarlo. Se me aceleró el pulso en el cuello, se me tensó el cuerpo, expectante.

«Por favor, mírame —pensé—. Solo esta vez, dime por qué estás en mis sueños».

Pero luego Christian se abstrajo y desvió la cabeza.

—Este año necesito que me emparejen con él —estaba diciendo Giorgia—. Llevo mucho tiempo esperándolo. La última vez me tocó Iacopo y casi me rompe un pie.

Dejé que su voz me resbalara y me centré en la plaza. Cuanto más nos acercábamos, más surrealista parecía. Era como si se le hubiera levantado un velo a Castello y estuviera viendo la ciudad tal como había sido hace cientos de años. Desprendía riqueza, engalanada a la luz del fuego. Una época de señores y damas, caballeros y bufones, todos enmascarados, encorsetados y peinados a la perfección. Las mujeres con guantes de seda y vestidos largos; los hombres con chaqués y jubones, o con túnicas con capa. Y con bailarines que daban vueltas en un ritual sincronizado al que solo yo era ajena.

—No te preocupes —me dijo Liza en un susurro, por debajo del continuo torrente de cháchara de Giorgia—. No es tan malo como parece. Y tu pareja sabrá qué hacer.

—¿No podemos elegir con quién bailar?

Liza negó con la cabeza.

—¿Por qué? ¿Con quién esperabas bailar?

Me encogí de hombros, a sabiendas de que era inútil nombrar a Christian.

—Supongo que esperaba que fueras tú.

Por alguna razón, a Liza aquello le pareció graciosísimo.

—Sí, claro —se burló—. Como si lo fueran a permitir.

—¿Por qué no?

—Somos dos chicas, Lilly —dijo, como si fuera tontita.

—¿Y?

—Y... —contestó Liza— esto es Castello.

Fruncí el ceño y eché un vistazo a las filas perfectas en las que nos habían dividido, con la sensación de que había confesado algo peligroso sin darme cuenta de lo que suponía. Me pregunté por qué Liza me había observado mientras me desnudaba si ahora iba a reírse de mí.

—Pues vaya estupidez —dije—. No debería importar.

Liza parecía reflexionar sobre ello, con la cabeza ladeada y observándome con curiosidad. Y tuve la imperiosa necesidad de inclinarme hacia ella. De ver cuánto me dejaría acercarme antes de apartarse.

—Da igual, no te preocupes —dijo, rompiendo el hechizo al llegar a la parte delantera de la fila—. Tú solo evita a los Paradiso. Nunca sabes cuándo te la van a jugar.

—¿Y cómo voy a saber quiénes son? Todos llevamos máscaras.

—Lo sabrás —dijo Liza sin más, y me lanzó una de sus miradas seductoras—. Nos vemos al otro lado. —Y me empujó al interior de la plaza.

Al cabo de un instante, me vi atrapada en la rutilante refriega de los cuerpos, obligados a moverse o a ser arrollados. Me di

105

la vuelta y miré al lado buscando al chico que tenía que llevarme. Al principio no había nadie y estuve segura de que me dejarían allí sola para que me ahogara entre la multitud. Después, alguien me tomó de la mano. Al principio fue un alivio, hasta que el chico me dio la vuelta y ambos nos quedamos helados.

Nico.

12

Comparado con nosotras, iba poco arreglado, con una máscara negra y una túnica holgada también negra; el cuello abierto dejaba a la vista su piel bronceada y la oscura ondulación de sus tatuajes. Vi el cambio en su mirada cuando me reconoció allí delante de él: conmoción, confusión y, después, un frío rechazo.

—No te preocupes —le dije con cierta frialdad—. Yo tampoco quería que me tocaras tú.

Nico entornó los ojos tras la máscara, y estaba convencida de que me lanzaría de vuelta a la multitud. Pero debía de haber reglas que lo impidieran. En cambio, llevó la mano a mi cintura y la dejó a propósito sobre la piel desnuda debajo de las costillas. Mi cuerpo pareció encenderse de una manera que no esperaba con aquella sensación de sus dedos cálidos y seguros. Me mordí la lengua y me dio muchísima rabia: me repateaba que mi cuerpo me traicionara al primer asomo de roce. Durante un buen rato, no dejamos de mirarnos, con Nico apretándome la cintura con la mano como retándome a reaccionar.

—Deberías respirar —dijo por fin—. Como te desmayes no te pienso sostener.

Luego me lanzó hacia delante y empezamos a bailar.

Era como estar en llamas, girando en la oscuridad, guiada únicamente por su calor. En respuesta a aquello, se me agudizó el dolor de la frente y puso todos mis sentidos al límite. La música se aceleró, con un ritmo enérgico que reconocí. Era de un ballet que le encantaba a mi mamá: *Romeo y Julieta*. Primeros compases repentinos, el retumbar de las trompetas; Nico se movía de manera cómoda y relajada, y me llevaba tan rápido que casi no podía seguirle del ritmo. Era como si esperara que cometiera un error, que me desequilibrara, me cayera e hiciera el ridículo.

—Piensas demasiado —dijo Nico en el momento justo.

—Me das demasiado en que pensar —le espeté.

—Es gracioso, porque no recuerdo haber hablado jamás cont...

Alguien chocó con nosotros y nos hizo trastabillar. Giré la cabeza y vi una silueta que se alejaba, una chica alta y rubia con un vestido rojo sangre. No nos miraba, pero ahora que me había molestado en echar un vistazo alrededor me di cuenta de que otros sí lo hacían. Decenas de bailarines se habían girado hacia nosotros y nos observaban bajo las máscaras. Y Liza tenía razón: supe sin duda alguna quiénes eran.

Los Paradiso eran deslumbrantes. Parecía que la multitud se abría a su paso, y atravesaban la alfombra como si fuera suya. Llevaban la riqueza ceñida al cuerpo como una segunda piel, sus atuendos estaban tachonados de diamantes y los cuerpos envueltos en pieles y oro. De repente fui consciente de lo desarreglada que iba yo con mi vestido de segunda mano; bueno, todos los del lado Marconi íbamos desarreglados. Las mujeres que minutos antes había pensado que iban muy estilosas ahora me parecía que iban con imitaciones. Y cómo se conducían los Paradiso: sabían perfectamente que eran muy glamurosos, cultos y guapos. Como si supieran que nunca les llegaríamos a la suela de los zapatos.

—¿Por qué son tan ricos? —me oí decir furiosa—. Pensaba que el General había igualado a todo el mundo tras la tregua.

A Nico le brillaron los ojos con una mezcla de diversión y desprecio.

—¿De verdad te lo crees?

—No sé qué es lo que tengo que creer.

Y era cierto. Para mí no tenía sentido nada de lo que pasaba en Castello. Nunca sabía cuándo me mentían o me manipulaban. O cuándo me contaban la verdad; pero la verdad no era algo que quisiera escuchar.

Alguien nos volvió a golpear; un fuerte placaje con el hombro. Pasó fugazmente la silueta de otro Paradiso que se alejaba. Y aquella vez supe que había sido premeditado; que intentaban hacernos daño. Pero no sabía por qué.

—No los mires —dijo Nico—. Eso no hará más que empeorarlo.

Pero no podía evitarlo.

Los Paradiso habían creado una jaula a nuestro alrededor para aislarnos del resto del baile. Sus risas resonaban en el aire, sus túnicas y sus faldas me golpeaban los tobillos. La chica del vestido rojo parecía estar en todas partes; se colaba en mi cabeza como un parásito, con su máscara blanca y cruel, y las lágrimas de sangre que le salían de ambos ojos.

—¿Esto es normal? —inquirí—. ¿Les hice algo? ¿Qué quieren?

—No están aquí por ti —dijo Nico—, sino por mí.

Esta vez, cuando nos golpearon, lo hicieron caer hacia delante y él me agarró de la cintura para mantener el equilibrio. ¿Ahora quién sostenía a quién? Quise soltarlo, pero aun así lo levanté, con las manos rodeando su cuello y su pecho cálido rozándome los nudillos. Los Paradiso venían ahora más rápido por nosotros, con la intención de derribarnos antes de que acabara el baile. Y ya estaba casi acabando, podía sentirlo: nuestros pies estaban a punto de llegar al final de la alfombra roja y, por encima del hombro de Nico, los destellos de las luces del carnaval estaban cada vez más y más cerca. Si pudiéramos aguantar unos segundos más, conseguiríamos llegar al final…

El ataque definitivo llegó de la mano de la chica de rojo. Dio un giro brusco con su acompañante, un chico con traje de marinero, dejó a un lado toda sutilidad y alargó hacia nuestras cabezas una mano armada con un puño americano que brillaba a la luz del fuego. Nico se agachó y me jaló hacia un lado, y aquella mano no me impactó por una milésima de segundo. El pelo de la chica me pasó rozando la cara y dejó a su paso una fragancia de flores. No podría asegurarlo, pero me pareció que, al alejarse girando, llamaba «traidor» a Nico entre dientes.

La música cesó de golpe. Salimos de la alfombra de manera muy poco grácil, aferrados el uno al otro, y con mis tobillos protestando por los estúpidos zapatos de tacón de Liza. La cinta de la máscara de Nico se rompió y dejó su rostro a la vista de manera repentina. Era la primera vez que lo veía tan de cerca, y jamás pensé que sería así: su cuerpo apretado contra el mío, su olor a jeans y a metal impregnándome. De repente tenía a mi alcance toda su rabia, su belleza imposible.

Por un instante nos quedamos los dos congelados así; yo, con el corazón a mil, con palpitaciones en la cabeza y los músculos tensos a la espera de un nuevo ataque. Nico echaba fuego por los ojos, ya fuera por la vergüenza o por la furia. Pero por una vez no desprendían hostilidad. Ni aversión hacia mí. Aquella sensación me producía vértigo: por fin me veía y no me rechazaba.

Pero no duró. Un segundo más tarde, Nico pareció volver en sí, y la frialdad se adueñó de su mirada. Se separó tan rápido de mí que me hizo trastabillar, y bamboleé ante él como una novia rechazada. La manera en la que me miraba ahora me hizo arder la piel de humillación: como si no se creyera lo cerca que me había tenido un momento antes.

—¿Qué acaba de pasar? —pregunté—. ¿Qué querían de ti? ¿Quién era la chica de rojo?

—No es asunto tuyo —dijo Nico.

Me dio la espalda y, en un abrir y cerrar de ojos, se fundió con la multitud. Lo seguí con la mirada, desorientada y furiosa conmigo misma por bajar la guardia. Por pensar, aunque fuera por un segundo, que pudiera haber algo entre nosotros que no fuera el desprecio.

El dolor en la frente parecía llegar a su punto álgido y estallar, y me enviaba una oleada de calor llena de rabia por todo el cuerpo. Algo soltó chispas en el suelo junto a mis pies, y una espiral rizada de humo se elevó hacia el dobladillo de mi vestido. Cuando bajé la vista, me quedé helada. La alfombra estaba ardiendo.

Era el inicio de una llamita anaranjada, como si alguien hubiera tirado un cerillo a mi lado. Tenía la boca seca, me temblaban las manos. Sentía que la presión en la cabeza me latía al compás del corazón. Y, durante un segundo, mientras observaba el baile ascendente de las llamas hacia mi disfraz de carnaval, pensé una cosa muy extraña: que eso lo había provocado yo.

Luego volví en mí. Por todos lados había antorchas y el aire se espesaba, lleno de ceniza y rescoldos. En cualquier momento podía salir ardiendo algo. Aturdida, apagué el fuego con el pie. Justo a tiempo.

—¡Lilly!

Era Liza, que aparecía por la izquierda, arrastrando su vestido de seda por el mármol.

—Gracias a Dios, estás aquí. A Giorgia le volvió a tocar Iacopo, ¿puedes creer qué mala suerte? Le pisó todo el vestido. Pero tú llegaste aquí sana y salva.

Su voz tenía un deje de frivolidad forzado; en ese aire alegre fingido había algo que tenía muy poco que ver con Liza. Supe que debía de haber visto lo que pasó durante el baile, el modo en el que los Paradiso se nos habían echado encima. Por su tono, supe que esperaba disuadirme de que le hiciera preguntas. Pero yo tenía que saberlo.

—Intentaron hacerle daño a Nico —le dije—. Los Paradiso. La chica de rojo.

Liza hizo un ruidito evasivo mientras jugueteaba con el bolso y me rehuía la mirada.

—Liza, ¿por qué lo hicieron? —pregunté—. Dime qué está pasando.

—A ver —dijo—, puede que se me haya pasado mencionar que, técnicamente, Nico es un Paradiso.

13

—¿*P*or qué no me lo habías contado?

Liza se encogió de hombros y se adentró alegremente en el carnaval. Habíamos entrado en la zona principal de puestos, aquel paraíso iluminado por el fuego al que a todos les había costado tanto trabajo llegar. Había carros de comida con montañas de golosinas, máquinas de palomitas y de algodón de azúcar, una tarotista dentro de un círculo de velas y una rueda de la fortuna.

—Liza, te lo digo en serio… —insistí, mientras me abría paso entre un grupo de chicos Marconi que jugaban a los dardos.

—No pensé que tuviera importancia —dijo. Luego, señaló una máquina—: ¿Algodón de azúcar?

No le hice ni caso.

—Si Nico es un Paradiso, ¿qué hace en nuestra parte de la ciudad?

—Lo desterraron hace ya un tiempo. Los Paradiso están furiosos porque no creen que fuera suficiente castigo. Querían su cabeza. Por eso cada año en el carnaval se esfuerzan en conseguirla. —Se giró hacia mí entre el gentío apretujado, cruzó los brazos sobre el pecho y me preguntó—: Bueno, entonces, ¿segura que no quieres algodón de azúcar?

—¿Qué hizo Nico? —pregunté.

Liza entornó los ojos. Parecía que el tema la aburría enormemente y también que la ponía un poco de mal humor, como si no entendiera por qué me interesaba tanto.

—¿Qué hizo para que lo desterraran, Liza?

—Mató a alguien, ya que preguntas —dijo con frialdad—. O por lo menos eso es lo que dijeron los Paradiso. Aunque no pudieron probarlo. En absoluto. Por eso Nico sigue juntándose con nosotras en vez de estar decapitado en un bloque de ejecución.

Había dejado de caminar sin pretenderlo, con aquellas palabras dándome vueltas en la cabeza a toda velocidad como los dardos que lanzaban los chicos. «Mató a alguien». Esperé que me embargara el miedo, recordé su mano en mi cintura, y su manera de agarrarme, fuerte e inflexible..., pero el miedo no apareció. Porque, claro está, aquello me había gustado. Una sensación de angustia se apoderó de mi pecho y convirtió mis extremidades en plomo.

—¿A quién mató? —pregunté.

Liza miró hacia atrás y frunció el ceño al ver que me había rezagado.

—A su papá.

La sensación de angustia fue a más. La multitud me pasaba rozando por todos lados, riendo y charlando tras las máscaras. Pero me sentía desconectada de ella, anclada en aquel punto con una mezcla de miedo, vergüenza y pura curiosidad morbosa.

—¿Por qué? —dije.

—Vete a saber —dijo Liza exasperada—. No son más que rumores, Lilly.

—Pues cuéntame los rumores.

Liza me hizo pucheros y por un momento temí que se negara en redondo. Pero no era justo.

«Yo quería bailar contigo —pensé—. Pero me echaste a los lobos, y este fue el lobo que vino por mí».

Al final Liza cedió.

—Tienes que entender que el papá de Nico era alguien importante. Instruía al ejército de los Paradiso antes de la tregua. Así que, claro, todo el mundo lo adoraba. Y entonces un día, hace unos años, apareció muerto. Y sin un solo rasguño. Pudo haber sido un suicidio, porque lo encontraron en el garaje con el motor del coche encendido. Pero los Paradiso no se tragaron aquello ni por un segundo. Estaban convencidos de que era todo un montaje y que alguien se lo había cargado. Y… en una casa cerrada, entre Nico y su hermanito, ¿de quién sospecharías?

—De Nico —dije.

—Exacto. Los Paradiso también pensaron lo mismo. Hicieron que el General lo juzgara delante de las dos partes de la ciudad; es lo que se hace cuando la cagas a lo grande. Solo tenía trece años, pero, al crecer junto a su papá, todo el mundo pensó que estaba adiestrado para matar. Y él no soltaba prenda. Ni para decir que no lo había hecho. El caso se explicaba por sí solo. Pero… Veronica Marconi siguió interviniendo. Dijo que no era más que un niño, y que, por mucho adiestramiento que tuviera, nunca vencería a un hombre tan fuerte como su papá. Al final, todo el mundo acabó tan harto de las idas y venidas que el General declaró que el juicio no era concluyente y desterró a Nico al sur. Sin embargo, antes lo marcó a hierro por alterar la paz; lo estigmatizó.

—¿Lo marcó a hierro? —balbuceé—. ¿De verdad?

—Créeme, eso fue lo mínimo que le pudo pasar. Al final del juicio, los Paradiso estaban dispuestos a colgarlo. Desde entonces han intentado acabar el trabajo, como pudiste presenciar esta noche. —Suspiró, dramática—. Y ya está. Punto final. ¿Estás contenta?

—Pues la verdad es que no.

—Okey, vamos a comer algodón de azúcar —soltó Liza—. Eso te animará.

Pero, por alguna razón, era incapaz de moverme.

—Lilly, te lo digo en serio —siguió. Ahora había cambiado la voz, tenía un matiz más duro. Lo sentí como una advertencia—. Nico Carenza es un auténtico desastre. No pierdas el tiempo con él, no merece la pena.

Tenía razón, por supuesto. Ese era el problema. Tenía que conseguir que dejara de afectarme.

—Okey, vamos —dije—. Por ese algodón de azúcar.

Pero Liza ya no estaba. Miré alrededor para intentar divisarla entre la multitud, esperaba encontrarla a unos pocos pasos por delante, esperando a que la alcanzara. Pero no la vi.

—¿Liza? —la llamé, mientras recorría con la vista los puestos de venta—. ¿Liza?

Nada. En su ausencia, parecía que el carnaval se había vuelto mucho más ruidoso, era como una masa de cuerpos que se retorcían. Como si alguien le hubiera dicho a la muchedumbre que yo estaba sola, que se lo dijeran a los Paradiso. Así podrían volver por mí.

Di un paso rápido a un lado, salí de la masa principal y me refugié en una carpa sombría llena de percheros con ropa colgada. Parecía desierta, y sus paredes de tela se mecían ligeramente con el viento. Pero entonces oí un movimiento por detrás de mí, el crujido de unos pasos, y miré alrededor, escudriñando la oscuridad.

—Hola… —El eco de la palabra pareció volver a mí en el espacio vacío—. ¿Liza?

—Va a ser que no —dijo alguien.

Me quedé helada. Era la chica del vestido rojo. Estaba en la parte posterior de la carpa, con la cara en sombra y el cabello rubio destacando en la oscuridad. Casi como si me hubiera estado esperando. No podría explicar por qué me sentía en peligro en su presencia, pero así era. Se me aceleró el corazón.

—¿Quién eres? —susurré.

—Adivina —dijo la chica, y se levantó la máscara. Me quedé boquiabierta. La reconocí, a pesar de las sombras: mejillas afiladas, piel sedosa, unos ardientes ojos verdes, hipnótica y letal al mismo tiempo. Era como la variación de una canción, una versión distinta de una cara que conocía bien. Pensé en Liza en su cuarto diciendo: «Hijos legítimos de los que no tiene que avergonzarse».

—Eres su hermana, ¿verdad?

—Casi —dijo la chica—. Soy más bien como su fantasía. Cuando cierra los ojos, finge ser yo.

Avanzó y se adentró en la penumbra; eso me permitió verla mejor y se me hizo un nudo en el estómago. Tenía claro que Liza era hermosa, pero lo de esta chica era algo más que eso. Poseía una perfección que no había visto nunca en nadie de mi edad. Era como un superpoder: la habilidad de impedir que la gente mire hacia otro lado. Sentí un ramalazo de envidia, que me dejó un regusto amargo.

—Y supongo que también tu fantasía —dijo la chica, e hizo una ligera reverencia recogiéndose el vestido—. Chrissy Paradiso. Te toca, Lilly.

—¿Cómo sabes mi nombre?

—Intuición —dijo Chrissy—. Te queda. Es nombre de flor y las flores son muy frágiles.

—Yo no soy frágil —dije con frialdad.

—Bueno, *cara*, supongo que eso ya lo veremos.

Se acercó a mí en medio de la tienda, con el puño americano encajado en los dedos como si fuera una corona metálica. Noté que apretaba los puños, y me pregunté si iba a tener que revivir lo del baile, si iba a arremeter contra mí. El perchero más cercano se estremeció por el viento, como si simpatizara con mi aprieto.

—¿Qué quieres? —le pregunté, aguantándome las ganas de alejarme de ella. Tampoco es que tuviera adónde ir. Notaba la pared de tela en la espalda, no tenía salida.

—¿Que qué quiero? —dijo haciéndose la inocente—. Conocerte. No sé si sabes que eres famosa. Me refiero al carnaval. La chica nueva que baila con Nico Carenza. Oí que ibas realmente deslumbrante.

—Lo dudo.

—Debes de haberte llevado una gran impresión —murmuró Chrissy—, que alguien con su aspecto te preste atención… Me sorprende que no te desmayaras en el acto. —Se inclinó hacia delante y la fragancia floral de su pelo me rozó la cara—. Aunque… oí que no quería tocarte. Escuché que estuvo pensando mucho… si te tocaba o no. Al final, también tuvo que apartarte de él. Vaya escenita más triste montaste. A ver, es un mentiroso, un traidor y la peor persona de esta ciudad, pero aun así no quería ensuciarse las manos con tu vestidito…

Habría sido mejor si me hubiera pegado. «O sea, que todo el mundo lo sabe —pensé mientras la vergüenza se apoderaba de mí—. Todos se dan cuenta de lo mucho que me odia…».

—Tienes que revisar tus fuentes —le dije—. Yo solo recuerdo a una chica con un vestido rojo que llevaba un puño americano en un baile, pero fallaba todos los golpes.

Al segundo siguiente me eché a un lado, aún con el martilleo en la cabeza; tenía que alejarme de ella, pero Chrissy alargó una mano, me agarró del brazo y me inmovilizó contra el perchero. Me asombró lo fuerte que era para alguien tan delgado, como si la hubieran entrenado para el combate desde que nació, a la espera de una guerra que aún no había llegado.

—No tan rápido —dijo Chrissy con una voz dulce—. No hemos acabado de conocernos.

—Suéltame —susurré—. No tengo nada que hablar contigo.

—Pues entonces escucha. Pensaba que te gustaría saber la razón por la que Carenza no te soporta. Por si esta vez acabamos con él de una vez por todas.

—Que me sueltes…

—Es esto, esto mismo —dijo Chrissy clavándome las uñas en el brazo—. La debilidad es una enfermedad. No quiere que lo infectes.

El perchero que había detrás de mí acabó golpeando el suelo con una lluvia de capas y vestidos de fiesta. El impacto nos hizo caer a las dos, a Chrissy contra la pared de tela de la carpa y a mí al suelo delante de ella, y mi máscara salió disparada y se perdió en la oscuridad. Por un segundo, me quedé allí tirada, sin preocuparme de mi dignidad. Me temblaban las manos, se me tensaban los músculos del calor y un torrente de rabia me consumía el cuerpo.

«La odio —pensé—. Detesto a esta chica».

—Bueno —dijo una voz familiar desde la entrada—, las he visto con mejor aspecto. Yo que tú me iba a buscar un espejo, Chrissy. Creo que tienes un pelo fuera de sitio.

Un instante después apareció una mano en mi campo de visión, la tomé de manera automática y dejé que Liza me ayudara a levantarme. Chrissy estaba ya en pie al otro lado de la carpa, tan tranquila, quitándose una mota de polvo del vestido.

—Hola, Liza. ¿Viniste a recoger a tu nuevo juguete? Te la estaba domando. Pero tengo que decir que me decepcionó un poco. No es gran cosa, incluso para ti. Supongo que escasean las opciones en los barrios bajos.

A Liza le centellearon los ojos.

—Nadie te pidió tu opinión, Chrissy. Vete a acosar a otro.

—Ah, si insistes… —dijo Chrissy, y después me dedicó una amplia sonrisa—. Espero que le hayas mirado bien la cara a Carenza. Dudo que lo vayas a reconocer más tarde.

Y salió toda digna de la carpa, con el vestido rojo cortando el aire a su paso. Observé cómo se marchaba, con la rabia aún bullendo en mi interior.

—Oye —dijo Liza, mientras agitaba una mano por delante de mi cara—. Lilly, ¿estás bien?

—Sí —contesté—. Tienes la peor hermana del mundo.

—Los Paradiso —dijo Liza, sombría—. Te lo advertí.

Me froté el brazo allí donde Chrissy me había hincado las uñas, furiosa conmigo misma por dejar que me pusiera las manos encima. «La debilidad es una enfermedad».

—¿Qué pasa con Nico? —pregunté—. Va a volver a hacerle daño.

—Obvio —repuso Liza—. Te dije que los Paradiso quieren su cabeza.

—Pues tenemos que decírselo a alguien. Los ejecutores podrían…

—¿Sostenerlo para que Chrissy le dé una paliza? —sugirió Liza.

118

—¿Qué? Pensaba que en teoría se dedicaban a mantener la paz.

Liza se encogió de hombros.

—A nadie le gustan los traidores, Lilly. —La frialdad de su voz me decía que no se podía creer que estuviéramos manteniendo otra vez esta conversación—. Seguro que estará bien. Tú piensa que, si lo matan esta vez, se quedarán sin diversión para el año que viene.

La miré boquiabierta, sorprendida durante un momento por lo mucho que me recordaba a la chica que me acababa de acorralar contra el perchero. Luego Liza puso los ojos en blanco y el parecido desapareció.

—Confía un poco en Nico —dijo—. Ha llegado hasta aquí sin que tú lo protejas. Y ahora vámonos, anda, que llegamos tarde.

Dejé que me tomara de la mano y me arrastrara hasta el exterior de la carpa; estaba demasiado cansada para seguir discutiendo. Pero mientras atravesábamos por segunda vez el carnaval, no pude evitar preguntarme…

—¿Me dejaste sola a propósito? —le solté—. Antes, fue como si te hubieras esfumado. No te encontraba por ningún lado.

Liza me miró por encima del hombro, como si la ofendiera el simple hecho de preguntárselo.

—¿Y por qué iba a hacer eso? —inquirió.

Pero no había dicho que «no».

14

*L*iza me llevó de vuelta a la parte frontal de la plaza, donde la orquesta seguía tocando, pero el baile se había acabado y la alfombra roja había sido reemplazada por una hoguera enorme. Varias columnas de chispazos llenaban el aire y proyectaban una neblina de color anaranjado sobre las vidrieras de la iglesia que se elevaba sobre ellos. Liza le echó un vistazo a una de las torres de vigilancia que bordeaban la plaza, leyó la esfera del reloj, cuyas manecillas de acero señalaban las 21:50. Soltó un improperio y redobló el paso.

—¿A qué viene tanta prisa? —le pregunté.

—Tengo una cita —contestó ella—. Tengo que llevar a mi gigantesco animal terriblemente obeso.

—¿Tu qué?

—A Gato, Lilly. Mi gato.

Una multitud se estaba reuniendo ya alrededor de la hoguera, gente de todas las edades y de los dos clanes, atraída por el humo y por el olor a quemado. Al acercarnos me di cuenta de que había algo enhiesto entre las llamas: un hombre de paja de tamaño natural atado a una estaca de madera sin pulir. La gente se reía, lo señalaba con el dedo; los niños le tiraban palitos a la cabeza. Una señal de madera colgaba de su cuello, resultaba visible incluso a través de las ondas del calor. Rezaba:

SANTO

Me quedé paralizada de repente, con el corazón en la boca, pensando en mi sueño. Las llamas y la pira, el terror, consciente de que yo sería la siguiente. El chico entre el humo, siempre lejos de mi alcance.

Un destello de color azul hizo que girara la cabeza con rapidez, medio convencida de estar soñando en aquel mismo momento: me puse a buscarlo antes de poder pensármelo dos veces. Christian estaba plantado al otro lado de la hoguera, junto a un hombre alto y atractivo que supuse que sería su padre. Se había subido la máscara, que descansaba entre sus rizos, y las sombras se entrecruzaban sobre sus delicados rasgos. Mostraba el mismo aspecto exacto que en el interior de mi mente, donde nunca tenía que fingir que no lo deseaba.

—Lo estás mirando fijamente, Deluca —dijo una voz—. No es una buena cualidad.

Me sobresalté, miré a los lados y vi que, sin querer, me había adelantado y me había metido entre el gentío. Liza había desaparecido y era Alex Latore quien estaba plantado junto a mí. No llevaba máscara porque se había pintado una él mismo: una intricada red de rosas y cráneos negros alrededor de los ojos. Era preciosa, pero no me apetecía decírselo.

—Tú te pasas la vida mirándome fijamente —señalé, pensando en todas las miraditas desagradables que había tenido que soportar en la escuela.

—Eso es diferente —dijo Alex—. Yo soy un maleducado. Tú estás en plan… —Se le fue apagando la voz y dejó que yo llenara el espacio en blanco: «patética».

Me mordí la lengua, consciente de que no podía negarlo. Deseaba tener la fuerza de voluntad necesaria para quitarme de encima esa cosa brillante dentro de mi cuerpo que me atraía hacia Christian como una brújula.

—Vaya —dijo Alex—. ¿No hay respuesta ingeniosa? Pues sí que estás mal… —añadió, frunciendo el ceño—. Tampoco puedo culparte, vaya. Pero esta es la cuestión, Deluca. Si de verdad te importa, tienes que dejarlo en paz. No necesita que encima lo dejes peor de lo que ya está. .

—¿Eso qué narices significa?

Alex se limitó a encogerse de hombros.

—Tú sabrás.

Fruncí el ceño mientras miraba el fuego que se reflejaba en los labios de Christian. El hombre que estaba a su lado se inclinó para decirle algo al oído. La imagen me provocó una palpitación extraña y urgente: tenía la sensación de conocer a aquel hombre… y de que debía alejarme de él.

—¿Ese es su papá? —le pregunté a Alex—. Me resulta familiar.

Me lanzó una mirada.

—Haz un esfuerzo —contestó—. Ya se te ocurrirá.

Seguía intentando localizarlo cuando se abrieron las puertas de la iglesia con un sonido estridente, como si alguien arrastrara unas cadenas, y que se vio subrayado por el silencio que se hizo de inmediato, ya que la orquesta había dejado de tocar. La multitud calló, centenares de cabezas se giraron para mirar la terraza de mármol del Icarium. Para mirar a la figura que estaba saliendo del templo.

Llevaba una capa con capucha, como una sotana de monje hecha de arpillera gruesa, y esta colgaba a tan baja altura que de su cara no se veía más que la palidez de su piel y el tajo de color rojo de la boca. El hombre se dirigió con soltura hacia el borde de la terraza y extendió los brazos. Su sombra se proyectó sobre la fachada de la iglesia, magnificada un centenar de veces, del tamaño suficiente para envolver el pueblo entero. Con aquella capucha y aquellas mangas tan grandes, me recordó la típica imagen de la Parca en Halloween. Era igual que la Muerte misma.

—Viva el General —dijo alguien.

Por toda la plaza, la gente se arrodilló al unísono, como si el viento los hubiera tumbado a la vez.

—¿Ahora quién abandonó a quién? —dijo Liza entre dientes mientras aparecía a mi lado a tiempo de arrastrarme hacia el suelo.

El General paseó la cabeza de un lado al otro con lentitud, contemplando a la muchedumbre, el carnaval, la extensa ciudad que tenía a sus órdenes. En ningún momento habló, en ningún momento tuvo necesidad de hacerlo. Ya nos encontrábamos bajo su hechizo. Lo notaba en el latir sobrecogido de mi corazón, en las expresiones respetuosas de la multitud. De repente, la organización de Castello cobró sentido para mí. Si había alguien capaz de unir una ciudad asolada por la guerra, ese alguien era el hombre que estaba frente a la iglesia, quien se había limitado a enseñar a la población a adorarlo de modo que esta se olvidara de todo lo demás.

El General permaneció unos momentos más en la terraza, una figura humana que proyectaba la sombra de un dios sobre la pared del Icarium. A continuación, bajó los brazos. En un instante, la sotana pareció envolverlo como si se fundiera con la oscuridad. Como en el final de un truco de magia: fundido a negro. La única señal de que había regresado al interior de la iglesia fue el chirrido fantasmagórico que hicieron las puertas al cerrarse.

123

La gente fue poniéndose en pie poco a poco, Liza y yo incluidas. Busqué a Alex con la mirada, pero había desaparecido. Le eché otro vistazo al Icarium, sintiéndome rara, hipnotizada, como si el General me hubiera sumido en un trance.

—¿Crees que eso fue impresionante? —preguntó Liza—. Pues espérate a oírlo predicar.

—¡Damas y caballeros! —gritó alguien. Era Tiago, plantado al lado de la hoguera, con su uniforme de color gris—. Por favor, den la bienvenida a nuestros líderes cívicos, nombrados por el General: Enrico Paradiso y Veronica Marconi.

Siguió una sumisa ronda de aplausos y vi que la multitud se separaba para dejarlos pasar. Reconocí a Veronica de inmediato. Se aproximaba desde el lado sur de la plaza con un vestido elegante de color negro sin mangas, guantes de noche y una máscara también negra de raso. Llevaba una única rosa prendida del pecho.

Los Marconi que había entre el gentío inclinaron la cabeza a su paso, las mujeres le dedicaron reverencias, los niños que la habían visto en la escuela la saludaron con la mano desde detrás de las faldas de sus madres. Veronica sonreía, cortés; les devolvía las reverencias. «Regia», la había definido Liza una vez, y ahora entendía por qué. La gente estaba enamorada de ella, cautivada por su belleza y juventud. Solo que… aquella fascinación no acababa de ser la misma que sentían por el General.

Veronica llegó a la hoguera, sita en el centro exacto entre los dos lados de la ciudad, y se detuvo. A la espera de algo. A mi lado, Liza se puso nerviosa de repente, intentó hacer que me pusiera en marcha de nuevo.

—Vámonos —dijo—, esta parte es una estupidez.

Me tomó de la mano, me jaló, pero me resistí. Quería ver lo que sucedía a continuación.

En ese momento, procedente de algún punto alejado entre la gente que ocupaba el norte de la plaza, oí un golpeteo. Clic, clac, clic, clac, sobre el mármol. Como el que produciría un bastón.

—Lilly —me dijo Liza, apremiante—. Vámonos.

Un anciano apareció entre las filas de los Paradiso. Vestía una gabardina larga y se apoyaba en un bastón de ébano. No llevaba máscara, así que alcancé a verle la cara con claridad pese a la distancia que nos separaba: los ojos hundidos y las mejillas picadas por la viruela, el cabello canoso y grasiento que se enmarañaba sobre sus hombros. Se trataba del hombre que aparecía en el video que habíamos visto en clase: el que le había estrechado la mano a Veronica y había firmado el armisticio en nombre del norte. A su espalda, Chrissy Paradiso ofrecía una figura poderosa con su vestido de color rojo.

Y en aquel momento caí en la cuenta, con la mano de Liza aferrada a mi muñeca como un tornillo de banco.

—Dios mío —susurré—. Ese es tu papá. Es el jefe del clan.

Enrico Paradiso se reunió con Veronica Marconi delante de la hoguera y se inclinó para besarle los dedos. Tenía un aspecto frágil y avejentado, pero a mí me dio miedo de todos modos. Había algo sinuoso en sus movimientos, propio de una serpiente encerrada dentro de una caja, como lleno de posibilidades letales. Tiago observó la interacción entre ambos con ojos de halcón, me recordó a un árbitro de futbol.

—Damos las gracias cada día a nuestros líderes cívicos por ayudar al General a preservar la paz. El próximo mes celebraremos veinte años de unidad… Esta noche allanamos el camino para que sean veinte más. ¡Que prosiga el carnaval!

La orquesta comenzó a tocar un vals ligero y jovial, y la gente regresó a su cháchara. Veronica y Enrico se quedaron junto a la hoguera, rígidos, cumpliendo con su deber cívico. Me arriesgué a mirar a Liza, vi que me dirigía una mirada dura, de ojos entornados, como retándome a hacer algún comentario sobre su padre.

Me encogí de hombros con lentitud.

—Podría ser peor. Al menos tiene unos pómulos pronunciados.

Algo oscuro se asomó al rostro de Liza.

—Ya, bueno —murmuró—. Es una manera de verlo. —Y, a continuación, como animándose—: Ven. Ya que estamos en esto, puedes acabar de conocer a la familia.

Se alejó, decidida, mientras revolvía en su cartera y sacaba un gato blanco pequeño que no dejaba de moverse. Tuve que mirarlo dos veces.

—¿Has estado toda la noche cargando con él?

—Por desgracia, sí —dijo Liza, que se dirigía hacia la entrada de otra tienda lóbrega con Gato colgando y balanceándose con violencia de una de sus manos—. Verás, en realidad no es mío. Quiero decir que no es solo mío. Digamos que lo comparto con alguien. —Retiró la puerta de la tienda y se agachó para entrar en ella—. Con Sebastian Paradiso.

125

15

$\mathcal{L}$a tienda era alargada y estaba a oscuras, por su suelo se esparcían desechos del carnaval: sillas volcadas, tablones de escenario pintados, el cartel de una casa de la risa… Habían desplegado un rollo de alfombra de color negro por el medio del suelo, que marcaba un sendero de terciopelo sobre el mármol. Al final de este había un trono hecho de madera lisa y oscura, como una exuberante pieza de atrezo teatral. De sus reposabrazos brotaban cráneos que mordían rosas entre los dientes desnudos y unas alas de ángel se abrían en la parte alta del respaldo.

Había un muchacho repantigado en el trono, con las piernas extendidas y las manos envolviendo los cráneos como si estos fueran armas que pudiera agarrar y utilizar. No tendría más de trece años, y sus extremidades delgaduchas parecían aún más pequeñas por el tamaño del asiento que ocupaba, pero a la vez había en él algo que transmitía una sensación inmediata de dominio.

No llevaba máscara, pero su vestimenta decía a gritos «Paradiso»: una túnica de color dorado intenso, tejida a mano, con patrones complejos y joyas incrustadas en el cuello y las mangas. Era como un rey infantil: lo único que le faltaba era la corona. El pelo que le colgaba ondulado alrededor de las orejas no era de un color rubio tan puro como el de Chrissy, pero era menos grisáceo que el de Liza. Y aquellos ojos de color verde, brillantes y peligrosos, un rasgo familiar. Decidí que tenía que tratarse de su hermano.

—Trajiste a la chica nueva —dijo Sebastian Paradiso.

—Mira, qué observador —dijo Liza, que se había detenido nada más cruzar la puerta, como si aquello fuera un duelo y no quisiera ser la primera en acercarse. Ajeno a todo, el gato se retorció para escapar de sus manos, cayó al suelo y de inmediato se lanzó sobre una pila de telas amontonadas—. Por el amor de Dios —dijo Liza de manera abrupta, y se agachó a recogerlo.

Sebastian volteó a verme.

—Lilly Deluca —dijo—. He oído hablar de ti.

—Genial —contesté—. ¿Quién no?

La mirada de Sebastian se volvió afilada, como si supiera que me había venido Chrissy inmediatamente a la cabeza.

—No soy ella —dijo con frialdad—. La familia no se escoge.

Había un deje de acusación en sus palabras, como si me estuviera desafiando a ser mejor que el tipo de personas que juzgaban a la gente por su parentesco. Tanto daba que todo el mundo en aquella ciudad hiciera lo mismo. Sin embargo, contra toda lógica, me descubrí avergonzándome de mí misma.

—Tienes razón —dije—. Lo siento.

Sebastian se impulsó con los brazos para bajar del trono y fue hacia mí por la alfombra de color negro. De pie era delgado pero sólido, curtido de una manera que solo Castello podía alumbrar. Llevaba un surtido de piezas de joyería que, a diferencia de las que lucían los demás Paradiso, no estaban pulidas, sino que eran viejas y estaban manchadas. Gruesos anillos de oro en cada dedo, cadenas pesadas alrededor del cuello, cruces y dijes que dejaban manchas de suciedad sobre su elegante túnica. Tuve la sensación de que había algo desafiante en ello, como si se hubiera puesto las joyas a modo de protesta. La única parte de su vestuario que le pertenecía de verdad.

—Me gustan tus collares —dije a modo de ofrenda de paz.

Sebastian levantó la mirada hacia mí, enarcó una ceja.

—Mi papá dice que son bagatelas.

—Las bagatelas están bien. Además, creo que se equivoca.

Sebastian enarcó aún más la ceja, hizo que me acordara de Liza. Yo me encogí de hombros pensando en mi propio padre, quien mucho tiempo atrás me enseñó que cada máquina vieja y cada placa base rota tienen una historia que contar.

—No son más que artefactos, ¿no? Pedazos de historia.

Me quedé mirando uno de los collares, que acababa en un medallón de oro en bruto, esculpido con el símbolo de una puerta antigua con incrustaciones de espinas. Sobre ella había grabada una inscripción en latín, pero estaba tan desgastada que no lograba identificarla. Había algo un tanto familiar en todo aquello, pero no podía explicar de qué se trataba.

—¿De qué reconozco eso? —le pregunté a Sebastian, que siguió mi mirada hacia abajo y se puso ligeramente en tensión al darse cuenta del medallón al que me refería.

—Es una moneda de Jano —contestó—. El dios romano de las puertas. Creían que controlaba todos los principios y finales. Incluso la vida y la muerte.

—¿Puedo verla? —pregunté, atenazada de repente por la necesidad de tener aquella moneda cerca de mí.

Sebastian la levantó lentamente, ofreciéndomela para que la sostuviera. Nada más tocarla sentí que me jalaba, una oleada de euforia… como si la moneda me hubiera agarrado de la garganta y me estuviera arrastrando fuerte y veloz a través de la oscuridad. El oro parecía estar quemándome la piel, devorándome desde dentro.

—¿Qué es esto? —dije con un resuello, preguntándome si Sebastian habría calentado el metal de algún modo antes de entregármelo.

—Es una moneda —repitió él, y me la arrancó de la mano con cierta brusquedad.

Sin ella me sentí enferma, me palpitaba la cabeza, tenía un sabor a quemado en la boca. Sebastian me miraba extrañado, como si temiera que pudiera morderlo.

—Bueno, me rindo —dijo Liza, reclamando nuestra atención mientras se ponía en pie. Había rescatado a Gato de la pila de telas pero este se encontraba tumbado sobre el lomo, con las patas apuntando hacia el techo, como un insecto al revés—. Lo tomas o lo dejas, a mí no me importa. Es un malcriado.

Sebastian arrugó la nariz y se agachó para recoger a Gato y tomarlo entre los brazos.

—No te preocupes —le dijo al animal—. No lo dice en serio.

Retrocedió hacia la parte trasera de la tienda, nos dirigió una mirada por encima del hombro antes de fundirse con la oscuridad. Liza mantuvo los labios apretados y los brazos cruzados, era la viva imagen de la indiferencia. Solo relajó la guardia cuando Sebastian hubo desaparecido.

—Felicidades —dije—. Al fin y al cabo, tu familia no es oficialmente tan terrible.

—No es tan terrible aún —dijo Liza—. Espérate unos años: ya veremos en qué se convierte.

Fruncí el ceño.

—Si crees que Sebastian se volverá malvado, ¿por qué compartes la custodia del gato con él?

—Técnicamente, primero fue su gato. La verdad es que no tengo elección.

Liza me agarró de la muñeca y me sacó de la tienda, arañando maliciosamente el mármol con los dedos de los pies. Se había quitado la máscara de color verde y la hacía girar en la mano libre siguiendo el ritmo de nuestros pasos.

—Un año, por carnaval, Sebastian me pidió que me quedara con el gatito porque Chrissy estaba intentando ahogarlo en el cubo de las manzanas sumergidas. Sucedió hace siglos, eso sí, antes de que ella pasara a torturar a seres humanos. En cualquier caso, intenté devolverle ese animal estúpido al año siguiente, pero Sebastian dijo que lo más probable era que Gato se hubiera acostumbrado a mí y que se pusiera «triste» y se sintiera «fuera de lugar» si no volvía a verme nunca más.

Liza sacudió la cabeza, como si alucinara con lo absurdo que era todo aquello.

—Así que Sebastian me preguntó si quería compartir su mascota con él. Vaya preguntita, ¿eh?

—Bueno, es evidente que le dijiste que sí.

Liza me fulminó con la mirada.

—Enajenación transitoria. Tendría que haber ahogado a ese monstruo yo misma. Llevamos tres años pasándonos ese gato el uno al otro. A veces creo de verdad que estoy loca… jugando a las casitas con un Paradiso.

El apellido era como ácido sobre su lengua, algo que debía escupir antes de que pudiera devorarla.

Pensé en la acusación que había visto en la mirada de Sebastian, indicándome que estuviera por encima de todo aquello.

—Liza, es tu hermano —dije—. No es malo solo por llevar ese apellido. No todos pueden ser malos por su procedencia.

Liza me miró con desdén.

—Gracias, Lilly, eso fue superprofundo. Lo recordaré la próxima vez que Chrissy y sus amigas vengan por ti o, Dios no lo quiera, por tu novio, Nico.

—No es mi novio —dije con aspereza—. Ya sabes que me odia a muerte. Y, además, estoy segura de que al General le encantaría saber lo del gato compartido. Sebastian y tú representan todo aquello que se supone que busca el armisticio.

—Al diablo con el General —dijo Liza—. Y al diablo también con los Paradiso —añadió con voz implacable pero baja, pendiente de que no la oyera nadie—. Larga vida a los Santos.

Habíamos llegado frente a la iglesia, donde la hoguera seguía ardiendo, inalterable. Se trataba, con toda probabilidad, del lugar más peligroso que Liza podría haber elegido para decir algo así de osado, pero nadie parecía haberla oído. De manera absurda me descubrí sonriendo, llevada por el peligro de decir cosas prohibidas en las narices mismas del General.

«No eres tan buena», me había dicho Liza una vez. Y quizá tuviera razón. Quizá no lo fuera. Quizás aquel era el motivo por el que mi mamá me había odiado tanto.

—Larga vida a los Santos —repitió Liza, esta vez más alto, espoleada por mi sonrisa. Me tomó de las manos e hizo que comenzáramos a girar en círculo; nuestras cabelleras flotaban al aire, nuestros vestidos se arremolinaban—. Larga vida a los Santos, larga vida a los Santos, larga vida a los Santos.

Nos detuvimos de golpe junto a la hoguera, jadeando, tomadas de las manos. El hombre de paja seguía clavado en la estaca, ejecutaba una danza nerviosa mientras las llamas lo devoraban, y sentí que la sonrisa desaparecía al instante de mis labios. Porque los Santos no tenían una vida larga. Pues claro que no. Era más bien lo contrario.

—No pienses en eso —dijo Liza, siguiendo mi mirada.

Ella se agachó de repente, recogió un trozo de madera chamuscada de la hoguera, se incorporó y dibujó con rapidez dos líneas de hollín debajo de mis ojos. Como una pintura de guerra. Contuve el aliento mientras la veía pintar la señal sobre su propia piel para que hiciera juego con la mía, el hollín difuminado sobre sus pecas. Y entonces las dos nos inclinamos a la vez, la una hacia la otra; no fue tanto un beso como un roce pegajoso de los labios, ya que Liza apartó la cabeza en el último momento y en su lugar llevó la boca hacia mi mejilla. El corazón me latía con fuerza, pesado; mi cabeza era un caos de deseo y confusión: me preguntaba cómo era posible que pasara tanto tiempo pensando en Christian y a la vez ansiara de aquella manera el tacto de Liza. Cómo era posible que dos personas tan distintas se hubieran adueñado de sendas partes de mi mente.

Cuando nos separamos, Liza estaba riéndose, con una mirada brillante y triunfal, así que yo también me reí. Intenté vivir el momento, convencerme a mí misma de que no deseaba echar la espalda hacia atrás y pedir una segunda ronda. Fríamente, pensé que Liza podría domarme si quisiera, que desde aquel momento iba a resultarle muy sencillo. Pero no conseguí que aquello me importara.

—Tú y yo —dijo Liza— seremos diferentes.

131

16

*E*n el sueño, me había escondido.

Estaba muy oscuro, pero percibía las paredes a mi alrededor, la presión familiar de los tablones de madera en los pies. Volvía a ser una niña, estaba hecha un ovillo en el armario, bajo el perchero de los abrigos de invierno. Esperando a que mi mamá me dejara salir. Solo que había aparecido un nuevo elemento: algo amargo, que se abría paso, serpenteante, a través de mis pulmones. El aire estaba cargado, lleno de ondas de calor. Tardé un segundo en darme cuenta: estaba respirando humo. Lo cual quería decir que en algún otro lugar había un incendio.

Sentí un ramalazo de miedo, que me llevó a ponerme en pie y buscar la puerta. Sentí que sería imposible llegar hasta ella, enterrada como estaba bajo pilas de ropas viejas que se enredaban entre mis piernas al desplazarme. Y, mientras tanto, el humo se iba volviendo más denso, como si alguien le hubiera prendido fuego al armario por dentro. Como si allí hubiera alguien más, acompañándome.

Nada más pensarlo supe que era verdad. Oí unos pasos a mi espalda, el golpeteo que produciría una niña. Vi un destello de cabello moreno y un vestido blanco pero manchado de hollín. «Es ella —constaté en el momento en que mi consciencia adulta se colaba en la pesadilla—. La niña del dibujo de Liza. Ha venido por mí».

Desesperada, me lancé hacia delante, choqué con la puerta de madera del armario, jalé la perilla. Pero este no cedía. Podía oír el traqueteo del pestillo, que estaba puesto del otro lado. La puerta se encontraba cerrada con llave. Ese era el problema de esconderse. La puerta siempre estaba cerrada con llave.

—Mamá —grité, golpeando la madera con los puños—. Aquí pasa algo raro. Déjame salir. —A mi alrededor, el aire había cobrado un brillo rojizo, el fuego se acercaba—. Mamá, por favor. Lo siento, déjame salir…

No hubo respuesta, pero resbalé sobre un líquido que de repente se había derramado por el suelo. Tenía un aroma metálico y era pegajoso, como el de aquel día en que llegué a casa de la escuela y me la encontré allí tirada; su sangre empapó mi piel antes de que me diera cuenta de lo que estaba sucediendo.

Así supe que ella ya no estaba. Supongo que, en cierto sentido, había sido así desde un primer momento.

Me recorrió una oleada de dolor y esta se mezcló con mi pánico, lo cual me llenó de un calor eléctrico. De repente me sentí tremendamente sola, tremendamente olvidada. Atrapada junto a la principita dentro de una marea de llamaradas que no dejaba de crecer. Sufriendo por Christian, en su neblina dorada. «¿Dónde está? —pensé—. ¿Por qué permite que me pase esto?».

Estaba convencida de que iba a arder allí, en aquella habitación, notando el aliento desafiante de la niña en la nuca.

«A menos que decidas luchar».

Las palabras sonaron como un desafío dentro de mi mente, hicieron que la electricidad de mi sangre ganara intensidad. Esta recorría mis venas, todo mi miedo y toda mi rabia habían cristalizado en un vívido remolino de calor. Que me impedía caer con tanta facilidad. Que se acumulaba en las palmas de mis manos como un arma.

«A menos que decidas luchar».

Poco a poco, fui girando la cabeza hacia la principita, enmarcada esta por bancos rodantes de fuego, el cabello enmarañado que azotaba el aire frente a ella y ocultaba su rostro, la mano que lanzaba con ansia de posesión, dispuesta a reclamarme.

Pero yo me negué a que me reclamara.

133

Lo último de lo que tuve consciencia fue del calor en las palmas de mis manos, de su explosión, que hizo añicos el sueño.

Desperté intentando tragar aire, incorporándome en la cama. Las sábanas se habían enredado alrededor de mi cuerpo, el sudor me las había pegado a la piel. Los músculos en tensión, ardiendo; los brazos extendidos en el aire, frente a mis ojos. Hubiera jurado que aún notaba el sabor a humo en la boca, que aún sentía los dedos de la niña hundiéndose furiosos en mi garganta. Hubiera jurado que mis pulmones estaban manchados de negro.

«Fue una pesadilla —me dije a mí misma—. No es la primera que sufres y tampoco será la última».

Pero tenía la sensación de que había sido mucho más que eso.

Mi cuerpo zumbaba aún bajo aquella electricidad candente, que latía por debajo de mi piel como un segundo corazón, iluminando cada nervio y centímetro cuadrado de mi ser, y que era especialmente brillante en las yemas de los dedos. Me notaba mareada, como si hubiera tomado alguna sustancia. Salvaje y peligrosa. Invencible. Notaba…

El poder.

La palabra me provocó un escalofrío, un vuelco enfermizo de necesidad y horror. El calor que sentía en los dedos pareció dar un salto a modo de respuesta, hizo que algún objeto cercano se pusiera a traquetear. En aquel momento me molesté en mirar a mi alrededor por primera vez.

Todos los muebles de la habitación se habían levantado del suelo. La cómoda, el armario, la mesita de noche…, todos ellos colgaban sobre mi cabeza en un semicírculo, como marionetas sujetas a cuerdas invisibles. Bajo la luz de la luna parecía que se hubieran combado, casi cóncavos, como si alguna fuerza los estuviera empujando contra las paredes y haciendo que se doblaran de manera antinatural. Como si los hubieran alejado de mí. Para mantenerme a salvo. Solo mi cama permanecía en su sitio, un oasis en el corazón de la tormenta. Y el traqueteo que había oído se debía a la lámpara de la mesita de noche, que, al revés y colgada del cable en el aire, golpeaba contra el lateral de la cómoda.

Me quedé mirando fijamente todo aquello durante un buen rato; cualquier idea racional había desaparecido de mi cabeza. Mi vista iba de los muebles a mis manos extendidas y regresaba a los muebles. El calor se arremolinaba en mi flujo sanguíneo, desafiándome a que comprendiera lo sucedido. De repente estaba de nuevo en el carnaval, y la alfombra se incendiaba bajo mis pies. El bastidor de disfraces que explotó cuando Chrissy me acorraló. Porque estaba enojada y tenía miedo, y a continuación hice que pasara algo.

El poder.

Muy poco a poco, con los músculos temblorosos, levanté las manos aún más. Miré los muebles con los ojos entornados, pero poniendo toda la atención en el calor de mi sangre. Pensé que podría darle forma: ordenarle que obedeciera mi voluntad. «Que suban —pensé—. Haz que suban».

La habitación pareció distorsionarse a mi alrededor, una corriente de electricidad brotó de mi cuerpo como una ola. Acto seguido, con un estremecimiento, los muebles comenzaron a ascender poco a poco. Fue algo endeble, frágil, al borde del colapso. Respiraba a ráfagas, las manos me ardían por el esfuerzo de mantener aquel calor de manera regular. Pero se trataba de algo real, estaba sucediendo. Y yo lo controlaba.

El poder.

Noté cómo me recorría una sensación de triunfo, una descarga de euforia que elevó mi corazón.

El poder, el poder...

Entonces llegó el miedo.

Fue como si mi cuerpo se volviera líquido, como si todos mis músculos se aflojaran de golpe. Mis manos cayeron inútiles sobre mi regazo mientras el calor seguía fluyendo desde mi

135

interior como una fuga de gasolina. Tardé un segundo de más en darme cuenta de lo que aquello significaba.

Todos los muebles de la habitación se precipitaron contra el suelo con un ruido estremecedor.

Cerré los ojos con fuerza, pegué las manos sobre las orejas y me hice un ovillo, para defenderme. Cuando el ruido dejó de sonar, seguí oyéndolo en el interior de la cabeza: el eco de un desastre que destrozaba todo lo que sabía acerca de mí misma, que me dejaba hecha pedazos.

«¿Qué eres? —pensé, delirando—. ¿Qué eres? ¿Qué hiciste...?».

A duras penas fui consciente de los pasos que se acercaban por el pasillo. Unos golpecitos tímidos en la puerta de la habitación.

—¿Lilly? —La voz de mi padre, suavizada por el sueño—. ¿Pasa algo? Oí un ruido...

Abrí los ojos con un parpadeo, intentando concentrarme.
Todo lo que había sentido hasta un segundo antes —el calor, la fuerza, el poder— se estaba evaporando y me dejaba ahora hueca y temblorosa, al borde de la colisión. Era como el bajón que sigue a una descarga de adrenalina, cuando te das cuenta de que has llevado tu cuerpo mucho más allá de donde debías. Era como si, al utilizarlo, el calor me hubiera robado algo, la energía o la fuerza vital, y en aquel instante me encontraba quebrada, los músculos me palpitaban como si hubiera estado haciendo pedazos los muebles con las manos desnudas. Estaba ofuscada, atrapada dentro de aquella pregunta que se repetía en espiral: «¿Qué eres? ¿Qué hiciste...?».

—¿Lilly? —Jack llamó de nuevo a la puerta, esta vez más fuerte—. ¿Estás despierta? ¿Qué sucede?

Una pequeña pausa, seguida del chirrido de la manija de la puerta al girar.

«No», pensé, y levanté la mano, reuniendo los restos del calor que abandonaba mi cuerpo, canalizándolo a través de los dedos. El aire caliente a mi alrededor, la cerradura de la puerta que giró por dentro con un chasquido.

—Lilly, abre la puerta —dijo Jack, sacudiendo la manija—. Déjame entrar.

—No pasa nada —dije. Mi voz sonó ronca y ahumada, me dolía la garganta—. Se me cayó algo. Me voy a dormir otra vez.

Un titubeo en el pasillo, la manija volvió a girar sin resultado. Conté hasta diez, rogando porque mi padre me hiciera caso, consciente de que si se molestaba en ir a buscar una llave maestra no podría impedirle la entrada. Ya no. Aquel último latido de calor me había llevado más allá del límite, y notaba que me deslizaba hacia la inconsciencia: puntitos negros detrás de los ojos, la agradecida atracción del olvido. Era la única manera de desconectar mi mente febril.

«¿Qué eres? ¿Qué HICISTE...?».

Me estaba deslizando hacia el sueño cuando al fin vi a Christian, que vino a mí como un holograma, brillante y guapísimo, pero inasible. Los rizos humeantes y el destello azulado de sus ojos. Atrapado al otro lado de un abismo de fuego, siempre demasiado lejos para llegar hasta él.

Y en aquel instante comprendí algo. No podía explicar de dónde había salido el calor; quizá se tratara de un destino retorcido, de algo que hubiera estado en mi interior desde el principio. O quizá fuera cosa de la mala suerte, fría y cruel. Pero ¿y Christian Asaro?

En cierto sentido, él formaba parte de aquello. En cierto sentido, él lo había provocado.

137

17

Cuando volví a despertar, no tenía ni idea de la hora que era, solo sabía que había llegado la mañana. Estaba hecha un ovillo encima de la colcha, con los ojos al mismo nivel que la muñeca de trapo de Gracie, que estaba retorcida de manera poco natural, como si alguien la hubiera desnucado. Me sentía como si me hubieran dado una paliza. Incluso girar la cabeza hacia un lado representó una tarea monumental. Me quedé un buen rato allí acostada, negándome a moverme. Pero era consciente de que, al final, tendría que hacerlo.

Poco a poco, armándome de valor, clavé los codos a lado y lado del cuerpo y me incorporé. El mareo me vino en una gran oleada y me abrumó; mi cabeza se estaba rebelando contra aquel súbito cambio de posición. Cuando pasó, parpadeé para poder ver bien la habitación.

Era como si un huracán hubiera arrasado mis muebles. Los cajones de la cómoda colgaban abiertos, el armario estaba inclinado hacia un lado, sobre una pata rota. La lámpara de la mesita de noche había quedado reducida a una pila de cerámica.

A la luz del día, la escena entera resultaba surrealista, un sueño imposible que me había seguido de vuelta al mundo real. Cerré los ojos y pasé revista a mi cuerpo, lo tanteé en busca del calor que había ardido a través de mí la noche anterior. Me debatía entre el miedo y la anticipación por lo que pudiera encontrar. Pero no había nada. Me sentía exhausta, paralizada por el agotamiento, vacía de cualquier cosa útil. Completamente normal.

Me recorrió una descarga de alivio, me apresuré a abrir los ojos.

«Debes de haberlo imaginado. Te imaginaste el calor. Todo eso no fue más que una pesadilla realmente larga».

Deseaba creerlo con tanta fuerza que hasta podía notar el sabor de la idea sobre la lengua. Poco me importaban los daños que hubieran sufrido los muebles: aquello tendría su explicación. Quizás había habido un huracán la noche anterior. O había sufrido un accidente enorme mientras caminaba sonámbula.

«Muy bien, pero… ¿qué hay del carnaval? —preguntó una voz áspera dentro de mi mente—. ¿Eso también te lo imaginaste?».

Negué con la cabeza mientras intentaba apartar la voz a empujones.

«Tú hiciste que pasaran esas cosas —siseó—. Tú levantaste los muebles por los aires. Tú cerraste la puerta por dentro. Un poder brotó de tu interior y lograste controlarlo…».

No, fue peor que eso.

«Un poder brotó de tu interior… y te gustó».

Me estremecí mientras una imagen no solicitada pasaba como un fogonazo por detrás de mis ojos. La mujer del video que habíamos visto en clase. «"No permitirán que viva la bruja", así que me pregunto por qué se lo permitimos», decía.

—Ya basta —susurré, interrumpiendo la oleada de pánico que de repente amenazaba con abrumarme—. Basta.

Yo no era ninguna bruja. No podía serlo. Qué ridiculez.

Lo que hubiera pasado la noche anterior y en el carnaval… no era más que una coincidencia. Ya había acabado y el calor había desaparecido. Así que no tenía que volver a preocuparme por ello nunca más.

Para demostrarlo, levanté una mano temblorosa y apunté con ella hacia la mesita de noche. Me concentré con fuerza e imaginé que la levantaba del suelo. Me sentí ridícula al hacerlo, como si fuera un niño imitando a su superhéroe favorito. Lo único que pasó fue que otro mareo se apoderó de mí.

—¿Lo ven? —dije, dirigiéndome al público de caballeros ensangrentados que había en mis paredes—. Soy normal.

Aquellas palabras parecieron mantenerse flotando en el aire más tiempo del necesario, como si estuvieran burlándose de mí.

—Ay, ya cállense —murmuré, y saqué las piernas de la cama.

Acto seguido me detuve, porque, durante una décima de segundo, me había parecido notar algo. Un chispazo debilísimo en la yema de los dedos. Y habría jurado que vi, por el rabillo del ojo, que la mesita de noche se estremecía.

Tardé siglos en adecentar la habitación. Barrí los pedazos rotos de la lámpara, puse orden en la maraña de ropa y libros y bisutería, empujé el armario hasta devolverlo a su lugar. Mis músculos no dejaron de lanzar gritos de protesta y notaba el cerebro como ausente por el cansancio. A veces sentía una pequeña punzada de miedo, que amenazaba con atravesar la neblina en la que me hallaba sumida.

«No permitirán que viva la bruja».

Pero logré contenerla.

Estaba a punto de meterme de nuevo en la cama para pasarme el resto del día durmiendo cuando vi que me habían pasado una nota por debajo de la puerta. Era de mi padre.

«Lilly, me gustaría hablar contigo. Veámonos en la iglesia».

La iglesia. Lo había olvidado.

Apoyé la cabeza contra el marco de la puerta, resistiendo las ganas de gritar. Aquel día había una misa, algo preparatorio para el aniversario del incendio de la iglesia, en noviembre. El General mismo iba a hablar. La asistencia era obligatoria.

Según mi celular eran las diez y media de la mañana. La misa empezaba a las once.

Quejosa, me dirigía a la regadera arrastrando los pies cuando vi algo en el armario. Un trozo de pergamino amarillento sobresalía del panel lateral, y sabía que yo no lo había puesto allí. Aunque no tenía tiempo que perder, me descubrí volviendo sobre mis pasos, poniéndome en cuclillas para jalarlo. Arrugué la nariz al reparar en lo mohoso que estaba; era como si llevara siglos atrapado allí, en la oscuridad.

El pergamino mostraba el dibujo técnico de un edificio inmenso cuya figura me resultaba familiar: una nave ancha y dos alas simétricas. En el pie había una inscripción estampada junto al escudo de armas original de Castello: la llave y la daga.

CATTEDRALE DI SAN PIETRO

La catedral de San Pedro. Me quedé plantada en el centro de la habitación, incómoda, intentando encontrar el sentido de aquello que veía. Alguien había dibujado cosas por todo el perfil del edificio con una tinta desvaída de color rojo: círculos junto a las puertas, una flecha enorme sobre el altar, una palabra garabateada en la esquina superior, que resultaba casi ilegible por la suciedad.

gasolina

Y, de repente, me di cuenta de qué era exactamente lo que tenía en la mano. Se trataba de un plan de batalla. Para el incendio de los principitos.

El miedo se enroscó en mi interior, noté una comezón en la piel y levanté la cabeza de golpe, con el corazón en la garganta, para mirar la habitación. Experimenté la convicción súbita de que iba a verla allí, igual que en el sueño. La principita embadurnada de hollín, estirando los brazos hacia mí.

Pero la habitación estaba vacía.

Cuando devolví la mirada al plano, tuve la sensación de que era peligroso, de que el despecho prácticamente le daba vida.

Sentí la necesidad de romperlo, de destruirlo de algún modo, pero no pude. Porque algún instinto molesto me dijo que, si me deshacía de él, la principita no me lo perdonaría nunca. Y me buscaría. Y me lo haría pagar.

Al final tiré el pergamino al fondo del armario y cerré la puerta astillada con un ruido sordo. Ojalá hubiera tenido un candado para dejarla bien sellada.

Pero debía darme prisa si quería llegar a tiempo a la iglesia.

Cuando llegué, la plaza estaba repleta de gente.

Había personas de ambos clanes, que hablaban en voz baja mientras esperaban su turno para subir la inmensa escalinata de mármol que conducía al Icarium. Era sencillo diferenciar a los Marconi de los Paradiso basándose en las escaleras que utilizaban y en la diferente calidad de su vestuario. Aun así, el denominador común era la formalidad, y eso hizo que me sintiera fuera de lugar con mis jeans viejos y mi chamarra de punto. No había tenido tiempo para considerar la etiqueta del acto.

Los ejecutores se habían apostado alrededor de la plaza como policías antidisturbios para vigilar de cerca a la multitud que allí se apiñaba. Había algo más que no cuadraba en aquella escena, pero no acababa de identificarlo. Lo único que sabía era que aquel silencio no era normal, teniendo en cuenta la cantidad de gente que aún no había entrado en la iglesia.

«Solo tienes que sobrevivir al día de hoy —me dije a mí misma—. Luego puedes volver a la cama y no salir nunca más de ella».

Armándome de valor, me uní al flujo de vecinos que se dirigían hacia la iglesia. Había más ejecutores esperando en la terraza, en lo alto de la escalinata, para repartir flores: rosas rojas para los Marconi, orquídeas blancas para los Paradiso. Acepté mi rosa con la cabeza gacha y dejé que la multitud me condujera hacia el interior del Icarium.

Entonces me detuve en seco.

Había oído decir a la gente que las iglesias eran la casa de Dios y, si tal cosa era cierta, el Icarium debía de ser su palacio. Nada me había preparado para la magnitud de lo que tenía ante los ojos: paredes de mármol que se elevaban a lo largo de kilómetros, un techo en forma de cúpula a años luz por encima de mi cabeza... A lo lejos, los palcos se entrecruzaban en el aire, las vidrieras relataban el mito de Ícaro con colores resplandecientes. Por todas partes había esculturas, columnas, cuadros, fastuosos arreglos florales... Reliquias de oro e incensarios enjoyados colgaban de cadenas brillantes sobre los pasillos. Se trataba del edificio más hermoso que hubiera pisado, y también del más intimidante.

Las alas norte y sur de la iglesia eran idénticas, estaban repletas de bancas de madera ornamentada. Entre ambas se alzaba el altar, una plataforma elevada de piedra de un blanco cegador, con dos tronos de terciopelo y un púlpito de mármol. Del techo caían pendones de tela negra con el símbolo de la trinidad del General bordado en color oro. Sumados a los ejecutores que hacían guardia, tuve la sensación de encontrarme en un mitin político en vez de en un evento espiritual. O quizá se tratara de ambos.

Vi a Liza hacia la mitad de uno de los pasillos. Llevaba un vestido de color amarillo sol y había echado la cabeza hacia atrás para examinar las altas columnas de mármol con ojo crítico. Mientras me acercaba a ella al fin se me ocurrió lo que no cuadraba en toda aquella escena: no se oían las campanas de la iglesia.

—Ahí estás —dijo Liza, dirigiéndome una mirada ausente—. Me preocupaba que se te hubiera olvidado.

Negué con la cabeza, atrapada de repente por el recuerdo de sus labios sobre mi mejilla delante de la hoguera, lo que me provocó un nudo en el estómago. Pero era evidente que Liza tenía otras cosas en la cabeza. Observaba la arquitectura de la iglesia como si fuera la primera vez que la pisaba, y yo era

143

consciente de que aquello no podía ser verdad. Fingí que no me decepcionaba que no me mirara a mí en su lugar.

—¿Por qué no repican las campanas? —le pregunté—. Las iglesias nunca están tan silenciosas.

—Es por los malos recuerdos —contestó Liza—. Las campanas simbolizan el desastre. Antes del armisticio, se pasaban todo el día sonando. Lo cual significaba que la gente se estaba pegando tiros en la calle. Pero, desde que llegó el General, no han dejado escapar un solo sonido.

Se había encajado la rosa en el rizo que le caía suelto del rodete; cuando echó la cabeza hacia atrás, la flor se convirtió en una mancha roja sobre su cuello.

—¿Qué es eso tan fascinante que hay ahí arriba? —quise saber.

—Solo estaba pensando —dijo Liza— que debe de ser difícil hacer que arda toda esta piedra.

Me quedé paralizada, el plano que había encontrado en mi habitación llenó mi mente.

—Quiero decir que los principitos debieron de encontrar algún tipo de falla en el sistema…

—¿Podemos no hablar de ellos? —dije de manera cortante.

—¿Por qué no? —preguntó Liza, que volteó a verme por primera vez. Tenía una mancha de diamantina en la mejilla, un resto del maquillaje de la noche anterior—. ¿No sientes curiosidad?

Tragué saliva con dificultad, atrapada por el centelleo verdoso de sus ojos, sintiéndome como si me estuvieran poniendo a prueba: cada vez que creía acercarme a ella, Liza me exigía que la siguiera y que diera un paso más hacia el borde del precipicio.

—Ay, vamos —dijo Liza—. No me salgas tan blandengue. Si apenas comenzamos. Además…, sé que le prenderías fuego a este lugar en un instante si pudieras atraparlos a ellos en medio del incendio.

Liza miró hacia la puerta principal, donde la familia Paradiso acababa de entrar en la iglesia.

La muchedumbre se dispersó como los ratones cuando hay gatos merodeando. Enrico Paradiso abría la marcha, encorvado bajo la gabardina, con el bastón de ébano produciendo su clic, clac contra el mármol. Le seguía Sebastian, con un vestido de una elegancia espectacular y la cabeza alta, el mentón salido, la mirada fría clavada al frente. Y, sin embargo, hubiera jurado que durante un instante miró hacia donde estaba yo.

Entonces llegó el turno de Chrissy, que tenía un aspecto odiosamente perfecto, con aquel vestido de color azul cielo ceñido en la cintura y que se extendía por el mármol a su espalda. Llevaba la orquídea blanca entrelazada en el oleaje de su cabello rubio. Al verla se me revolvió el estómago: era la agitación familiar propia del odio y de la envidia.

Una de sus manos se cerraba, posesiva, sobre el hombro de un chico más joven, de piel bronceada y ojos oscuros, que tendría la edad de Sebastian. Mientras pasaban vi que se formaba una ola entre el gentío: era Nico, que intentaba abrirse paso para poder ver. Los Paradiso debían de haberlo encontrado la noche anterior, porque su rostro era un campo minado de moretones, tenía el ojo derecho hinchado y le habían partido el labio inferior. Aun así, el parecido con el muchacho resultaba evidente. Tenía que tratarse de su hermano, que se había quedado atrapado en el lado de los Paradiso cuando él tuvo que exiliarse. Y que en aquel momento le pertenecía a Chrissy.

—Ahí está —dijo Chrissy, animada, apretando el hombro del muchacho, cuando vio a Nico entre la gente—. Dile lo que piensas de él.

Aturdido, el niño se dirigió hacia Nico y escupió a sus pies.

—Traidor —le dijo, y se dio la vuelta.

Hubo un centelleo en los ojos de Nico, oscurecidos por la rabia y algo más…, como un dolor que le llegaba hasta el tuétano. Chrissy parecía estar tan contenta que podría haberse puesto a aplaudir.

—¿Lo ves? —murmuró Liza, percibiendo la indignación en mi rostro—. Hay personas que merecen arder.

145

Y tenía razón. En aquel instante me dio miedo la intensidad con que llegué a creer en ello…, la felicidad con que habría visto el vestido de Chrissy desaparecer entre las llamas.

Algo afilado y peligroso se removió en mi pecho. Casi tuve la sensación de que era el calor.

Di un paso inseguro hacia atrás, se me había hecho un nudo en la garganta de repente, al pensar: «No permitirán que viva…».

Le di la espalda bruscamente a Liza y me abrí paso entre la gente a empujones. Intenté escapar a mi pánico —la cabeza gacha, los puños cerrados—, como si pudiera dejar atrás a mi propia mente si lograba ser lo bastante rápida. Y así acabé chocando con él por segunda vez desde que llegué a la ciudad.

Por un instante nos quedamos los dos paralizados, mirándonos a los ojos, los cuerpos en tensión por la sorpresa. Se me aceleró el aliento, la cabeza me daba vueltas: era como en mi primer día en la escuela, cuando me tocó el cuello con los dedos y el mundo entero se detuvo.

—Lilly —dijo Christian—, tenía la esperanza de que ya hubiéramos dejado atrás esta parte…

18

Su aspecto era diferente a lo que yo recordaba. La piel cenicienta, las mejillas demacradas, los ojos inyectados en sangre, como si estuviera enfermo y se acabara de levantar de la cama.

«¿Qué te pasó? —me moría de ganas de preguntarle—. ¿Por qué no dejaste que me acercara lo suficiente a ti para ayudarte?».

Pero no pude hablar porque, en aquel momento, el calor dentro de mi pecho se disparó con fuerza.

Parecía elevarse desde un lugar oculto en mi interior, como un animal herido que intentara escapar de una trampa trepando con las garras. Maltrecho y debilitado, pero no muerto. No desaparecido. Si acaso, se estaba volviendo más fuerte. Era como si Christian lo estuviera sacando de allí.

Sentí otro fogonazo de pánico, una oleada que decía: «Aquí no, ahora no, esto no puede estar pasando», pero que a continuación se vio reemplazada por una necesidad letal. De repente, supe que me iba a morir si no podía tocarlo. Supe que llevaba toda la vida esperando llegar a aquel lugar.

—¿Lo sientes? —le pregunté en un susurro, desesperada por saber que no estaba sola en aquello, que la atracción era mutua—. Dios, por favor, dime que lo sientes...

—No sé a qué te refieres —contestó Christian, pero estaba segurísima de que era mentira porque parecía aterrorizado—. Adiós, Lilly —dijo, y se apartó de mí, intentando perderse entre el gentío.

Igual que todas las veces que nos habíamos encontrado: fingiendo que no sentía nada. Que no me necesitaba de la misma manera en que yo lo necesitaba a él. Fingiendo que podría sobrevivir a aquello por su cuenta.

—Espera —le dije, y lo agarré de la muñeca.

Fue como si mi cuerpo hubiera comenzado a arder. En el instante en que nos tocamos, el calor apareció por todas partes e irrumpió en mi sangre igual que la noche anterior, pero con una intensidad cien veces mayor. Mi piel palpitaba con él, mi corazón se disparó, todos mis sentidos se intensificaron al máximo. A nuestro alrededor, el aire se distorsionó; las cruces se balanceaban por encima de nuestra cabeza, los jarrones ornamentados de flores se tambalearon sobre sus soportes.

«Esto es el poder —pensé, incapaz de negarlo durante más tiempo, y a la vez extrañamente aliviada ante aquel hecho—. Sabes que es el poder, lo SABES…».

Y acto seguido dejé de pensar, porque el mundo desapareció y yo caí con él.

El negro inundó mi visión y, entonces, llegaron las imágenes: paredes blancas, colillas de cigarro en el agua, una caja de hierro envuelta en cadenas. Una habitación cerrada con llave y un hombre sombrío con serpientes en las manos. El sabor fuerte y amargo del miedo. Pero no el mío: el de Christian.

Con una sacudida me di cuenta de que estaba dentro de su cabeza.

Todo aquello no pudo durar más de un segundo. Acto seguido, Christian apartó la mano y se estampó de espaldas contra una de las columnas de la iglesia, con la respiración entrecortada. La chamarra que se deslizó desde su hombro, el sudor sobre su garganta. Los ojos muy abiertos, acusadores, mirándome como si yo fuera un monstruo que había escapado de su correa.

Le devolví la mirada, sintiéndome mareada, como si al separarnos me hubieran arrancado algún órgano. El calor de mi sangre volvía a ser débil, era una llama parpadeante. Que me imploraba que lo tocara una segunda vez.

—¿Qué fue eso? —le pregunté—. ¿Qué nos está pasando? ¿Eres…?

—No —dijo Christian con brusquedad, como si supiera lo que iba a preguntarle pese a que yo apenas había acabado de formular el interrogante.

«¿Eres como yo?».

Lo cual en realidad quería decir: «¿Tienes poderes?».

Poco a poco, Christian pareció recuperar la compostura; se pasó una mano por el pelo y jaló la chamarra hacia arriba, para ponérsela bien. Apartó el miedo de sus ojos, lo reemplazó con una mirada embotada a la que no me gustó asomarme.

—Deberías buscarte un asiento —dijo—. El servicio comenzará pronto.

En esa ocasión, cuando se alejó, no me atreví a detenerlo.

Me quedé allí, sin moverme, intentando encontrarle un sentido a lo que acababa de suceder, a lo que estaba sucediendo en el interior de mi cuerpo. El calor seguía allí, era como una palpitación silenciosa en mi sangre, algo que casi parecía natural desde el momento en que había dejado de resistirme a ello con tanta fuerza. Me hizo pensar en un sexto sentido, en un nuevo tipo de instinto en el que confiaba a mi pesar. Tras la noche anterior, desesperada, había intentado creer que se trataba de un error, de un caso único, de algo que me había abandonado con la llegada de la luz del día. Pero el calor no se había ido en ningún momento. Ya podía admitirlo. Tan solo lo había utilizado en exceso, me había dejado sin fuerzas después de levantar los muebles por los aires. Necesitaba tiempo para recuperarse, para reconstruirse. Necesitaba algo —o a alguien— a lo que aferrarse.

Lo necesitaba a él.

Y ya lo había encontrado.

«Quizá yo sea una bruja —pensé—. Pero juro que no soy la única».

Noté una mirada sobre mí, volteé de golpe para ver a Alex, que me observaba desde una banca cercana. Estaba encorvado

149

entre sus padres, un hombre de aspecto severo y una mujer con un impecable vestido de tonos pastel que le estaba reprendiendo por su vestuario: jeans *skinny* y lápiz de ojos corrido. Pero Alex no le prestaba atención, sino que dedicaba todos sus esfuerzos a fulminarme con la mirada. Me di cuenta de que debía de haber visto lo sucedido entre Christian y yo, la manera en que intenté tocarlo cuando Alex me había advertido que no lo hiciera. «Si de verdad te importa, tienes que dejarlo en paz». Pero ya era un poco tarde para eso.

—¿Por qué saliste corriendo? —me preguntó Liza, apareciendo de entre la multitud y sacándome con una sacudida de mi ensoñación—. Dejaste caer la rosa. Tenemos que dárselas al General como ofrenda después del servicio.

Agarré la flor que me intentaba encajar y dejé que me llevara a una banca vacía. Por el camino se me ocurrió que aún no había visto a Jack.

—Tenía que encontrarme con mi papá aquí —dije—, pero aún no lo he visto.

—Quizá lo eximieron por temas de trabajo —dijo Liza—. A mi mamá le pasó, porque esta mañana tenía el primer turno.

—No, pero si me dijo que…

—Shhh —me interrumpió Liza, captando una señal que a mí se me había pasado por alto, y me jaló para que tomara asiento.

El silencio cayó sobre la iglesia, al principio con lentitud, y a continuación con súbita severidad. La gente se quedó quieta, todas las miradas se elevaron hacia el altar, así que yo también miré hacia allí, esperando ver al General. En su lugar me encontré a Veronica Marconi, sentada en uno de los tronos de terciopelo, tan elegante como siempre con su abrigo de lana de color beige. Enrico Paradiso, encorvado sobre el bastón, ocupaba el sillón contiguo. Igual que la multitud, ambos parecían estar esperando algo.

Entonces, procedente de la parte posterior de la iglesia, oí un canto litúrgico. Voces masculinas y graves que seguían un ritmo como el de los latidos de un corazón inmenso. «*Dies iræ, dies illa, solvet sæclum in favilla*». Una procesión de ejecutores llenó los pasillos; iban ataviados con una toga de color negro y perfumaban el aire con el humo dulce de los incensarios que hacían balancear. Tiago abría la marcha; la cicatriz plateada de la mejilla centelleaba entre la neblina. Al llegar al altar se dirigió hacia el púlpito, mientras que el resto de los ejecutores formó una fila a su espalda.

Con un crujido, Tiago abrió un viejo libro encuadernado en cuero y comenzó a leer con voz rítmica, amplificada hasta el zumbido por el vacío de la iglesia.

—Padre, ten piedad de nosotros, pues buscamos la luz.

—Padre, ten piedad de nuestras almas —repitió la multitud.

Miré más allá de la plataforma del altar, examiné a los ejecutores que se alineaban allí… y me detuve en uno de manera instintiva. Era un hombre de cabello oscuro que tenía los brazos a la espalda. Me resultaba muy familiar, pero no podía acabar de situarlo… hasta que me di cuenta de que apenas había visto aquel rostro sin sus lentes.

—Papá —dije, sintiendo que me quedaba sin aire de golpe.

Jack llevaba una capa larga de color negro y un traje gris recién planchado con un prendedor de la trinidad del General, y escuchaba hablar a Tiago con expresión fría y atenta. «Así que este es el motivo por el que no quería irse de la ciudad —pensé, y se me cayó el alma a los pies—. Ha decidido que pertenece a este lugar. Ha decidido que es uno de ellos».

De repente estaba al borde de las lágrimas; cerré los ojos con fuerza y me aferré a la banca mientras el latido del calor se acumulaba en mis dedos. Intenté decirme a mí misma que mi padre no tenía ningún arma. Que no disponía de un lector de sangre. Que no era un ejecutor de verdad. Hasta donde yo sabía, aquella era tan solo la manera en que el General esperaba que sus empleados se presentaran en público. Como demostración de lealtad.

151

Salvo que... la mamá de Alex también trabajaba para el General, y ella estaba sentada con su familia.

Algo crujió ante mí, y me di cuenta, sobresaltada, de que el calor de mis manos había astillado ligeramente la banca. El calor parecía responder a mis emociones, alcanzaba sus picos más altos cuando me asustaba o me enojaba..., me indicaba que debía defenderme a mí misma. Me mordí la lengua, miré a un lado y al otro, aterrorizada ante la idea de que alguien se hubiera dado cuenta. Pero todos los rostros a mi alrededor tenían la vista puesta al frente. Ni siquiera Liza lo había visto.

«Tienes que controlarlo —me dije a mí misma—. Igual que anoche. Tienes que hacer que el calor te obedezca, o se van a enterar. Verán lo que eres capaz de hacer. Y entonces...».

Detuve aquella idea antes de que pudiera ir más allá, escondí las manos debajo de las piernas. Resuelta a mantener mis emociones bajo control, inspeccioné la iglesia en busca de algo que distrajera mi mente de todo aquello. Mi mirada se posó en Christian, que se encontraba en la primera fila.

Estaba sentado al lado de su padre, el hombre alto y atractivo que me hacía sentir inquieta sin que pudiera explicar el porqué. Christian tenía la cabeza ligeramente ladeada, las pestañas caídas, como si no se atreviera a mirar el altar de frente.

Al verlo, el calor que llevaba en la sangre experimentó un golpe de alegría, pero no el tipo de golpe que me indicaba que estaba a punto de hacer explotar alguna cosa, no. Fue más bien como un tirón intenso y doloroso. Mi cuerpo se retorció ahí mismo, diciéndome que me sentaría muy bien, que le sentaría muy bien, que nos sentaría muy bien estar cerca de nuevo.

—Se nos prodigará una gran fortuna, si hemos de recibir el nombre de hijos de la luz —decía Tiago—. Pero ¡debemos demostrar que somos dignos de él! Debemos ponernos la armadura del cielo y luchar contra el diablo sobre la tierra. Porque hay demonios que entre las sombras propagan la muerte y la guerra eterna. Son los brujos y las brujas.

—Y van a arder —dijo la multitud.

—En los días negros, cuando los Santos estaban entre nosotros, nuestra ciudad sufrió una maldición. Miseria, miseria. Sangre y ceniza. Pero entonces, en la hora más oscura, un profeta se elevó. Nos salvó de la destrucción. Nos condujo hacia la luz.

Tiago levantó las manos cubiertas de cuero y la congregación se echó hacia delante en respuesta.

—Veneremos al General tal y como se merece. Alabado sea. —Tiago inclinó la cabeza—. Recemos.

—Padre nuestro que construiste esta ciudad —susurró la multitud—, santificado sea tu nombre. Venga a nosotros tu reino y hágase tu voluntad…

Oí que una puerta se abría con un chirrido y entreví el movimiento de una sotana, unos pies desnudos y una capucha oscura al fondo de la iglesia.

—No nos dejes caer en la tentación y líbranos del mal. Líbranos de los Santos.

La gente estaba al borde del asiento, en tensión, expectante. «Está aquí —pensé, poseída por una veneración desatada que a duras penas lograba comprender—. Ya viene».

Tiago cerró el volumen encuadernado en cuero y se apartó del púlpito.

—Viva el General —dijo.

—Porque solo él nos protege —dijo la multitud.

Al fin, el hombre salió a la luz.

La figura encapuchada, con una sotana de arpillera, subió por el pasillo central en dirección al altar, dejando tras él huellas de color rojo, ya que le sangraban los pies. A su paso, los feligreses sentados a lo largo del pasillo se dejaron caer de rodillas, intentando tocar la parte trasera de la sotana como mendigos en un mercado.

Al acercarse el General a su banca, Christian se puso en tensión y yo experimenté un jalón ya familiar, se me llenó la cabeza de imágenes. La estancia gélida, la puerta cerrada con llave, el suelo sucio con la caja encadenada en una esquina. Era la misma escena que había entrevisto antes, cuando lo toqué. Así que aún podía meterme dentro de su mente.

Me recorrió una sensación de culpa y de alivio, la profunda seguridad de que estábamos relacionados, sin importar lo que Christian pudiera decir. Pensé en su silueta, en mis sueños; en el anhelo que experimentaba hacia él, que cargaba en mi interior como una herida y que se negaba a desaparecer durante el día. En la seguridad con la que sentía que todo aquello que me sucediera a mí acabaría volviendo a él.

Hasta donde yo sabía, aquello tenía una sola explicación posible: que llevábamos el mismo calor en la sangre. El mismo poder.

Y, en Castello, ese poder solo podía significar una cosa.

Que éramos Santos.

El General subió los escalones del altar arrastrando los pies y se dirigió hacia el púlpito, situándose frente a la multitud. Poco a poco, se bajó la capucha.

—Bienvenidos, hijos míos —dijo—. Vengan, únanse a mí en la luz.

19

*E*ra joven.

Fue lo primero que pensé, una idea frívola pero inevitable, porque era exactamente opuesta a lo que había esperado. El General no era un viejo arrugado, ni parecía un cura. Tenía un aspecto casi juvenil: era de un atractivo brutal, con unos rasgos perfectos, cincelados, como si lo hubieran tallado en piedra. Su piel no presentaba las señales del tiempo, unos círculos de ceniza rodeaban sus ojos y llevaba la cabeza rapada, con un corte militar. Unos tatuajes de color negro le serpenteaban por el cuello y se enroscaban sobre sus sienes. En la frente tenía grabada una espantosa corona de espino.

—Sorpresa —le oí decir a Liza—. Al General le queda bien la tinta. Lo más probable es que de pequeño quisiera ser una estrella del rock.

«Y ahora quiere ser un dios —pensé—. Aún mejor, claro».

—Ciudadanos de Castello —dijo el General con voz grave y sedosa, pensada para persuadir—. Nos hemos reunido aquí para recordar. Para celebrar estos veinte años de paz. Veinte años de pureza. Veinte años en los que nos hemos mantenido unidos.

Miró hacia un lado de la iglesia y luego hacia el otro, uniendo con la vista las alas de los Marconi y de los Paradiso. Sobre la plataforma del altar, Veronica hizo tamborilear los dedos, distraída, sobre el brazo de su trono.

—Hoy somos aliados, un solo pueblo de iguales gracias a nuestra devoción. Nuestra ciudad es un lugar sagrado, bendecido por la luz. Pero, ciudadanos, deben recordar nuestra historia —dijo el General—. Deben recordarla y arrepentirse, porque hay una maldad terrible en nuestro pasado. Aunque el mandamiento decía «amarás al prójimo», renunciamos a ese juramento y caímos en el odio. Nos convertimos en un pueblo dividido, arrasado por la codicia y la lucha. El norte se enfrentó al sur, la muerte y el caos devastaron la ciudad. Durante aquellos años fuimos pecadores, nos apartamos de la luz. Nuestros pecados fueron un manto de oscuridad que cubrió Castello. Y, en aquella oscuridad, el diablo llegó a la ciudad. —El General curvó los labios en una fría sonrisa—. Y el diablo tenía un nombre —dijo—. Y el diablo era un Santo.

«El diablo era un Santo».

Me estremecí de manera instintiva, una masa enmarañada de vergüenza-odio-terror se elevó en el interior de mi pecho. Pero aquellas emociones no me pertenecían. Una vez más, procedían de Christian.

—Los Santos eran los hijos del infierno —dijo el General—. Malditos y contra natura por nacimiento, con fuego en la sangre. Manchados por la brujería y repugnantes a los ojos de la luz. Porque los santos no se postraban para ser juzgados, sino que se regocijaban en su brujería y en su deseo de gobernar el mundo. Y los Santos vieron que la gente de Castello era débil e inmoral. Se dieron cuenta de que podrían prosperar en nuestra ciudad, porque dejaríamos crecer su maldad. Veloces, taimadas, esas criaturas entraron arrastrándose en nuestros hogares. Entraron en nuestras familias con un disfraz de carne humana, aunque por debajo carecían de alma. Los Santos se propagaron entre nosotros como una enfermedad y, mientras nos peleábamos, comenzaron a conspirar para destruirnos a todos.

Cuando devolví la vista al altar, me sorprendió ver que Veronica Marconi me estaba observando con una mirada penetrante y calculadora, que me recordó su expresión el día que la conocí: como si estuviera esperando que me reivindicara a mí misma. Incluso tras bajar la mirada, hubiera jurado que seguía sintiendo sus ojos puestos en mí.

—¡Ciudadanos, recuerden el fuego! —gritó el General—. ¡Recuerden su voracidad! Los Santos nos atacaron aquí, en este lugar sagrado de culto. Norte y sur juntos, fuimos masacrados en esta iglesia. Y, mientras las ascuas caían sobre las ruinas de nuestra ciudad, los Santos se rieron, pues creían habernos derrotado a todos. —El General se inclinó hacia delante sobre el púlpito, se aferró al mármol con sus manos esqueléticas—. Pero, hijos míos, recuerden que resistimos. Recuerden que nos elevamos de entre la ceniza. Porque, en aquel momento de oscuridad, yo me presenté ante ustedes y les mostré el camino de la luz.

—Bendícenos, padre —entonó la multitud—. Elévanos.

—Yo fui el único que sobrevivió a la masacre del Icarium —dijo el General—. Yo fui el elegido. Traje la paz a Castello. Traje la salvación. Dejé que se vengaran de quienes les habían hecho daño. Purifiqué la ciudad.

Delante de mí, Christian tenía el cuerpo muy rígido; algo fragmentado y letal crecía dentro de su mente. La caja de hierro con sus cadenas. La habitación gélida con la puerta cerrada con llave y el hombre sombrío de las serpientes. Intenté bloquear aquella imagen, no es que deseara espiarlo, pero tampoco logré obligarme a combatir lo que nos unía.

«Es como yo —pensé, más segura que nunca—. Es como yo, tiene que serlo».

Y, sin embargo..., en realidad no podía ver ningún poder en la mente de Christian. Me descubrí buscándolo de manera instintiva, repasando sus recuerdos, escudriñando las señales: la emoción y el calor y los errores peligrosos. Pero allí no había nada. Sus pensamientos se encontraban atrapados en una espiral repleta de callejones sin salida e imágenes repetidas. Siempre el hombre y las serpientes y la caja con las cadenas.

La caja me fascinaba por algún motivo, e imaginé que estiraba los brazos y le quitaba las cadenas, que me ponía en cuclillas para ver su interior. El calor brotó en mis dedos, pidiéndome que lo hiciera, «*hazlo ya…*».

—¡Hijos míos, sean fuertes conmigo! —gritó el General—. No flaqueen en nuestro gran designio. Cada Santo que quememos es un rayo de luz que aleja al diablo de nuestra ciudad. A los justos y obedientes se les perdonará, pero ¡los brujos y las brujas serán castigados!

La gente irrumpió en un aplauso febril, se puso a golpear con los pies contra el suelo, llenó la iglesia de un ruido atronador. De repente, la caja de la mente de Christian se estremeció, como si aquello que hubiera en su interior pudiera percibir mi presencia, quisiera luchar para abrirse camino y salir a mi encuentro.

«Sí —pensé—. Bien, por favor…».

Pero Christian sacudió la cabeza y concentró todos sus esfuerzos en mantener la caja cerrada.

Arriba, en el púlpito, el General terminó su discurso con los brazos muy abiertos y el manto arremolinándose en torno a su cuerpo. La gente enloqueció, desbordó las bancas, corrió a reunirse con él. El General rodeó el púlpito y se puso de rodillas, bajó las manos huesudas hacia la multitud.

—¡Contemplen al profeta! —gritó Tiago—. ¡Contemplen a quien limpia el mundo de sus pecados!

La gente manoseaba al General, aplastaba las flores, ávida, contra sus manos. La caja de la mente de Christian se sacudió con más fuerza, la cosa de su interior estaba desesperada por escapar. Me noté mareada por la anticipación; el calor me recorrió, ardiente, alentando a las cadenas para que se quebraran. Presentía que allí estaba la clave, la raíz de todo. Las respuestas que había estado buscando.

«Lilly, para», dijo Christian abruptamente.

Me tambaleé, su voz había sonado en mi cabeza con tanta claridad como si hubiera dicho aquellas palabras en voz alta.

«Detente».

«¿Cómo es posible que te oiga? —pensé, anonadada—. ¿Qué está pasando?».

«Por favor», dijo Christian, y volteó a verme, poniéndose en pie entre las filas de bancas vacías. Tenía los ojos vidriosos de miedo, la piel muy pálida, los rizos pegados a la frente por el sudor. «No la abras. No te atrevas a…».

Pero era demasiado tarde.

La caja ya se estaba rompiendo, las cadenas comenzaban a desaparecer. La tapa oxidada golpeó con estrépito. La cosa estaba saliendo de su interior.

Me preparé para lo peor, esperaba encontrar oscuridad, algo monstruoso y lo bastante malo como para explicar la desesperación de Christian por mantener la caja cerrada. En su lugar vi una luz neblinosa, de color blanco dorado, que llegaba acompañada de un zumbido.

La cosa en el interior de la caja era su poder.

«Lo sabía —pensé con una descarga furiosa y triunfal—. Sabía que éramos lo mismo».

El poder rebasó los bordes de la caja, inundó el cuerpo de Christian y se aposentó en su sangre. No podía ni imaginar la manera en que para comenzar había conseguido esconderlo, encerrarlo de aquella manera dentro de su mente, sin dejar ningún rastro. Era como si hubiera encontrado el modo para impedir por completo su existencia.

«Porque lo odiaba».

La constatación me golpeó con fuerza, una oleada de odio apagado que surgió de la cabeza de Christian y se estrelló contra la mía. Odiaba su poder más de lo que yo podría llegar a creer.

Nuestras miradas se encontraron y lo vi mecerse sobre sus pies, sujetarse a la banca para no perder el equilibrio, debilitado por las sensaciones que estaba experimentando: el calor era como un veneno por debajo de su piel, que lo disolvía desde dentro. Percibí su terror, tan vívido como la luz diurna que nos separaba, y su rechazo. Su necesidad de repudiarlo y repudiarlo y repudiarlo.

159

«El diablo era un Santo».

Christian pensó, agresivo: «No, no lo seré», y acto seguido salió de la banca y comenzó a empujar a la gente para abrirse paso en medio de aquel caos camino de las puertas de la iglesia. Me puse en pie y le seguí por instinto, me encogí de hombros cuando Liza intentó detenerme... consciente de que, si lo perdía en aquel momento, nunca más lograría recuperarlo.

Pero al final no fui lo bastante rápida.

Cuando llegué a las puertas, Christian ya se había esfumado.

20

La terraza del Icarium era de un mármol blanco que el barrido del viento mantenía limpio. Al cerrarse a mi espalda, las puertas de la iglesia generaron un eco que pareció resonar por todo el pueblo. A continuación, llegó el silencio.

Estaba convencida de que Christian ya se habría marchado pero, para mi sorpresa, lo encontré apoyado sobre la barandilla de la terraza, de espaldas a mí, contemplando la plaza. El alivio resonó en mi interior, hizo que mi cuerpo se llenara de un sonido vibrante.

—Pensé que te habías ido.

Christian no contestó, no se movió, se mantuvo en tensión, contemplando la ciudad. La ventana hacia su mente se había cerrado de golpe en el momento en que cruzó las puertas de la iglesia, y, en aquel momento, tras mis ojos no había más que vacío, charcos oscuros allí donde habían estado sus pensamientos. El calor de mi sangre, que con tanta ferocidad había intentado llegar hasta él, se veía desdeñado y rechazado, reducido a un fuego lento. Era como si hubiera encontrado la manera de volver a encerrar su poder, de introducirlo de nuevo a la fuerza dentro de aquella caja metálica. Y, de paso, había hecho pedazos el vínculo entre los dos.

—Christian... —probé de nuevo—. ¿Qué sucede? ¿Qué somos?

Se giró al fin. Tenía los ojos apagados, pero en ellos ya no había terror y el viento le retorcía los rizos sobre la frente.

Me hizo pensar, y no por primera vez, en una especie de ángel que hubiera caído hacia la oscuridad del mundo de los seres humanos.

—¿Aún no te has dado cuenta? —me preguntó Christian.

Sí, me había dado cuenta. Pero no quería decirlo.

«El diablo era un Santo».

Dejé que las palabras se quedaran flotando en mi mente como una señal de neón, y esta se fue disolviendo poco a poco, hasta que solo quedó una parte en pie.

«Santo».

—Pero ¿cómo? —susurré, sintiendo un impulso de miedo tardío—. Ni siquiera soy de aquí. Esto no debería estar pasando.

—Es lo mismo que pensé yo —contestó Christian—, créeme. El día que te conocí hiciste que mi poder se volviera loco. Pero pensé que era imposible. Que no podías ser tú. «Acaba de llegar. No puede estar ya maldita». —Hizo una mueca—. Pero sí, eras tú. Siempre fuiste tú.

El tono de su voz, el deje amargo que contenía, hizo que me retorciera. La manera en que había dicho «maldita»…

—Antes te escuché —dije con lentitud—. Estaba dentro de tu cabeza. Sentí tu poder. Pero ahora ya no queda nada.

Christian tensó un poco los hombros, temí que pudiera dar media vuelta y marcharse de nuevo. Pero tenía que saberlo.

—Christian, ¿dónde se metió? —le pregunté—. ¿Qué hiciste con tu poder?

Él se encogió de hombros con un gesto lento.

—Hice que parara.

En ese momento reparé en el objeto que tenía en la mano: un pequeño cilindro metálico con una aguja en su extremo. Como una especie de jeringa a la antigua. Y la manga de la chamarra… se la había subido por encima del codo, revelaba la piel desnuda donde había clavado la aguja.

—¿Qué es eso? —le pregunté.

—Es una inyección —contestó Christian—. Para acabar con el poder. Es básicamente una droga milagrosa. O al menos así era hasta que te conocí.

—Una inyección —repetí.

—Fue la genial idea del General durante las purgas. Cuando los ejecutores necesitaban una manera de impedir que los Santos se resistieran al arresto. —Christian hizo rodar la jeringa entre los dedos, tan reverente como una caricia—. Una dosis de esto y es como que tu poder… desaparece. Al cabo de un tiempo regresa, pero supongo que para entonces ya habían quemado a todo el mundo.

—Si las inyecciones proceden de las purgas, ¿cómo las conseguiste?

—Mi papá tiene reservas —dijo él—. Era ejecutor, antes de… —Dejó la frase colgando—. Así que comencé a robar de sus suministros en cuanto me di cuenta de que era, ya sabes…, anormal.

Y ahí estaba otra vez el deje amargo en su voz. El odio puro que sentía hacia su poder se hacía notar pese a su expresión vacua.

163

—¿Desde cuándo? —le pregunté—. Quiero decir que cuánto tiempo llevas escondiendo lo que eres.

—Tres meses, más o menos —contestó Christian—. Pero sentí que se acercaba desde antes. Fue como… como si una ola fuera creciendo en mi interior, esperando a romper. Y entonces, un día, simplemente hice…

—¿Que pasara algo?

—Más o menos. —Había un brillo oscuro en sus ojos, el eco de un mal recuerdo—. Al principio no me costó lidiar con eso porque las inyecciones eran potentes. Me ponía una y el poder desaparecía durante siglos. Entonces te mudaste aquí. Ahora las inyecciones no me duran nada. A mi poder no le gusta desaparecer cuando estás cerca de mí. Es como si se rebelara porque sabe que hay alguien más, alguien con quien puede conectar. Necesito una dosis diaria para erradicarlo. Y cuando me tocaste antes…

Se estremeció. Pensé en lo que había notado al agarrarlo de la muñeca dentro de la iglesia —la oleada de calor que me recorrió, intensa y deslumbrante— y me di cuenta de que él debía de haber experimentado lo mismo. Su poder, que hacía temblar la caja dentro de la cual lo había encadenado, desesperado por llegar hasta mí.

—Tú le devolviste la vida —dijo Christian—. Siempre haces lo mismo. Dejas escapar mi poder y entonces yo tengo que ponerle freno.

—Así que ese es el motivo por el que me has estado evitando —dije, y la constatación llegó acompañada de un arrebato de vergüenza—. El motivo por el que me has temido durante todo este tiempo. Podrías haberme dicho que de algún modo acabaría teniendo este poder y que no haría más que empeorar las cosas…

—No estaba seguro —dijo Christian—. No quería creerlo. Pero aquel primer día…, ¿te acuerdas? Tocarte me dejó fastidiado. Se suponía que tenían que hacernos la prueba, pero yo no pude. Estaba convencido de que Tiago descubriría lo que soy. Desde entonces he intentado permanecer lejos de ti. Pero… no lo sé. Es como que a veces no puedo evitarlo. Mi poder te desea. —Volvió a mirarme fijamente, con los ojos entornados, aturdido—. Te desea ahora mismo. Es muy difícil seguir escondido cuando tú estás dando vueltas por aquí.

—Lo siento —le dije con un susurro—. No tenía ni idea. He estado usando el poder sin querer. Ni siquiera sabía lo que era hasta anoche…

—No es culpa tuya —dijo Christian—. El poder es así, no hay más. Todo lo bueno se convierte en una pesadilla. —Hizo girar la jeringa entre los dedos otra vez, era casi un gesto compulsivo—. Y la verdad es que me daría igual si tuviera más dosis, pero a este ritmo se me habrán terminado para finales de mes.

—¿Qué quieres decir?

Christian se encogió de hombros.

—Desde que te mudaste aquí, he estado consumiéndolas demasiado deprisa. Mi papá tenía almacenadas docenas de inyecciones, no centenares. La cuestión es que... me estoy quedando sin ellas.

Seguía procesando aquellas palabras cuando las puertas de la iglesia se abrieron rascando contra el suelo.

—Vaya, vaya —dijo Tiago.

Reconocí su voz antes incluso de darme la vuelta: aquel débil giro humorístico que escondía algo oscuro. Tiago atravesó la terraza dirigiéndose hacia nosotros; su manto negro se inflaba con el viento y sus manos se veían lisas gracias a los guantes de cuero.

—Escabulléndote de la iglesia, ¿eh, Asaro? —preguntó, dirigiéndole a Christian una sonrisa maliciosa—. Tu padre se llevará una gran decepción. —Volteó a verme—. Y el tuyo también, *tesoro*.

De repente recordé a Jack plantado sobre el altar y me di cuenta de que Tiago ya debía conocerlo a esas alturas. Trabajaban juntos. Mi padre se acababa de convertir en mi enemigo.

—No nos estamos escabullendo —dijo Christian con frialdad—. Me sentía mal, así que Lilly salió a ayudarme...

—¿Otra vez enfermo? —preguntó Tiago—. Estoy comenzando a detectar un patrón. Por supuesto, con tu historia familiar no es que se trate de una sorpresa. De todos modos, abandonar el servicio es una decisión poco afortunada. Enfermo o no, no te han educado para faltarle el respeto al General.

—Fue un error inocente —dijo Christian—. Estábamos a punto de volver a entrar.

Se movió hacia un lado, en dirección a las puertas de la iglesia, para demostrárselo, pero Tiago se interpuso en su camino.

—¿Sabes? —le dijo—, a menudo me pregunto cuál habrá sido exactamente el problema de tu padre. Era un gran hombre, pero perdió la cabeza con tanta rapidez...

165

—No hables de mi papá —dijo Christian con aspereza.

—Tenemos algunas teorías por aquí. Hay gente que está convencida de que fue culpa de tu mamá, que vaya reputación tenía. Pero los demás pensamos que fue cosa tuya…

—Para —espeté, agarrando a Christian del brazo cuando ya se abalanzaba hacia delante, y me colé delante de Tiago en su lugar—. ¿Podemos centrarnos un poco, por favor? —le pregunté—. Se supone que nos estaba contando que somos unas personas terribles por haber salido de la iglesia.

—*Ma certo, angelo* —dijo Tiago con falsa sinceridad—. No me gustaría decepcionarlos. —Levantó lentamente una mano enguantada y tomó un mechón de mi pelo entre los dedos, así que tuve que contener el aliento para no encogerme de miedo—. Lilliana Deluca —dijo él—. Qué cosa tan extraña. Me recuerdas a alguien.

—¿A quién? —pregunté con un susurro.

Pero acto seguido Tiago se quedó paralizado. Algo que había visto por encima de mi hombro había llamado su atención y había hecho que su expresión se afilara. El humor y la mofa habían desaparecido. De repente estaba parada delante de un cazador.

—Muchacho —dijo Tiago—, ¿qué tienes en la mano?

Giré la mirada, vi que Christian cerraba la mano con fuerza por debajo de la manga de la camisa, un destello plateado entre los dedos. Era la jeringa.

—Nada —dijo Christian, con un tono cargado de indiferencia—. ¿Es ilegal cerrar el puño en esta ciudad?

—Muéstramela —ordenó Tiago, que me apartó con brusquedad de su camino y se acercó a Christian.

Este se alejó tambaleándose y golpeó la barandilla de la terraza con las manos bien cerradas a la espalda.

—Dije que no hay nada.

Tiago torció los labios, como si no pudiera creer lo que estaba escuchando. Me pregunté si alguien lo habría desobedecido antes. A juzgar por el destello de locura en sus ojos, deduje que no.

—Asaro —dijo Tiago—, creo que te volviste tan loco como tu padre.

Estiró el brazo y agarró a Christian por el pelo; lo jaló con fuerza e hizo que el joven se retorciera y lanzara un grito ahogado de dolor.

—Suéltelo —dije, furiosa, mientras intentaba interponerme entre ellos de nuevo, pero de un zurriagazo me vi cayendo de espaldas y golpeándome con fuerza contra el suelo.

Mi cabeza chocó contra el mármol y la neblina del pánico llenó mi mente, consciente de que en cuanto Tiago viera la jeringa estábamos muertos.

Acto seguido…

—Ya es suficiente —dijo alguien. Era una voz femenina, cargada de autoridad—. Caer en estas faltas de decoro en suelo sagrado es totalmente innecesario.

Tiago se giró. Aún tenía a Christian agarrado por el pelo y su cabeza se inclinaba hacia Tiago como en una súplica. Él entornó los ojos, como si la voz hubiera disparado un instinto primario en su interior, como si le hubiera erizado el vello del pescuezo.

—Hola, Veronica —dijo Tiago—. Debo de haberte oído mal. Es evidente que no te estás entrometiendo en el trabajo de un ejecutor, ¿verdad?

—Es evidente que no pretendías arrancarle a este chico el cuero cabelludo, ¿verdad? —contestó Veronica Marconi, cuyos tacones repiquetearon sobre el mármol mientras atravesaba la terraza.

Yo me esforcé por ponerme en pie con rapidez, avergonzada porque ella hubiera visto mi caída.

—¿Qué hizo esta vez? —le preguntó la mujer a Tiago—. ¿Robó el vino del altar?

—Tiene algo en la mano —dijo Tiago con frialdad—. Y no quiere enseñármelo.

—Qué ofensa tan terrible —dijo Veronica—. ¿Cómo podríamos castigarlo como es debido? Ah, un momento. Tengo una idea. Asaro…, abre la mano.

Christian obedeció. Retorciéndose para escapar a la sujeción de Tiago, le mostró la palma abierta, que estaba vacía. Supuse que se habría metido la jeringa por la manga.

—Mira eso —dijo Veronica con una sonrisa de labios fruncidos—. Parece que hemos evitado una nueva crisis para el mantenimiento de la paz. Todo gracias a tu diligencia, sin duda. Ahora, si ya terminaste...

Veronica nos hizo una seña para que nos acercáramos, pero Tiago levantó el brazo.

—Me parece que no —dijo—. Los dos salieron de la iglesia. Al General quizá le guste mantener una charla con ellos. Recordarles la importancia de respetar las tradiciones. —Tiago esbozó una sonrisa desagradable—. Cielo santo, si hasta podría arrestarlos por traición...

—No seas ridículo —dijo Veronica—. No hay nada en el armisticio que impida salir de la iglesia a tomar un poco de aire fresco. Y yo lo sé muy bien porque lo firmé.

—Así es —dijo Tiago—. Pero a veces tengo la sensación de que lo hiciste con los dedos cruzados detrás de la espalda.

A Veronica le brillaron los ojos. Tiago pareció deleitarse con ello, asintió con la cabeza en dirección a ella, como si se tratara de un desafío.

—Han pasado veinte años, Vero. ¿Cuándo te darás cuenta de que ya no tienes ninguna importancia?

Por un instante, tuve la convicción de que Veronica iba a hacerle algo; ¿qué, exactamente? Eso no lo sabía. Pero, al final, se limitó a dirigirle la más encantadora de sus sonrisas.

—Por fortuna para esta ciudad —dijo—, siempre seré más importante que tú. Ahora vengan. —Nos dirigió un gesto severo a Christian y a mí—. Los llevo a casa.

Estábamos ya en lo alto de la escalera de los Marconi, con los brazos de Veronica colocados a modo de protección sobre los hombros, cuando ella volteó una última vez hacia Tiago.

—¿Sabes?, todos pensábamos que acabaría quedándote bien, pero no hubo suerte.

Tardé un instante en darme cuenta de que se refería a su cicatriz. Apenas tuve tiempo de ver su reacción —la descarga de rabia pura en sus ojos— antes de que Veronica nos empujara a bajar las escaleras sin contemplaciones y Tiago quedara fuera de mi vista.

Avancé sin protestar, dejé que nos condujera por las calles laberínticas de Castello, demasiado aliviada como para pensarlo dos veces. Pero, al cabo de un rato, me di cuenta de que Veronica trazaba un camino a través de la ciudad que yo no había recorrido nunca. Los edificios a nuestro alrededor estaban sucios y destartalados, incluso para los parámetros de Castello. En comparación, el barrio de Liza parecía casi inmaculado.

—Creo que mi casa está en la dirección opuesta —me atreví a decir.

—Soy consciente de ello —dijo Veronica.

Me recorrió una oleada de inquietud. Me acordé del servicio, cuando levanté la mirada hacia el altar y vi que me miraba. La dureza en sus ojos, como si estuviera esperando a que me reivindicara de algún modo. Se me ocurrió que dejar que nos condujera a una zona de la ciudad tan aislada quizá no había sido una buena idea.

—¿Adónde vamos? —le pregunté, haciendo presión contra su brazo—. La gente comenzará a buscarme si no vuelvo pronto a casa.

—¿En serio? —preguntó Veronica—. ¿Quién, por ejemplo?

Abrí la boca para decir «mi papá» y acto seguido la cerré con fuerza. Veronica esbozó una sonrisa débil y nos empujó hacia delante. Me arriesgué a dirigirle una mirada a Christian —ojalá hubiera podido leer su mente aún— e intenté hacerle preguntas con los ojos.

«¿Y ahora qué? ¿Echamos a correr?».

Su respuesta fue una casi sonrisa, pero vacía de humor. «¿Hacia dónde?».

Veronica se detuvo delante de un edificio abandonado con una puerta de madera maltrecha, en cuyo centro sobresalía una

169

gárgola de metal. La gárgola tenía la boca abierta, mostraba varias filas de dientes como dagas. Metió la mano en su interior.

—Los dos tuvieron mucha suerte hoy —dijo en tono afable, mientras daba con un interruptor en alguna parte de la boca de la gárgola que desactivó el cerrojo de la puerta. Esta se abrió en silencio y apareció un túnel largo y oscuro—. Tiago llegó demasiado tarde y no se dio cuenta de lo que escondían. Pero de verdad les pido —dijo, guiándonos hacia el interior del túnel—, si tienen que hablar de su poder, no lo hagan en público. Nunca se sabe cuándo puede aparecer la persona equivocada.

21

*L*a oscuridad lo llenaba todo. La atmósfera pesada y húmeda del lugar me envolvió como una manta. No podía ver ni a Christian ni a Veronica, ni siquiera los notaba plantados a mi lado. No oía más que mi propia respiración, un sonido áspero e irregular. Me sentía como si me hubieran enterrado en vida.

Entonces, surgido de la nada, el rasguño de un cerillo al encenderse. El rostro de Veronica apareció ante mí, iluminado por una antorcha que mostró una nueva intensidad en sus facciones, algo peligroso que acechaba en las comisuras de su sonrisa.

Le eché una ojeada al túnel, vi un techo bajo con goteras, un suelo de tierra cubierto de cartuchos de bala y huesos diminutos de animales. Al otro lado, Christian palpaba las paredes en busca de una salida, del perfil de la puerta que acabábamos de atravesar. Pero también se había desvanecido, devorada por la oscuridad.

Veronica nos observaba, esperando paciente a que descubriéramos que estábamos atrapados.

—No hay salida, solo se puede entrar —dijo—. ¿Seguimos?

Volví a mirar a Christian. Las llamas se reflejaban como diamantes en sus ojos. Se encogió de hombros con un gesto lento.

Veronica comenzó a adentrarse en el túnel. La seguí a regañadientes, repasando en la cabeza las opciones que tenía. La mujer nos había oído hablando en la terraza, así que sabía lo que éramos. Pero se había entrometido antes de que Tiago pudiera averiguarlo y hacernos daño. ¿Por qué?

«Quizá quiera encargarse personalmente de hacernos daño».

El calor se disparó en mi sangre, un poder vibrante que estaba dispuesto a defenderme. «Yo también puedo lastimarla a ella», pensé. Pero aquello no me tranquilizó tanto como hubiera deseado.

Tenía la sensación de llevar siglos caminando cuando al fin vi otra puerta al frente. Esta parecía relucir en la oscuridad; estaba cubierta de óxido y contaba con un mecanismo de rueda como los de las cámaras acorazadas de los bancos. Veronica clavó la antorcha en el muro e hizo girar la rueda hasta que la cerradura hizo clic. Con lentitud, sujetó la puerta metálica con ambas manos y la hizo retroceder sobre sus bisagras.

Más allá, la negrura volvía a ser absoluta, pero Veronica entró por delante de nosotros y fue encendiendo velas a su paso, haciendo que las cosas aparecieran a la vista unas detrás de las otras. Lancé un grito ahogado.

Nos encontrábamos en un extremo de lo que parecía ser la sala de baile de un palacio abandonado mucho tiempo atrás. Se trataba de un espacio abierto e inmenso, con pavimento de mármol y unas paredes recubiertas de terciopelo que había sido devorado por las polillas, en las que colgaban cuadros con marcos astillados de oro. En su día debió de ser precioso, pero sufría un deterioro profundo: la chimenea se había derrumbado y no era más que una montaña de escombros, los muebles de lujo estaban como deshinchados y cubiertos de telarañas. Una mesa de madera para banquetes recorría la sala de un extremo al otro, y sobre ella se amontonaba a gran altura un extraño surtido de objetos: monedas de oro y cuchillos de plata como en una antigua cueva del tesoro, mezclados con el frío metal oscuro de docenas de pistolas. Por todas partes brotaban candelabros retorcidos, con velas de color rojo que volcaban sobre el suelo su cera sanguinolenta.

—¿Qué es este lugar? —pregunté en voz baja, dando sin querer un paso hacia delante, fascinada a mi pesar.

—Es el centro del mundo —contestó Veronica—. Mi familia lleva siglos luchando por Castello desde aquí.

—Es una casa de seguridad —murmuró Christian, uniéndose a mí—. Un lugar al que retirarse cuando no se puede ganar la guerra. —Le dirigió una mirada rápida a Veronica—. Pensaba que el General los había hecho renunciar a todos sus escondrijos cuando firmaron el armisticio.

—Lo intentó —explicó Veronica—, pero hay partes de esta ciudad que siempre estarán fuera de su alcance.

Se dirigió hacia un escritorio enorme que había en un rincón, sobre una plataforma elevada, para ofrecer una vista limpia de la sala. Por encima de él, montado en la pared, había un retrato gigante que mostraba a un joven de pelo oscuro con los atributos reales y que sostenía una adarga con el escudo de armas de Castello: la llave y la daga. A diferencia de todos los demás objetos de la casa de seguridad, el retrato parecía estar bien conservado. Lo habían cuidado meticulosamente, dejando que el resto del lugar se pudriera.

—La gente ha malgastado vidas enteras intentando arrebatar Castello al control de mi familia —dijo Veronica—. Los Paradiso utilizaron la guerra como arma, pero el General, en cambio, ha escogido la paz. Hasta el momento, ninguno de ellos ha tenido éxito. Este lugar es prueba fehaciente de ello. —Pegó las palmas de las manos a la superficie del escritorio, como si la madera le diera fuerza—. El General cree ser el dueño de la ciudad, pero no conoce ni la mitad de sus secretos.

Me quedé mirándola fijamente, preguntándome qué me estaba perdiendo. ¿Era burla lo que oía en su tono de voz? La había oído hablar sobre el General una docena de veces en clase, siempre con todo el respeto y obediencia. Sin embargo…

173

—Pareces perpleja —observó Veronica—. ¿De verdad te sorprende tanto? ¿De verdad pensabas que me daría la vuelta y dejaría que ese hombre me robara mi herencia? No. Yo fui dueña de esta ciudad antes que él. Y aún no he renunciado a eso.

Christian entornó los ojos, como si no confiara en una sola palabra de lo que estaba diciendo. Yo no sabía qué pensar.

—Exactamente, ¿qué quieres de nosotros? —pregunté, intentando ganar tiempo.

—«Querer» es el verbo equivocado —dijo Veronica—. Estoy intentando darles algo. —Acto seguido, al ver que no reaccionábamos añadió—: Estoy intentando ayudarles.

—¿Por qué?

—Ya les dije —contestó Veronica—. Fui dueña de esta ciudad antes que él. Y en mi ciudad nunca quemamos a nadie. Ni siquiera a los Santos.

Inesperadamente, Christian se echó a reír.

—Lo siento —dijo—, pero a ver…, no esperarás de verdad que nos creamos eso.

—Desde luego que sí.

—Ya, okey. Juraste servir al General. Llevas décadas enseñando sus leyes. Él odia a los Santos, y tú tamb…

—No seas ingenuo, chico —lo interrumpió Veronica—. Cuando el General tomó el poder, todos aquellos que se le opusieron acabaron en una pira. Yo no pensaba morir de esa manera. Le juré lealtad para sobrevivir. Durante veinte años, he hecho lo que tenía que hacer para protegerme a mí misma. Quizás enseñe sus leyes, pero eso no significa que crea en ellas. No todo el mundo se deja engañar con tanta facilidad.

Miró a Christian con dureza, y me pregunté de repente si no estaría refiriéndose a su padre. Al hombre que, según Tiago, había perdido la cabeza. Christian pareció enroscarse sobre sí mismo, herido, y yo sentí la necesidad de plantarme delante de él, de protegerlo del desdén de aquella mujer.

—Entonces, ¿en realidad no está planeando asesinarnos? —pregunté en su lugar.

174

Ya me había tranquilizado bastante, pero siempre es bueno dejar las cosas claras.

Veronica suspiró.

—No, Lilly. Como ya les dije, estoy intentando ayudarles.

Metió la mano debajo del escritorio y sacó un pequeño cofre de hierro con el candado roto. Una capa de polvo se levantó sobre su tapa cuando Veronica la abrió, y tuve que esperar a que se posara para ver lo que había dentro. Docenas de jeringas metálicas colocadas en filas pulcras y relucientes.

Christian dio un paso tembloroso hacia ellas, incapaz de contenerse. La dosis que se había inyectado en el exterior de la iglesia había hecho desaparecer su poder por el momento, pero este acabaría por regresar. El cofre con las inyecciones era como una salvación para él.

—¿De dónde las sacó? —dijo.

—De las purgas —explicó Veronica—, pensé que sería útil contar con una muestra del armamento del General. Y, en su día, algunos de los ejecutores de esta ciudad me tenían en bastante alta estima.

—Pero no Tiago —murmuré.

Veronica me lanzó una mirada.

—No. Tiago solo tiene en alta estima las cosas que puede poseer. Pero eso no tiene ninguna importancia. —Nos hizo avanzar, señalando los dos sillones decrépitos que descansaban delante del escritorio—. Vengan. Siéntense. Ahora, estas inyecciones les pertenecen.

Nos dirigimos hacia los sillones con lentitud.

—En este cofre hay veinticuatro dosis —dijo Veronica—. Es el suministro de un año para dos Santos. Tendrán que inyectarse una el primero de cada mes para el día de la prueba.

—Sacó dos jeringas de la caja y las hizo rodar hacia nosotros a través del escritorio—. Estas son las de noviembre. Cuando se acabe el mes, vengan a verme otra vez y les daré otra dosis.

Fui por mi jeringa de manera automática, pero Christian se quedó mirando a la mujer.

—Está bromeando, ¿verdad? —dijo—. ¿Una dosis al mes?

—¿No te parece suficiente?

—Necesitaba una dosis por semana para acabar con mi poder cuando estaba solo. Ahora que somos dos, necesitaremos veinte veces esa cantidad. De otro modo, el poder vuelve al cabo de pocas horas. Menos, incluso, si estamos cerca el uno del otro.

—Fascinante —dijo Veronica, que paseó la mirada entre los dos como si para ella tuviéramos un interés estrictamente clínico—. Había oído historias de Santos que reforzaban sus capacidades mutuamente. Pero quizá si deciden pasar una gran cantidad de tiempo...

—No es una cuestión de pasar mucho o poco tiempo —dijo Christian—. Es cualquier cosa. Estar en la misma habitación que ella. Mirarla. Incluso cuando ella no está aquí, y yo... —Se tragó las palabras mientras se le sonrojaban las mejillas—. Es algo constante —dijo con carácter irrevocable y actitud entumecida—. Ella le hace algo a mi poder. Necesito más dosis.

Veronica pareció reflexionar sobre el tema.

—¿Me estás diciendo que crees que sus poderes están vinculados de algún modo?

Christian no contestó, como si pensara que la respuesta era demasiado evidente como para prestarle voz.

—Podemos leernos la mente —intervine.

Una ola de conmoción atravesó el rostro de Veronica.

—¿En serio? Es notable. Aunque supongo que, en ciertas circunstancias... —Volvió a mirarnos a los dos, en esa ocasión con mayor detenimiento, dejando que sus ojos se detuvieran unos instantes sobre Christian.

Estuve a punto de pensar que parecía hambrienta, pero borró la expresión.

—Si tuviera que hacer conjeturas, diría que esa conexión se debe a su rareza —dijo la mujer—. Son los dos primeros Santos en más de una década: su poder percibe la fragilidad de su existencia. Los une el uno al otro para ayudar a que ambos sobrevivan. No obstante, tengo la seguridad de que las inyecciones funcionarán cuando necesiten que lo hagan. Una dosis cada uno el día de la prueba y el escáner de Tiago encontrará su sangre completamente limpia.

—¿Y qué hay del resto de los días? —preguntó Christian, con voz decepcionada—. ¿Cómo voy a poder librarme de mi poder el resto del tiempo?

—No lo hagas —contestó Veronica en pocas palabras antes de cerrar el cofre con un estridente ruido metálico. Christian encogió el cuerpo—. El poder corre por tus venas. No deberías intentar combatirlo. Es una tontería negar lo que eres.

—No, claro que tengo que combatirlo —dijo Christian, que parecía casi febril a la luz de las velas, con el rubor en las mejillas como una mancha permanente—. Yo no pedí nada de esto, ¿okey? No quiero el poder. No quiero ser un demonio. No quiero ser ninguna anomalía.

Espetó aquellas palabras antes de pensar en lo que estaba diciendo, y noté el escozor de la humillación que lo golpeó acto seguido. Deseó no haber dicho nada, pero era consciente de que no podía retirarlo.

—No eres ningún demonio —dijo Veronica. Temí que fuera a burlarse de él otra vez, pero su voz solo contenía piedad—, diga lo que diga el General. Tienes un don. Hay un motivo por el que los llamaron Santos de buen principio. En su momento, la gente de esta ciudad pensó que habían venido a salvarlos.

—Sí —dijo Christian—. Y entonces los matamos a todos.

Siguió un silencio. Los candelabros volcaban lágrimas de cera de un color rojo intenso sobre el escritorio.

—Lo hecho hecho está —dijo Veronica al fin—. No puedes culparte por las tragedias del pasado. Los Santos ya han pagado por ello, mucho más de lo que se merecían. Dos niños confundidos provocaron un incendio y, a cambio, el General aniquiló a una generación entera. Eso no fue justicia, fue una masacre. De la que ahora estoy intentando librarlos. —Nos miró con fijeza, como desafiándonos a discutírselo—. Ahora tomen las inyecciones y den gracias porque tuviera alguna que ofrecerles.

Agarré la mía sin decir nada, me metí el cilindro metálico y frío en el bolsillo de la chamarra de punto. Christian agarró la suya de un manotazo, cargado de odio. Mantuvo la mirada clavada en el cofre que contenía las otras veintidós dosis, tan seductor en su cercanía, y sin embargo fuera de su alcance.

«No le voy a suplicar —pensaba—. No le voy a suplicar».

Oí sus palabras a lo lejos, como un eco al otro extremo de una línea telefónica. La última inyección que se había puesto se estaba desvaneciendo a mayor velocidad de lo que esperaba. Su poder ya había comenzado a sacudir la cubierta de la caja; le inquietaba, lo llevaba a no sentirse cómodo en su propia piel, hacía que se apartara de la frente el cabello húmedo de sudor con un gesto compulsivo.

—Por supuesto —dijo Veronica—, existe una alternativa.

Suponiendo que ya podíamos retirarnos, yo estaba a punto de ponerme en pie, pero algo en su voz hizo que me detuviera. Era un deje de astucia, como si acabara de llegar al punto verdaderamente importante de aquella conversación.

—¿Una alternativa para qué? —le pregunté.

—Para esto —contestó Veronica, que de repente golpeó el escritorio con la palma de la mano abierta—. Para la persecución, para este vivir con miedo constantemente, para el tener que confiar en una droga para sobrevivir. Para que los ejecutores te analicen como si fueras una rata de laboratorio. Para inclinarte y doblegarte ante un hombre que quema viva a la gente.

Le lancé una mirada a Christian, esperando su reacción, pero estaba desconectado, con los ojos vidriosos, perdido en su propia mente.

—¿De qué está hablando? —dije.

—¿No es evidente? —preguntó Veronica—. Hablo de contraatacar. Es posible que el General haya asaltado mi ciudad, pero no crean ni por un solo instante que he dejado de idear planes para echarlo de aquí. Llevo veinte años observando a ese hombre. He visto aquello que él cree estar ocultando. Sé dónde reside su debilidad.

—Su debilidad —dije, escéptica.

—Sí —dijo Veronica—. ¿Les gustaría adivinar cuál puede ser?

Negué con la cabeza. Solo podía pensar en la manera en que la gente se había abalanzado sobre el General cuando este se encontraba en el altar, desesperada por tocar sus manos esqueléticas. No me había parecido un hombre débil.

—Es el miedo —dijo Veronica—. El General teme aquello que ha intentado destruir durante toda su vida. Todo este odio hacia los Santos... se debe a que en el fondo les teme. Siente terror hacia lo que tienen: un poder verdadero, algo con lo que nunca podrá competir, y lo sabe. Eso me indica que el poder es la única manera de hacerlo caer.

—¿Cómo se supone que lo haremos caer si se pasa la vida intentando quemarnos?

—No dije que tuviera que ser su poder, ¿verdad? —Veronica había comenzado a pasearse al otro lado del escritorio; lanzó una mirada hacia el retrato del joven con el escudo de la llave y la daga—. Hay otras maneras —dijo—. Hay armas más poderosas de lo que se pueden imaginar. Los Santos no existen en el vacío: forman parte de esta ciudad. Fueron creados por ella. Lo cual significa que el poder real, el poder crudo, tiene que proceder de Castello mismo. ¿Por qué por otro motivo habría sido tan codiciado este lugar a lo largo de tantos milenios? Los clanes no fueron los primeros en ir a la guerra aquí, ¿saben? Desde los inicios del tiempo, los imperios se han elevado y han caído en esta tierra. Los etruscos, los romanos, los reyes del Oscurantismo... saqueando y asesinando y mutilándose entre sí, todo por la oportunidad de gobernar sobre este miserable desecho de ciudad. No tiene sentido, a menos que supieran que Castello era diferente. A menos que supieran que había un poder que conquistar.

Los ojos de Veronica habían adquirido un brillo hipnótico, hicieron que, a mi pesar, me inclinara hacia delante sobre el sillón.

—Y, si el poder procede de Castello, entonces lo que los Santos pueden hacer con él no es más que la punta del iceberg. Son accidentes genéticos, nacidos con la capacidad de absorber una fracción diminuta de lo que esta ciudad puede ofrecer. Constreñidos por las limitaciones de sus cuerpos humanos, susceptibles al agotamiento y a la debilidad y al dolor. Si queremos derrotar al General, tenemos que hacer las cosas mejor. Tenemos que encontrar la manera de controlar todo el poder de esta ciudad. Que el corazón de Castello se encuentre bajo nuestro mando. Eso es un arma. Esa es la manera de iniciar una rebelión.

—Una rebelión —repitió Christian.

Volteé a verlo de golpe, contenta de oírlo hablar, pero recelosa ante su tono, que indicaba que para él Veronica era la persona más estúpida que había sobre la faz de la Tierra.

¿Quiere iniciar una rebelión?

—¿Por qué no? —preguntó ella—. ¿Nunca te has ido a dormir por la noche y has soñado con despertar en un mundo mejor?

—No tengo tiempo —contestó Christian con frialdad—. Estoy demasiado ocupado intentando permanecer vivo en este mundo.

—Exacto. Y ese es el motivo por el que alguien tiene que cambiarlo.

Christian contrajo los labios con fuerza, como si quisiera volver a reírse de ella pero no pensara molestarse. Nunca le había visto una mirada tan dura, y sus dedos se aferraban con furia a la única jeringa que Veronica había estado dispuesta a darle. De repente comprendí lo absurdo que era para él estar allí sentado, oyéndola hablar, cuando lo único que deseaba era aquel cofre lleno de dosis. Aquella era la verdadera solución a sus problemas, y Veronica se la había negado de forma categórica.

—Las rebeliones no funcionan en Castello —dijo él—. La última vez que su familia intentó iniciar una, acabamos en su lugar con una guerra entre clanes. Además, desconozco lo que cree saber sobre el General, pero está equivocada. Confíe en mí. Hace cambiar a la gente. Es invencible. En estos momentos es el dueño del lugar.

—Quizá parezca invencible —dijo Veronica—, pero no es eterno. Alguien gobernó antes que él y alguien gobernará después también.

—No, no lo entiende —dijo Christian—. No hay nadie antes o después de Dios. Y eso es lo que el General se cree.

Veronica se limitó a sonreír.

—Por suerte, no todos somos creyentes.

22

$\mathcal{A}$l salir de la casa de seguridad, la tarde se había vuelto grisácea. Christian caminaba algunos pasos por delante de mí, su cabello era una maraña de oro sucio pero brillante contra la nuca. La cabeza gacha, las manos que no dejaban de sujetar con fuerza la jeringa. Durante un rato, su mente había estado llena de una rabia estática contra Veronica, pero esta se había desvanecido para dar paso a la desesperación. Lo único que le importaba eran las inyecciones. Robarlas, irrumpir en edificios, sobornar a los ejecutores…

—Tienes que dejar de pensar así —le dije.

Me daba miedo su intensidad, aquella necesidad absorbente por acabar con su poder. Me daban miedo los extremos a los que podía llegar para conseguirlo.

Christian me dedicó una mirada afilada, oscura.

—¿Me estás escuchando?

Asentí con la cabeza. Su pánico titilaba brillante en los límites de mi conciencia.

—Está volviendo —dijo, y se subió la manga.

Se estaba poniendo la inyección, clavando la punta de la aguja en la cara interna del brazo, antes de que yo pudiera procesarlo.

—¿Qué estás haciendo? —le espeté, agarrándole la mano en el último segundo—. Veronica dijo que conservemos las dosis.

—Me da igual —dijo Christian—. Tengo seis más en casa. Después de eso, no sé. Ya se me ocurrirá algo…

—Christian, para —le pedí entre dientes, intentando arrebatarle la jeringa—. Piénsalo durante un segundo.

—No lo entiendes —dijo él en un susurro. Nuestras miradas se encontraron y me asombró la necesidad pura que vi en sus ojos, la tensión que vibraba en cada centímetro de su cuerpo—. Tengo que hacerlo.

—Así que, cuando dijeron que todo iba bien —dijo una voz a nuestra espalda—, se referían a esto.

Los dos nos dimos la vuelta.

—Alex —dijo Christian.

Estaba sentado en la escalera de entrada a un edificio al final de la calle. Su chamarra de cuero lo mimetizaba con las sombras. Christian pareció quedarse paralizado al verlo, su corazón comenzó a latir con más fuerza.

—Bueno, pero no paren por mi culpa —dijo Alex con frialdad—. Quiero decir que pelearse por una jeringa en un callejón es un comportamiento completamente normal.

—¿Qué ha-haces a-aquí? —tartamudeó Christian.

—Los estaba esperando —contestó Alex—. No fueron precisamente sutiles al salir de la iglesia. Al salir, justo vi que la profesora Marconi se los llevaba a los dos. Supuse que debía quedarme por aquí y asegurarme de que planeaba liberarlos de nuevo. —Sus ojos negros centellearon sobre el rostro de Christian—. Dado lo pobre que su instinto de conservación viene siendo últimamente, pensé que alguien debería cuidarles las espaldas. Pero resulta evidente que el secuestro es la menor de sus preocupaciones.

Alex se puso en pie de un salto. Irradiaba oleadas de rabia.

—Resulta evidente que yo soy el idiota, por creer que tenía alguna idea de lo que estaba pasando.

—Alex —comenzó a decir Christian—, te lo puedo explicar. No es lo que tú crees.

—¿Qué parte? —preguntó Alex—. ¿La de que eres una aberración de la naturaleza? ¿O la de que llevas todo el trimestre ocultándomelo?

Christian se encogió de dolor y, por un instante, pensé que Alex iba a retirar lo dicho. Pero parecía estar demasiado furioso como para que le importara.

—Sé lo que es eso —dijo, señalando la jeringa que Christian sujetaba aún en la mano—. Sé que las usaron con los Santos. Porque eres uno de ellos, ¿verdad? Lo más probable es que lleves un tiempo siéndolo. Y, ahora que lo pienso, tiene todo el sentido. Esto explica por qué llevas meses dando vueltas como un zombi, haciendo que mienta por ti.

Sus ojos volvieron a centellear, necesitaba descargar algo peligroso que había en su interior.

—Sinceramente, debería haberlo averiguado por mi cuenta. Pero fui un estúpido. Seguí pensando que, si algo iba mal de verdad, si de verdad era importante, te hubieras molestado en contármelo.

—No podía —dijo Christian—. No lo entiendes. Esto es malo, ¿okey?, y no es tu problema…

—Ah, así que aquí es donde marcas la línea… —espetó Alex—. Aquí es donde las cosas dejan de ser mi problema… Es bueno saberlo. Lo recordaré la próxima vez que te presentes sangrando en la puerta de mi casa.

Christian volvió a encogerse de dolor, pero Alex ya no parecía lamentar nada.

—Es graciosa —dijo— la manera en que uno se acerca a la gente cuando necesita algo de ellos. Pero entonces encuentra algo mejor… —Su mirada se disparó hacia mí y se alejó de nuevo, como si hubiera lanzado una flecha furiosa contra mi corazón—. Intuyo que ella es otra aberración… ¿Es ese el motivo por el que has estado obsesionado con ella durante todo este tiempo? ¿El motivo por el que actuabas como si no te importara y luego no dejabas de hablar sobre ella? Lo que pasa es que ella también te está haciendo daño, lo veo. Desde que se mudó aquí no haces más que venirte abajo. Más de lo normal, digo. Pero, por algún motivo, sigues confiando en ella más que en mí.

—Eso no es verdad —dijo Christian, que parecía conmocionado por lo que estaba pasando; las ideas se apelotonaban en su cabeza—. Esto no tiene nada que ver con ella, te lo juro, deja que te lo explique.

—No te molestes —dijo Alex con un encogimiento de hombros rápido, que traslucía indiferencia—. Sé identificar cuándo me han reemplazado, no me chupo el dedo. La próxima vez, ten la decencia de decírmelo a la cara. —Me dirigió otra mirada rápida y esbozó una sonrisa espantosa—. Felicidades, Deluca. Disfruta de este desastre de amigo. Ahora es todo tuyo.

Y desapareció, camuflándose entre las sombras con la misma rapidez con que había aparecido. Christian se quedó mirándolo con los ojos muy abiertos, paralizado.

—¿Estás bien? —le pregunté.

Él sacudió la cabeza con lentitud.

—Tiene razón. Debería habérselo dicho. Y quería hacerlo, en serio, pero… no pude. Decirlo en voz alta lo hubiera vuelto real. Y, además, cuando está conmigo le pasan cosas malas. Le pasan cosas malas a todo el mundo. Supongo que pensé que si no se enteraba…

«No lo perdería».

Una imagen hacía presión contra la parte frontal de su mente, confusa y cargada de miedo. Me retiré, intentando dejar espacio entre nuestras ideas, sin querer ver aquellas cosas que no me tenían como destinataria. Christian me lanzó una mirada de ojos vidriosos, como si percibiera que yo volvía a caer hacia el interior de su cabeza y me desafiara a pedirle que no me detuviera. La jeringa destellaba débilmente entre sus dedos. Así que volvíamos a estar como al principio: peleándonos por una aguja en un callejón.

—No es para tanto —dijo Christian, captando la frustración de mi rostro o de mi mente—. Tendré que meterme una dosis tarde o temprano. Es lo que intenté decirte antes. No puedo volver a casa con el poder o mi papá se enterará. Lo ve a un kilómetro de distancia. Es como si lo oliera.

185

—Entonces no vuelvas a casa —le dije.

—Sí, ya, hay un toque de queda.

—No, quiero decir que... tengo un sofá.

Aquellas palabras sonaron mucho menos fluidas en voz alta que cuando planeaba decirlas dentro de la cabeza, pero hicieron que Christian curvara los labios en la primera señal de humor que veía en él desde hacía tiempo. Y, nada más pronunciarlas, me di cuenta de lo mucho que deseaba que se fuera conmigo. No era solo por el poder, por la exigencia biológica del poder que llevaba dentro y que me indicaba que necesitaba tenerlo cerca. Se trataba de una necesidad de protegerlo de la que no me sabía capaz. Se trataba de la convicción de que, si lo perdía de vista aunque fuera por un segundo, le pasaría algo terrible.

Christian se quedó un buen rato sin decir nada, observándome con los ojos entornados. Destellos de sus pensamientos rozaban con los míos: daba la sensación de que su poder regresaba lentamente, de que se entrelazaba en el interior de su corriente sanguínea con una intensidad mucho mayor de lo que él había permitido antes. Se sentía tan enfermo, estaba tan desesperado porque se detuviera...

—Es duro, ¿verdad? —murmuré—. Estar a mi lado...

—Pues claro que sí —contestó Christian, que de manera incomprensible añadió—: Llévame a tu casa.

De camino a Via Secondo miré el teléfono. Tenía tres llamadas perdidas de Liza, seguidas por el mensaje: «Q carajos Lilly estás muerta??».

«Aún no —le contesté, atenazada por el pálpito grave del miedo ante la perspectiva de tener que explicárselo todo—. Es una larga historia. Mañana te la cuento».

También tenía seis llamadas y mensajes de mi padre, el más reciente de media hora antes. «Te estuve esperando en la iglesia —decía—. Pero ya me estás preocupando, Lilly».

Quise sentirme reivindicada por aquello: pese a lo que hubiera dicho Veronica, Jack había reparado en mi desaparición. Pero entonces pensé en él plantado en el altar, con Tiago y el General, y en su lugar noté indiferencia.

«Déjame en paz», escribí, y apagué el celular.

Cuando Christian y yo llegamos a mi departamento, ya casi había anochecido.

—Pues, nada, este es el sofá —dije, señalándolo con gesto servicial.

—Gracias —dijo él, y se quitó la *bomber*.

Por debajo llevaba una camiseta militar desteñida, pulseras de cuero negro en ambas muñecas, un fino crucifijo de oro alrededor del cuello. Al verlo tirar la chamarra sobre un sillón, me di cuenta de golpe del polvo que había por todas partes. En realidad, desde que vine a vivir a esta casa no había utilizado la sala, y me sentí culpable por haberle dicho que sería un buen lugar donde dormir.

—¿Quieres ver un mural inquietante? —le pregunté—. Si es que te gustan ese tipo de cosas, claro.

187

Christian pareció sorprendido, como si de hecho hubiera esperado que me largara y que lo dejara allí durante el resto de la tarde.

—¿Por qué no?

Mi dormitorio seguía algo destrozado tras lo que había hecho con los muebles, pero Christian pareció no darse cuenta. Les echó un vistazo a los caballeros ensangrentados de mis paredes y sonrió.

—Tienes que mostrárselo a Alex. Está obsesionado con las muertes artísticas.

Enarqué una ceja, sintiéndome como Liza: dudaba mucho que Alex volviera a hablar conmigo.

—Es tu vecino, ¿sabes? —dijo Christian mientras se acercaba para ver las pinturas más de cerca—. Básicamente vive al otro lado de esta pared. He estado allí un millón de veces, pero nunca me había detenido a preguntarme por lo que habría al otro lado.

—Podría entregarnos —dije, decidiendo que alguien tenía que sacar el tema—. Si quisiera, podría ir directo a ver a Tiago...

—No —dijo Christian—. No podría. Él no es así. Créeme.

Lo dijo con tanta convicción que no pude discutírselo.

Lo miré pasearse inquieto por la habitación, examinando cosas a su paso. Se detuvo junto al armario para agarrar uno de los libros de mi mamá. Era de la colección de Shakespeare, una vieja edición de *Ricardo III* encuadernada en piel. Intenté no mirarle los brazos mientras se movía, la constelación de marcas de aguja debidas a las inyecciones se apiñaba en el interior de sus codos como estrellas diminutas.

—«Soy un villano. Pero miento, no lo soy» —leyó en voz alta—. ¿Por qué subrayaste esta parte?

—No fui yo. Era de mi mamá, antes de morir.

—Lo siento —se apresuró a decir—. No sabía que...

—No pasa nada —dije—. Ella no era..., quiero decir que no estábamos unidas. —Me pareció que me quedaba corta, pero resultaba más sencillo que decir: «Cuando teníamos compañía le gustaba fingir que no me conocía»—. Los padres están sobrevalorados.

Christian se estremeció. Algo atravesó su mente —el recuerdo de la iglesia: la habitación cerrada con llave y el hombre sombrío de las serpientes. Dio un paso rápido hacia atrás y se hundió sobre el borde de mi cama, con el libro de Carly entre las manos.

—Los padres —dijo, insensible.

Y así, de repente y sin pretenderlo, caí en el motivo por el que su padre me había sonado durante todo ese tiempo. Era tan evidente que me sentí tonta por no haberme dado cuenta antes. Se trataba del hombre del video que habíamos visto en clase: alto y atractivo y con una antorcha en la mano.

El padre de Christian fue el encargado de prender fuego a los Santos.

23

Un silencio súbito y sofocante se impuso entre los dos. Busqué algo normal que pudiera decir para romper la tensión, para detener el avance lento del temor que se estaba extendiendo por la estancia. Pero, cada vez que creía haber encontrado la manera de cambiar de tema, mi cabeza parecía colapsarse: estaba demasiado unida a la de Christian, consumida por la silueta de aquel hombre entre las sombras que se acercaba cada vez más a mí.

—¿Qué te hizo? —me oí decir.

—Eso no importa —contestó Christian.

Pero sí que importaba. Tenía la sensación de que importaba mucho.

Me dirigí hacia él con lentitud, me senté en la cama con las rodillas pegadas al pecho. Notaba la calidez que irradiaba su piel, una calidez exagerada, como si tuviera fiebre. El poder parecía hacerle eso. Era como si se hubiera acostumbrado tanto a hacerlo desaparecer que, al tenerlo de nuevo, su cuerpo entero estaba sufriendo un choque.

«Quizá debería marcharme —pensé—. Quizás esto no acabaría tan mal si simplemente lo dejara en paz».

Pero, cuando intenté moverme de nuevo, Christian me agarró de la muñeca y me mantuvo allí, a su lado. Lo hizo sin mirarme, sin realizar ningún otro movimiento. Me mareé de inmediato, una sensación delirante recorrió mi cuerpo. Disfrutaba de su cercanía y a duras penas podía creer, tras todas las veces en que había fantaseado con tocarlo, que fuera él quien me hubiera tocado a mí.

«Mi poder te quiere», pensé. Pero la sensación iba mucho más allá.

Permanecimos bastante rato quietos; apenas respirábamos, o quizá respirábamos demasiado.

—Lo que dijo Tiago antes —comentó Christian al fin—, lo de que mi papá se volvió loco… Supongo que es verdad. Pero no fue por su culpa. Solo intentaba hacer lo correcto.

Su voz sonaba regular, impávida, pero noté que había una desesperación enterrada bajo la superficie: una súplica para que lo comprendiera.

—Tenía nuestra edad cuando se quemó la iglesia. Los Santos mataron a toda su familia. Todas las personas que le importaban salieron de casa una noche y no regresaron más. ¿Eso no te volvería a ti también un poco loca?

—Claro —contesté con un susurro mientras mi mirada se paseaba por su cara y descubría pequeños detalles que ignoraba acerca de él: la peca diminuta debajo del labio inferior, el *piercing* sellado en la oreja izquierda, su nariz perfectamente angulosa.

—Mi papá fue el primer recluta de los ejecutores cuando el General hizo el llamamiento. Cuando se acabaron las purgas, ya se encontraba a cargo de todo. Capturó a más Santos que todos los demás juntos. Tiago aún lo odia por eso. Pero el motivo por el que era tan bueno es que para él se trató de algo personal. Se convirtió en una obsesión. De veras creía en todas esas cosas sobre la luz y la oscuridad de las que habla el General. Pensó que estaba mandando a los demonios de vuelta al infierno.

»El problema fue que, al final, todos los Santos desaparecieron. Ya no quedó a nadie a quien quemar. Pero mi papá no pudo parar. Se volvió más paranoico, los veía por todas partes, arrastraba a la gente para hacerles el análisis cuando ya lo habían superado. Estaba convencido de que los Santos se estaban reagrupando, de que se preparaban para atacar de nuevo. Cuando yo era pequeño, decidió que mi mamá era uno de ellos.

190

Christian se calló de golpe, se le había hecho un nudo en la garganta. Las ojeras bajo sus ojos eran tan oscuras que parecían moretones.

—No tienes que contármelo —susurré—. No hace falta que hablemos de eso.

—Apenas la recuerdo —dijo Christian—. Me siento muy mal por eso. Sé que debería recordarla, pero no es así. Solo lo recuerdo a él, diciéndome que era una bruja. Que su sangre estaba maldita, y que me iba a alejar de él y a maldecirme a mí también. Que era mejor así.

La imagen centelleó en su mente, veloz como un relámpago: una mano de hombre que mantenía la cabeza de una mujer rubia bajo el agua. Me mordí la lengua, intentando no estremecerme, sin saber si Christian había querido que la viera.

—Después de aquello, ni siquiera el General quiso que mi padre volviera al trabajo. Supongo que todo el mundo se dio cuenta de que al fin se había quebrado y había perdido la cabeza. Tiago se quedó con su trabajo. Pero al menos mi papá me tenía a mí. Aún podía protegerme. Así que lo hizo. A su manera, solo intentó mantenerme a salvo.

191

Estaba ocurriendo de nuevo… Los pensamientos de Christian inundaron mi mente, me costaba muchísimo mantenerlos fuera cuando él bajaba la guardia. En aquel momento sentí que era él: joven, atemorizada, de rodillas sobre el suelo de aquella habitación cerrada con llave. Su cuerpo me parecía tan pequeño, tan absurdamente frágil…

—Mi papá temía que me convirtiera en un demonio, como mi mamá —dijo Christian—. Que todas las cosas malas de su sangre acabaran en la mía también. Así que… intentó curarme.

El hombre de las sombras y las serpientes salió de la oscuridad. Pero en esa ocasión pude ver de qué se trataba en realidad. No eran serpientes: era una ristra de cuero enroscado lo que salía de sus manos.

Tardé un segundo de más en comprender lo que iba a pasar… Intenté separar mi mente de golpe. Pero sentí el dolor, que recorrió mi espalda como aceite hirviendo. El sonido de la piel al partirse bajo el cuero, húmedo y pringoso.

—Mierda —tartamudeó Christian mientras yo me alejaba de él, llevándome las manos a la espalda para convencerme de que no estaba sangrando—. No me di cuenta de que podrías sentirlo...

Negué con la cabeza, los ojos cerrados con fuerza, pasándome los dedos desesperada por la piel. Incapaz de creer que él hubiera sobrevivido a aquello, una y otra vez.

Christian me tocó con cuidado, hizo presión con los dedos sobre mi cuello, intentando anclarme al presente.

—Lilly, mírame. Todo está bien.

«Eres un mentiroso —pensé—. ¿Cómo podría estar esto bien?».

Pero al menos, cuando me miró a los ojos, el dolor comenzó a desvanecerse.

Los dos guardamos silencio un buen rato, abrazados en la cama, mientras escapábamos a los efectos del recuerdo. A Christian, los rizos le caían sobre la frente, y sin pensarlo levanté la mano y se los pasé por detrás de la oreja, noté que giraba la cabeza para acompañar mi tacto. Sus labios lo siguieron hasta el borde de mi mano, lentos y tentadores. Sus dedos pasaron a dibujarme círculos vertiginosos en el cuello hasta que me incliné hacia él, incapaz de contenerme, y él se inclinó hacia mí, ambos en carne viva, vulnerables, necesitados el uno del otro.

—La cuestión es —dijo él— que mi papá tenía razón. Durante todo ese tiempo solo intentó curarme, porque sabía que tenía la maldición. Y la tengo. Acabé siendo todo aquello que él temía. Por mucho que me haya esforzado, acabé convirtiéndome de todos modos en un demonio.

—Christian, no... —le dije en un susurro—. Tu papá está enfermo, lo sabes. Que tengas el poder no significa que sufras una maldición, y yo tampoco. No sé por qué terminamos así, pero creo que simplemente forma parte de lo que somos.

—Vacilé un instante, armándome de valor—. La verdad es que el poder hace que me sienta bien. Lo siento como algo normal.

—Pues claro que piensas eso —dijo Christian, y retiró la mano de mi cuello—, porque todavía no le has hecho daño a nadie.

—Es posible, pero al menos no me estoy haciendo daño a mí misma.

Me dirigió una mirada fugaz y supe que quería negarlo, decir que acabar con su poder no tenía nada de malo. Pero en su mente vi que era consciente de los peligros que tenía. Las dosis que se inyectaba como si fueran agua, el ardor en su piel por los pinchazos de la aguja, aquel poder que peleaba con uñas y dientes por escapar de la caja. Que peleaba como algo que veía comprometida su supervivencia. Sí, sabía que era peligroso; el problema era que no le importaba.

—Solo quiero que desaparezca —balbuceó él—. Odio la sensación que me provoca en la sangre. No puedo con ella. —Giró la cara, se quedó mirando la pared del otro lado de la habitación, retándome a que lo desafiara—. Pero la cuestión es que él fue el primero en ponerse mal. Por eso no tiene la culpa de nada. Antes del incendio, nunca le hubiera hecho daño a nadie. He visto las fotos de cuando su familia estaba viva. Era tan feliz… Y los Santos se lo arrebataron. Ellos son el motivo por el que es como es. Quizá no todos seamos demonios, pero los principitos, los niños que prendieron fuego a la iglesia…, ellos sí que vinieron del infierno.

No pude rebatírselo. Pensé en la niña bañada en fuego de mi sueño y experimenté un escalofrío ligero.

—A veces siento que puedo verlos —dije—. Bueno, puedo verla a ella. Hay noches en que tengo la seguridad de que está conmigo, en la habitación.

De repente me puse en pie y me dirigí hacia el armario, saqué el pergamino viejo de la parte trasera. No sabía bien qué me había llevado a hacer aquello; solo tenía la sensación de que, por algún motivo, Christian merecía verlo.

—Creo que este fue su plan de batalla. Es un plano de la iglesia. Dibujaron un círculo en todos los lugares que querían quemar.

Christian agarró con cautela, como si lo pudiera morder.

—Dios, Lilly. ¿De dónde sacaste esto?

—Estaba en el armario. Quizá la niña vivió aquí antes del incendio. Ella era la Marconi, ¿verdad?

Christian asintió con la cabeza mientras frotaba el pergamino con el pulgar, para quitarle las capas de moho. Y descubrió un poco más de la caligrafía de la niña: una firma enjuta y femenina en una esquina.

Lecta

Christian frunció el ceño.

—¿Crees que se llamaba así? Nadie logró averiguar nunca su nombre. Se limitaban a llamarla…

Se detuvo en seco, pues otra capa de texto comenzaba a aparecer a la vista bajo su pulgar.

reina reina ante mí
se inclinarán yo soy la reina

Me senté de nuevo en la cama, tenía frío.

—Estaba loca —dije en un susurro—. Tenía que estarlo.

—Es posible —dijo Christian—. O quizás es que de verdad quería gobernar.

Él seguía mirando el plano, absorto a su pesar. Era como ver las fotografías de un escenario del crimen: repugnantes e hipnóticas a la vez. Al prestarle más atención vi que había docenas de notas ocultas en el pergamino: unas palabras inclinadas sobre la terraza que gritaban «¡¡¡trabajar las puertas!!!», una línea sobre el altar que se reprodujo como un cántico dentro de mi cabeza: «Valio es el príncipe, yo soy la reina, y haré que lo vean».

—¿Quién es Valio? —pregunté.

—El hermano del General, creo —contestó Christian—. El otro principito. Según mi papá, todo el mundo lo llamaba Val.

Me quedé mirando el mapa, pensando «Val y Lecta, Lecta y Val», absorta en su sonoridad. Entonces se me ocurrió que todas las notas mostraban la letra de la niña. No había nada del chico. Quizá se debiera a que el mapa era de ella, firmado y abandonado en su habitación. O quizá se debiera a que ella había planeado el incendio desde un principio. Se le ocurrió la idea, el objetivo, y el chico se sumó porque…

—Porque estaba enamorado de ella —murmuré.

—Sí. —Christian levantó la mirada—. Eso es lo que dice la gente.

—¿No crees que sea verdad?

Él se encogió de hombros.

—Claro. Pero ella no sentía gran cosa por él. Conoces la historia, ¿verdad? El General entregó a su hermano y lo torturaron en público, para que la chica pudiera verlo. Todo el mundo estaba convencido de que saldría a salvarlo, pero…

—Pero dejó que lo quemaran solo.

Christian asintió con la cabeza. Seguía con el plano entre las manos y pareció reparar en él de repente: lo tiró al suelo como si hubiera descubierto en aquel momento el horror que contenía. Se desplomó contra la pared y se puso a juguetear ansioso con una de sus pulseras de cuero. Lo observé durante un instante, quería preguntarle qué planeaba hacer cuando se le acabaran las inyecciones, si de verdad pensaba que podría robárselas a los ejecutores. Si tenía un plan alternativo. Pero, cuando abrí la boca, las palabras que salieron de ella fueron muy diferentes:

—Si odias tanto tu poder, ¿cómo es que no me odias a mí?

Christian levantó la vista. Sus ojos tenían una claridad poco natural, eran de un azul cristalino. Y en ese momento descubrí que no sabía lo que estaba haciendo, por qué estaba aquí, tan cerca de mí, tras haber pasado siglos evitándome. Por qué seguía permitiendo que algunas partes de nuestros cuerpos se tocaran.

«Porque es agradable —pensé, sin saber si esa constatación había aparecido en su mente o en la mía—. Duele, pero a la vez es agradable».

—Intenté odiarte —dijo Christian—. Lo intenté de verdad, me esforcé. Es solo que... no pude. Léeme algo. —Y me pasó el libro de Shakespeare empujándolo sobre la cama.

Vacilé al verlo desplomarse boca abajo sobre mi almohada, y a continuación me apoyé sobre el cabezal con *Ricardo III*. La parte por la que abrí el libro trataba sobre un par de niños que eran enviados a la muerte. Ojeé el volumen, buscando un pasaje más reconfortante, pero no hubo suerte. La obra era una auténtica carnicería. Al final me rendí y comencé a leer por el principio.

Cuando volví a mirarlo, Christian tenía los ojos cerrados. Metí el libro debajo de la almohada y me deslicé hacia abajo sobre la cama hasta que nuestros cuerpos quedaron a la misma altura, puse una mano sobre sus omóplatos. Noté el calor de su piel a través de la camiseta, la red de cicatrices que el látigo de su padre le había dejado, como crestas que atravesaban su columna vertebral. E imaginé la posibilidad de liberarlo de parte de ese dolor, de empaparme en él a través de las yemas de los dedos. De limpiarlo. Mi mano seguía sobre sus hombros cuando él abrió los ojos.

—Lilly... —empezó a decir Christian, medio dormido y, por lo tanto, ligeramente confundido.

—Lo siento —dije, y retiré la mano.

Christian estiró el brazo, enredó los dedos en mi cabello y me besó.

Lo único que pude pensar fue: «Por fin».

Fue como si una presa se hubiera roto en mi interior; de repente, todo el miedo y todos los anhelos que había almacenado desde que llegué a la ciudad se liberaron con un estallido. Christian sabía a humo y a fiebre; una presión hambrienta y desesperada sobre mis labios. El aire a nuestro alrededor se cargó de energía, comenzó a vibrar como durante una tormenta: nuestros respectivos poderes se entrelazaron, como debía ser.

Reseguí su cintura con la mano, lo sentí temblar sobre mí, acercarse a mi contacto. El alivio era una neblina dulce en mi mente, a duras penas me atrevía a creer que me estuviera permitiendo experimentar aquello. El calor de su boca y el peso de su cuerpo... La muralla que él había construido a su alrededor para contenerme se estaba desmoronando con rapidez. Cada centímetro perfecto de su cuerpo encajaba en cada centímetro del mío.

—He soñado contigo —le dije cuando separamos los labios para respirar— casi cada noche desde que me mudé a este pueblo.

—Yo soñaba contigo —confesó Christian con voz ronca, dirigiéndome una mirada vertiginosa— antes incluso de que llegaras. Te veía constantemente. Creí que estaba perdiendo la cabeza.

—Ojalá me lo hubieras contado. Una vez al menos, ojalá me hubieras dicho que tú también sentías algo.

—No podía —dijo Christian—. No podía permitirme hacer eso. Creo que sabía que, en caso de tenerte, en caso de acercarme lo suficiente, ya no podría parar. —Se retiró un poco, sacudiendo la cabeza, y sus rizos rozaron mi sien—. No tiene sentido. No debería quererte de este modo, no conociendo las consecuencias. Pero te quiero. Dios, te quiero de todos modos.

De repente, Christian cerró los ojos con fuerza y pegó la frente a mi clavícula, abrumado por el peso de todo lo que le estaba sucediendo. El torrente espeso del poder en su sangre, su fuerza al unirse con el mío... y el hecho de que, por primera vez en su vida, no intentara combatirlo. Pese a todo aquel miedo y a la totalidad de sus instintos, se esforzaba por aceptarlo.

«Podríamos estar bien juntos —pensé, abrazándolo con fuerza contra mí, sintiendo la atracción temblorosa de su aliento—. Puedo ayudarle a que se acostumbre a su poder. Puedo hacer que valga la pena...».

—Deja de pensar, Lilly —masculló Christian, esbozando una sonrisa contra mi cuello—. Piensas muy alto. Tú solo... abrázame.

Y eso hice.

Aquella noche, la principita volvió a aparecer en mi sueño. Me estaba esperando en el momento mismo en que se me cerraban los ojos: bañada en llamas, el cabello arremolinándose alrededor de su rostro. Me puse en tensión, preparada para la pelea inevitable, convencida de que intentaría agarrarme. Pero la niña no se movió. En su lugar, levantó un dedo en forma de garra y me hizo señas, indicándome que me acercara a ella.

—No te vayas —dijo alguien. Christian, a mi lado, envuelto en una luz neblinosa—. Quédate conmigo. Me lo prometiste.

Pero no pude hacerlo. La niña llevaba demasiado tiempo provocándome. Observándome desde una esquina, intentando reclamarme como suya. Tenía que saber el porqué.

Poco a poco, atemorizada, seguí la llamada de aquel dedo. Dejé que las llamas se rizaran en torno a mí, partiéndome los labios y chamuscando mis pulmones. Me dirigí hacia ella de frente, preparada para averiguar lo que quería.

Pero ella no llegó a decírmelo. La niña no abrió la boca. Lo único que hizo fue llevarse las garras a la cara y apartarse el cabello, revelándome sus rasgos por primera vez.

Tenía los ojos negros, los huesos ahuecados, animados por la oscuridad. Lo primero que pensé fue que me estaba viendo a mí misma.

Entonces la niña sonrió y me di cuenta de que era mi mamá a quien tenía delante.

24

Sobresaltada, me incorporé sobre la cama mientras el horror crecía como la bilis en mi garganta. Me incliné hacia un lado, temerosa de vomitar. Tenía la boca seca y el corazón en un puño. A mi alrededor, la habitación estaba completamente a oscuras, la atravesaba un único rayo de luz procedente de la luna. Notaba a Christian a mi lado, su cuerpo cálido y vulnerable por el sueño. Se había removido un poco cuando yo me incorporé, y me di cuenta de que estaba aferrada a él, mis dedos se cerraban sobre su muñeca en un apretón mortal, tal y como él me había sujetado antes. Me obligué a soltarlo.

El libro de Shakespeare que había pertenecido a Carly se cayó de la cama, su lomo golpeó contra el suelo. Se abrió por la página del título y, a la luz de la luna, vi el nombre de mi mamá escrito con caligrafía inclinada al pie de esta. Su nombre completo, el que yo siempre conseguía olvidar.

Leonora Carlina Tale

Mi mirada salió disparada hacia el lugar donde Christian había tirado el plano de la iglesia. «Lecta», decía el garabato de la esquina. «Lecta». Parecía que las letras se arremolinaban, cobraban vida y desfilaban ante mis ojos sobre el pergamino.

Lecta

No era un nombre real, más bien se trataba de un apodo, improvisado a partir de los restos de otra cosa, de…

Estaba allí, en la página del título del libro: «Leonora Carlina Tale».

Su caligrafía era esbelta, se curvaba en todos los lugares correctos. En el libro aparecía mucho más pulcra, no era tan infantil como en el plano, y quizás aquella fuera la diferencia que me había bloqueado y había impedido que me diera cuenta de…

Leonora Carlina Tale
reina reina ante mí
se inclinarán yo soy la reina

Algo se quebró en mi interior. Me abalancé sobre las páginas que había en el suelo, les di una patada con todas mis fuerzas. El libro acabó junto a la cómoda, pero el plano se quedó en su sitio, como guiñándome un ojo.

«Es imposible —pensé—. Esto es imposible». Mi mamá era veneciana. Pasé mi infancia escuchando sus historias, acunando sus leones de cristal entre las manos. No pisó Castello en su vida.

Sin embargo…

Era su nombre el que aparecía en el plano. Lo sabía de una manera esencial, era la intuición más profunda que hubiera tenido nunca. Era su letra, una versión rabiosa y con tachones de las notas que había dejado en sus libros de texto. La del sueño era su sonrisa, la misma que yo veía de pequeña, la sonrisa que me había hecho daño. Nunca dudé de la capacidad de mi mamá para ser cruel. Simplemente, jamás asumí que pudiera ser una asesina.

—No, por favor —susurré—. Por favor, Dios, no…

Dios no me contestó, pero Christian sí. Noté que se movía a mi espalda, que balbuceaba, intentando escapar del sueño.

—¿Qué pasa?

Sacudí la cabeza, el corazón me martilleaba en el pecho mientras pensaba: «Mi mamá, mi mamá la reina…».

—Lilly. —Christian se incorporó a mi lado y comenzó a ser consciente de las cosas a intervalos: la manera en que yo temblaba, el sonido áspero de mi respiración—. ¿Qué sucede?

—Fue ella —contesté—. Fue mi mamá. Fue ella quien los quemó.

—¿De qué estás hablando?

Señalé el suelo. El plano yacía en un charco de luz lunar frente a nosotros, *Ricardo III* estaba arrugado junto a la cómoda. Christian se pasó una mano por los ojos y se agachó para recoger ambos.

—No entien…

Se detuvo. Había abierto el libro por la firma de Carly, donde la L bajaba en picada como en «Lecta», algo estúpidamente evidente, ahora que se fijaba en ello. Yo me quedé muy quieta mientras él ataba los cabos, solo me moví para apartarme un poco cuando el borde del plano amenazó con rozarme la pierna.

—No puede ser —dijo Christian, con los dedos blancos en torno a los papeles, mientras comparaba la letra a un lado y al otro—. Es una coincidencia…, tiene que serlo.

Volví a negar con la cabeza, porque no creía que fuera así. Consciente de que él tampoco.

—Fue mi mamá —dije. Aún estaba mareada, pero también había pasado a sentirme distante, como si hablara desde un lugar muy lejano—. Fue ella. Ella provocó el incendio. Los quemó, a la mitad de la ciudad y a tu familia. Quemó a tu familia, hizo que tu papá se volviera loco…

Los ojos de Christian centellearon. Me encogí de miedo, consciente de golpe de su miedo, de su rabia, que brotaban de él en oleadas. Como cuando piensas que has dejado todas las cosas malas a tu espalda y te encuentras con que te estaban esperando al frente.

Christian parpadeó al cabo de un segundo para alejar la idea, pero yo era consciente de lo que había visto. Me tenía miedo. Y esa vez era real, y había buenos motivos para ello.

Me puse en pie con torpeza, me abrí paso por la habitación, intentando poner tierra de por medio entre los dos. No podía creer que hubiera sido tan estúpida: acostada allí, intentando liberarlo del dolor. Pensando que podía ser buena para él, cuando era yo quien le había hecho tanto daño para comenzar. Ella y yo, la reina principita bañada en sangre. La mujer que me crio.

Golpeé el marco de la puerta con los hombros y me di cuenta de que tenía que irme y de que tenía que hacerlo rápido, antes de que pudiera arruinarle la vida aún más.

—¿Adónde vas? —preguntó Christian.

A la luz de la luna se veía aturdido, un animal en el interior de una trampa que se estaba cerrando sobre él por todos lados. Una parte de mí deseaba regresar con él, caer de rodillas y suplicarle que me perdonara. Pero la otra parte quería desaparecer. Sabía que no había ninguna manera de que pudiera estar con él después de aquello, y la constatación me dolía tanto que temí que fuera a rasgarme por la mitad. No podía soportar mirarlo un instante más, consciente de lo que acababa de perder.

«Mamá, ¿por qué tuviste que hacerlo? —pensé—. ¿Por qué tienes que destruir todo lo que cuenta para algo?».

—Lo siento mucho —dije en un susurro, estirando el brazo hacia la manija de la puerta, con el cuerpo preparado para huir—. Me gustas muchísimo. Te juro que no lo sabía…

—Lilly, espera —dijo Christian—. Tenemos que hablar de esto. Espera un segundo…

Pero yo ya estaba corriendo.

Recorrí veloz las calles, girando las esquinas al azar, deseosa de que la ciudad me reclamara como un sacrificio que compensara lo que había hecho mi mamá. Sin aliento, sin que me importara nada, sin la menor voluntad de detenerme... hasta que me vi obligada a hacerlo por culpa de un súbito callejón sin salida. Había llegado a la muralla de la ciudad.

Esta parecía elevarse varios kilómetros por encima de mi cabeza; era una fortificación colosal de piedras a punto de desmoronarse, que me obligó a estirar el cuello para ver su parte superior. La puerta de la ciudad era de hoja doble, pero los puntos por los que patrullaban normalmente los ejecutores se encontraban vacíos porque estaba cerrada. Los dientes de hierro se hundían profundamente en el suelo, las puertas de frío metal bloqueaban cualquier vista de la carretera que había al otro lado. No debería de sorprenderme: siempre había sabido que Castello era una cárcel, pero enfrentarme directamente a la puerta cerrada hizo que se me pusiera la piel de gallina.

Había una escalera rudimentaria, empotrada en la muralla, estrecha y muy empinada, que subía hacia aquel cielo que poco a poco se iba iluminando. Me pareció un desafío, como si la ciudad estuviera poniendo a prueba mi determinación.

«No puedes marcharte, Lilly —parecía que dijera—. Será mejor que lo aceptes. Sube y mira el desastre que provocó tu madre».

Aturdida, antes de poder pensármelo mejor, comencé a subir.

El ascenso se me hizo interminable, la realidad iba desvaneciéndose a mi alrededor a medida que subía cada vez más hacia el amanecer. Notaba una presión en la cabeza, una sensación extraña y pesada en los párpados a causa del vértigo, las manos heladas al contacto con el pasamanos de piedra.

Entonces, cuando estaba segura de que no podría seguir subiendo más, la escalera se acabó y llegué a una pasarela de piedra plana flanqueada por parapetos que me llegaban por la cintura, como las almenas de una antigua fortaleza. Lo alto de la muralla.

El viento me golpeó al instante, un frío cruel que me azotaba la ropa. Intranquila, di un paso al frente y me detuve, agarrada del parapeto para no perder el equilibrio, evaluando la

203

vista que tenía bajo los pies. Por aquel lado la pared caía libre hasta la garganta que acompañaba la muralla de Castello, y desde aquella altura pude ver el río que retumbaba en su interior, y las montañas que nos encerraban por todos los costados. Parecía imposible imaginar que hubiera un mundo más allá de aquella cima, un lugar donde la gente normal llevara vidas normales. La ciudad se elevaba solitaria allí, como un universo. Como un ecosistema que se devoraba a sí mismo. Alimentado de sangre y de fuego.

—¿Estás pensando en saltar, Lilly?

Me di la vuelta. Era Veronica, que mostraba una figura poco familiar en aquel amanecer: sin maquillaje, sin ropa elegante, el cabello suelto al viento. Aquello podría haberle dado aspecto de debilidad, pero en su lugar parecía más feroz que nunca.

—¿Qué está haciendo aquí? —pregunté con un tartamudeo.

—La pregunta más pertinente es qué estás haciendo tú aquí —contestó Veronica—. Sin duda serás consciente de que estás rompiendo el toque de queda…

Encogí el cuerpo. Me había olvidado de todo eso.

—Los edificios residenciales cuentan con una alarma entre las ocho de la noche y las cinco de la mañana. Tú has hecho saltar bastantes.

—No me di cuenta —balbuceé.

—Eso está claro —dijo la mujer—. Pero le dije al General que me ocuparía de ti antes de que pusiera a Tiago a seguirte. Una vez más, tuviste suerte.

Estuve a punto de reírme de aquellas palabras. En aquel momento no me sentía afortunada.

—Bien —prosiguió Veronica cuando quedó claro que no iba a darle las gracias porque me hubiera salvado otra vez—, ¿puedo preguntar qué provocó esta nueva exhibición de imprudencia? Después de lo que pasó en la iglesia, esperaba que te lo pensaras dos veces antes de…

—Mi mamá era la reina principita —espeté.

Veronica se quedó paralizada. Un destello de sorpresa atravesó fugaz su mirada y a continuación se desvaneció, transformándose en algo que no logré comprender. Algo que se parecía a la resignación.

—¿Me escuchó? —pregunté—. Mi mamá…

—Te oí —dijo Veronica, que acto seguido suspiró, como si hubiera comprendido de repente que tendría que quedarse un rato bastante largo en aquella muralla helada—. Lo sé, Lilly.

—No lo comprendo. —Me paseaba arriba y abajo por la pasarela, con los puños cerrados a los lados, bajo la sensación de que, en caso de detenerme, aunque fuera por un instante, me desmoronaría—. Nunca atraparon a la niña. Nadie conocía su identidad. Así que ¿cómo es posible que lo sepa?

—Porque me lo contó ella misma —dijo Veronica con paciencia—. En su momento, tu mamá y yo fuimos muy buenas amigas. Lo compartíamos todo. Todo menos el poder.

Me aparté de ella, con la sensación de que me habían pegado una bofetada.

—Amigas —susurré—. ¿Las dos eran amigas…?

De repente, aquello se tornó real, más allá de cualquier interrogante. Si había existido alguna esperanza de que hubiera cometido un error, de que el texto del plano fuera una coincidencia, esa esperanza acababa de desaparecer. Veronica conocía a mi mamá. Fue su amiga. Lo cual quería decir que Carly no procedía de Venecia, sino que había vivido en Castello todo el tiempo.

«Me mintió —pensé con una sacudida mareante al caer en la cuenta—. Cada historia, cada recuerdo que me contó, fue una mentira».

Pensé en sus leones de cristal, que yo había vigilado con tanto celo a lo largo de los años: no eran más que piezas de atrezo. Y yo había sido lo bastante estúpida para apreciarlos. Creí de verdad que eran pistas sobre su pasado, algo que me podría acercar a ella.

La cabeza me daba vueltas y volví a agarrarme al parapeto.

—Quizá deberías sentarte —sugirió Veronica—. Antes de que te caigas.

—¿Por qué no me lo contó? —pregunté—. Lo ha sabido durante todo este tiempo y no me lo dijo…

Veronica se encogió de hombros.

—Pensé que sería una crueldad. No es el tipo de cargas que una chica debería sobrellevar.

Negué con la cabeza, pensando en la niña del rincón de mi dormitorio, que llevaba tanto tiempo provocándome. Recordando el momento de mi sueño en que ella se peinó el pelo hacia atrás y yo tuve la convicción de estar viéndome a mí misma.

Daba igual lo que dijera Veronica. Yo tenía la sensación de haber estado cargando con aquello desde el principio.

«Al menos ahora lo sabes —pensé—. Esto es lo que eres. Este es el lugar del que procedes. Esta es tu herencia».

Cuando me giré para enfrentarme de nuevo a Veronica, sentí que aquel peso se asentaba en mí como una piedra de gran tamaño.

—Quiero que me cuente todo acerca de mi mamá.

Por un instante, pensé que iba a negarse. Pero acto seguido pareció relajar los hombros y asintió con la cabeza.

—Ven aquí —dijo—. Mira hacia abajo. ¿Qué ves?

Me uní a ella al otro lado de la pasarela, seguí la mirada que dirigía hacia la ciudad. La multitud de tejados, los chapiteles de las torres de vigilancia, la cúpula de la iglesia teñida de gris por aquella luz temprana.

—Es solo Castello.

—No es muy notable a primera vista, ¿eh? Algo de mármol, algo de ladrillo, algunos pedazos de oro… Y, sin embargo, este lugar siempre ha sido un campo de batalla. La gente de esta ciudad ansía cosas: sangre, reconocimiento, poder. Harán lo que sea por esa dosis, sin importarles el precio. Tu madre fue una de esas personas. Yo también creí serlo, al principio. Y eso fue lo que nos llevó a sentirnos atraídas la una hacia la otra: deseábamos más de lo que nos había dado la vida.

Le lancé una mirada. Su perfil perfecto se agudizaba bajo la luz matutina.

—¿Qué querían, exactamente?

—Queríamos gobernar —contestó Veronica—. No solo la mitad de la ciudad, sino toda ella.

Me recorrió un escalofrío que nada tuvo que ver con el viento.

—Debes comprender que en aquel momento era un sentimiento bastante noble. Llevábamos tanto tiempo en guerra… La gente estaba cansada. Queríamos dar con la manera de acabar con el conflicto para siempre. Éramos dos niñas pequeñas con ilusiones de grandeza…, pero había días en que de verdad pensaba que podríamos hacerlo. Que juntas conseguiríamos lo que nadie más había podido lograr. —Veronica sonrió, arrepentida—. Pero entonces, claro, tu mamá se transformó en una Santa. Y yo comencé a ver lo diferentes que éramos.

—¿Qué quiere decir?

—Tu mamá quería gobernar sobre esta ciudad, pero nunca la amó. Lo veía como un medio para llegar a un fin. Algo que controlar por el mero placer de controlarlo. Hubiera matado por esta ciudad, pero nunca hubiera muerto por ella.

—¿Y usted sí?

—Castello me pertenece por derecho de nacimiento —contestó Veronica—. Si no puedo morir por ella, entonces no me la merezco en absoluto. —Un deje de amargura se adueñó de su voz—. Por desgracia, no fui yo la que acabó teniendo el poder.

»Cuando tu mamá se convirtió en una Santa, dejó de tener tiempo para mí. De repente podía exigirle cosas a la gente, hacer que se plegaran a su voluntad. La amistad verdadera dejó de tener significado para ella. Me gustaría decir que el poder la volvió despiadada, pero creo que simplemente reveló lo que llevaba dentro desde el principio. Seguía hablando de gobernar,

pero pasó a creer que quienes merecían tomar el control eran los Santos. Y entonces conoció al muchacho.

—¿A Val? —murmuré, pensando en el plano de la iglesia—. ¿Cómo era él?

—Estaba enojado —contestó Veronica—. Y atrapado. Los Paradiso usaban a los Santos en la primera línea de su ejército, y Val no sentía ningún deseo de morir de aquella manera. Tu mamá le abrió un mundo entero de posibilidades. Se susurraban planes para la revuelta a través de los agujeros del muro limítrofe, como si fueran Romeo y Julieta. ¿Y si gobernara el poder, en vez de la sangre? ¿Y si pudieran alterar sus propios destinos? Y entonces provocaron el incendio.

»Y entonces provocaron el incendio. Durante la misa de medianoche de una ocasión muy especial. Una de las pocas veces en que sabían que la iglesia estaría repleta.

—¿Qué ocasión?

—El Día de Todos los Santos, por supuesto.

209

De repente me noté mareada y me mordí la lengua hasta que la sensación desapareció. Una cuestión aguijoneaba mi mente: la muerte de una tacada de toda la familia del padre de Christian.

—¿Por qué no estuvo usted allí? —le pregunté a Veronica—. ¿Por qué no fue a la iglesia aquella noche?

—Cuando tenía dieciséis años, una bomba de los Paradiso mató a mi padre. Después de aquello, tenía pocas ganas de Dios.

—Pues fue una suerte para usted —murmuré.

A Veronica le centellearon los ojos.

—¿Ah, sí?

Me encogí de hombros. Había perdido la capacidad para saber lo que era cruel y lo que no.

—Le costó buena parte de la noche, pero a la mañana la iglesia había ardido entera. Perdimos cualquier esperanza de que se hubiera tratado de un accidente cuando descubrimos que las puertas estaban cerradas por dentro. Y sobrevivió una sola persona.

—El General.

Veronica inclinó la cabeza.

—El General.

—Él también tuvo mucha suerte, ¿no?

—Mucha —contestó Veronica—, aunque la suerte no tuvo demasiada presencia en la manera en que contó su historia. Aún era casi un niño, pero aquel día, cuando salió arrastrándose de entre las cenizas, se dio cuenta de que podía convertirse en rey. La gente se había ido juntando en la plaza a lo largo de la noche y el General les explicó su historia como si fuera una especie de mesías. Les contó lo sucedido durante la misa, que dos Santos habían iniciado el incendio. Que se habían conjurado para quedarse con Castello y darnos a los demás por muertos. El General dijo conocer sus planes porque su propio hermano era uno de ellos. Y entonces se puso a rezar: para salvar la ciudad teníamos que deshacernos de los demonios quemándolos.

»Tendrías que haberlo visto, Lilly: un muchacho de catorce años hizo que hombres y mujeres adultos se arrodillaran. Cuando se ponía a hablar, era como si no tuvieras más opción que escucharlo. Además, en aquel momento la gente era muy vulnerable. Estaban paralizados por el dolor, desesperados por encontrar a un culpable. El General supo darles exactamente lo que necesitaban.

»Y así comenzó la caza de brujas. Valio fue uno de los primeros en arder, y sentó un valioso precedente. El General demostró que no importaba nada, ni la familia, ni los amigos, ni las lealtades… Lo único que contaba era matar a los Santos.

—¿Cómo pudo soportarlo? —le pregunté a Veronica—. ¿Hacer que mataran a su hermano de esa manera?

—Supongo que le resultó muy sencillo —contestó ella—. Tan solo se negó a seguir considerándolo un ser humano.

—Y mi mamá lo permitió. Dejó que lo quemaran…

—En realidad —dijo Veronica—, eso fue culpa de Val. Había que ser idiota para creer en el amor de tu madre. Esa chica solo se quería a sí misma.

Deseé huir de aquellas palabras, rechazarlas, pero no supe cómo. Al fin y al cabo, ¿no era aquello lo que había temido durante toda la vida?

—No puedo creer que jamás la atraparan —dije en voz baja—. Todo aquel esfuerzo por cazar a los Santos, ¿y no pudieron encontrar a la única persona que era culpable de verdad?

—No, tu mamá fue demasiado lista para ellos —dijo Veronica—. Se largó del pueblo en cuanto se apagaron las llamas. Pero antes vino a verme. Tenía un aspecto extraño, enloquecido, y estaba cubierta de ceniza. También la vi asustada, por primera vez desde que la conocí. Me dijo que algo había salido mal en la iglesia. Que nunca fue su intención que la gente muriera de aquella manera.

—Usted no se lo creyó, ¿verdad?

Veronica pareció reflexionar sobre mi pregunta.

—No lo sé. Matar a tantas personas, de esa manera…, debía de saber que aquello pondría a la ciudad en su contra. Era imprudente, sí, pero nunca fue una estúpida… —Veronica se encogió de hombros—. En cualquier caso, al final dio lo mismo. Al día siguiente había desaparecido. Durante un tiempo pensé que podría seguir su rastro, pero me resultó imposible. Imagina mi sorpresa, pues, cuando veinte años más tarde apareciste en mi clase. Eres exactamente igual que ella, *amore*… Pensé que estaba alucinando. Le pedí al General tu informe: «Jack y Lilliana Deluca», decía. Una inocente y pequeña familia de dos miembros. «Carly Deluca… fallecida».

Veronica sacudió la cabeza.

—Siempre detestó su nombre, así que entendí que se lo hubiera cambiado. Pero lo de «fallecida»…

—Se suicidó —dije.

Veronica pareció sorprenderse.

—¿De veras? Esa no es la chica que yo conocí.

—Se suicidó por mi culpa.

—No seas tonta.

—No, es cierto.

211

No podía seguir ignorándolo, no podía seguir fingiendo que no lo veía. No podía bloquear los recuerdos, por mucho que deseara hacerlo. Ahí lo tenía: el agujero negro que vivía al fondo de mi mente.

—Durante toda mi vida, algo funcionó mal en nuestra relación. Al principio, ella intentó que no se notara, pero, cuanto mayor me hacía yo, más se desmoronaba ella. Porque sabía lo que iba a suceder, sabía que me parecería a ella, que hablaría como ella. Que sería como ella. Es por eso por lo que odiaba llevarme a los sitios, que tenía tantas ganas de verme desaparecer. Por eso me escondió, porque le recordaba a sí misma, y al final decidió que resultaba más sencillo morir que tener que enfrentarse a todo aquello en lo que éramos iguales…

—Eso es mentira —dijo Veronica con brusquedad—. Por eso no quise contártelo. La manera en que tu mamá se comportó en su momento no tiene nada que ver contigo. Fue una chica egoísta y obsesionada con el poder. Tú no eres responsable de los crímenes que cometió. Sus errores no guardan ninguna relación contigo…

—Pero sí que la tienen —dije—. Tienen relación con todos nosotros. Ella quebró esta ciudad y nadie puede curarla. Nadie puede curarlo a él.

En un instante, la voz de Veronica se enfrió.

—Así que esto es por ese chico.

Me giré hacia ella furiosa, retándola a que me desafiara. Pues claro que todo tenía que ver con el chico.

—¿Es que no sabe lo que le hizo mi mamá? —pregunté—. Quemó a su familia entera. Excepto a su papá, que se volvió loco y ha estado diciéndole a Christian que sufre una maldición prácticamente desde que nació. Y Christian se lo creyó. Ya lo vio ayer, con las inyecciones. Se ha vuelto adicto a destruir su poder y va a hacer que lo maten cuando intente robar más dosis, o tomando demasiadas, y yo no sé cómo convencerlo de que las deje cuando para comenzar soy el motivo por el que las necesita.

—Lamento lo de Christian —dijo Veronica—. De verdad. Pero culparte a ti misma no va a cambiar nada. Si quieres pasarte el resto de la vida viendo a tu mamá cada vez que te mires al espejo, es cosa tuya. Pero si yo fuera tú, escogería un camino diferente. Me haría con el control de mi herencia.

—¿Y eso qué significa? —le espeté.

—Significa que sería diferente, Lilly. Que lucharía.

La miré con fijeza. Me sentía cada vez más exhausta, y aquello me aturdía. Pero, de repente, Veronica no parecía demasiado dispuesta a permitir que yo desconectara.

—¿Crees que tu mamá quebró esta ciudad? —me preguntó—. Bueno, querida, pues tienes razón. Pero no solo porque provocara el incendio en la iglesia. Aquellas muertes fueron una tragedia, desde luego, pero la tragedia de verdad vino después. El fuego nos dio al General. Ese fue el verdadero crimen de tu mamá: dejó que un asesino se apoderara de Castello. Cuando ella mató, la gente la llamó bruja. Pero cuando el General mata, es nuestro salvador. Lo cual significa que nunca tendrá un motivo para parar. Los análisis de sangre, el miedo, el odio…, que gente como Christian crezca convencida de que sufre una maldición, que los cacen como a perros por una capacidad que no pueden controlar…

»Mientras el General gobierne esta ciudad, los Santos seguirán sufriendo. Y el ciclo de muerte que inició tu mamá seguirá prolongándose en el tiempo. Hasta que alguien decida acabar con él para siempre.

Veronica dio un paso hacia mí. Tenía un brillo tan feroz en los ojos que me resultaba imposible apartar la vista de ellos.

—Esta ciudad está rota, pero te equivocas al decir que no se puede curar. Si quieres diferenciarte de tu mamá, por el amor de Dios, ayúdame a deshacer lo que ella hizo.

—¿De qué está hablando? —le pregunté en un susurro.

—Voy a derrocar al General —contestó Veronica—. Sé cómo hacerlo, pero me costará mucho si lo hago sola. Quiero que tú estés a mi lado.

213

26

—Se refiere al poder de la ciudad, ¿no es así?

—Tenemos que aprovecharlo —dijo Veronica, que se paseaba ante mis ojos de un lado al otro de la pasarela, una silueta oscura en el brillo de la mañana—. El General cuenta con demasiadas ventajas: un ejército privado de ejecutores, la lealtad de un pueblo que cree que ha salvado sus almas… Solo el poder de Castello puede hacer que tomemos la delantera.

—Pero ¿cómo podemos aprovecharnos de algo que vive en la ciudad?

—De la misma manera en que se abre una puerta —contestó Veronica—. En que se hace girar una cerradura y se entra en cualquier sitio: solo hace falta encontrar la llave adecuada.

Tardé unos instantes en atar cabos. La voz de Liza sonó de repente en mi cabeza, diciendo: «Cuenta la leyenda que quien tenga la llave se convertirá en el verdadero líder de la ciudad». Contándome historias sobre los viejos reyes, diciéndome que solían gobernar con el poder.

—¿La llave fundacional de Castello? —pregunté con lentitud—. ¿Cree que con ella podrá acceder al poder de la ciudad?

—No es que lo crea —dijo Veronica con un deje triunfal en la voz—. Lo sé.

Debí de parecer escéptica, porque la mujer hizo un gesto de impaciencia y añadió:

—¿Acaso no prestaste atención en la clase de Historia? La llave fundacional siempre ha sido símbolo del derecho a gobernar sobre esta ciudad. Los viejos reyes la desenterraron al instalarse aquí, pero la llave existía mucho antes que ellos. Una tras otra, las dinastías han hecho la guerra por Castello, y solo se han detenido al tener la llave en sus manos. Pero ¿por qué luchar por algo tan trivial a menos que te permita acceder al poder de la ciudad? ¿A menos que les otorgara la fuerza pura que necesitaban para mandar? He considerado todas las posibilidades, todas las opciones, y esta es la única que tiene sentido. La llave no puede ser tan solo un símbolo de poder…, también ha de ser un arma.

—Pero pensé que se trataba solo de una leyenda —dije—. Es decir, una llave perdida desde hace mucho por la que todo el mundo se pelea, ¿no es un poco…?

—¿Inverosímil? —apuntó Veronica—. Y lo dice la chica que resultó ser una bruja… —Esbozó una sonrisa—. Tú deberías saberlo mejor que nadie, querida: en esta ciudad, las leyendas tienden a hacerse realidad. —Entornó los ojos—. Además, el General parece pensar que es muy real. Al fin y al cabo, la está buscando.

—¿Qué?

—¿Nunca te has preguntado a qué se deben las redadas? Y lo de colocar a los ejecutores en las esquinas, espiar a la gente, confiscarles cualquier cosa que parezca antigua y valiosa…

—Pensé que comprobaban si la gente era leal.

—También sirven para ese propósito. Pero ¿sabes qué hace el General con todos esos objetos que se llevan los ejecutores?

Negué con la cabeza.

—Hace que los examinen —dijo Veronica—. En busca de poder. —Se paseaba de un lado al otro cada vez más deprisa, la rabia había endurecido su expresión—. Ese hombre lleva años haciendo pedazos mi ciudad, centímetro a centímetro y edificio a edificio, en su intento por encontrar la llave fundacional. Por encontrar el rastro de un poder que va más allá del de los Santos, que procede de Castello mismo. A fin de cuentas, se trata de la amenaza definitiva para él: que la gente descubra que los

215

Santos no son abominaciones, sino un producto natural de esta ciudad. Que el poder se encuentra por todo el lugar, y que todos, de una manera u otra, somos sus herederos. Que el poder podría volverse contra él.

Le brillaron los ojos.

—Sería el final de su reino, ¿no crees? Así que el General quiere que esa llave desaparezca. Si la encuentra, la destruirá. Y entonces nadie estará en condiciones de rebelarse nunca más. No podemos dejar que eso suceda.

—Pero durante las redadas no se lleva solo las llaves —dije con lentitud—. Lo confisca todo.

—Porque no sabe qué aspecto tiene la llave —dijo Veronica—. Nadie lo sabe.

Me quedé mirándola, esperando el remate del chiste, pero ella parecía completamente seria.

—Esta tierra ha cambiado de manos demasiadas veces —dijo Veronica—. Cada civilización tuvo sus propios símbolos, su propia manera de representar el poder. Al cabo de mil años, es imposible saber cuál fue la representación original. Supongo que, en cierto sentido, la llave fundacional es nuestro propio Santo Grial. Lleva tanto tiempo perdida que nadie sabe con exactitud qué es lo que está buscando.

—Es una locura —dije en voz baja—. ¿Cómo se supone que vamos a encontrar algo antes que el General cuando ni siquiera sabemos qué aspecto tiene?

Veronica enarcó una ceja.

—Tú eres una Santa y yo soy la heredera al trono de esta ciudad. Sin duda deberíamos ser más listas que un cura con aires de grandeza y un manto que le viene ancho.

—Acaba de decir que la llave es como el Santo Grial —le espeté—. Por si no lo sabía, ese tampoco lo ha encontrado nadie.

—Pero porque yo no estaba entre quienes lo buscaron —dijo Veronica con frialdad—. Además, comenzaremos de manera sencilla: veremos hasta dónde ha llegado el General y trabajaremos a partir de ahí. Tiene un laboratorio en el cuartel general de los ejecutores dedicado en exclusiva a este proyecto. Están construyendo unos nuevos escáneres de poder bastante inteligentes, y la seguridad también lo es. Ahí es donde entras tú en juego.

—¿Yo?

—Puedes acceder al laboratorio —dijo Veronica, como si se tratara de una obviedad—. Puedes conseguir uno de sus mapas y uno de sus escáneres. Y no dejarás el menor rastro a tu espalda.

—No esté tan segura —murmuré—. Apenas sé lo que hago con mi poder. Pierdo los estribos todo el rato, y la cosa simplemente explota…

—Entonces tendrás que aprender a controlarte. Toda esa rabia, tus emociones…, intenta canalizarlas hacia algo útil. Un poco de autocontrol, querida. Es lo único que te hace falta.

Me crucé de brazos con la sensación de que me estaba acusando de algo: pensé en la chica furiosa de mis sueños. Pensé en mi mamá.

En ese preciso momento, Veronica dijo:

—Se lo pregunté una vez, ¿sabes? Justo después de que se convirtiera en Santa. Le pregunté si intuía el lugar en el que podía estar escondida la llave. Y me aseguró que sí. Un lugar en el que Castello parecía volverse más brillante e intenso al estrecharse, al formar un canal hacia el poder de la ciudad. —Veronica me miró, pensativa—. Así que me pregunto, Lilly…, ¿tú también lo sientes?

Vacilé, contra las cuerdas. Recordé las primeras impresiones que tuve de la ciudad: como si esta fuera una bestia enroscada sobre sí misma, mucho más poderosa y peligrosa de lo que yo llegaba a comprender. Cerré los ojos con lentitud e intenté acceder a ella. Imaginé que Castello rebosaba de poder bajo mis pies, esperando a que me adentrara en él. Intenté percibir el canal del que me había hablado Veronica. Intenté encontrar la llave que abriría sus puertas.

Y quizá llegara a sentir algo, un ligero zumbido al fondo de mi mente. Pero no fue nada concreto. Ni útil. Molesta conmigo misma, sacudí la cabeza y abrí los ojos.

—Da igual —dijo Veronica—. Solo era una idea. Entonces vamos a necesitar uno de los escáneres de poder del General. Es la manera más rápida.

Su tono de voz había pasado a ser enérgico, bastante profesional, y yo ansiaba poder abrazarlo, convencerme a mí misma de que sería así de fácil…, de que podría redimirme de aquella manera, ganarme de nuevo el derecho a mirar a Christian a los ojos. Las posibilidades de aquella idea florecieron en mi lengua, dulces como una dosis de azúcar.

—¿De verdad cree que marcará una diferencia? —pregunté—. Si encontramos la llave, ¿cree que podremos hacer que las cosas cambien en Castello?

—Por supuesto —contestó Veronica—. De otro modo, no me habría pasado tantos años planeándolo. —Me miró de reojo—. Pero, aunque no tuviera esa certeza, lucharía de todos modos por la más mínima posibilidad de que Castello se libre del General. Por detener las hogueras en la plaza, por acabar con el odio…, por construir un futuro donde la gente que me importa no deba temer lo que es. —En la mirada de la mujer había una ligera sonrisa y un desafío—. ¿Lucharías tú por eso, Lilly? ¿Por la más mínima posibilidad siquiera de alterar el curso de la vida de ese muchacho?

Planteado de ese modo, solo había una respuesta posible:

—Dígame lo que tengo que hacer.

Al volver a casa me encontré la puerta de la calle entornada. La parte más egoísta y bochornosa de mi ser deseaba encontrar a Christian esperando dentro, pero por supuesto él ya se había ido. En la sala, sobre el sillón había un lugar en el que su chamarra había removido el polvo, y me quedé mirándolo durante mucho rato, mientras el dolor se arremolinaba en el interior de mi cuerpo como la tinta dentro del agua. Entonces me di cuenta de que las botas de mi papá tampoco se encontraban sobre la estera, y me puse en guardia. «Hay alguien más en la casa».

Fui a echar un vistazo, con los ojos ardiendo por el cansancio y por el poco habitual estallido de luz solar que había iluminado el departamento. En el exterior se estaba acabando la mañana, hacía un día encantador, y yo detestaba cada uno de sus segundos. No había nadie en la cocina, ni en el baño, y el dormitorio de mi papá también estaba vacío. Había comenzado a pensar que un golpe de viento extraño había abierto la puerta cuando entré en mi habitación y me llegó aquel olor a incienso y vainilla. Débil pero inconfundible.

—¿Liza? —pregunté en un susurro.

Mi habitación tenía el mismo aspecto que cuando la dejé durante la noche. El cuerpo de Christian seguía marcado sobre las sábanas, *Ricardo III* seguía tirado por el suelo. Los leones de vidrio de mi mamá destellaban inocentes sobre la cómoda. Hice todo lo posible por no agarrarlos y destrozarlos contra la pared.

—¿Liza? —volví a preguntar.

Percibía su presencia como un eco a mi alrededor, pero no sabía cómo explicarlo. Quizá se había preocupado al ver que yo faltaba a clase y había venido a ver cómo estaba. Pero entonces, ¿por qué no había esperado a que yo regresara? Tampoco me había dejado una nota, y cuando cargué el teléfono vi que no tenía nuevas llamadas perdidas. Volví a inspeccionar la habitación, intentando que mi cerebro embotado resolviera aquel rompecabezas. Tardé un rato, pero al fin descubrí lo único que estaba fuera de lugar.

El mapa de mi mamá había desaparecido.

Le llamé una decena de veces. Sin respuesta, sin nada de nada. Por lo general, le hubiera echado la culpa a la espantosa cobertura que había en Castello, pero aquel día tuve la seguridad de que me estaba ignorando adrede.

«Contesta —pensé, frenética—. Contesta al dichoso teléfono...».

Al fin, al fin, oí el clic de la línea.

—Dios —dijo Liza—. Qué necesitada estás.

—¿Qué hiciste con él? —le pregunté.

Aunque la conexión se oía amortiguada y atravesada por las interferencias, hubiera jurado que oía el giro de la silla de su escritorio y me la imaginé apoltronada en ella, poniendo los ojos en blanco, diciéndome que no me tomara las cosas tan en serio.

—Liza, sé que estuviste en mi casa —dije—. ¿Cómo entraste?

—No estaba cerrado con llave —contestó, impasible—. Y quería asegurarme de que estuvieras viva. A ver, es que primero desapareces de la iglesia, luego ignoras mis mensajes y esta mañana ni siquiera te presentaste en la prepa. Perdóname si me preocupé…

—Así que viniste a buscarme —dije, intentando mantener la voz calmada—, pero en su lugar me robaste el mapa.

—Lo tomé prestado, Lilly. Y sinceramente no sé por qué estás tan enojada. A ver, tendría que ser yo la que estuviera hecha un basilisco. Tenías el plan del incendio de los principitos en tu habitación, ¿y no te pareció conveniente enseñármelo?

—Lo acababa de encontrar —dije—. Perdón si no salí corriendo a verte con el plano de una masacre.

—Ay, por favor… —dijo Liza—. Deja de actuar como Doña Perfecta. Estás tan fascinada con este tema como yo. —Me la imaginé inclinándose hacia delante sobre la silla, con el mapa en la mano, desafiándome con la mirada—. Incluso voy a perdonarte por esconderme cosas si me ayudas a descubrir lo que significan todas estas notas. Los principitos tenían un montón de ideas; seguro que podemos reconstruir toda su estrategia si lo intentamos. ¿Y te fijaste en la firma? Debe de ser la de la chica. Así que se llamaba Lecta. Llevaba tanto tiempo preguntándomelo… Era un genio…

—Liza, para —la interrumpí abruptamente.

Odiaba la admiración que traslucía su voz y, pese a todo lo demás, me atenazó un ataque feroz de celos. «Se supone que soy yo quien te tiene que gustar —pensé—. A quien tienes que querer. No mi mamá». De repente, la necesidad de destrozar sus leones se volvió casi irresistible.

—Ella no fue lo que tú crees —le dije—. La principita no fue una especie de heroína incomprendida. Sé que odias esta ciudad, pero prenderles fuego a las cosas no es la solución. Tienes que dejar de glorificarla. Tú vales más que eso.

Liza guardó silencio durante un instante, en la línea solo se oía el crepitar de la estática. Acto seguido, suspiró.

—No me digas qué hacer, Lilly —repuso—. Te dije que te llevaría conmigo, pero no tienes derecho a decirme que pare.

Su silla volvió a crujir, como si estuviera dibujando círculos de manera distraída por la habitación, sin tener la menor idea de la profundidad a la que me cortaban sus palabras.

—Ah, por cierto, tenemos tarea —comentó Liza—. Ese era el motivo por el que fui a tu casa para empezar. Dejé la tuya sobre el sofá. Y la de Christian.

—¿Qué? —pregunté, sin comprender—. ¿Por qué la de Christian?

—Porque él tampoco fue a clase —contestó Liza.

Lo primero que me dijo Alex fue:

—Sal de mi habitación.

Crucé los brazos y me quedé donde estaba, balanceando las piernas desde el alféizar de la ventana. Llevaba siglos esperando a que apareciera; había supuesto erróneamente que estaría en su dormitorio después de clase. Pero no llegó hasta media tarde, cargado con una cartera llena de materiales artísticos, que dejó caer de inmediato al verme mientras soltaba una palabrota.

—¿Cómo entraste? —preguntó—. La ventana se cierra por dentro.

221

—Soy bruja, ¿recuerdas? —contesté, crujiendo los dedos.

—Argh —soltó Alex, y se agachó para recoger sus cosas.

Me sentía un poco culpable por estar allí después de la pelea con Liza, por todo el tema del allanamiento de morada. Pero no había entrado para robarle y me daba miedo la posibilidad de que, si intentaba llamar al timbre, él me cerrara la puerta en la cara. Así que me la había jugado entrando por detrás, tras atravesar centímetro a centímetro el tejado inclinado que tenía frente a la ventana, contando con encontrar la habitación de Alex al otro lado. Christian me había dado a entender que compartíamos pared, y tenía razón.

El desperfecto que le hice a la ventana de Alex al forzar la cerradura fue menor, ya que esa vez intenté controlar mi poder como es debido. Pero no fue tan sencillo como había insinuado Veronica. El poder parecía recorrerme como una inundación feroz, respondía a cada espasmo y destello de mis emociones. Exigía toda mi atención a fin de mantenerlo controlado. Al tocarlo, el cerrojo de la ventana de Alex no se limitó a abrirse, sino que lo arranqué por completo de la bisagra. Pero pensé que no hacía falta que se enterara de eso.

—Ay, Dios —dijo Alex después de tirar todos los materiales artísticos dentro del armario, cuando se dio la vuelta y vio que no me había movido de la repisa—. ¿Sigues aquí? ¿Es que no captas las indirectas?

—Necesito que me ayudes.

—No —dijo Alex—. Fue una buena plática, ahora vete.

—Tiene que ver con Christian.

Alex se puso un poco tenso, y acto seguido lo disfrazó encogiéndose de hombros.

—¿Qué? ¿Ya te aburriste de él? Porque no pienso aceptarlo si vuelve…

—¿Quieres escucharme, por favor? —le espeté.

Alex me dirigió la mirada más desagradable a su alcance.

—Okey —dijo mientras se dejaba caer sobre la cama con las manos sobre la cara—. Pero date prisa. Tengo un montón de tareas de la casa que hacer antes de morirme y preferiría ocuparme de ellas en lugar de hablar contigo.

—Necesito que me ayudes —repetí—. Créeme, no estaría aquí si tuviera otras opciones. Pero Christian confía en ti, así que yo también lo voy a hacer.

—Qué generoso de tu parte —dijo Alex con la voz amortiguada por las manos—. Solo que pareces haber olvidado el capítulo en el que es más que evidente que Christian no confía en mí para nada.

—Pues claro que sí. Solo porque no te contara todo el tema de los Santos...

—Deluca, por favor. Llevas cinco minutos en este pueblo. No pretendas tener la menor idea de lo que piensa Christian.

—Puedo leerle la mente —dije. No tenía sentido ocultarlo, aunque me arrepentí un poco al ver que Alex se encogía de dolor—. No todo el tiempo —me apresuré a añadir—, pero sí lo bastante como para ver lo que sucede de verdad. Está avergonzado. Ese es el motivo por el que no te lo contó. No tiene nada que ver con la confianza: simplemente odia lo que es. Cree que el poder es una maldición. Y...

«Y pensó que iba a perderte».

Pero no pude decir esa parte en voz alta. El mismo Christian tendría que contársela.

Poco a poco, Alex apartó las manos de la cara haciendo que se deslizaran hacia abajo, se incorporó sobre los codos y me miró, evaluándome.

—Supongo que tiene sentido —aceptó a regañadientes—. Lo del poder, quiero decir. A estas alturas ya debes de saber quién es su papá, ¿verdad? El tipo me viene poniendo los pelos de punta desde que éramos niños. Tiene la casa llena de altares extraños y trampas para demonios. Y a Christian a veces le... —Alex se detuvo, sin el menor deseo de decirlo.

—Ya lo sé —murmuré.

Una expresión de conmoción pura centelleó en su mirada y lo volvió vulnerable durante un instante. No esperaba que

223

Christian me hubiera contado aquello. Siempre había sido su secreto.

—Vaya —dijo Alex, hundiéndose de nuevo en la cama—. Me reemplazó de verdad, ¿eh?

—No te reemplazó —insistí—. Ese es el motivo por el que estoy aquí. Lo que dijiste en el callejón, lo de que le hago daño… Tenías razón, ¿okey? Es algo involuntario, pero hago que su poder se vuelva más fuerte, y mi mamá…

Se me quedaron las palabras atrapadas en la garganta, enredadas en una telaraña de culpa. Me sacudí con brusquedad.

—La cuestión es que te necesita de veras ahora mismo. Necesita que te ocupes de él, y que te asegures de que no comete ninguna estupidez. Porque, si no, tengo miedo de que vaya a hacer que lo maten. Se ha vuelto adicto a esas inyecciones, y Liza dice que hoy ni siquiera fue a clase…

—¿Y qué? —preguntó Alex—. Se salta las clases constantemente. Y creo que estoy ya cansado de hacer de niñera. Quizá deberías hacerlo tú misma.

—¿Es que no me oíste? —le pregunté—. Solo consigo que se ponga peor. Y además no tengo tiempo. Debo colarme en el cuartel general de los ejecutores.

—¿Que tienes que qué?

Me di cuenta demasiado tarde del error que había cometido. Veronica acabaría conmigo si se enteraba de que iba esparciendo sus planes de rebelión por toda la ciudad.

—Da igual —me apresuré a decir—. Olvida que dije eso.

—¿Vas a colarte en el cuartel general de…?

—Dije que lo olvides.

—Deluca, mi mamá es la jefa de Seguridad allí. Tienen un sistema de alarma muy muy bueno.

—Estoy segura de que me las arreglaré para…

—Sí, te las arreglarás para que te atrapen.

El calor creció en mi interior, sentí una oleada súbita de frustración y la cajonera de la esquina de la habitación de Alex volcó con estrépito. Acto seguido me quedé sin aliento, sintiéndome avergonzada de mí misma por haber perdido los estribos con tanta facilidad. Además, el truco no había tenido el efecto esperado. Pensé que Alex podría sentirse intimidado, pero en su lugar no parecía impresionado en lo más mínimo.

—¿Y esto qué se supone que es? —me preguntó, tocando la cajonera caída con la punta del pie y haciendo una mueca de desagrado—. ¿Vas a lanzarles muebles a los ejecutores cuando te persigan? Es un buen plan, muy sutil. Tengo muchas ganas de ver cómo te queman en la hoguera.

—Mierda… —dije furiosa—. ¿Se te ocurre algo mejor?

Alex se cruzó de brazos y me fulminó con la mirada.

—Pues claro.

27

*E*l cuartel general de los ejecutores estaba justo detrás del Icarium; era un edificio alto de ladrillo y mármol rodeado por un patio abierto. Con sus ventanales enrejados y sus pesadas puertas de hierro en todos los costados, me recordó a un depósito de armas. Al igual que la iglesia, el patio se extendía estratégicamente por encima de la línea divisoria, de modo que se podía acceder a él tanto desde el lado de los Marconi como desde el de los Paradiso. Todas las entradas estaban adornadas con estandartes que revoloteaban al viento y que exhibían el símbolo de la trinidad del General. Para variar un poco la decoración.

Alex caminaba de un lado al otro junto a la entrada de los Marconi, estudiando la zona. Cada dos por tres, los ejecutores atravesaban el patio, entraban y salían golpeando las puertas, cargados con cajas y cajas de papeleo. Todos llevaban una pistola en el cinturón. Todos llevaban un escáner de poder.

—Por favor, ¿me recuerdas cómo va a salvar esto la vida de Christian? —preguntó Alex.

Cuando decidió acompañarme, yo renuncié al secretismo y más o menos le expuse el plan entero.

—Veronica dice que ahí dentro están investigando, construyendo una nueva máquina para encontrar la llave fundacional de la ciudad.

Alex hizo una mueca.

—¿Y estás segura de que la profesora Marconi dijo que teníamos que ir al cuarto piso? Porque ahí arriba solo hay unas oficinas viejas. No es exactamente tecnología de punta.

—¿Cómo lo sabes?

—De pequeño pasé mucho tiempo ahí —contestó Alex—. Mi mamá pensaba que tener una pistola delante de la cara cada vez que me alejaba de ella contribuiría a forjar mi carácter.

—Qué desagradable de su parte.

Alex se encogió de hombros. Me removí mientras lo veía observar el patio, impaciente por ponerme en marcha. Ya había hecho que me retrasara dos días, asegurando que necesitaba ese tiempo extra para organizar la estrategia genial que nos llevaría a colarnos en el edificio. Una estrategia que, por cierto, no se había molestado en compartir aún conmigo.

—Entonces, ¿cuál es esa gran idea, exactamente?

—Es muy sencilla —contestó Alex—. Aunque soy consciente de lo mucho que disfrutarías abriéndote paso por esa escalera con alarma usando tus aterradores poderes oscuros —dijo mientras levantaba en el aire un pequeño recuadro de metal, como la llave de una habitación de hotel, que llevaba impreso un patrón de depresiones y salientes—, pensé que podríamos usar el pase de seguridad de mi mamá. Y simplemente tomar el ascensor.

—¿Se lo robaste? —le pregunté, impresionada a mi pesar.

—Directamente del bolso —dijo Alex—. Pero tiene una copia.

Sonaba un poco engreído para mi gusto, pero tuve que admitir que lo del ascensor tenía sentido. Lo veía al otro lado del patio, un hueco de negrura sellado por una vieja rejilla metálica. Simple y discreto. Ninguno de los ejecutores le había echado un solo vistazo al pasar.

—No hace falta que me lo digas —dijo Alex, siguiendo mi mirada—. Ya lo sé: soy genial.

Acto seguido entró en el patio.

227

Me quedé sin aliento, con el poder palpitando en las manos; por instinto, quería jalarlo, devolverlo a un lugar seguro. Pero, por supuesto, teníamos que llegar hasta el ascensor de algún modo, y en aquel momento el patio estaba vacío. Con una mueca en la cara, corrí tras él.

Cuando lo alcancé, Alex ya se encontraba dentro de la construcción del ascensor y estaba introduciendo la llave de su mamá en una ranura que había en la pared. Se oyó un ruido sordo, como el de un mecanismo que penetrara en el metal y leyera su patrón. Acto seguido, desde lo más profundo, el ascensor acudió tembloroso a nuestro encuentro. Su estado era más decrépito de lo que parecía desde lejos, enrojecido por el óxido, con unos cables tan gastados que parecían a punto de deshilacharse.

—Parece seguro —murmuré.

—Estamos a punto de robarle al General —dijo Alex, jalando la rejilla para introducirla en la pared—, y el ascensor te parece poco seguro…

Lo metí en el ascensor de un empujón en el momento en que un par de ejecutores irrumpían en el patio hablando en voz baja, con cigarros colgándoles de los labios. Durante un instante terrible nos quedamos los dos pegados a la pared, conteniendo el aliento. El poder me quemaba en las manos, se alimentaba de mi miedo, hacía presión contra las yemas de mis dedos. Exigía que lo liberara.

«Detente —pensé, imaginando la mirada reprobadora de Veronica sobre mi rostro—. Tienes que obedecerme. Debes escuchar».

Los ejecutores pasaron peligrosamente cerca de nosotros, el humo de sus cigarros se enroscó alrededor de nuestras caras. Entonces desaparecieron. Poco a poco, fui soltando el aliento y le dirigí una mirada a Alex.

—Vuelve a contarme lo genial que eres…

Él puso los ojos en blanco y cerró de golpe la rejilla.

Subimos con el traqueteo del ascensor bajo nuestros pies, que hacía que me castañetearan los dientes. Al detenerse en el cuarto piso, nos lanzó hacia delante a través de una puerta rota hacia un vestíbulo al aire libre. Nos tambaleamos durante un instante mientras nos quitábamos el vértigo de encima.

—Mi plan perfecto se acaba aquí —murmuró Alex a continuación, en voz baja para adecuarse a aquel súbito silencio—. Llevo años sin visitar esta parte del edificio.

Estábamos en una especie de terraza, en el nivel más elevado que rodeaba el patio. Allí no había ejecutores, solo aquel silencio pesado, como si alguien hubiera cubierto el vestíbulo con una manta de plomo. Ante nosotros se desplegaban otras puertas de hierro, pero parecían estar más sucias que las de la planta baja, cerca del abandono. Como si la gente se hubiera olvidado de limpiar el lugar. No parecía exactamente un laboratorio de armas.

—Veronica dice que es una puerta sin manija —le expliqué.

—Vaya, qué críptico —observó Alex.

Avanzamos con lentitud por el vestíbulo. Faroles cubiertos de hollín se mecían al viento sobre nuestras cabezas. La primera docena de puertas junto a las que pasamos tenían manijas. Oía el eco de los latidos de mi corazón dentro de la cabeza, su ritmo se aceleraba con el movimiento de los faroles, que me ponía de nervios. Había demasiado silencio, aquello no era normal. Algo malo iba a pasar. En ese momento, Alex me agarró de la muñeca para frenar mi paso.

—Ahí —dijo en un susurro.

En un primer momento pensé que se trataba de un hombre, que nos estaba esperando unos metros más allá. Pero al cabo de un segundo me di cuenta de que no era más que la estatua de un vigilante encapuchado y plantado al final de la terraza, de cuerpo esculpido en cobre opaco de color verde, con vetas de suciedad y moho. Tenía los brazos extendidos y en uno de ellos sostenía una guadaña afilada. Justo a su espalda había una puerta sin manija.

—Bingo —dijo Alex.

Me quedé mirando la estatua, intentando averiguar cómo podríamos sortearla. El vigilante tenía los párpados cerrados, pero no podía desprenderme de la sensación de que nos observaba de todos modos, anticipando nuestro siguiente movimiento.

«Es una prueba —decidí—. Un acertijo mecánico». Y me resultaba familiar de una manera que aún no acababa de reconocer.

—¿Crees que la llave de tu mamá funcionará aquí de nuevo? —le pregunté a Alex, aunque ya conocía la respuesta.

—Imposible. Esta no es una medida normal de seguridad.

Y tenía razón. Fruncí el ceño, probé a dar un paso hacia delante, ignorando el susurro de Alex:

—Deluca, espera…

Pero ya era demasiado tarde. Los ojos de la estatua se habían abierto de golpe.

Solté un grito ahogado y me eché hacia atrás, choqué con el pecho de Alex. Unas luces de color rojo parpadearon en los ojos vacíos del vigilante, escaneando mi rostro, leyendo cada contracción muscular que el pánico provocaba en él. Y de algún modo supe que, si me hubiera quedado quieta, si no me hubiera encogido de miedo y echado hacia atrás, todo habría ido bien.

Pero me había encogido de miedo. Así que había reprobado la prueba. Era una intrusa.

Lo siguiente que fui capaz de percibir fueron los brazos del vigilante descendiendo gracias a un conjunto de goznes ocultos y dirigiendo la guadaña directamente contra mi garganta.

El poder se desató en mi interior y esa vez me dejé llevar: dejé que fluyera a través de mis dedos y que deformara el aire con su calor eléctrico. La cabeza de la estatua salió despedida de sus hombros como si le hubiera quebrado el cuello. Brotaron chispazos y metal por todas partes y el vigilante comenzó a mover los brazos con violencia al partirse los cables eléctricos de su interior. La guadaña dibujó un arco reluciente en el aire y se incrustó en el suelo, delante de mis pies.

Dediqué un momento a disfrutar de la adrenalina: mi sangre ardía, el corazón me martilleaba en el pecho. El poder fluía a través de mí como si nunca se fuera a detener. La cabeza decapitada de la estatua yacía retorcida al otro lado de la terraza; a su alrededor, el suelo estaba salpicado de piezas metálicas.

—Dios… —dijo Alex mientras inspeccionaba los daños y se extraía una astilla de cobre del brazo de la chamarra—. ¿No nos pasamos un poquito?

—Aún estoy aprendiendo a controlarlo. Puedo practicar contigo, si quieres.

—Mmm, qué morbo… —contestó Alex—, pero creo que voy a pasar.

Estaba volteando para sonreírle cuando sentí que me mareaba, que la adrenalina abandonaba mi cuerpo de golpe. El drenaje comenzaba a hacer efecto. Se me aflojaron los músculos, la cabeza comenzó a darme vueltas como si me hubiera enfrentado a la estatua cuerpo a cuerpo. Me desplomé contra la pared, demasiado mareada de repente como para mantenerme en pie. Alex me sujetó del hombro para evitar que acabara de caer al suelo.

—Deluca, ¿qué te pasa? Será imposible salir de aquí cargando con tu cuerpo inerte.

—No pasa nada —dije, apretando los ojos con fuerza e intentando respirar.

Me di cuenta de que aquel era el precio por usar el poder de aquella manera, repentina e instintiva. Por usarlo en tanta cantidad. Y aquel era el motivo por el que tenía que controlar los nervios. Porque tenía un límite. Y, si no iba con cuidado, podría vaciarme igual que aquella primera noche, cuando levanté todos los muebles de mi habitación y al día siguiente apenas podía moverme.

«Tu poder no es infinito. Puedes destruirte a ti misma si vas demasiado lejos».

Pero acto seguido, con un chispazo brillante de resentimiento, pensé: «¿Por qué? Quiero ser más fuerte. Quiero hacer más…».

Al frente se oyó un sonido mecánico, y sentí que la mano de Alex aumentaba su presión sobre mi hombro. Abrí los ojos

231

con un parpadeo y vi que la puerta situada detrás de la estatua se abría; al caer la cabeza del vigilante, su cerrojo se había descorrido. Alex y yo nos miramos. Acto seguido, en un acuerdo tácito, decidimos avanzar y entrar en la habitación.

Se trataba de un armario trastero. Eso fue lo primero que pensé, hasta que vi el escritorio en la esquina. Me di cuenta de que debía de ser una oficina. Una oficina estrecha, sucia y sin ventanas. Alex me había dicho que era lo que cabía esperar, pero, después de lo que habíamos tenido que hacer para entrar, sentí una decepción inmensa.

Al cruzar la puerta, una luz se encendió sobre nuestras cabezas con un parpadeo y proyectó un brillo amarillento, frío y húmedo. En la pared más alejada de nosotros había estanterías astilladas, en los rincones se elevaban pilas de pergaminos y por el suelo se esparcían fragmentos grasientos de máquinas. El escritorio estaba desgastado, cubierto de brocas y de fajos de papel con manchas de agua. No sabía si nos encontrábamos en el estudio de un historiador o en un tosco taller de ingeniería, pero ambas opciones me parecieron intrínsecamente erróneas. Aquel no podía ser el lugar en el que el General escondía sus secretos.

—¿De verdad crees que aquí construían los escáneres? —me preguntó Alex, paseando la mirada por la habitación.

Vacilé. De repente me sentí inquieta, me pregunté si todo aquello no sería un error complejo y letal.

—No lo sé. Tú… tú busca cualquier cosa que sea metálica. Como lo que tiene Tiago, pero sin la aguja. Y material de investigación. Mapas o diagramas. Cualquier cosa que tenga que ver con el poder. Veronica dijo…

—Veronica necesita mejores pistas —murmuró Alex—. Este lugar es una chatarrería.

—Diez minutos —insistí—. Si no encontramos nada, nos largamos.

Alex arrugó la nariz, pero se dirigió a rebuscar en una estantería. Hizo un gesto de dolor al mover el brazo izquierdo, que le sangraba allí donde se había sacado la astilla. Yo inicié la búsqueda en el escritorio, ojeando los papeles que había sobre él. Viejas notas en una caligrafía apelmazada, símbolos serpenteantes, esbozos de un castillo en ruinas. Agarré un puñado de páginas al azar para enseñárselas a Veronica, pero me costaba ver la relación que cualquiera de ellas pudiera tener con la llave de la ciudad. Aun así, había en ellas algo que me resultaba vagamente familiar, pero que no acababa de identificar. Igual que con la estatua de la puerta, tuve la sensación de que debería estar comprendiendo lo que miraba.

Hacia la mitad de la pila de documentos, encontré un mapa de Castello de aspecto antiguo, con las leyendas en latín. Mostraba un laberinto de túneles que serpenteaba por debajo de la ciudad, lo cual no tuvo sentido para mí hasta que me di cuenta de que…

—Alex, ¿esto son las catacumbas?

Él levantó la vista desde detrás de una torre de libros y se encogió de hombros.

—Es probable. Nunca las había visto en un mapa. Hace décadas que nadie va ahí abajo.

—¿Por qué?

—Se llenaron demasiado —dijo, acercándose para ver mejor el mapa—. Durante las guerras de los clanes había demasiados cuerpos, así que… —Volvió a encogerse de hombros.

Hice una mueca. Al dejar el mapa de nuevo sobre la mesa, sentí que mis dedos rozaban algo metálico que había debajo. Era un objeto alargado, con la forma de un bolígrafo linterna hecho a partir de trozos de máquinas oxidadas. No era exactamente el escáner reluciente que Tiago llevaba a todas partes. Y, sin embargo…, había una similitud esencial entre ambos que hizo que se me acelerara un poco el corazón.

—Mira esto —dije, sosteniéndolo en alto para que Alex lo viera—. ¿Crees que…?

Me lo quitó de la mano, curioso, frunciendo el ceño ante su carácter casero, y a continuación apretó un botón para encenderlo. Una luz comenzó a brillar en la parte superior del bolígrafo, proyectó una imagen sobre la pared del despacho. Un enredo de líneas láser de color rojo que se arremolinaban y distorsionaban, creando formas y destruyéndolas acto seguido, como si dentro del aparato hubiera un caleidoscopio dando vueltas.

—Es un escáner, ¿no? —pregunté, porque a duras penas me atrevía a creerlo.

—Me parece que sí —murmuró Alex, mirando con el ceño fruncido las líneas de la pared—. Pero... no es para el poder. Busca un símbolo de algún tipo.

Seguí su mirada, intentando encontrar un sentido para aquellos diseños de luz refractada, y no se me ocurrió nada.

—¿Qué símbolo, exactamente?

—No lo sé —contestó Alex, que parecía intrigado—. Está encriptado, ¿lo ves? Cada diseño que aparece tiene una línea más oscura que el resto, lo cual significa que forma parte del diseño final, pero la imagen completa no se llega a ver nunca. Así, si alguien se apodera del escáner, no sabrá lo que está buscando. A menos que esa persona pueda registrar todas las líneas a la vez, lo cual es...

«Imposible», esperaba que dijera.

Pero no.

—¿Me pasas un marcador? —me pidió.

Rebusqué en el escritorio y encontré uno. Alex sujetó el escáner entre los dientes para que le quedaran las manos libres. Mientras los remolinos de luz de color rojo cambiaban sobre la pared, usó la mano buena para copiar una serie de líneas en la palma de la otra. Yo observé, embelesada, la imagen negra y borrosa que comenzaba a cobrar forma sobre su piel.

A continuación, pasaron tres cosas casi de manera simultánea. Una: oí un ruido procedente del corredor exterior, el ritmo de unos pasos que se acercaban. Dos: los papeles que había estado revolviendo se cayeron del escritorio y dejaron al descubierto una placa dorada y astillada con el nombre de la persona en cuya oficina nos habíamos colado. Era alguien a quien conocía bien.

Lo tercero que pasó fue que la puerta se abrió de golpe.

Actué en un instante; agarré a Alex del cuello de la chamarra y lo jalé hacia abajo con fuerza. Las rodillas le fallaron y se estrelló contra el suelo detrás del escritorio y fuera de la vista, pero por poco. La persona que apareció en el umbral giró de golpe la cabeza de lado a lado.

—Hola, papá —dije.

235

28

—*L*illy —dijo mi papá. Por un instante, en sus ojos brilló una conmoción tan profunda que parecía casi de terror—. ¿Qué narices estás haciendo aquí?

—Vine a visitarte —me oí responder—. No dejas de decir que estás preocupado por mí, así que aquí estoy.

Tenía el corazón en la garganta, todos los músculos de mi cuerpo estaban tensos, dispuestos a responder luchando o huyendo. Había asumido que ver a Jack en la iglesia era lo peor que podía interponerse entre nosotros, pero comenzaba a ser consciente de lo mucho que me había equivocado. Quizá debería haberlo visto venir cuando escondía todos aquellos documentos para que yo no los viera. Cuando se quedaba trabajando horas y más horas, mintiéndome de forma descarada, y se pasaba toda la noche despierto para ayudar al General a encontrar la manera de destruir al resto de nosotros…

La sensación de haber sido traicionada me recorrió como una ola, hizo que mi cuerpo se inflamara.

—Me alegro de verte —dijo mi papá, intentando mantener un tono cordial, pero su rostro contaba una historia diferente: era como si acabara de ver un fantasma peligroso e inoportuno—. Pero ¿puedo preguntarte cómo entraste? Esta es una zona muy restringida.

—Tomé el ascensor.

—Y el guarda de la entrada… ¿estaba roto cuando llegaste?

—No, eso lo hice yo —dije, sin importarme que fuera una estupidez contárselo—. No me dejaba entrar.

A mi papá le centellearon los ojos.

—Eso es imposible. Lo armé yo mismo. Es de cobre puro...

—Ups —dije.

Aquello explicaba el motivo por el que la estatua me había resultado tan familiar: tenía el mismo mecanismo que mi caja de música. Unos ojitos metálicos que te decían que te quedaras quieto, solo que esta vez eran mortales. Jack me miró con dureza, como si intentara solucionar algo con rapidez en su cabeza.

—Bueno —dijo poco a poco—, aunque fue una sorpresa encantadora, creo que tendrías que irte a casa. Tenemos mucho de lo que hablar, pero este no es el momento adecuado...

—¿Por qué no? —pregunté, sorprendida ante el tono impasible de mi voz. Toda la rabia y la traición que sentía se habían enroscado con tanta fuerza en mi interior que casi lograban pasar por serenidad—. Vine hasta aquí. Sin duda podrás dedicarme unos minutos. Al fin y al cabo, soy tu hija. Hasta podríamos jugar a algo. Como a las veinte preguntas. Empiezo yo.

—Lilly...

—Primera ronda: ¿cuánto tiempo llevas mintiéndome sobre tu trabajo?

Mi papá contrajo la mandíbula.

—¿Perdón?

—Dije que cuánto tiempo llevas mintiéndome...

—Te oí la primera vez —dijo Jack—. Lo que pasa es que no sé a qué te refieres.

—¿No lo sabes? Cuando nos mudamos a esta ciudad, me dijiste que te habían contratado para que la modernizaras. Pero sigue habiendo cortes de corriente y no hay wifi. Así que me pregunto si en algún momento tuviste planeado trabajar como ingeniero en este lugar... o sabías desde el principio que el General te iba a poner a buscar algo.

Mi papá retrocedió como si le hubiera pegado un puñetazo. Por un momento vi una chispa en sus ojos…, un acceso de pánico puro, antes de que lo controlara. Pero era lo único que yo necesitaba para obtener una confirmación.

—Es un objeto, ¿verdad? —dije, sintiendo que la veracidad de aquellas palabras se hundía en mí hasta el tuétano de los huesos—. Lo más probable es que sea algo antiguo, y te ha puesto a construir escáneres para encontrarlo.

—Lilly —dijo mi papá en un susurro—, ¿cómo narices te enteraste de eso?

Me encogí de hombros.

—Bueno, no es que el General sea muy sutil, tampoco. Lleva todo el mes haciendo que los ejecutores asalten domicilios. Le hacen daño a la gente, y tú les estás ayudando. Les estás proporcionando herramientas.

Jack frunció el ceño.

—Eso no es cierto.

—Pues claro que lo es. No estoy ciega. Te vi en la iglesia. Sé lo importante que eres para él. Sé que eres leal…

—Te equivocas —dijo mi papá de manera abrupta—. Esto es mucho más complicado.

—Entonces, explícamelo.

—No creo que…

—Explícamelo —le espeté, y sentí que el poder restallaba en mis dedos.

Los libros temblaron en las estanterías, las luces sobre mi cabeza parpadearon, las piezas metálicas que había por el suelo se pusieron a traquetear. No supe si con ello había querido amenazarlo o defenderme, pero me gustó sentir que ya no me encontraba tan indefensa delante de él…, sentir que ya no era aquella niña pequeña, herida y solitaria que esperaba que su papá se acordara de que existía.

Jack paseó la mirada a su alrededor, con los ojos muy abiertos, viendo cómo se derrumbaba la habitación poquito a poco. No sé hasta dónde habría llegado si Alex no me hubiera soltado un codazo, un toque doloroso por debajo del escritorio que significaba: «Cálmate».

Me arriesgué a echarle un vistazo, vi que se las había arreglado para aguantar el escáner entre los dientes, el marcador en la mano. Tenía el láser apuntado contra la parte trasera del escritorio y seguía copiando el diseño. A regañadientes, retraje mi poder, combatiendo la parte de mí misma que tan solo quería hacer que todo saltara por los aires.

Cuando mi papá volvió a mirarme, su rostro estaba completamente pálido, y había una pregunta aterrorizada en sus ojos. «¿Qué eres?». Pero no le di tiempo a hacerla.

—Explícamelo —le pedí—. Cuéntame qué estás buscando.

Mi papá inclinó la cabeza con lentitud.

—El General tiene una… obsesión. —Nunca lo había oído hablar con tanta tensión en la voz, que tenía un deje acosado y amargo—. No lo sabía antes de que nos mudáramos, pero ahora la ha convertido en mi objetivo principal. Me pidió que busque una reliquia de familia. Algo que se perdió en la ciudad. Dice que tiene un valor sentimental para él.

—Un valor sentimental —me burlé—. Y tú no lo habrás creído de verdad, ¿o sí?

Una nube oscura atravesó el rostro de mi papá.

—Lo que yo crea no tiene importancia.

—Claro, porque eres un buen soldado.

—Ten cuidado, Lilly —dijo Jack entre dientes—. Si alguien te oye…

—¿Qué? ¿Te despedirán? ¿Y tendremos que irnos de esta ciudad antes de que puedas culminar tu preciosa búsqueda del tesoro para el General?

—No lo estoy haciendo por él —contestó mi papá, furioso.

Fue como si una piedra cayera en un pozo profundo y oscuro, y provocara ondas a lo largo de su superficie. Como si desplazara algo que ya no podría regresar nunca a su sitio y contaminara el agua para siempre.

239

—¿Y eso qué se supone que significa? —pregunté con un susurro.

Jack se quitó los lentes con lentitud, se llevó dos dedos al puente de la nariz y lo masajeó, como si estuviera llegando a algún punto. Pero yo no podía esperar.

—¿Por qué vinimos a esta estúpida ciudad si no es por el General? ¿Por qué aceptaste este trabajo en la otra punta del mundo? ¿Por qué nos arrastraste a este lugar horrible, donde queman viva a la gente, si no es por él?

Y entonces lo comprendí, me tambaleé y tuve que sujetarme del escritorio para no perder el equilibrio.

—Dios… Estamos aquí por ella.

Mi padre cerró los ojos por un instante. Lo cual significaba que sí.

—Sabías que Carly vivió aquí —dije, tartamudeando—. Sabías que esta era su ciudad. ¿Cómo? ¿Te lo contó ella? ¿O estaba en sus diarios? ¿Leíste sobre Castello, después de su muerte, y pensaste que quizá, si te presentabas en su ciudad natal, ella seguiría viva y estaría esperando a que la salvaras?

—No lo sabía —dijo mi padre, que parecía aturdido y me mostró las manos abiertas al frente, como para indicarme que no tenía nada con lo que hacerme daño. Como si el daño no estuviera ya hecho—. No estaba seguro de que fuera su ciudad. Solo tuve una corazonada.

—Como si eso mejorara las cosas.

—Solo necesitaba comprenderlo —dijo Jack—. Tenía que saber el porqué. No te puedes imaginar lo que significó para mí, Lilly, perderla de esa manera. Ver cómo se desmoronaba. Hacia el final, estaba tan paranoica que tenía la convicción de que la perseguían, y me pedía que lo solucionara…, y yo en aquel momento pensé que se trataba de un delirio, que lo superaríamos de algún modo, pero entonces… después de su muerte comencé a preguntarme si habría algo de verdad en lo que me había contado. Si, después de todo, tendría que haberle prestado atención.

—Así que decidiste venir a Castello para comprobarlo… Para ver si la ciudad resultaba ser tan mala como en sus delirios… Si podíamos lograr que nos mataran, y acabar igual que ella.

—Pues claro que no. Es mucho más complicado que…

—Deja de decir eso —le pedí en voz baja, notando la amenaza de las lágrimas en las comisuras de los ojos, con el corazón hecho un bulto dolorido en el pecho—. Es muy simple. Fue la elección que tomaste, ¿verdad? Ella antes que yo. Ella antes que los dos. Igual que siempre.

—Lilly…

—Tenía tanto miedo después de su muerte… Y te necesitaba. Llevo seis años necesitándote. Tengo la sensación de haberte echado de menos cada uno de esos días. Pero, cada vez que me miras, es como si hubiera un muro en tus ojos. Como si no pudieras soportar que te recordaran que yo fui la que sobrevivió. Que nunca nunca la recuperarás. Llevamos tanto tiempo así que creo que ya no sabes ni quién soy. Y creo que tampoco deseas saberlo.

Mi padre se encogió de dolor y por primera vez en mi vida no lo lamenté en absoluto.

—Pero déjame que te cuente una cosa —dije—. Ya que tienes tantas ganas de comprenderla, ya que necesitas conocer su historia… Las respuestas que creas haber encontrado en este lugar, la explicación que tengas para su suicidio, es al revés. No fue que Castello la echara a perder. Ella echó a perder Castello. Ella lo convirtió en lo que es. Ella es la pesadilla, no la ciudad. Carly es el problema.

—Lilly, por favor…

—Ella quemó la iglesia, mató a todo el mundo. ¿Lo entiendes ahora? —De repente deseé reírme, sonreír tal y como solía hacerlo ella. De esa manera que la volvía tan irresistible—. Tu esposa fue una asesina. No sé cómo pudiste amarla.

Mi padre dio media vuelta y salió de la oficina.

No recordaba haber salido del cuartel general de los ejecutores, no tenía ni idea de cómo acabé de nuevo en las calles de Castello. El mundo exterior era un borrón a mi alrededor, tenía la cabeza llena de interferencias.

Al cabo de un rato, Alex preguntó:

—¿A tu casa o a la mía?

Volteé a verlo, sorprendida de encontrarlo a mi lado. Había olvidado que no estaba sola. Alex me sujetaba del brazo con fuerza para conducirme por un callejón, lo cual explicaba mi salida: él debía de haberme arrastrado consigo.

—Pienso que deberíamos dar por terminada la misión —dijo Alex—. Ya que tengo el símbolo.

Nada más podría haber hecho que me centrara de nuevo.

—¿En serio?

Alex asintió con la cabeza, me mostró con rapidez la imagen corrida sobre la palma de su mano.

—Me apuesto lo que quieras a que la llave fundacional tiene un diseño así.

Pese a que con toda probabilidad le debía una explicación, le agradecí que tuviera la decencia de no preguntarme nada sobre lo que acababa de ocurrir. Probablemente le debía esa explicación a todo el mundo. «¡Lamento mucho que mi mamá destruyera su ciudad!».

—Vayamos a tu casa —dije al fin.

—Okey —dijo Alex—. Pero, si aparece mi mamá, tienes que hacer como que estás saliendo conmigo. Necesito ver qué cara pone.

Giré la cabeza y vi su sonrisita de suficiencia, y me sorprendió descubrir que mi humor había mejorado, aunque fuera solo un poco.

Al llegar a su casa, a Alex le costó sacar el llavero, el brazo herido hacía que sus movimientos fueran torpes.

—Ay —dijo—. ¿Puedes...?

Cuando me dio las llaves logré ver mejor el símbolo que se había dibujado en la palma de la mano. Era de una simplicidad ridícula: dos líneas verticales cubiertas por un arco. Una puerta llena de espinas. Lo reconocí de inmediato. De repente estaba frente a una tienda de carnaval, con un muchacho y una moneda de oro en bruto. «Principios y finales —decía el chico—. Incluso la vida y la muerte». Acto seguido, sus dedos se cerraron sobre los míos y se llevaron la moneda.

—Ay, Dios —dije mientras dejaba caer el llavero de Alex al suelo—. Sebastian Paradiso.

243

29

—*N*o.

—Sí.

—No, Lilly.

—Tengo que hacerlo —dije, cortante.

—No, no tienes que hacerlo —contestó él, de manera abrupta.

Llevábamos una eternidad manteniendo aquella conversación. Yo estaba sentada con las piernas cruzadas sobre la cama de Alex mientras él se paseaba de arriba abajo, acunando el brazo ensangrentado contra el pecho.

—Deluca, no puedes cruzar la línea divisoria —dijo por enésima vez—. Es del todo ilegal. Es lo más peligroso que podrías hacer en esta ciudad. Además, el chico tiene una moneda, no una llave. Las monedas no sirven para abrir nada. No tiene sentido.

—Pero es el mismo símbolo —insistí, también por centésima vez, señalando su mano—. Es exactamente por lo que el General tiene a mi papá buscándolo. Y, además, yo misma lo noté.

El recuerdo me inundó…, la excitante palpitación del oro en la palma de la mano.

—Veronica dijo que cualquier cosa podía ser la llave. Lo único que importa es que puede acceder al poder de la ciudad. Y había algo poderoso en esa moneda. Estoy segura.

—Fantástico —espetó Alex, que dio media vuelta y le pegó un patadón al pilar de la cama. Al menos, aquello era nuevo—.

Así que Sebastian Paradiso, un mocoso de primera, encontró la llave mágica de la rebelión que todo el mundo anda buscando. Olvídate del General, que en nada estaremos inclinándonos ante un niño rico y malcriado. Será maravilloso.

—No creo que Sebastian sepa lo que es —dije con lentitud—. Estoy bastante segura de que piensa que la moneda es una chuchería. Pero me apuesto algo a que hablará conmigo si se lo pido.

—¿Hablar contigo? —preguntó Alex, incrédulo—. ¿Te has vuelto loca? ¿Olvidaste la parte en la que es nuestro enemigo mortal?

—Es un Paradiso —repuse, con la sensación de que estaba discutiendo con Liza—. No una especie de monstruo que…

—De verdad, parece que no has entendido cómo funciona esta ciudad, ¿eh? —dijo Alex, y me dio la espalda.

Fruncí el ceño mientras reflexionaba por primera vez sobre el aspecto de niño rico arrogante que proyectaba Sebastian. De no haberlo conocido, probablemente yo tampoco sería fan del muchacho.

—Mira, no hace falta que te caiga bien —acepté—, pero no creo que sea una especie de archivillano. Solo tengo que llegar ante él antes de que el General descubra lo que lleva colgado del cuello. ·

Alex volteó a verme y me fulminó con la mirada.

—¿Por qué no le pides a tu gemela diabólica que te ayude? Al fin y al cabo, es medio Paradiso.

—¿Mi qué?

—Mezzi —dijo Alex—. Las dos están casi unidas por la cadera. De hecho, me sorprende que no estés con ella ahora mismo.

—No estamos unidas por la cadera —dije con tono cortante. No me había gustado la metáfora de las gemelas, ya que pensaba en los labios de Liza sobre mi piel—. Y en este momento es como que… nos peleamos.

Alex resopló.

—¿Problemas en el paraíso?

—Liza cree que mi mamá hizo bien.

La habitación se quedó en silencio de repente.

—Pero quemó la iglesia, ¿no es así?

Asentí con la cabeza.

Alex suspiró.

—Christian tiene un gusto excelente.

No dije nada. Me lo merecía.

—Okey, mira —dijo Alex al fin—, si quieres ir y hacerte amiguita de los Paradiso, yo no puedo detenerte. Pero tienes que entender el riesgo que corres. Nadie cruza la línea divisoria. Es como… la regla número uno de la tregua. Si te descubren allí, podría ser traición. No bromeo.

Había una sinceridad inusitada en su voz, y eso hizo que deseara tranquilizarlo. Pero, antes de que tuviera la oportunidad de hacerlo, Alex añadió:

—Y será mejor que te cambies de ropa, o los Paradiso te arrestarán por no ir guapa.

Bajé la mirada hacia mis jeans desteñidos y me di cuenta de lo fuera de lugar que se me vería entre un grupo de Paradiso.

—Esto es lo más bonito que tengo —dijo Alex mientras sacaba una capa larga de color rojo del armario y me la tiraba sobre la cabeza—. Ni se te ocurra manchármela de sangre.

Me la colgué de los hombros, sorprendida por su suavidad. La tela era lujosa y aterciopelada, y tenía el cuello forrado de piel. Era muy diferente a lo que acostumbraba a ver en nuestro lado de la ciudad.

—Es muy bonita —murmuré.

—Ya lo sé —dijo Alex malhumorado, y me puso la capucha para que me cayera sobre los ojos—. ¿No deberías contarle tus planes a la profesora Marconi antes de irte echando chispas en busca de su preciosa llave de la ciudad?

Vacilé un instante mientras lo ponderaba, preguntándome si le debía una explicación. Pensando en la dureza con la que Alex había dicho lo de «enemigo mortal». ¿Y si Veronica coincidía en que Sebastian representaba una amenaza? ¿Qué podría hacerle si supiera lo que tenía en su poder?

Negué con la cabeza, lentamente.

—Se lo contaré cuando ya lo haya hecho.

Al salir de la casa de Alex vi a Christian, que estaba repantigado en el portal del edificio al otro lado de la calle, jugueteando con una de sus pulseras, el cabello sobre los ojos. El corazón se me disparó y el poder comenzó a palpitar bajo mi piel, diciéndome: «Ve con él, lo necesitas, sabes que lo necesitas…».

Me apresuré a entrar de nuevo en la sombra del vestíbulo de Alex, intentando poner la mayor distancia posible entre los dos. Sentía vergüenza de mí misma por seguir deseando aquella relación cuando era consciente de que no tenía ningún derecho a hacerlo.

—Al fin —dijo Christian, que se puso en pie y cruzó la calle—. Estaba comenzando a preguntarme si Alex y tú no estarían engañándome.

—Puedes estar tranquilo —contesté en un susurro.

Él se encogió de hombros.

—¿Por qué no habría de estarlo?

«Porque no vas a clase. Y porque tu padre te hace pedazos, y porque fuiste lo bastante estúpido como para besarme cuando yo también te hago pedazos…».

—Por ningún motivo —murmuré.

Christian frunció el ceño, como si pudiera percibir lo que estaba pensando, aunque dudé que se encontrara en condiciones de verlo. Su poder me llegaba apagado, fuera de combate gracias a una inyección, pero comenzaba a regresar con lentitud. Se apoyó contra la puerta y me observó a través de la maraña dorada de sus rizos. Sus ojos azules amenazaban con arrastrarme hacia las profundidades.

—Deberías subir —le dije, apartando la mirada—. Alex ya no está enojado contigo. Es decir, lo está, pero…

—No vine a verlo a él, Lilly. Es a ti a quien buscaba.

—¿Qué? —pregunté con un tartamudeo—. ¿Por qué?

—Porque la otra noche saliste corriendo. Y calculé que ya llevábamos bastante tiempo evitándonos el uno al otro. Asustados. Creo que prefiero… estar contigo antes que seguir combatiéndolo.

—Christian, para —dije, y retrocedí otro paso—. ¿Estás oyendo lo que dices? Mi mamá arruinó tu vida y ahora vienes a decirme que quieres estar conmigo…

—No me importa tu mamá. Eres tú quien me importa. Y no eres ella. Eres una persona diferente.

—No tienes ni idea de quién soy —le dije, cortante—. Alex tiene razón. Me conoces solo desde hace cinco minutos. Y la mitad de ese tiempo lo único que has sentido a mi lado ha sido dolor.

—Eso es porque se me están acabando ya las inyecciones —dijo Christian—. Solo necesito conseguir más, entonces todo será más sencillo…

—Así que quieres estar conmigo, pero solo cuando estés drogado…

Un destello atravesó sus ojos.

—Yo no dije eso.

—Christian, no puedes tenerlo todo. —Seguía temerosa de mirarlo bien: aquel cuerpo apoyado contra la puerta era como un sueño, demasiado bonito para ser real, demasiado peligroso para que lo tocara—. No puedes quererme y odiarte a ti mismo. Lo dijiste la otra noche: no tiene sentido. Si acabas con tu propio poder, ¿por qué quieres estar cerca del mío?

—No lo sé, ¿okey? —me espetó—. Simplemente es así.

Avanzó otro paso, pero yo fui más veloz y pulsé el cerrojo de la puerta de seguridad. Christian tuvo que echarse hacia atrás mientras las barras metálicas se disparaban a través del portal para interponerse entre los dos.

—Es porque crees que te lo mereces —dije. Me sentía como si estuviera rompiendo mi propio corazón poco a poco, pero era consciente de que tenía que soltarlo—: Me quieres, aunque te haga daño, porque crees que de algún modo es normal. Pero no lo es. Y no puedo ser yo quien te ponga las cosas más difíciles. Lo que tengo que hacer es intentar mejorarlas.

Poco a poco, Christian fue inclinándose hacia delante y cerró las manos en torno a las barras de la puerta mientras me observaba con aquellos ojos sin fondo de color azul.

—Aquella noche dijiste que yo te gustaba. ¿Se te ha ocurrido pensar que quizá sea solo que tú también me gustas a mí?

Algo ardía en la parte posterior de mi garganta. Tenía el sabor de la esperanza. Y me aterrorizaba.

—Entonces tendrás que esperar a que arregle lo que mi mamá le hizo a esta ciudad.

—¿Qué quieres decir? —preguntó Christian, pero acto seguido pareció entenderlo—. Oh, Dios, no me digas que dejaste que la profesora Marconi te convenza para participar en algún plan demente de revuelta.

—No es demente —dije—. Que estés convencido de que aquí nada va a cambiar no significa que sea verdad.

—Lilly, es la jefa de un clan —dijo Christian—. A su manera, eso es tan malo como lo del General. No puedes creerte ni una sola palabra de lo que te diga.

—Es posible. Pero tengo que hacer algo. Debo intentarlo. De otro modo, ¿qué sentido hay en que tenga el poder? Y te lo debo a ti. Se lo debo a todo el…

—A mí no me debes nada —dijo Christian con dureza—. Deja de sentirte tan culpable y abre la puerta.

—¿Por qué no lo haces tú mismo?

—Está cerrada —dijo él—. No puedo.

—Claro que puedes. Tu poder está volviendo, lo noto. ¿Por qué no lo usas por una vez?

Christian pareció quedarse paralizado, una descarga de miedo metálico atravesó sus ojos. El pánico brotó en su mente con la fuerza suficiente para que yo pudiera notarlo, pese a la debilidad del vínculo que nos unía. «Eres un cobarde —pensa-

249

ba—. Puedes hacerlo, hazlo por esta vez. Podrías demostrárselo…».

Pero no. Aquello implicaba ir demasiado lejos. Su padre le
había enseñado que solo había una cosa peor que llevar el poder en la sangre, y ese algo era la elección de utilizarlo.

—No puedo —dijo Christian, confundido—. Sabes que no
puedo…

—Lo sé —le dije en un susurro—. Por eso estoy en deuda
contigo.

Algo se enfrió en su expresión.

—Estás delirando si crees que podrás arreglar esta ciudad
—dijo—. Cualquier estúpida idea sobre una rebelión que te
haya contado la profesora Marconi es una farsa. Nadie puede
tocar al General. Nadie lo hará jamás.

—¿Tienes alguna idea mejor? —le pregunté—. ¿O se supone que debo observar cómo sigues odiándote a ti mismo hasta que te quemen vivo?

250

Los ojos de Christian volvieron a centellear y, esa vez, lo
noté como si me hubieran golpeado: una oleada desesperada de
dolor y rabia que pasó de su mente a la mía.

—Maldita seas, Lilly —dijo. Y se alejó.

De repente, me di cuenta de que yo estaba llorando.

30

*S*e acercaba una tormenta.

Estaba parada en medio de la plaza mayor, vestida con la capa roja de Alex. Me envolvía un aire pesado, que anticipaba la llegada de la lluvia. A mis pies, la línea divisoria relucía sobre el mármol como un ojo en pleno guiño. Había escogido la primera hora de la tarde para cruzar, el momento del día en que Castello siempre parecía estar más desierto. Sin embargo, no dejaba de sentir que la plaza vacía estaba llena de personas que me observaban y acechaban al otro lado de las ventanas tapiadas, dispuestas a atacarme.

Me había pasado el día anterior encerrada en la habitación, leyendo detenidamente el mapa de mi primer día en Castello, examinando el lado Paradiso de la ciudad. En algún momento después de las once de la noche, me desmoroné y llamé a Liza. Que Alex hablara de «problemas en el paraíso» había desatado algo en mi interior, me había hecho sentir inquieta y vacía, consciente hasta la amargura de lo erróneos que eran mis días sin ella. Me odié un poco a mí misma por la facilidad con la que estaba dispuesta a rendirme. Era como rascarse una costra, como meter los dedos en una herida abierta. Me dije que podría hacer que cambiara de idea, hacer que entrara en razón sobre los principitos, aunque en lo más profundo de mi ser tenía la sensación de que era inútil.

No obstante, al final no importó, porque Liza se negó a contestarme el teléfono.

Me pasé el resto de la noche sintiendo una furia sorda: contra ella, contra Christian y contra mi papá, que no dejaba de golpear la puerta de mi habitación exigiéndome que habláramos. Como si aún tuviéramos algo que decirnos.

En su lugar, me concentré en el mapa. Mi destino en el lado de los Paradiso era un lugar al que Alex se había referido como «la fortaleza», bastante metido en el territorio del norte. Me contó que, durante las guerras entre los clanes, la familia Paradiso se había construido una especie de mansión fortificada en el bosque. No estaba señalada en el mapa, pero yo de todos modos conocía su localización: se encontraba en el amplio espacio en blanco al borde del papel, donde todas las calles se detenían de repente. Terreno desconocido.

Me sentía bastante segura con la ruta que había planeado para llegar hasta allí, pero antes tenía que resolver el tema de la línea divisoria.

252

Desde cerca era mucho más grande de lo que había pensado, con sus sesenta centímetros de ancho, y resultaba extraño verla, pues era como si alguien hubiera tallado un canal en la plaza y lo hubiera llenado con pinchos oxidados. Pensé en el video que habíamos visto en clase, cuando los pinchos eran un muro de verdad, de siete metros de alto y hecho de láminas de metal, e intenté imaginármelo empotrado en el suelo ante mis pies. Acto seguido deseé no haberlo hecho, porque de repente comencé a tener fantasías paranoicas en las que el muro se disparaba hacia arriba y me empalaba en el momento mismo en que intentaba cruzar.

«Podrías volver atrás —pensé, inquieta—. Podrías encontrar otra manera…».

Pero era una mentira. No había otra manera.

Contuve el aliento y atravesé la línea divisoria.

Tenía la seguridad de que algo iba a pasar: que se dispararía una alarma, igual que cuando rompí el toque de queda; que los vigilantes al otro lado de las ventanas tapiadas cobrarían vida y me dispararían. Pero no pasó nada. La plaza se mantuvo en silencio a mi alrededor, sin la menor alteración. Aquel crimen parecía ser tan mayúsculo que el General no se había molestado en montar ninguna trampa.

«Porque, a ver, sinceramente —dijo la voz de Alex dentro de mi cabeza—. ¿Quién sería lo bastante estúpido para cometerlo?».

Aún sin respirar, avancé por la plaza y me negué a detenerme hasta llegar a los edificios Paradiso que había al otro lado. Cuando me atreví a mirar por encima del hombro, el perfil de la zona Marconi me pareció un espejismo del desierto, resplandeciente y terriblemente alejado en el horizonte.

Le di la espalda y encaré el lado de los Paradiso.

Estaba plantada en la boca de un callejón húmedo y abandonado, igual que nuestras propias calles. Pero, al llegar a su final, me detuve en seco, asombrada y maravillada ante la vista que se abría ante mí.

Porque, por supuesto, los Paradiso eran ricos.

No era cuestión de que lo hubiera olvidado, sino que tenerlo en la cabeza era diferente a verlo en la vida real. Los aspectos esenciales de Castello eran los mismos: los edificios antiguos, el adoquinado con agujeros. Pero los Paradiso les habían dado lustre con todo tipo de lujos gélidos; habían pulido las calles hasta tenerlas relucientes y habían puesto estatuas y templetes florales allí donde las balas de antaño habían dejado muescas en las paredes de revoque. Vi señales de su laboriosidad en el carácter intrincado de sus fuentes de mármol y sus puertas de marco tallado, en los lujosos aparadores de sus tiendas, donde había pilas de joyas y dulces y baratijas doradas. Me quedé un instante clavada en mitad de la calle, saciándome, sintiéndome casi privada de aquella belleza.

Una carcajada resonó a la vuelta de la esquina y me eché hacia atrás en el momento en que dos niñas pasaban dando saltos junto a mí. Iban tomadas del brazo, con vestidos a juego, y sus brillantes zapatos de piel repiqueteaban contra el suelo. Una de ellas tenía el pelo largo y casi rubio, me recordó vivamente a Liza en otra vida. Las observé meterse en una pastelería, impresionada por la manera en que la belleza da pie al resentimiento. «No se lo merecen —pensé—. No cuando nosotros estamos atrapados al otro lado».

Me arropé con la capa de Alex y me adentré en el territorio de los Paradiso con la cabeza gacha.

Durante el trayecto las calles continuaron bastante vacías, y cuando llegué al espacio en blanco del mapa no había absolutamente nadie a mi alrededor. Tuve la sensación de que aquello se debía a la tormenta; el cielo de color gris pizarra de Castello se estaba oscureciendo sobre mi cabeza con la llegada de los cumulonimbos. Al girar la siguiente esquina, los edificios desaparecieron de manera abrupta y me encontré cara a cara con un agujero inmenso, fruto de una explosión, en la muralla de la ciudad. Allí no se podía encontrar ninguna de las riquezas de los Paradiso; se trataba, lisa y llanamente, de una ruina bélica.

El suelo estaba cubierto de trozos de piedra, estatuas volcadas y pilares en los que crecían las malas hierbas. Y, más allá, el bosque. Tal y como me había dicho Alex. Trepé por la brecha y me encontré ante un grupo de árboles retorcidos. Sus troncos eran gruesos y curvos; sus ramas, como manos entrelazadas, y lo atravesaba un camino de tierra pisoteada. En algún lugar en la profundidad del bosque, apenas visible por encima de los árboles, vi el perfil de una torre de piedra gris. La fortaleza de los Paradiso.

Me acerqué al sendero con lentitud, pendiente de que pudiera haber algún tipo de sistema de seguridad, negándome a creer que los Paradiso le pusieran las cosas tan fáciles a quien quisiera entrar en su hogar. Pero acto seguido me pregunté si no se trataría del mismo caso que con la línea divisoria: si colarse en el fuerte de uno de los clanes era una idea tan absurda que nadie se había molestado en protegerse contra ella.

«Bueno, pues buena suerte, Deluca —dijo la voz de Alex dentro de mi cabeza—. Aunque te maten, quiero que me devuelvas la capa».

Apreté los dientes y entré en el bosque.

El sendero era húmedo y umbrío, se encontraba contenido por aquellos árboles maltrechos. Avancé con cuidado, abrumada por el silencio, como si el bosque intentara hacer presión sobre mí para que tuviera que permanecer allí. Incluso mis pasos se veían acallados, ahogados por un lecho de hojas en descomposición. Y, sin querer, me descubrí pensando en cuentos de hadas; en los de tipo retorcido, donde el bosque impide ver el cielo y la niña con la capa de color rojo nunca encuentra el camino de vuelta a casa.

Justo cuando comenzaba a inquietarme, el sendero llegó a su fin; salí escupida del bosque a un amplio prado de hierba seca. La fortaleza se cernía ante mí.

Era un edificio más ancho que alto de piedra castigada por los elementos, con torres agrietadas que se elevaban hacia el cielo a intervalos irregulares. Era mitad palacio, mitad ruina, como si hubieran construido algo demasiado grande como para ocuparse de ello, y se estuviera desmoronando poco a poco. La hiedra que se encaramaba por las paredes extendía sus zarcillos arácnidos hacia los marcos de ventana vacíos. Los enormes escalones frontales estaban partidos por la mitad, como si les hubieran tirado un misil encima.

255

Vacilé a la hora de abandonar la linde del bosque; inspeccioné la fortaleza en busca de señales de vida, preguntándome de repente si Alex no habría cometido un error y de hecho la familia Paradiso se había mudado a otra parte. Si aquel era el motivo por el que no había vigilancia en el bosque. No me cabía en la cabeza que alguien eligiera vivir en un lugar como aquel.

Pero entonces oí la música.

Era un piano solitario, cuyas notas trasladaba el viento cada vez más fuerte a través del césped sin cortar. La melodía era oscura y familiar, como la de algún tipo de vals. Quizá fuera otro de los que había conocido a través de mi madre. Me dirigí hacia ella de manera automática, fascinada y deseosa de conocer su origen.

La entrada a la fortaleza se había desplomado en su mayor parte, dejando solo una arcada vacía por la que había que pasar agachándose. Noté que a mi espalda el tiempo cambiaba, que la tormenta se avecinaba y cargaba el aire de electricidad estática. Ante mí, la oscuridad de la casa y el piano seductor, que me atraía hacia dentro.

«Entras, encuentras a Sebastian y te vas», pensé, y entré en la fortaleza Paradiso.

Me recibió un vestíbulo sombrío, de techos altos y un suelo de amplias baldosas. De lado a lado se abría una serie de pasadizos estrechos, como las ramas retorcidas de un laberinto. Y, en algún lugar al frente, la música seguía sonando.

«Entras, encuentras a Sebastian y te vas».

Recorrí el vestíbulo en una especie de trance, con cuidado de no tocar los restos que había por el suelo: faroles destrozados y trozos oxidados de armadura. La música ganaba intensidad en la oscuridad ante mí. Sabía que era una estupidez dirigirme hacia ella, pero al parecer no podía detenerme. Era como si la tocara el flautista de Hamelín, como si el vestíbulo mismo me propulsara hacia delante, volviéndose más ancho con cada paso que daba, conduciéndome hacia la revelación final. La sala del trono.

Esta era inmensa y estaba sucia y vacía salvo por un piano de cola. Sentado en un taburete, con los dedos bailando de manera impecable sobre las teclas, estaba Enrico Paradiso.

Enrico se encontraba de cara al vestíbulo; de haber tenido los ojos abiertos, me habría estado mirando. Pero los tenía cerrados. Llevaba una gabardina de color negro; el cabello, largo, ralo y canoso le enmarcaba la cara, y el bastón de ébano descansaba sobre una de sus rodillas. Justo encima de él, en la pared de la sala del trono, colgaba un cuadro gigantesco y de una oscuridad que casi impedía identificar su contenido. Pensé que se trataba del perfil de Castello, rodeado por unas alas de ángel, pero todo por debajo de la silueta de los edificios estaba pintado a modo de una cascada de sangre.

Me quedé en el vestíbulo, sintiéndome aún en trance, arrullada por aquel piano evocador. Impresionada por el hecho de que alguien tan avejentado como Enrico Paradiso pudiera hacerlo sonar de esa manera.

Entonces, de repente, la música se detuvo.

Parpadeé con lentitud, lamentando su pérdida, y me di cuenta de que Enrico Paradiso había abierto los ojos. Y me estaba mirando.

Por un instante no sentí nada, ni pánico, ni miedo; solo una leve curiosidad. Me quedé mirando aquellos ojos verdes y hundidos y pensé que el hombre no era más que otra versión de Liza.

Entonces recobré el sentido.

Retrocedí de golpe y me metí por la puerta más cercana, entré en uno de esos pasajes como de laberinto y me pegué a la pared, completamente quieta, con el corazón en la garganta…, obligándome a no respirar, a no moverme, a no existir en absoluto.

«Quizá no me haya visto —pensé—. Él estaba a la luz, pero yo estaba en la oscuridad, así que quizá no se haya dado cuenta de…».

Pero se oyó un golpe sordo. El del bastón de Enrico Paradiso contra el suelo embaldosado. Sus pasos lentos, que se arrastraban hacia donde yo estaba.

Me adentré aún más en el pasaje, con miedo a correr por el ruido que haría, y a la vez con miedo a no hacerlo. Tras un recodo había dos opciones: el pasaje se dividía a derecha e izquierda. Escogí la derecha al azar, y en la siguiente bifurcación me fui hacia la izquierda para intentar equilibrarlo. Respiraba de manera rápida y entrecortada, y el aturdimiento de antes había sido reemplazado por la vívida punzada del terror. Las puertas pasaban fugaces ante mí, algunas selladas con docenas de candados, otras entreabiertas para mostrar estantes con armas y con tubos de ensayo ennegrecidos, como en un viejo laboratorio médico.

A mi espalda, los pasos de Enrico Paradiso seguían arrastrándose, me llegaban amplificados por el pasaje vacío, así que ya no sabía si se encontraba a la vuelta de la esquina o a un kilómetro de distancia.

«Es viejo —me dije a mí misma—. Y tú eres mucho más rápida».

Pero también estaba perdida. Me había perdido en el momento en que abandoné el vestíbulo principal. Y aquella era su fortaleza.

«Entras, encuentras a Sebastian y te vas», pensé, y me maldije a mí misma por la rapidez con que había permitido que aquel plan se viniera abajo.

Otro giro al azar, otro recodo del laberinto y el pánico comenzaba a cerrarme la garganta. Vi una luz al frente, una habitación al final del pasillo: circular y sin techo, que se abría al cielo. Era una torre en ruinas, de suelo agrietado en el que crecían las malas hierbas, las paredes recubiertas por una gruesa capa de hiedra. Di una vuelta en círculo, buscando otra puerta, un lugar al que dirigirme. Pero la hiedra era como una cortina que lo sellaba todo. No había donde esconderse y no veía ninguna salida. Los pasos seguían acercándose. Sonaban como si estuvieran ya justo delante de la torre.

Tras rodear la mitad de la habitación buscando una escapatoria, me di cuenta de que no serviría de nada y me di la vuelta para encarar a Enrico. En mi delirio, reuní el poder en los dedos de la mano, sin saber lo que haría con él; tan solo pensaba que al menos iba a luchar.

Primero me alcanzó su sombra, encorvada, doblándose en torno al recodo. Levanté las manos con lentitud.

Una décima de segundo antes de que Enrico Paradiso entrara en la torre, alguien me agarró por detrás y me arrastró hacia la oscuridad.

31

$\mathcal{T}$enía una mano en la boca y otra en la cintura, y ambas me sujetaban con tanta fuerza que a duras penas podía respirar. Sabía que se trataba de un niño por el tamaño de las manos, y por el calor del pecho que tenía pegado a la espalda. También sabía quién era ese niño, porque ya me había sujetado antes. No por gusto y no con tanta fuerza, pero aun así la sensación me resultaba familiar. «Salvo por el hecho de que no puede ser», me dije a mí misma. Era imposible que él estuviera allí.

Estábamos plantados tras una cortina de hiedra, bajo la arcada de la puerta esquiva que no había sido capaz de encontrar por mi cuenta. Ante mí, entreveía imágenes de la torre: Enrico Paradiso entró cojeando con lentitud y la mano que tenía sobre la boca aumentó la presión a extremos casi insoportables cuando pasó por delante de donde estábamos. Su ropa parecía desprender humo de cigarro, junto con el aroma ennegrecido y metálico de la suciedad o el hierro. Y entonces se fue: se abrió paso a través de la hiedra y desapareció tras otra puerta oculta en el lado opuesto de la torre. La mano liberó mi boca con brusquedad.

Me giré de golpe, mientras sentía que la mano de la cintura se relajaba en respuesta, y pude ver que…

—No puede ser —dije en un susurro.

Nico Carenza estaba plantado ante mí, iluminado por el débil brillo del pasaje que tenía a su espalda. Llevaba una camisa abierta hasta la mitad del pecho y me miraba furioso, con los ojos amoratados y muy abiertos. Lo primero que pensé fue: «Estoy alucinando. No puede estar aquí. Lo matarían más rápido que a mí».

Pero acto seguido reparé en el círculo de carne cicatrizada en su pectoral izquierdo, que asomaba bajo la camisa. Como si alguien lo hubiera marcado con el símbolo de la trinidad del General en el pecho. «Lo estigmatizó por alterar la paz», me había dicho Liza una vez. La quemadura era demasiado detallada como para que se tratara de un producto de mi imaginación. Así que quizá Nico fuera real, al fin y al cabo.

—¿Qué estás haciendo aquí? —nos preguntamos el uno al otro en el mismo momento exacto.

A Nico le brillaron los ojos, pero no contestó. Así que yo tampoco lo hice. Estuvimos mirándonos durante un largo instante, desafiándonos mutuamente para ver quién hablaba primero. Nico se quebró antes, lo cual fue una sorpresa.

—Tienes que irte —dijo en un susurro—. Ahora mismo.

—No puedo —contesté automáticamente—. Estoy buscando a alguien.

—¿Estás loca? —preguntó entre dientes—. No puedes estar aquí. Te colgarán.

—¿Y qué hay de ti? Pensaba que nadie podía cruzar la frontera.

—Por el amor de Dios… —dijo Nico antes de agarrarme del brazo y jalarme con rudeza en dirección al corredor que tenía a su espalda.

—Suéltame —le dije, furiosa—. Preocúpate de ti mismo…

—Eso hago —espetó.

Entramos en un pasillo muy iluminado, con ventanales y muebles elegantes, en contraste marcado con las partes de la fortaleza que había visto hasta el momento. Aquella debía de ser el ala en la que de hecho vivían los Paradiso. Vi un cuarto de baño de azulejos blancos, un vestidor, una plataforma elevada de mármol con una cama gigante. Nico me sujetaba con fuerza por el brazo, tenía el cuerpo en tensión y a la defensiva, se encontraba muy lejos de su habitual gracia natural.

—Por aquí —me dijo en un susurro, empujándome hacia otro pasaje que se ramificaba a partir de donde estábamos y volvía a adentrarse en la oscuridad—. Este lleva a la cocina. Hay una puerta al fondo. Te devolverá al jardín delantero…

—¿Cómo lo sabes?

—Eso da igual —dijo Nico, empujándome con más fuerza—. Tú vete de aquí.

—Tengo que encontrar a Sebastian.

Decirlo fue una estupidez, pero necesitaba recordarme el objetivo de todo aquello. Tenía que centrarme.

—Olvídate de él —dijo Nico, y sonó realmente enojado. Nunca lo había visto de aquella manera, como si por debajo estuviera escondiendo su miedo—. ¿Es que no comprendes dónde estás? ¿Acaso no sabes lo que ella te hará si te encuentra aquí?

«Ella». La palabra se me clavó como la punta de una aguja. Volví a echarle un vistazo al vestíbulo, esa vez asimilando los detalles: las pistas para averiguar a quién pertenecían aquellas habitaciones. Los zapatos de tacón de aguja de color negro en el suelo, la joyería cara que colgaba de un maniquí en una esquina. «Ella».

—¿Qué está pasando? —le pregunté a Nico mientras intentaba atar cabos: las implicaciones de que lo hubiera encontrado en la fortaleza de los Paradiso, solo y sin vigilancia, y de que conociera de memoria aquellos pasillos—. Esta gente te quiere ver muerto. Así que, ¿por qué sigues aquí?

—Por mí.

La voz había sonado a nuestra espalda. Nico se apartó de mí con tanta rapidez que yo bien podría haber estado en llamas. Poco a poco, temerosa, me di la vuelta.

Chrissy Paradiso estaba de pie al otro lado del vestíbulo, apoyada en el marco de la puerta. Llevaba una camiseta extragrande a modo de vestido, unas medias de color rojo que le

261

llegaban por las rodillas y que hacían juego con sus labios de tono cereza. Su cabello rubio se derramaba por sus hombros; era parte de aquella perfección inconsciente que me hacía sentir como un fraude. Me mordí la lengua. La odiaba sin querer, sin hacer el más mínimo esfuerzo.

—Esto es una sorpresa —dijo Chrissy con tono glacial, mirando a Nico—. ¿No pensabas contarme que tenemos una invitada?

Nico no contestó. Estaba de espaldas a ella, muy quieto, cerrando los ojos con fuerza. Chrissy posó la mirada en mí y la mantuvo.

—Lilly Deluca... —dijo—. Debo reconocer que no te esperaba. Cuando escuché a una niñita lloriqueando pensé que sería Sebastian, no una niñita llorona de verdad.

Cruzó el vestíbulo con pasos suaves pero decididos. Le lancé otra mirada a Nico, con la esperanza de que me guiara. Él había vuelto a abrir los ojos, pero en su rostro no había ninguna expresión. Había anulado todas sus emociones. Estaba sola.

Chrissy se rio de mí.

—¿Qué hiciste, lo seguiste hasta aquí? ¿Creíste que lo impresionarías? Dios, debes de estar desesperada de verdad para colarte en mi casa por un chico que ni siquiera te mira a los ojos.

Se detuvo justo detrás de Nico, se puso de puntitas y le pasó ambos brazos alrededor del cuello. Arrimó la mejilla de él para que descansara cómodamente en el hueco de su hombro.

—No deberías haberte arriesgado, *descarada* —dijo Chrissy—. Ya no está disponible.

Me quedé mirándola por un instante. Había oído lo que me decía, pero me negaba a procesarlo porque era demasiado espantoso para ser verdad.

—No puede ser —dije, aturdida, paseando la mirada entre los dos como un niño que viera monstruos por primera vez—. No pueden estar juntos, no es posible.

262

—Pero lo es —dijo Chrissy.

—Pero si lo odias —dije, tartamudeando—. Intentaste asesinarlo durante el carnaval. Le destrozaste la cara.

—Tiene mejor aspecto con los moretones —dijo Chrissy, desdeñosa—. ¿No crees? —Pasó un dedo sobre uno de ellos, una mancha de color azul intenso en la mejilla—. Tenemos nuestras diferencias, pero al final es una ley de la naturaleza. Las cosas bonitas se atraen entre sí. Pero, claro, es normal que tú no sepas de qué te estoy hablando.

La humillación me atravesó, afilada como una espada. «Dios, ¿por qué ella? —pensé, volteando hacia Nico, atenazada de repente por la necesidad de gritar—. Podrías tener a cualquiera en esta estúpida ciudad... ¿Por qué escogerla a ella?».

Pero Nico seguía mirando al frente, con la mirada vacía, como si se hubiera desconectado de lo que estaba pasando. Como si no le importara en absoluto.

—No te agobies, *descarada* —dijo Chrissy—. No te pongas celosa. Las cosas funcionan así. Ya intenté decírtelo antes: hay gente como tú y hay gente como yo. Y nadie quiere a la gente como tú.

Asentí de manera automática mientras retrocedía hacia la puerta, consciente de que tenía que marcharme en aquel momento, antes de hacer algo terrible, como echarme a llorar. Pero entonces Chrissy estiró el brazo, me agarró del cuello del suéter y me jaló.

—¿Adónde crees que vas? —me preguntó con dulzura—. Aún no nos hemos divertido. ¿O es que pensabas que podrías seguirlo hasta mi casa e irte tan tranquila?

—No lo seguí —dije entre dientes, retorciéndome para escapar a su control—. Suéltame...

—Podría destriparte por haber allanado mi casa, ¿sabes? —dijo Chrissy—. Es legal. Está en la tregua. Pero seré generosa. Por esta vez dejaré que te marches con una advertencia. —Estiró la mano libre y la pasó con suavidad por mi frente—. De todos modos, tampoco es que tu cara sea gran cosa. Dudo que

263

la gente note el cambio. —Miró a Nico por encima del hombro y dijo—: Dame tu navaja.

El miedo me sacudió, un súbito acceso de adrenalina hizo que mi poder despuntara. Nico parpadeó una vez, con expresión sombría e indiferente, mirándonos a las dos. No se movió.

—Dame tu navaja —repitió Chrissy.

Nico negó lentamente con la cabeza.

Chrissy se rio, como si pensara que estaba bromeando, y, por un instante, relajó la presión sobre mi suéter.

Me tiré hacia atrás e intenté dirigirme de nuevo hacia la puerta, pero ella fue más rápida y estrelló mi cabeza de lado contra uno de los espejos de la pared. El vidrio se rompió y noté que la sangre bañaba el lateral de mi cara, y que el dolor me impedía ver bien. El poder me recorrió como un golpe seco y feroz, hizo que aparecieran unas grietas finas en la ventana de la pared más alejada.

264

«No», pensé, intentando contenerlo…, rogando porque Chrissy no lo hubiera visto. Pero ella estaba demasiado ocupada intentando asfixiarme; hundía los dedos en mi cuello con tanta fuerza que se me había empezado a nublar la vista.

Solté la mano y le arañé la mejilla, la única defensa que tenía sin el poder. Ella gritó y se echó hacia atrás, con lo que dejó de apretarme la garganta. Me alejé tambaleándome, jadeando, con los pulmones ardiendo, pero acto seguido Chrissy vino de nuevo por mí con una esquirla del espejo roto en la mano, era mejor y más letal que una navaja, y yo me tiré hacia un lado para intentar evitarla y…

Chrissy dirigió la esquirla hacia mi garganta, con fuerza y una puntería perfecta, pero no me golpeó. En el último segundo, Nico dio un paso al frente y la sujetó por la muñeca, deteniéndola en mitad del movimiento, y la jaló para que quedara de cara a él. Se miraron a los ojos y vi que se transmitía algo entre ambos, un flujo de rabia o una advertencia que no pude comprender.

—Ya es suficiente —dijo Nico—. Se acabó.

Chrissy apretó los labios, los ojos de color verde encendidos.

—¿Por qué te molestas?

No esperé a escuchar la respuesta de Nico. Me limpié la sangre de la cara y salí corriendo de allí.

265

32

*A*bandoné el corredor tambaleándome y entré en la cocina que había mencionado Nico, donde una puerta tapiada en la esquina prometía la libertad. El poder recorría mi cuerpo, furioso, desesperado por hacer daño a alguien. Lo dejé libre, pensando en todas las cosas que no había podido hacerle a Chrissy, en todas las cosas que no había sido capaz de hacer para protegerme a mí misma. La cocina estalló a mi alrededor, las ollas y las sartenes salieron disparadas contra las paredes, los cuchillos de carnicero comenzaron a girar frenéticamente en el aire. Era exasperante tener toda esa fuerza en mi interior y no poder utilizarla cuando más lo deseaba.

«Si lo supiera, me tendría miedo —pensé con malicia—. La tendría a mi merced».

Apunté una mano hacia la puerta e hice que los tablones de madera se hicieran astillas y una lluvia de madera cayó sobre la hierba del exterior. Un viento helado atravesó la cocina e hizo que me tambaleara, enfrió el poder salvaje de mis venas. Me devolvió poco a poco a la tierra.

«No quiero a nadie a mi merced —me dije a mí misma—. Solo quiero que me dejen tranquila».

En el exterior, el cielo se estaba oscureciendo con tanta rapidez que era como ver una grabación a cámara rápida: los enormes cumulonimbos se unían para tapar el sol. En lo más profundo de las nubes destelló un rayo que las iluminó como una vena por debajo de una piel traslúcida. La tormenta había llegado.

Las ollas repiqueteaban a mi espalda, no por el poder, sino a causa del viento, y aquel ruido era como una baliza que indicaría a Chrissy o a su padre o a cualquier otro el lugar exacto en el que podían dar conmigo.

«Entras, encuentras a Sebastian y te vas».

«No —pensé—. Ahora te vas y punto».

Hui por las escaleras hacia el jardín de los Paradiso mientras la sangre se iba coagulando en el lateral de mi cara. Hubo otro relámpago y el trueno resonó justo después e hizo reverberar el suelo. Ante mí, los árboles del bosque se mecían con el viento, se doblaban sobre el camino de tierra como si quisieran devorarlo. Corrí hacia ellos de todos modos, consciente de que no tenía otra opción. Al mirar por encima del hombro vi la fortaleza de los Paradiso a contraluz, bajo el titilar del cielo, una silueta de torres agrietadas y paredes rotas propia de una casa del terror. Y tenía sentido, considerando lo que había descubierto en su interior.

Me sumergí en el bosque, corrí entre espirales de hojas muertas, entre ramas que me arañaban y se lanzaban contra mí como látigos afilados. Estaba tan ocupada esquivándolas que no me fijé por dónde iba hasta que fue demasiado tarde. Solo tuve tiempo de registrar el borrón blanco que se cruzaba en mi camino antes de tropezar con él y caer con fuerza al suelo. El borrón blanco me acompañó hecho un caos de pelo y, cuando quise darme cuenta, estaba tirada sobre la tierra con Gato plantado sobre mi pecho.

—Hola —balbuceé, mientras la cabeza me daba vueltas.

Gato siseó.

Acto seguido percibí un ruido procedente del bosque: un clic metálico, como cuando le quitas el seguro a un arma.

—Levántate —dijo una voz grave—. Y date la vuelta.

Obedecí lentamente mientras pensaba: «Este día no se acabará nunca».

La persona a mi espalda tomó aire.

—La chica nueva —dijo Sebastian.

Estaba plantado sobre el sendero, a un par de metros de distancia, apuntándome al pecho con una pistola. Estuve a punto de reírme al verlo, porque todo aquello era absurdo: encontrarlo en aquel momento, después de que todo lo demás hubiera salido mal. Encontrarlo con un arma. Gato me dirigió una última mirada recelosa y a continuación se dirigió hacia Sebastian contoneándose, se puso a enrollar su cola esponjosa en torno a los tenis del chico.

En el bosque daba la sensación de que estuviera anocheciendo; el dosel arbóreo tapaba la escasa luz que le quedara al cielo, pero podía ver a Sebastian con claridad cada vez que destellaba un relámpago. El chico llevaba una camiseta que parecía haber sido cara en su momento, pero que entonces tenía las mangas rotas y dobladas formando un puño. Llevaba el cabello rubio enmarañado, las mejillas y los antebrazos desnudos sucios de tierra. Era muy extraño verlo de aquella manera, despojado de toda la riqueza y decadencia de los Paradiso. Solo la gruesa línea de anillos de oro en los dedos delataba sus orígenes.

De inmediato, se me disparó la mirada hacia su cuello, buscando las cadenas que había visto durante el carnaval. Aquel día llevaba menos, pero seguían estando allí, enredadas y relucientes. Aunque ignoraba si llevaba puesta la que yo necesitaba.

—Dios, tu cara... —dijo Sebastian, inspeccionándome tal como yo había hecho con él—. Mi hermana ya te puso la mano encima, ¿verdad?

Asentí con la cabeza, muy consciente del arma que seguía apuntando contra mi pecho. El aire entre nosotros estaba cargado de tensión, como si algo pudiera quebrarse en cualquier momento. Volví a fijarme en sus collares, y en esa ocasión Sebastian siguió mi mirada. Pareció quedarse rígido al reparar en lo que yo observaba.

—Ah —dijo—. Viniste por el portal.

—¿Que yo... qué?

268

—El collar que llevaba —dijo Sebastian—. La moneda de Jano con el portal. La tocaste en el carnaval y ahora viniste por más.

—¿Cómo es posible que lo sepas? —le pregunté, inquieta.

—Porque ella te reconoció —contestó Sebastian—. Y tú también la reconociste a ella.

Bajó la pistola, le puso el seguro y se la guardó en el bolsillo trasero de los jeans. Lo vi hacerlo con los músculos en tensión, asustada, pero sin poder explicar el porqué. Quizá fuera la tormenta, el recuerdo de la mano de Chrissy en la garganta. O la bruma dorada y verduzca de los ojos de Sebastian, que brillaban de manera casi sobrenatural.

—¿Sabes qué es? —me descubrí preguntándole—. ¿Sabes de lo que es capaz esa moneda?

En el carnaval se había comportado como si se tratara de un collar más, pero al parecer sabía mucho más de lo que yo pensaba.

Lentamente, Sebastian se encogió de hombros.

—Es como una trampa —dijo—, para gente que cree que puede hacer que el universo le obedezca, pero luego se dan cuenta.

—¿De qué se dan cuenta?

—De que no pueden.

Un relámpago refulgió entre los árboles sobre nuestras cabezas, iluminó el bosque como el *flash* de una cámara fotográfica, dejó una imagen quemada y en negativo del chico en la parte posterior de mis párpados.

—Pensé que la moneda permitiría acceder al poder —murmuré.

Sebastian me miró como si yo fuera muy estúpida.

—¿Y qué es lo que acabo de decir?

La lluvia comenzó a espurrear a través del dosel arbóreo con gotas gruesas y pesadas, que hicieron que se me pegara la ropa a la piel y que la sangre de la herida que me había hecho Chrissy rodara, rojiza y acuosa, por mi rostro. Sebastian entornó los ojos al verla, resiguiendo el avance de la sangre.

269

—No ha acabado contigo, ¿sabes? No le gusta dejar las cosas por la mitad. Creo que deberías irte.

Pero no me moví.

—¿Me darías la moneda si te lo pidiera?

Un destello de sorpresa cruzó el rostro de Sebastian, como si le asombrara que se lo preguntara de manera tan directa. Yo tampoco lo esperaba, pero aquel día no me salía nada tal y como lo había planeado. Aquella conversación me estaba mareando, como si no fuera del todo real. Me sentía como uno de esos hipnotizadores fraudulentos que van a timarle una fortuna a su víctima y que en su lugar acaban siendo hipnotizados por ella.

—No —dijo Sebastian—. No te la puedo dar. Ya no la tengo.

Durante un momento terrible tuve la seguridad de que iba a decirme que se la había dado al General, pero entonces añadió:

—La devolví.

—¿Qué?

—Que la devolví al lugar del que había salido.

Hubo otro relámpago y me di cuenta de que uno de los dos se había acercado al otro, porque ya podía ver los detalles de su cara; las pecas de su nariz, la suciedad de sus mejillas, que con la lluvia parecía rímel corrido. El extraño titilar de sus ojos, como si bajo el color verde hubiera oro brillando. «No es más que un niño, pero sus ojos son distintos», pensé, exasperada.

—¿Y de dónde salió? —pregunté con un susurro.

—De las tumbas —contestó Sebastian. Y, al ver que yo no reaccionaba, añadió—: De los túneles. Las catacumbas, Lilly.

Lo miré sorprendida.

—Había oído que estaban cerradas.

Sebastian se limitó a reírse. Un trueno retumbó sobre nuestras cabezas e hizo tanto ruido que no pude evitar encogerme de miedo. Algo crujió en el bosque y el chico miró a su alrededor, como si esperara que su hermana fuera a irrumpir en el sendero en cualquier momento.

—De verdad tendrías que irte —dijo—. Si te encuentra, ni tú ni yo la pasaremos bien.

—Necesito esa moneda.

Un fulgor gélido llenó su mirada.

—¿Tú también? —preguntó—. ¿No es suficiente con que todos los demás la quieran? ¿No te das cuenta de que ese es el problema de esta ciudad?

—No es para mí. Es para otra persona. Estoy en deuda con ella. Tengo que arreglar las cosas… —Me detuve en seco, con el corazón en un puño, esforzándome por explicárselo—. Por favor —dije—. Solo… solo dime dónde puedo encontrarla.

—No —contestó Sebastian—. La escondí. Tú sola no podrás encontrarla nunca.

—Entonces encuéntrala tú por mí.

La conmoción inundó de nuevo su rostro. Y, por debajo, algo nuevo, como una especie de indignación.

—¿Qué piensas hacer con ella? —quiso saber—. ¿Por qué tanta necesidad?

—Es un portal, ¿verdad? —dije—. Principios y finales. La vida y la muerte. —Lo miré directamente a los ojos, empapada hasta los huesos, porque ya nada me importaba—. Voy a usarla con el General.

271

33

Aquella noche apenas dormí. Fuera seguía lloviendo con furia, los truenos sacudían las paredes de la casa, los chunches varios traqueteaban sobre la cómoda. Tenía el pelo húmedo y enredado, y el corte de la frente palpitaba y ardía. La capa de Alex había quedado destrozada durante mi pequeña excursión, y explicárselo iba a ser apasionante. Intenté limpiarla frotándola lo mejor que pude, pero no albergaba grandes esperanzas. Después me metí en la regadera y me quedé allí sentada hasta que se acabó el agua caliente.

Pasé toda la noche dando vueltas en la cama, entrando y saliendo de paisajes oníricos y febriles. Christian estaba atrapado en el lugar oscuro donde mi mamá solía esconderme. Yo, de pie fuera, jalaba con desesperación la puerta. Necesitaba sacarlo de allí, pero era consciente de que nunca lograría hacerlo a tiempo. Y, a mi espalda, Chrissy y Nico se reían de mí.

Por la mañana me quedé acostada y medio comatosa en la cama, compadeciéndome de mí misma, hasta que se oyó un golpe seco en la puerta.

—Tenemos que hablar —dijo mi papá.

Me puse en tensión de inmediato.

—Lilly… —dijo Jack, mientras golpeaba con más fuerza.

Debía de haber aprendido la lección de todas las veces en que me había encerrado dentro de la habitación, porque lo siguiente que oí fue el rasguño de una llave maestra y la puerta se abrió de par en par. Me incorporé con rapidez, sorprendida.

Mi papá parecía agobiado y aturdido, y estaba despeinado. Me pregunté si se habría pasado toda la noche despierto.

—Tenemos que hablar —repitió.

—¿Estás seguro? La última vez no fue demasiado bien.

Mi papá ignoró esas palabras.

—Tengo veinticinco minutos antes de marcharme a trabajar —dijo—. Ven a la cocina.

Era tan raro que me diera órdenes que me encontré obedeciéndolo por pura sorpresa. Me puse un suéter y unos jeans, me envolví la herida de la cabeza con la bandana negra que me había dado Liza y seguí a mi papá por el pasillo. Sobre la mesa de la cocina vi desparramados varios documentos de su trabajo, parecían los mismos que ya me había ocultado antes. Y, en medio de todo ello, las páginas encuadernadas en piel del diario de mi mamá.

—¿Qué pasa? —pregunté.

Había querido sonar enojada, pero descubrí que me era imposible mantener esa fachada. Tras la noche anterior, mi cuerpo y mi mente estaban exhaustos, sumisos. No pude reunir la energía necesaria para otra pelea.

Jack me miró desde el otro lado de la mesa con expresión grave.

—Cuando viniste a mi oficina, ¿qué viste?

—Ya sabes lo que vi —murmuré—. Tu pequeña búsqueda para el General…

—Sí, pero ¿qué viste exactamente?

«Se refiere al escáner. Se refiere al símbolo de la llave».

Me encogí de hombros.

—¿Acaso importa?

—Lilly, sé que crees comprender lo que está pasando aquí —dijo Jack—, pero te prometo que no es tan sencillo. Quizá debería habértelo explicado antes, pero tardé un tiempo en entenderlo como es debido. —Hizo una pausa y se pasó la mano por la cabeza; en sus ojos había una expresión urgente y sincera que llevaba años sin verle—. Lo que tu mamá escribió

273

en su diario acerca de esta ciudad… es una historia diferente de la que tú crees saber. Y no solo escribió sobre sí misma. También hay cosas sobre ti.

Jack se detuvo de golpe. Alguien estaba aporreando la puerta de entrada. Miré a mi papá, preguntándome si esperaba compañía. Él negó con la cabeza.

—Quédate aquí —dijo, e hizo un gesto hacia los papeles de la mesa—. Escóndelos.

Los recogí tan rápido como pude y los metí en la panera de la barra. Oí que mi padre abría la puerta en el recibidor.

—Hola, Jack —dijo Tiago, cordialmente—. Un hogar muy acogedor. Estoy buscando a tu hija.

Me quedé paralizada.

—¿Por qué narices la buscas? —preguntó Jack.

—Bueno —contestó Tiago—, parece que logró que la lleven a juicio.

Di un paso vacilante para salir de la cocina, incapaz de contenerme, y vi a Tiago plantado ante la puerta de mi departamento con una docena de ejecutores a su espalda. Igual que en una redada.

—Estoy seguro de que ha habido un error —decía mi papá con frialdad en ese momento—. Se habrán equivocado de casa…

—Por orden del General —dijo Tiago, leyendo de un trozo de pergamino que tenía en la mano—, Liliana Deluca está llamada a juicio por allanamiento de morada, asalto con violencia y violación de la tregua. Comparecerá ante la ciudad en el estadio y se defenderá de esas acusaciones. —Tiago levantó la mirada y me vio en el recibidor—. Te has portado muy mal, ¿eh?

Jack giró la cabeza de golpe y me dirigió una mirada dura y rápida que parecía decir «¿qué hiciste?» y «vuelve a la cocina» a la vez.

—Esos cargos son una afrenta —le dijo a Tiago—. Te puedo asegurar que mi hija lleva toda la semana enferma en casa.

—Bueno —dijo Tiago, mirando el papel de nuevo—, Christina Paradiso piensa otra cosa. Ahora, si nos disculpas…

Siguió una confusión de movimientos: los ejecutores entraron en casa y me agarraron de los brazos, me arrastraron hacia fuera. Oía la voz de mi papá, animada por la rabia, pero ya no podía verlo porque estábamos por la mitad de las escaleras. Tenía las muñecas pegadas a la espalda, sentía algo metálico contra la nuca. Era la boca de una pistola. Me quedé esperando a que llegara el miedo, pero en su lugar experimenté una especie de aceptación aturdida. Debería haberlo visto venir a un kilómetro de distancia. Al fin y al cabo, Sebastian había intentado advertirme: Chrissy no lo dejaría estar jamás.

Al llegar a la calle ya se había congregado una multitud en ella; rostros pegados a las ventanas mugrientas, gente en los callejones, y todos ellos mirando desfilar a los ejecutores conmigo en medio. Daba la sensación de que la noticia corría más que nosotros, ya que la gente salía de sus casas antes incluso de que apareciéramos.

«El paseo de la vergüenza», pensé, intentando no sentirme abochornada bajo sus miradas. A continuación, los ejecutores giraron hacia la plaza mayor y sentí un acceso de temor. «Por favor, que no me hagan pasar por delante de la escuela». Aquellos desconocidos podían mirarme todo lo que quisieran, pero como me vieran mis compañeros, me moriría de la humillación.

Y, por supuesto, íbamos directo hacia Lafolia.

Cuando doblamos la esquina vi que me estaban esperando todos, amontonados junto a la puerta, cercados por una hilera de ejecutores. Primero vi a Liza, con el pelo revuelto y los ojos entornados, que me miraba como si yo fuera una loca que iba camino del manicomio y a la que se alegraba de no conocer. «Pero sí que me conoces —pensé enojada—. Y se supone que estás de mi parte».

Alex fue el siguiente, con expresión asesina. «Serás idiota… Te lo advertí», me decía.

Luego estaba Christian. Al verlo, con el cabello enmarañado y los ojos azules e impávidos, como el único elemento positivo en un mar de pesadillas, me dio un brinco el corazón. Nos miramos a los ojos y sentí que me atravesaba aquel dolor candente, y lo vi empujar a los ejecutores para intentar llegar hasta mí.

«No lo hagas —pensé con intensidad, deseando poder meterle esas palabras a la fuerza en la cabeza pese a que sabía que tenía el poder encerrado bajo llave y no estaba en posición de oírme—. Yo me metí en este lío. Tú mantente fuera de él».

Entonces alguien volvió a clavarme la pistola en la nuca y me vi obligada a agachar la cabeza.

Giramos una esquina, bajamos por un callejón estrecho y nos detuvimos un instante después. De repente, los ejecutores me jalaron de las muñecas como si los hubieran tomado por sorpresa.

Me quedé mirando los adoquines mugrientos, sin querer arriesgarme a levantar la vista, preguntándome qué pasaba. Tiago había ocupado la cabecera de la procesión y veía sus botas frente a mí, y otro par de botas frente a las suyas. Alguien se había interpuesto en nuestro camino.

—Apártate —dijo Tiago.

Las botas no se movieron.

—¿De verdad vas a hacer que tenga que repetírtelo?

Las botas parecieron reflexionar al respecto, se mecieron ligeramente sobre sus puntas, pero se mantuvieron en su sitio. Hubo unos instantes de silencio, un duelo tenía lugar fuera de mi campo de visión.

—¿Qué hizo? —dijo Nico al fin.

Levanté la cabeza de golpe. Estaba de pie en medio de la calle delante de Tiago, con un suéter raído de color blanco y la mochila de los libros colgada del hombro. Llegaba tarde a clase, como solía pasarle también a Christian. El sol que se reflejaba en los aretes de su oreja me dio en los ojos.

—¿Tienes una orden judicial?

—Carenza —dijo Tiago—, es tu última oportunidad. Apártate.

—¿Tienes una orden judicial o no?

Tiago no se dignó a contestar. En su lugar, empujó a Nico contra la pared con tanta fuerza que el revoque se agrietó. Un instante después, los ejecutores me empujaron hacia delante y comenzamos a avanzar. Pero Nico volvió a ponerse delante de nosotros y le cortó el paso a Tiago.

—¿Quién dio la voz? —preguntó Nico.

Por un momento, Tiago pareció verdaderamente confundido, como si no pudiera creer que Nico le estuviera preguntando aquello. Acto seguido, con lentitud, dirigió la mano hacia su pistola.

Nico no pareció darse cuenta.

—¿Quién dio la voz? —repitió—. ¿Quién la denunció?

—¿Tú qué crees? —le espeté.

Fue una estupidez, solo logré que me apretaran la pistola con más fuerza contra la nuca, pero no pude evitarlo. No comprendía por qué Nico fingía ignorar lo que había hecho Chrissy.

Pero, por algún motivo, parecía perplejo. La confusión oscurecía sus ojos. Abrió la boca para preguntar algo más, pero Tiago ya había tenido suficiente. Levantó la pistola y la descargó con un golpe seco sobre la cara de Nico, a quien se le volvió a partir el labio antes de salir despedido contra el grupo de ejecutores que se mantenía a la espera.

—Tráiganlo con nosotros —dijo Tiago—. Que se pudran los dos juntos.

34

$\mathcal{N}$os metieron en una mazmorra subterránea, bajo tantos tramos de una escalera de piedra que perdí la medida del tiempo que tardamos en descender hasta allí. Entonces, al fin, llegamos a un pasillo mohoso en el que goteaba el agua, con celdas con barrotes de hierro de lado a lado. Los ejecutores nos metieron de un empujón en una de ellas, nos cerraron unos fríos grilletes metálicos alrededor de las muñecas y nos encadenaron a la pared. Acto seguido, la puerta de hierro se cerró con estrépito y nos quedamos solos.

Paseé la mirada por la celda, un espacio cavernoso lleno de suciedad y sin un techo a la vista, solo unos muros interminables que se perdían en la oscuridad. En una esquina colgaban unas viejas sogas y una plataforma de madera suspendida por una serie de poleas. Como un ascensor. Me pregunté adónde conduciría.

Nico y yo estábamos sujetos a dos paredes enfrentadas por los eslabones oxidados de unas cadenas que se amontonaban en el suelo a nuestro alrededor como séquitos nupciales. La única luminosidad procedía de los débiles faroles que había al otro lado de la puerta de barrotes. Me puse a manipular mis esposas, preguntándome si podría sacar una mano sin tener que usar el poder, pero estaban demasiado apretadas. Frente a mí, Nico hacía lo mismo: ponía a prueba la fuerza de sus cadenas jalando con fuerza del muro.

Al cabo de un rato dejó de esforzarse y se desplomó en el suelo. Vacilé un instante e imité su posición, pegando las rodillas al pecho. Vi que la sangre que le había provocado el golpe de Tiago con la pistola resbalaba sobre sus moretones. Me moría de ganas de preguntarle a qué estaba jugando, qué bicho le había picado para ponerse a discutir de aquella manera con los ejecutores, pero me negué a ser yo quien rompiera el silencio.

Entonces:

—Me dijo que no te iba a denunciar —empezó Nico.

Tuve que mirarlo dos veces, conmocionada ante el hecho de que hubiera hablado antes que yo. Era la segunda vez en las últimas veinticuatro horas. Comencé a pensar que le pasaba algo.

—Ayer, cuando te fuiste, Chrissy iba a llamar a los ejecutores, pero cambió de idea. Dijo que no iba a denunciarte.

—Vaya —murmuré en voz baja—. ¿Me estás diciendo que Chrissy Paradiso te mintió? Con lo simpática y sincera que parece…

—No lo entiendes —dijo Nico, cortante—. No es que no pueda…, es que no le está permitido.

Sacudió una pierna, molesto, e hizo traquetear las cadenas. Yo fruncí el ceño, preguntándome de qué me estaría perdiendo. Aún no quería creer que Nico pudiera estar tan sorprendido por las decisiones de Chrissy.

—No te ofendas —dije—, pero tu novia es el demonio. Deberías haberte dado cuenta de ello antes de elegirla.

—Yo no la elegí —murmuró Nico.

—¿Y eso qué se supone que significa?

—Nada. Solo que… tenemos un acuerdo. Pero yo elegí… —Se detuvo de nuevo y golpeó la pared de la mazmorra con la nuca—. Olvídalo.

—¿Qué me estás…?

—Te dije que lo olvides —espetó Nico, que a continuación hizo una mueca, como si acabara de reparar por primera vez en la dureza de su voz. Volvió a golpear la nuca contra la pared, esa vez con tanta fuerza que debía de ser su intención que le doliera.

279

Yo me removí, inquieta, con la sensación de estar asistiendo a su desmoronamiento, sin saber si debía apartar la mirada.

—¿Estás bien? —le pregunté.

Poco a poco, Nico fue bajando la vista hasta fijarla en mi rostro.

—¿Crees que maté a mi papá?

Lo miré boquiabierta.

—¿Que si creo que qué?

Él se encogió de hombros, como si aquella fuera la conversación más normal del mundo.

—Sé que has oído los rumores. Todo el mundo los conoce. Un anciano se atraganta. No era muy agradable, pero sí era importante. La gente se amotina. Deciden que fue un asesinato. —A Nico se le estremecieron los labios, que formaron un amago de sonrisa—. Así que, ¿qué? ¿Lo hice o no?

Negué con la cabeza, sin saber qué contestar. A duras penas podía creer que estuviéramos hablando de aquello. Cuando Liza me contó la historia de Nico, durante el carnaval, no me detuve a preguntarme si sería verdad o no. Pero… ella misma dijo que no había pruebas de verdad.

—No lo sé —dije.

Nico asintió.

—Pero Chrissy sí lo sabe. Estaba allí cuando sucedió. Era la única persona que podría haberlo demostrado. Así que me ofreció un trato. Dijo que no les contaría lo que sabía. A cambio, yo tengo que… En fin.

—¿Tienes que qué?

Nico hizo un gesto brusco con la mano, como si quisiera borrar las palabras antes de que salieran de su boca.

—¿Tú qué crees? —preguntó—. Estar a su lado. Jugar a las casitas. Dejar que piense que quizás acabará habiendo algo más…

Volvió a inclinar la cabeza hacia atrás, se puso a hablarle a las paredes de la mazmorra, ya sin mirarme a los ojos.

—Siempre me ha querido de ese modo. Cuando éramos niños me dijo que un día nos casaríamos. Pero nunca fue recíproco. Así que, tras lo que sucedió con mi papá…, supongo que vio una oportunidad. Para mantenerme cerca. Para intentar hacer que yo…

Dejó las palabras colgando, se encogió de hombros por segunda vez, sin querer acabar de decirlo.

—Pero yo no la escogí —añadió—. No lo habría hecho nunca. Solo hago lo que tengo que hacer para impedir que ella cuente la verdad.

De repente me acordé del día anterior: cuando Chrissy puso las manos sobre el cuerpo de Nico, acomodó la barbilla en el hombro de él y dijo que «las cosas bonitas se atraen entre sí». La manera en que Nico se quedó allí plantado. Sin pararle los pies, pero sin reaccionar. Como si fuera sonámbulo. Como si tuviera que permitírselo.

Y, de repente, me aterrorizó lo lejos que podrían llegar las cosas. Lo mucho que ella podría exigirle si tuviera la oportunidad. La rabia se enredó en mi interior con la fuerza de una vid. El odio que siempre había sentido hacia Chrissy Paradiso amenazaba con engullirme entera.

—¿Y qué pasa con los rumores? —le pregunté—. La gente ya piensa que mataste a tu papá sin necesitar que ella lo demuestre.

—Sí, esa es la cuestión —dijo Nico—. La gente cree que fui yo. Pero fue mi hermano. Tenía diez años, lo habrían ejecutado. No pude dejar que pasara eso.

Guardé silencio durante largo rato mientras intentaba asumir sus palabras: el peso de lo que Nico había hecho, de lo que le habían hecho a él.

—¿Por qué me cuentas esto? —le pregunté en un susurro al fin.

—Porque no tiene sentido —contestó Nico—. Un trato solo funciona si las dos personas cumplen con su parte. Yo le doy lo que ella quiere, pero sé cómo conseguir cosas a cambio. Y anoche le hice prometer que no te denunciaría. No le está permitido romper las reglas así como así.

281

Hizo que sonara como si fuera peligroso, como si en realidad estuviera insinuando que algo iba mal. Pero yo me había quedado atascada en la otra parte.

—Hiciste que te lo prometiera —repetí—. ¿Por qué?

Nico no contestó, actuó como si no me hubiera oído. En su lugar se puso en pie y comenzó a pasearse de un lado al otro, arrastrando las cadenas tras de sí por el suelo de la mazmorra.

—A ver, todo el mundo sabe que me odias.

Eso hizo que se detuviera en seco. Me mordí la lengua, preguntándome si no debería haberlo presionado, pero sentí que era inevitable. Llevábamos demasiado tiempo de aquella manera, fulminándonos con la mirada sin un motivo evidente. Quería una explicación.

—No te odio —dijo Nico—. Nunca te he odiado. Me recuerdas a alguien, eso es todo.

—¿A quién?

—Me recuerdas a mí mismo antes de volverme más sensato.

Comenzó a pasearse de nuevo, ahora con mayor lentitud, raspando el suelo con las botas. Me quedé en silencio, sintiéndome como un cura en el confesionario: esperando a que se revelara la verdad.

—Porque se suponía que tenía que hacerlo yo —dijo Nico—. Es decir, se suponía que yo tenía que matarlo. Mi papá se lo merecía. Y yo quería hacerlo, pero... no pude. Entraba en su habitación mientras dormía y le ponía un cuchillo en la garganta, pero no lograba hacer presión. De algún modo lo quería. Pensaba que las cosas podían mejorar. Que cambiaría. Pero no lo hizo. Empeoró. Entonces mi hermano lo asesinó y yo lo comprendí al fin.

—¿Qué comprendiste?

—Que no funciona —dijo Nico, volteando a verme—. La compasión, o como quieras llamarlo. El amor. Lo que aprendiste a ser, en el lugar de donde vienes... no puedes utilizarlo aquí. Lo estropea todo. Te vuelve...

—Débil —dije.

Nos miramos a los ojos y me vi poniéndome en pie y dirigiéndome hacia él, como si me lo hubiera ordenado con la mirada. Como si aquello fuera el juicio y la sentencia que llevaba tanto tiempo esperando.

Nico asintió con la cabeza.

—Aquel primer día, cuando entraste en el salón, te calé con mucha facilidad. Parecías estar herida. Y enojada, y asustada, y lo vi con tanta claridad, me vi a mí mismo, y no podía comenzar a pensar de esa manera, otra vez no.

—Así que Chrissy tenía razón —dije con una carcajada jadeante, encolerizada por aquella ironía—. Todo este tiempo ha sabido el motivo por el que no me querías tocar. Piensas que soy débil y que, si te acercas demasiado a mí, te envenenaré.

—Pienso que sientes demasiado las cosas —dijo Nico—, y es un suicidio. No se puede sobrevivir en esta ciudad de esa manera. Yo lo intenté.

De algún modo nos habíamos acercado mucho el uno al otro. Las cadenas se extendían a nuestra espalda, los rasgos angulosos y sombríos del rostro de Nico se encontraban a centímetros de los míos. Sus ojos tenían una oscuridad imposible, la curva inflamada de su labio ensangrentado brillaba a la luz de la antorcha.

«No me conoces. No tienes ni idea de lo que soy capaz», tenía ganas de decirle, pero solo me salió:

—Tengo que sobrevivir.

—Entonces no te preocupes tanto —dijo Nico—. Así es como te hacen daño. Cuando saben que tienes algo que perder.

En ese momento hizo algo raro… Levantó una mano y pegó el pulgar a mi boca. Su sabor a mezclilla y a sangre me invadió como una droga.

—Y que conste —dijo Nico— que siempre he deseado tocarte.

Seguíamos plantados de ese modo cuando llegaron los ejecutores.

35

Me quitaron las cadenas que me ataban a la pared y me llevaron hacia un rincón de la celda; por el camino me pusieron unas esposas nuevas: esa vez eran grandes, de hierro. A Nico lo liberaron.

—Dejaron que te vayas —le contó uno de los ejecutores—. El General no quiere molestarse en llevarte a juicio por segunda vez.

Me giré para mirarlo mientras los ejecutores se aprestaban a sacarme de la celda, deseando haberle preguntado antes lo que iba a ser de mí. Al fin y al cabo, él ya había pasado por aquella experiencia.

—¿Tendré un abogado? —pregunté—. ¿Puedo hablar con mi papá?

Uno de los ejecutores se echó a reír de manera desagradable. Me hicieron entrar en la plataforma del ascensor, que se mecía, así que me obligaron a sostenerme de las cuerdas para no perder el equilibrio.

—No hay abogado —contestó Nico—. Y no se permite la presencia de la familia en el estadio. Es un conflicto de intereses. —Seguía de pie en medio de la mazmorra, ignorando a los ejecutores que intentaban conducirlo hacia la puerta—. Tendrás que defenderte sola. Y luego hay un castigo.

—¿Como pasar un tiempo en la cárcel?

Nico negó con la cabeza.

—En Castello somos más del ojo por ojo.

La plataforma se sacudió bajo mis pies y yo me agarré con más fuerza de las sogas mientras notaba que el ascensor comenzaba a subir. Nico siguió mirándome a los ojos, resistiéndose aún a los ejecutores, que habían empezado a jalarlo por todos lados.

—Todo irá bien —dijo—. Puedes decir que fue un accidente. Que eres nueva en la ciudad y no lo sabías. Pero no dejes que te condenen por traición.

—¿Por qué? —le pregunté—. ¿Qué pasa si te condenan por traición?

Pero los ejecutores habían conseguido por fin arrastrarlo fuera de allí.

Le di la espalda a la mazmorra, a su suelo, que iba desapareciendo con rapidez, y me puse de cara a la pared para mirar el paso de la piedra negra mientras ascendía desde las profundidades de la tierra. Mi corazón comenzaba a acelerarse, sentí que me atravesaba una primera sacudida de miedo real. Oía una conversación sobre mi cabeza, amortiguada pero innegable, como si docenas de personas susurraran a la vez. El aullido del viento y una voz de hombre que llamaba al orden.

Era Tiago.

—¡Ciudad de Castello! Este es un juicio civil. Que se conozcan los cargos.

En la oscuridad sobre mi cabeza apareció una luz, un portal hacia el exterior. Tiago estaba enumerando mis ofensas para quien esperara al otro lado: «Allanamiento de morada, asalto violento, violación de la tregua». Su voz retumbaba con fuerza, como si estuviera hablando en un enorme espacio vacío.

«El estadio», había dicho Nico.

—La acusada se presentará ante el General para defenderse de sus delitos. Que entre Lilliana Deluca.

El ascensor se detuvo de golpe, quedó meciéndose en el aire. En la pared frente a mí había una puerta arqueada bañada por una luz diurna y brumosa. De repente comenzó a soplar un aire frío, que jalaba mi ropa. Me permití una fantasía breve en la que cortaba las cuerdas del ascensor, caía al suelo y me abría paso entre los ejecutores golpeándolos con el poder…

Pero eso solo podía acabar en la hoguera.

Armándome de valor, entré por la puerta.

Tras la oscuridad de la mazmorra, la luz del día me cegó y tuve que parpadear con fuerza para recuperar la visión. Acto seguido casi deseé no haberlo hecho, porque estaba en el estadio.

Pensé en gladiadores, en combates a muerte, en Roma antes de la caída. Estaba de pie sobre una amplia superficie de tierra, rodeada por un inmenso óvalo de bancos de piedra que se elevaban vertiginosos hacia el cielo. El aumento en la intensidad de los susurros me golpeó de inmediato: centenares de vecinos de la ciudad me miraban desde las gradas. Giré ante ellos mareada, sintiéndome diminuta, pensando que podían aplastarme, allí sola, en la enorme pista de arena.

—Acércate, muchacha —exclamó Tiago mientras me hacía gestos desde un podio alejado—. Haz frente a tus jueces. Arrodíllate ante los que dictaron tu sentencia.

En aquel momento vi al General, sentado en una plataforma elevada sobre las gradas, con la cabeza cubierta por su capucha de monje. A ambos lados de él se encontraban los líderes de los clanes, sentados sobre tronos de piedra: Enrico Paradiso, encorvado sobre su bastón, y Veronica Marconi, embutida en un abrigo de color rojo sangre. Un estandarte gigante de la trinidad colgaba bajo sus pies y desplegaba sus colores negro y dorado hacia la arena del estadio.

Aturdida, recorrí la distancia que me separaba de ellos y me postré de rodillas ante la plataforma del General. Mis esposas repiquetearon al contacto con el suelo de tierra.

—Ahora ponte en pie —dijo Tiago—, y empezaremos.

La forma del estadio parecía amplificar su voz, volverla lo bastante fuerte como para que llegara a la multitud. Tuve la sensación de que todo Castello se había presentado allí para la ocasión: hubiera jurado que había más gente amontonada en las gradas que en el carnaval. Muy por encima de mi ca-

286

beza pude ver una mancha familiar: un grupo de mis compañeros de clase, agrupados en una banca, pero no me atreví a mirarlos con más detenimiento.

—Lilly Deluca —dijo Tiago—, perteneces a la zona sur de la ciudad. Una residente de la zona norte presentó cargos contra ti. El delito de cruzar la frontera es una afrenta contra el entramado mismo de nuestra unidad. Si los cargos resultan ser verdaderos, el castigo será rápido y adecuado. Ahora vamos a escuchar a la víctima de tus crímenes. Procedente de la zona norte de Castello, Christina Paradiso.

Giré la cabeza de golpe y la vi abandonar su asiento y bajar hasta la arena del estadio. Iba vestida como una colegiala, con falda y blusa blancas, el cabello rubio recogido en dulces trenzas. No había ni rastro del sentido de privilegio al que yo estaba acostumbrada; en su lugar, parecía inofensiva, débil. Era fácil identificarse con ella. Vi en su mejilla las marcas que le había dejado el día anterior al arañarla, de un rojo tan intenso que tuve la seguridad de que se las había pintado para que se vieran mejor.

287

—Ayer me atacaron —dijo Chrissy—. Una chica de la zona sur cruzó la línea divisoria e irrumpió en mi casa. Creo que pretendía robarme. Cuando me enfrenté a ella, se puso violenta. —Chrissy hizo un gesto hacia sus heridas—. Como pueden ver. Ahora busco justicia por el daño que recibí. Y para evitar que lo que me hicieron pueda pasarle a otra persona.

—Es muy noble de su parte, *signorina* —dijo Tiago—. Dígame, ¿la chica que la atacó ayer es la misma que se encuentra hoy en el centro del estadio?

Poco a poco, Chrissy dio media vuelta para encararme. Por un instante, cuando se encontró de espaldas a la multitud y nadie más pudo verla, abandonó su rutina de colegiala y me sonrió. Me mostró los dientes y los cerró de golpe, blancos, afilados y lobunos.

—Sí, es la misma.

Una ola recorrió las gradas. Veronica Marconi se removió ligeramente en su trono.

—Muy bien, señorita Paradiso —dijo Tiago—. Gracias por su valor.

Chrissy hizo una inclinación y regresó a las gradas.

—Deluca —dijo Tiago—, ya escuchó el relato de la víctima. ¿Quiere rechazar las acusaciones que se han presentado contra usted?

Me quedé paralizada, consciente del cambio que se había producido en la atención de la multitud, que se había girado al unísono hacia mí. De repente me di cuenta también del aspecto que les ofrecía, con aquel suéter viejo, encadenada y cubierta por la mugre de la mazmorra. De aquella manera sería imposible que los convenciera de que era inocente. Además, no lo era. Solo había sido lo bastante estúpida como para que me atraparan. De repente solo deseé que todo aquello llegara a su fin lo más rápido posible, y que pasara lo que tuviera que pasar.

—No —contesté—. No rechazo las acusaciones. —Y, a continuación, para hacer feliz a Nico—: Pero no lo hice a propósito. No llevo mucho tiempo viviendo en esta ciudad, así que no estoy familiarizada con todas sus normas. Como sabe, no son pocas, precisamente. —En las gradas, alguien soltó una risita nerviosa, pero le chistaron para que callara de inmediato—. Me doy cuenta de que cometí un error, pero nunca quise hacerle daño a nadie. —Fruncí el ceño, recordando la mentira en el discurso de Chrissy—. Y no robé nada. Lo juro.

Me arriesgué a mirar al General, clavé la vista en la oscuridad de su capucha. Quizá fuera mi imaginación, pero hubiera jurado que por un instante le vi contraer los labios en una sonrisa. Como si le hubiera hecho gracia por algún motivo.

—Deluca ha confesado —dijo Tiago—. Reconoce sus delitos, pero asegura que los cometió por error. —Hizo una mueca—. Sin embargo, haríamos bien en recordar que cruzar la línea divisoria por error es la más severa de nuestras ofensas. Los líderes cívicos deberían proponer un castigo en consecuencia. —Asintió con la cabeza en dirección a la plataforma de los jueces—. Que el sur hable primero.

Así que le tocaba a Veronica. Levanté la vista hacia ella, esperando encontrar algún consuelo. Pero no: su mirada era bastante dura. Casi podía oír su voz dentro de mi cabeza, diciéndome: «Supongo que voy a tener que salvarte de nuevo, ¿eh, Lilly?».

Fruncí el ceño.

—Es evidente —dijo Veronica— que la chica delinquió. Pero creo que deberíamos ver con buenos ojos la sinceridad de su confesión. Y dice la verdad cuando afirma que es nueva en la ciudad. Aún no ha tenido el privilegio de aprender los entresijos de nuestras costumbres. Por tanto, propongo que la señorita Deluca sea escolarizada en vez de castigada. Quizá yo misma pueda ser de ayuda enseñándole en qué consiste la tregua…

—El sur propone que se la eduque —dijo Tiago, desdeñoso. Ya casi había olvidado cuánto odiaba a Veronica—. ¿Cómo responde el norte a eso?

Todas las miradas voltearon hacia la silueta encorvada de Enrico Paradiso en su trono. Paradiso había estado todo el juicio muy quieto, con esa tensión poco natural de la serpiente que aguarda para saltar fuera de la caja, la quietud que esconde una violencia terrible por dentro. Se me ocurrió en aquel momento que nunca lo había oído hablar, y de repente temí su voz más de lo que hubiera creído posible. Pero resultó que no abrió la boca. En su lugar, se inclinó hacia delante, sobre el bastón, y le hizo señas con un dedo marchito a Chrissy, que estaba sentada en las gradas inferiores.

Chrissy se levantó del asiento y subió las escaleras a la carrera, atravesó la plataforma y se arrodilló junto al trono de su padre. La imagen tuvo una cualidad inquietante, casi propia de un cuento de hadas: el perfil nítido y élfico de la muchacha que levantaba la mirada hacia el hombre canoso vestido de negro. El cabello rubio de ella se mezcló con el pelo plateado de él cuando Enrico Paradiso se agachó para susurrarle algo al oído.

Al cabo de un instante, Chrissy asintió con la cabeza, se puso en pie y se giró hacia el estadio.

—Mi padre propone un cargo de traición.

36

Una oleada de conmoción envolvió a la multitud. Veronica clavó los dedos en los brazos del trono. Era vagamente consciente de lo rápido que me latía el corazón, pero tenía el resto del cuerpo entumecido, era incapaz de procesar lo que sucedía.

—Mi padre considera que el cargo de traición es necesario —dijo Chrissy— para disuadir a la chica de cometer crímenes similares contra otras personas. Y creo que tiene razón.

Chrissy abandonó la plataforma de los jueces y comenzó a bajar las escaleras, pero no dejó de hablar. A su espalda, Enrico Paradiso se recostó sobre su asiento. Ya había cumplido con su trabajo, lo había puesto todo en movimiento. Y Chrissy iba a rematarlo por él, no me cabía la menor duda.

—Si esta chica no recibe el castigo adecuado —dijo—, ¿qué impedirá que pueda hacerle daño a otra persona? Podría volverse contra cualquiera de los aquí presentes tal y como se volvió contra mí. Si la dejamos ir tras romper la tregua, ¿qué tipo de ejemplo estaremos dando? ¿Transmitiremos la idea de que nuestras leyes ya no importan? ¿De que todos podemos hacer lo que nos dé la ga…?

—Protesto —dijo Veronica Marconi de manera abrupta, mientras golpeaba con los nudillos el brazo del trono—. ¿Por qué demonios está la víctima haciendo un monólogo?

—La *signorina* simplemente está… ampliando la opinión de su padre —dijo Tiago—. Puede terminar.

Chrissy llegó a la arena y se plantó frente a mí. Notaba las miradas de los vecinos de la ciudad pegadas a ella, sedientas de drama.

—Desde pequeña he creído que no había nada más importante que la tregua. Esta nos protege de la violencia, nos permite llevar unas vidas felices y en paz. Mi familia y todos los ciudadanos han realizado incontables sacrificios para preservarla. Y yo volvería a repetir esos sacrificios un millar de veces, porque lo que pasó ayer es una demostración de que nunca podemos bajar la guardia. De que nunca podemos excedernos en nuestro cuidado. Una chica del sur cruzó la línea divisoria y se coló en mi casa. Asegura que se trató de un error, pero miente. Lo hizo a propósito. Quería hacerme daño. Porque está resentida, siente una aversión personal. Está celosa. Así que ignoró la tregua. Ignoró nuestros valores. Recorrió tres kilómetros y medio de callejones para meterse en mi habitación y robarme algo…

—Protesto —repitió Veronica—. Está especulando sin medida sobre los motivos de la señorita Deluca. Y no recuerdo que el robo fuera uno de los delitos de los que está acusada…

—El hecho de que no se la haya acusado no quiere decir que no lo cometiera —espetó Chrissy.

—¿De qué estás hablando? —pregunté, sinceramente desconcertada—. Yo nunca te he quitado nada.

—Pero lo intentaste —dijo Chrissy—. ¿O no? —Se volteó hacia mí de nuevo con voz melosa y los ojos relucientes de desdén—. Por desgracia, él no estaba interesado.

Me quedé un momento mirándola, sin comprender. Entonces entendí el motivo verdadero por el que estábamos todos reunidos en aquel estadio, y me pareció tan absurdo que estuve a punto de soltar una carcajada. La cuestión no era el allanamiento de morada, ni la tregua, sino Nico. Chrissy me había llevado a juicio por Nico.

—Estás loca —dije en voz baja—. Esto es una locura. No tenía ni idea de que él fuera a estar allí siquiera…

Pero ella había dejado de escucharme hacía mucho rato.

—En nombre del norte —dijo Chrissy— y de todo Castello…, exijo que Lilly Deluca sea condenada por traición.

Cuando acabó de hablar, la multitud estaba entusiasmada, atenazada por una expectación de tipo nervioso. Era como si los vecinos hubieran comenzado a pensar que quizá sería entretenido ver un castigo por traición. Era evidente que todos sabían lo que cabía esperar. Yo era la única que no tenía ni idea de lo que pasaba.

Pero entonces me di cuenta de que sí que lo sabía, porque Liza me lo contó en mi primer día en la ciudad. Lo soltó mientras pasábamos por delante de la línea divisoria, cuando me advirtió que no la cruzara. «A la última persona que lo intentó la ejecutaron por traición».

«Oh. Ejecutada».

Por algún motivo, lo único que pude pensar en aquel momento fue: «Nico me va a matar».

—Esto es absurdo —espetó Veronica Marconi, que se había inclinado hacia delante y tenía un aspecto magnífico con aquel abrigo de color rojo y la rabia que vibraba en su cuerpo—. ¿Debo recordarles a todos que estamos tratando con niños? Una pelea de niños. Los niños son crueles con otros niños. La de traición es una pena para adultos que no tienen vías de redención. No para niñas pequeñas con sus disputas de patio de escuela.

—Pero Deluca rompió el armisticio —gritó Chrissy furiosa—. Eso es traición, tiene que…

—Orden —dijo Tiago—. ¡Orden!

Por el rabillo del ojo vi que el General se movía. No fue gran cosa, solo una mano esquelética que se levantó solicitando la atención, pero en el estadio se hizo un silencio tal que bien podrían haberle cortado la lengua a todo el mundo. Veronica relajó la postura, Chrissy hizo una reverencia instantánea. Yo clavé la mirada en la plataforma del juez, pensando en la sonrisa fugaz que había visto antes bajo la capucha…, preguntándome si no me lo habría inventado todo.

—Viva el General —dijo Tiago, y la gente inclinó la cabeza todos a una.

—Ciudadanos —dijo el General—, ya hemos discutido bastante. No prolonguemos este conflicto y nuestras diferencias.

Había logrado olvidar lo irresistible que resultaba su voz hasta que habló: su sedosa calidez se desplegó sobre el estadio como una manta, nos unió a todos entre sus pliegues.

—Hace veinte años, unimos nuestra ciudad en la luz. Hombro a hombro, combatimos un gran mal y triunfamos. A través de la paz nos hemos ganado la salvación y hemos cosechado la recompensa de una vida próspera y bendita. Pero, ciudadanos…, ¡hemos de permanecer alerta! Porque las victorias del pasado no garantizan la seguridad del futuro. Nos corresponde luchar cada día para preservar las ganancias que hemos obtenido. El armisticio es el núcleo sagrado de nuestra unidad. Es la garantía que nos hemos dado los unos a los otros para mantener a los demonios a raya. Y, sin embargo —añadió el General—, incluso en este orden tan estricto hay espacio para la misericordia.

Se levantó del trono y fue a plantarse al borde de la plataforma, con el rostro aún oculto bajo la capucha.

—Veo ante mí a una niña recién nacida a nuestro modo de vida. Se arrastra, pero aún no ha aprendido a caminar entre nosotros. Debe ser castigada, pero no entendería que se le hiciera un daño irreparable. Consideraría este el día de su bautismo, de su iniciación dentro de las filas privilegiadas de nuestros ciudadanos. No vamos a expulsarla de nuestra unión, sino que más bien la ligaremos a nuestra ciudad con un sello que ella lucirá como recordatorio de la lealtad que nos debe. Es esta una solución que puede satisfacer tanto al norte como al sur, que castiga a quienes agravian la paz, pero que acepta su contrición con los brazos abiertos. Esto es piadoso. Esto es justo.

El General acabó de hablar con una mano en el aire, como un director de orquesta plantado ante unos músicos invisibles.

A su alrededor, la gente prorrumpió en un aplauso espontáneo. Mientras yo, en el centro de todo aquello, intentaba comprender a qué me había condenado. El General había hablado de piedad, no de ejecuciones. Así que quizá Nico no acabara matándome, a fin de cuentas.

—El juez ha dictado sentencia —dijo Tiago—. Deluca será marcada con el sello de Castello. Traigan el hierro y el registro judicial.

De repente, hubo un bullicio de ejecutores a mi alrededor; estos habían salido de unas puertas ocultas y avanzaban dando zancadas rápidas por la arena. Uno de ellos empujaba una carretilla llena de trozos de carbón que desprendían un brillo anaranjado; otro llevaba un atizador alargado de hierro, en cuyo extremo aparecía tallado el símbolo de la trinidad del General, como si fuera un sello enorme. Y, de ese modo, las palabras de Tiago cobraron sentido.

«Marcada». Ese hierro era para mi piel.

Todas mis emociones parecieron alcanzarme de golpe y me mareé, tuve que apartar la vista de la carretilla de carbón para no dejarme llevar por el pánico. Tiago estaba ocupado ojeando un viejo volumen lleno de pergaminos gruesos. Asumí que sería el registro judicial.

—Como es habitual —le dijo a la gente—, el castigo lo aplicará el último ciudadano que lo recibió.

—Me pregunto quién será… —dijo Chrissy, sin dirigirse a nadie en concreto, pero había un brillo de expectación triunfal en su mirada que no me gustó en lo más mínimo—. Hemos padecido tantos crímenes insignificantes en tiempos recientes… Robos de pan y menudencias. Creo que tendremos que remontarnos algunos años para encontrar algo digno de ser castigado con la marca.

Y de repente se me ocurrió que no la había visto en absoluto molesta cuando el General conmutó mi ejecución. Más bien había sido al revés. Parecía estar esperando con ganas aquel momento.

—Si no me equivoco —dijo Chrissy—, la última persona que recibió el sello fue…

—Nico Carenza —dijo Tiago, al encontrar su nombre en el registro—. Marcado y exiliado por perturbar la paz.

—Lo que yo pensaba —dijo Chrissy, y sonrió.

Recibí el golpe como una oleada de agotamiento que me llevó a sentirme inútil y mil veces superada en inteligencia. Estaba dispuesta a sentarme en la arena y rendirme. Chrissy había estado brillante, muy inteligente. Me había llevado a juicio por fijarme en Nico y en aquel momento iba a hacer que él me castigara. Por si acaso se me ocurría la genial idea de volver a fijarme en él en el futuro.

—Excelente —dijo Tiago mientras cerraba el registro judicial de golpe—. Nico Carenza llevará a cabo el marcado. Traigan al chico.

Una puerta se abrió en el extremo más alejado del estadio y al darme la vuelta vi que Nico avanzaba flanqueado por media docena de ejecutores, como si el acusado fuera él. La gente se puso de inmediato a abuchearlo; el lado de los Paradiso hizo que su odio lloviera sobre él.

—Bueno, bueno —los reprendió Tiago—. Hoy Carenza es nuestro vengador. Ha sido bendecido con la tarea sagrada de administrar justicia. Siendo el último ciudadano que fue marcado, es responsable de transmitir la lección de obediencia al delincuente más reciente.

Intenté captar la mirada de Nico mientras los ejecutores lo hacían desfilar por delante de mí, pero no me prestó atención. Toda su rabia estaba dirigida hacia Chrissy.

—¿A qué mierda juegas? —preguntó entre dientes.

—Ay —dijo Chrissy—. ¿No te diste cuenta de que eras el último en el registro?

A continuación, las cosas comenzaron a suceder con rapidez: los ejecutores me agarraron por detrás y me obligaron a arrodillarme, Tiago puso el hierro de marcar sobre los carbones calientes. Su extremo cobró un resplandor anaranjado, el símbolo de la trinidad comenzó a chisporrotear al ganar temperatura. Nico, a quien habían colocado cerca de allí, tenía el cuerpo en tensión por la indignación contenida, lo que llevó a que los ejecutores dibujaran círculos nerviosos a su alrededor.

—¡Contemplen el sello de la ciudad! —exclamó Tiago, mostrándole el hierro a la multitud.

—¡Contémplenlo! —repitió la gente.

Alguien se agachó y rasgó la parte delantera de mi suéter, dejó expuesto mi pecho al aire invernal. Seguían teniendo las manos sobre mí, realizaban una presión implacable sobre mis hombros. Impedían que me moviera.

—Lilly Deluca —dijo Tiago—, has caído de rodillas como una persona que incurrió en traición, pero volverás a ponerte en pie como parte del grupo de los redimidos. Hoy puedes dar las gracias por la misericordia del General. ¡Cuentas con la bendición de vivir en el seno de su gracia! Esta marca hará que pases de ser una niña perdida a un símbolo viviente de lealtad a nuestra ciudad. —Le dio el hierro a Nico—. Adelante.

Nico no se movió. Me daba miedo mirarlo a los ojos en aquel momento, así que me concentré en sus manos, en los dedos flexionados alrededor del hierro. Intenté recordar lo que sentí las veces en que me sostuvo entre sus brazos, para tener algo agradable en lo que pensar cuando me golpeara el dolor.

—Ahora, Carenza —dijo Tiago.

Poco a poco, Nico avanzó y levantó el hierro en dirección a mi pecho. Me atreví a mirarlo, vi que vacilaba un instante mientras su mirada iba de Chrissy a mí y de mí a Chrissy. Por un instante, el resto del mundo pareció desvanecerse; estábamos solo nosotros tres: una trinidad torcida, igual que la del sello.

—¿Por qué la denunciaste? —preguntó Nico.

Chrissy se encogió de hombros.

—¿Por qué me pediste que no lo hiciera?

Era la misma pregunta que yo le había hecho en la mazmorra, pero entonces Nico no la contestó, así como tampoco ofreció ninguna respuesta a Chrissy en aquel momento. En su lugar, se quedó allí inmóvil, con el hierro meciéndose en su mano, acercándolo a mi pecho y a continuación alejándolo de nuevo. Noté su mirada en mi rostro y, cuando me permití levantar la vista hacia sus ojos, lo que encontré en ellos me dejó perpleja.

Todo su aplomo, su máscara perfecta de desinterés, había desaparecido. En cambio, vi en ellos duda, rabia, la espiral oscura de algo sumido en el pánico y la desesperación. De algo parecido al deseo. Y al miedo. Nico Carenza estaba asustado. Era algo tan ajeno a sus rasgos que estuve a punto de apartar la vista.

«No te preocupes tanto —me descubrí pensando—. Así es como te hacen daño».

—Hazlo —le dije, comprendiendo de repente la importancia de aquel asunto..., lo mucho que necesitaba pegar aquel hierro a mi pecho—. No pasa nada. No me importa.

—No —dijo Nico, y dejó caer el hierro.

Este golpeó el suelo con fuerza, chisporroteó al entrar en contacto con la tierra. A mi alrededor, la gente pareció tomar aire al unísono. Me sentí mareada por la conmoción, levanté la mirada hacia Nico, pero era incapaz de comprender lo que veía.

«Me dijiste que no fuera débil. ¿Para qué me lo dijiste si el débil ibas a ser tú?», pensé, con la cabeza dándome vueltas.

—¿Es que perdiste el juicio? —dijo Chrissy en voz baja—. Me perteneces.

—No, no es así —dijo Nico.

Acto seguido nos dio la espalda: a ella, a mí, a todo a la vez. Se alejó por la arena. Chrissy lo miró, perpleja; su rabia era como algo físico en el aire. Cuando estiró el brazo hacia un lado y le quitó la pistola a uno de los ejecutores, creo que fue sobre todo para que él volviera a prestarle atención.

El disparo resonó como un trueno en el estadio. Nico se tambaleó hacia delante, agarrándose el hombro derecho. Una

297

flor de sangre comenzó a extendérsele por la espalda y le manchó el suéter blanco con el tono rojo del vino. La multitud lanzó un grito ahogado de sorpresa, Chrissy incluida, como si en realidad no hubiera querido hacerlo, como si hubiera esperado que la pistola estuviera llena de balas de fogueo en vez de reales, y no hubiera querido herirlo. Pero aquello era real, había disparado contra él y, por algún motivo que se me escapaba, a nadie se le había ocurrido aún quitarle la pistola.

Nico dio la vuelta poco a poco, sin dejar de agarrarse el hombro. Había más sangre en su pecho, allí por donde le había atravesado la bala; se filtraba entre sus dedos y dejaba un rastro por la parte delantera de su ropa. Era la única persona en el estadio que no parecía sorprendida en lo más mínimo por lo que acababa de pasar. Me aterrorizó darme cuenta de que su expresión era casi de alivio.

—Bien —dijo Nico, asintiendo con la cabeza en dirección a Chrissy, provocándola como había hecho una docena de veces conmigo para desafiarme a que me acercara o me alejara.

Para desafiarla a que disparara de nuevo.

«Pero los ejecutores pondrán fin a todo esto. No dejarán que empeore…».

Claro que en aquel instante recordé que se trataba de Nico Carenza, y que nadie parecía dispuesto a que le importara lo que pudiera pasarle en un sentido u otro.

Por un instante, Chrissy se limitó a observarlo, como si no pudiera acabar de creer que la cosa hubiera terminado de aquella manera. La gente estaba al borde de sus asientos, la violencia que llevaban tanto tiempo anhelando al fin tenía lugar ante ellos. Los ojos de Nico estaban muy oscuros; los labios, amoratados y apretados.

—Ya está —le dijo a Chrissy—. ¿Lo comprendes? No puedo seguir así. Termina con esto.

A Chrissy le brillaron los ojos. En aquel momento me hizo pensar en una niña en mitad de una rabieta, dispuesta a destrozar su posesión más preciada solo para demostrar algo.

—Deberías haberme dejado que le cortara la garganta —dijo ella, y levantó la pistola.

En esa ocasión no me quedé esperando a ver hacia dónde apuntaba.

El poder estalló en mi interior, todo el miedo y toda la rabia se enroscaron para formar una ola de calor letal. Quise matarla en aquel instante, arrancarle el corazón solo para ver si de verdad tenía uno. Llegué lo bastante lejos como para partir mis esposas por la mitad…, pero entonces el poder se detuvo.

Algo bloqueaba las yemas de mis dedos, impedía que el poder saliera de mi cuerpo. Era como si una trampilla golpeara dentro de mi cabeza, un dolor incapacitante que hizo que me doblara, que fuera incapaz de moverme, de respirar, de pensar con claridad. Me sentía como si todos mis músculos estuvieran haciendo fuerza en un sentido mientras alguien los jalaba hacia atrás, desgarrándolos.

«Lilly, no lo hagas».

Era Christian.

Su voz se enroscó en mi interior, perfecta y absorbente. Procedía de algún punto por encima de mi cabeza, en las gradas. «No te atrevas».

«Suéltame», pensé, desesperada, inclinándome hacia delante, con el estómago revuelto. Intenté levantar las manos, pero me sentí como si hicieran pedazos mi cuerpo. Pensé que aquello era lo que Castello había hecho conmigo: arrastrarme en cien direcciones diferentes, hacer que deseara más cosas de las que podía soportar. «Suéltame, por favor. Es Nico…».

«Ya lo sé», dijo Christian.

Un golpe ensordecedor resonó en todo el estadio, haciendo que se sacudiera sobre sus cimientos. Fue como un terremoto: una ola de energía pura que me empujó hacia un lado, que hizo que se abriera el suelo bajo mis rodillas. Que creó grietas en las bancas y provocó que la gente se desplomara. No pudo durar más que unos pocos segundos pero, cuando se detuvo, todo había cambiado.

Me arrastré para ponerme en pie, consciente de que el dolor había desaparecido, e intenté encontrarle un sentido a lo que estaba viendo.

En el centro de la arena se abría el cráter de una bomba. Los escombros se esparcían por el suelo: trozos de piedra, la carretilla volcada y los carbones que humeaban sobre la tierra…, y el registro judicial había volado por los aires hecho pedazos. Chrissy había caído de lado, igual que yo, y la pistola había desaparecido, habría quedado enterrada entre los restos. Nico estaba tirado en medio del cráter, con una mano pegada aún a la herida del hombro. Por lo demás, estaba aparentemente ileso.

—Christian… —dije.

Estaba en pie y solo en una banca, más hermoso que nunca. El cabello que se arremolinaba con el viento, los ojos azules teñidos de dorado, los labios de un color rojizo letal. Su cuerpo entero parecía irradiar poder; las venas le brillaban por debajo

de la piel, unos chispazos se enroscaban en las yemas de sus dedos, y estaba muy cansado, muy enojado, muy harto de todo aquello, pero yo lo había desafiado a que usara el poder y al final lo había hecho.

«¿Lo ves, Lilly? ¿Estás orgullosa de mí?».

Y después de aquello todo se acabaría. Todo llegaría a su fin. Pensé: «¿Por qué?».

«*Por qué por qué POR QUÉ POR QUÉ POR QUÉ…*».

La multitud lo observaba y yo tuve un acceso feroz de celos, porque aquella gente había visto algo que no merecía ver: el poder de verdad, algo por lo que él había tenido que luchar, y yo me lo había perdido por completo.

«Y es fuerte. Es mucho más fuerte que yo, lo noto…», constaté.

—Ay, Dios mío… —dijo alguien.

Era Chrissy, manchada de tierra y gloriosa, que se ponía en pie entre la destrucción de la arena del estadio.

—Es un Santo… —Y se echó a reír.

El cántico comenzó a extenderse con lentitud, como si la gente estuviera demasiado perpleja para procesar su significado, hasta que de repente pasó a sonar desde todas partes, y se lo gritaron como si fuera una maldición, como si fuera el fin del universo.

«¡Santo! ¡Santo! ¡Santo! ¡Santo!».

Los ejecutores tardaron unos segundos en echarse encima de él, aplastándolo contra la banca y clavándole inyecciones en los brazos. El vínculo entre nuestras mentes se vino abajo de manera instantánea, hecho añicos por la droga y porque le habían administrado una dosis tan grande que comenzó a perder la conciencia. Me puse en pie con dificultades, necesitaba llegar hasta él, pero alguien me golpeó de lado y me hizo caer de nuevo al suelo.

—Serás idiota… —dijo Alex, furioso—. ¿Es que tú también quieres morir?

Lo último que vi fue a Veronica Marconi, que venía hacia mí abriéndose paso entre el frenesí de la gente con su abrigo de color rojo sangre. Tenía los brazos abiertos, como si quisiera estrecharme entre ellos.

A continuación, sentí un dolor terrible en la cabeza, y todo se fundió a negro.

37

*M*e desperté en una penumbra iluminada débilmente por una antorcha. Estaba tirada sobre un húmedo suelo de baldosas, mirando la suciedad del techo. El aire estaba cargado con el aroma dulzón de las flores muertas. Un traqueteo metálico me llegaba desde algún punto a mi izquierda. Poco a poco, me fui incorporando e intenté parpadear para enfocar la vista.

Estaba rodeada de filas de jaulas de hierro lo bastante grandes para que en ellas cupiera algún animal salvaje. Otra prisión, pues. Las baldosas sobre las que me habían tirado eran como un vestíbulo, y las jaulas de hierro, los bloques de celdas. Estaban todas vacías, salvo por la más cercana a mí. Alex se encontraba en su interior, sentado en la esquina trasera, dando patadas a las barras con golpes rítmicos y gesto desalentado. Al ver que me incorporaba, frunció el ceño y sacudió las barras con un patadón especialmente fuerte.

—Ya era hora —dijo.

Estaba sudado y cubierto de arañazos, con el pelo oscuro apelmazado por la mugre.

—¿Qué sucede? —le pregunté mientras me obligaba a ponerme en pie poco a poco.

Me daba la sensación de que el mundo estaba torcido y borroso, la cabeza me palpitaba como cuando me caí de un árbol en el patio de Gracie y tuve que pasar la noche en el hospital. Pensé que se trataría de una conmoción cerebral.

—Bueno, para empezar, estoy en una jaula —contestó Alex.

—Te sacaré de ahí.

Levanté una mano mugrienta y me concentré en el candado de la puerta mientras invocaba el calor de mi interior. No sucedió nada. Allí donde debería haber estado mi poder, las palmas de mis manos se encontraban adormecidas, vacías como mi mente; eran inútiles. El pánico me golpeó, hizo que se me acelerara el corazón.

—¿Dónde está? —pregunté, dirigiéndome hacia donde estaba Alex como si él me lo hubiera robado—. ¿Qué hiciste con mi poder?

—A mí no me mires —contestó él con frialdad. Se agarró de las barras de la jaula para tomar impulso al ponerse en pie y vino a mi encuentro—. Fue la profesora Marconi. Te puso una inyección en el estadio. Justo después de dejarte fuera de combate.

—¿Que hizo qué?

—La gente estaba histérica —dijo Alex—. Después de lo de Christian…, ya sabes. Se dejaron llevar por el pánico. El General obligó a que les hicieran a todos el análisis de poder en el momento, y la profesora Marconi pensó que desmayada representarías una amenaza menor.

Me doblé del dolor, sintiéndome mareada, intentando obligar a mi corazón a que se calmara.

—¿Dónde estamos?

—En las mazmorras —dijo Alex—. Debajo de la casa de seguridad de Marconi.

—¿Y por qué estás encerrado?

Alex se encogió de hombros, sujetó las barras y se inclinó hacia mí.

—Le pregunté cómo íbamos a recuperar a Christian. Ella me contestó que no podíamos hacer nada. Le dije que iba a matarla y me metió en una jaula.

—Fue una estupidez de tu parte.

303

Agarré el candado y comencé a manipularlo, furiosa por lo desamparada que estaba sin mi poder. Paseé la mirada por la celda en busca de otra manera de entrar en ella.

—¿Cuánto tiempo llevamos aquí?

—Siglos —dijo Alex—. Horas, días, no lo sé. Estoy perdiendo la cuenta. Tengo que salir de aquí. Antes de que…

—¿De que qué?

—El General lo anunció en el estadio —dijo—, después de que los análisis del resto de la ciudad dieran negativo. Esta semana será el 1 de noviembre. Siempre hay una gran celebración en honor del aniversario del incendio, y ahora esa fiesta contará con una apertura especial. Van a quemar a Christian a medianoche. Como tributo, ¿sabes? Para demostrar lo lejos que hemos llegado todos nosotros. El día en que los Santos nos destruyeron, nosotros destruiremos a uno de ellos.

Levantó la vista hacia mí y por primera vez vi que sus ojos estaban muertos, completamente vacíos.

—La cuestión, Lilly, es que deberías ser tú.

Algo se elevó en mi interior, un muro de dolor tan feroz que pensé que me partiría por la mitad.

—Lo sé —dije.

Recogí un ladrillo viejo del suelo y golpeé el candado con él, esperando que se rompiera. Nada. Solo una nube de polvo en nuestras caras.

—Me pediste que te ayudara porque querías salvarlo —dijo Alex—. Me dijiste que sabías lo que tenías que hacer, pero lo estropeaste, y ahora él morirá por tu culpa.

—Tú fuiste el que me detuvo. —Volví a golpear el candado, esa vez con más fuerza, y Alex se apartó de un salto—. En el estadio podría haber llamado su atención, pero me contuviste.

—Solo porque él me pidió que lo hiciera —dijo Alex, furioso—. Lleva así desde que te mudaste a la ciudad. Siempre: «Sé bueno con Lilly, vigila a Lilly, mantenla a salvo». —Me dirigió una mirada de indignación—. Porque, por alguna razón, pese a todo lo que le has hecho, le sigues importando.

—No es algo que haya elegido él —le espeté, notando que las lágrimas me quemaban en la comisura de los párpados.

Dejé caer el ladrillo por última vez y me rendí, lo lancé contra la pared.

Era inútil. Yo era una inútil. Todo aquello era inútil. Y Christian ya no estaba.

—Le importo solo por el poder. Le importo solo porque este poder le dice lo que ha de sentir.

—Te equivocas —me espetó Alex de vuelta, y a continuación cerró los ojos con fuerza, como si no pudiera creer que lo estuviera obligando a decir aquello en voz alta—. Créeme, ojalá no fuera así. Pero sí, estás equivocada. Va más allá de eso.

—¿Cómo lo sabes? —pregunté.

—Porque Christian no es idiota. Sabe lo que quiere. Y porque sé qué aspecto tiene cuando es auténtico.

Me quedé mirándolo un buen rato, sin aliento de tanto discutir, con los dedos doloridos por la fuerza con que había golpeado el candado. Intenté comprender lo que me había dicho entre los temblores neblinosos del dolor que sentía en el cráneo. «Y porque sé qué aspecto tiene cuando es auténtico».

—Alex —dije poco a poco—, exactamente, ¿qué hay entre ustedes dos?

Él levantó la vista, me dirigió a través de sus pestañas una mirada amarga, afligida.

—¿No es esa la cuestión?

De repente, recordé la manera en que los vi aquel día, inclinados el uno hacia el otro en el lavabo vacío. La mano de Alex sobre la mandíbula de Christian. Christian acercándose a Alex con toda naturalidad, como si lo hubiera hecho un centenar de veces. Como si aquel fuera su lugar. Me di cuenta de golpe de que sabía muy poco sobre la vida de Christian.

—No es tan bueno, ¿sabes? —dijo Alex, como si fuera él quien podía leer la mente—. Lo tratas como a una muñeca de porcelana, una cosa perfecta y rota que puedes recomponer si te esfuerzas lo suficiente. Pero no funcionará. Confía en mí, ya lo he intentado. Christian se limita a tomar de ti lo que necesita y después va y se autodestruye de todos modos. Pero el problema es que ni siquiera me importa. Sigo deseando dárselo todo. Y lo he hecho. He estado allí desde el principio. Hice que dejara de sangrar. Hice que olvidara. Por entonces solo podía dormir cuando estaba en mi cama. Durante toda mi vida hemos estado los dos solos. No importaba nadie más. Hasta que llegaste tú.

Alex volvió a mirarme a la cara con tal intensidad que me quedé anclada al suelo.

—Es a ti a quien quiere ahora. Y está bien. Puedes quedártelo. Puedes quedarte lo que quieras. Pero te lo juro por Dios, Deluca —cerró las manos sobre los barrotes de la jaula y por un instante pensé que iba a hacer algo maligno: estirar el brazo y agarrarme de la garganta—, como permitas que arda en la hoguera, te destruiré.

Al final del calabozo había una escalera sucia que terminaba en una puerta metálica. Salí tras unas pesadas cortinas, las aparté con fuerza y me encontré plantada a la luz de las velas en el palacio en ruinas de Veronica, que se encontraba ante el escritorio de espaldas a mí, con la vista puesta en el cuadro del hombre de cabello oscuro que sostenía el escudo de armas original de Castello. Bajo aquella luminosidad suave parecía estar vivo, se veía joven y atrevido y peligroso.

—¿Quién es? —pregunté.

Veronica me miró. Si mi súbita aparición la había sorprendido, no se le notó.

—Es un antepasado —contestó—. Vittorio, de la casa Marconi. El primero de nuestra estirpe.

El nombre me sonó vagamente.

—El que inició la guerra de los clanes —dije—. ¿El que combatió contra su hermano por la llave fundacional?

—En aquel momento, hace tantísimos años, debería haber sido suya —murmuró Veronica—. Debería haber sido fácil, pero se dejó arrastrar por la guerra. Los dos lo hicieron. Muchachos estúpidos: disfrutaban tanto con el combate que comenzaron a olvidar el motivo por el que habían comenzado a pelearse. Perdieron la llave. Y ahora estamos todos atrapados en esta jaula que nos legaron. —Paseó la mirada por el salón de baile, con su montón de armas metálicas y sus vestigios rotos de glorias pasadas—. A veces me pregunto si eso es lo único para lo que sirven nuestras vidas: para intentar reparar los pecados de nuestros predecesores. Demostrar que podemos ser mejores que ellos.

Veronica se giró para encararme bien, su mirada se enfrió cuando la posó sobre mi rostro.

—Para tu cabeza —dijo, señalando dos pastillas blancas que había sobre la mesa de banquetes.

Me acerqué a agarrarlas y me las tomé agradecida, con la esperanza de que acabaran con el dolor. Al levantar la vista de nuevo vi que Veronica seguía observándome, y que la rabia que había experimentado en el estadio seguía cocinándose a fuego lento en su mirada. Supuse que no podía culparla. En los últimos tiempos no había sido exactamente una alumna modelo.

—Tu papá me ha estado llamando sin parar —me dijo—. De repente está muy interesado en ti. Tiene la noble idea de que los dos deberían salir de la ciudad ahora mismo. Le dije que por desgracia estás detenida conmigo.

—¿Y eso qué significa?

Veronica me dirigió una sonrisa triste.

—Significa que te volviste incapaz de actuar con prudencia. Y, si no puedes protegerte a ti misma, tendré que hacerlo yo por ti.

No entendí lo que me decía hasta que crucé la sala y jalé la puerta propia de una cámara acorazada que había en la pared. Estaba cerrada con llave.

—Déjeme salir —dije—. No puede encerrarme aquí. Tengo que sacar a Christian.

—Me temo que eso no será posible. Lo tienen retenido en el cuartel general de los ejecutores hasta que comience la quema. Rodeado de guardias las veinticuatro horas del día...

—Entonces entraré a la fuerza. Me enfrentaré a ellos. Ya lo hice una vez, puedo repetirlo.

—Por el amor de Dios, Lilly —soltó Veronica—, ahora todo es diferente. La ciudad está en alerta máxima. ¿Crees que las purgas habrían funcionado si el General hubiera permitido que los Santos fueran de aquí para allá liberándose los unos a los otros? En cuanto te acercaras estarías muerta. Y no pienso ser responsable de sacrificarlos a los dos en una sola noche.

—No me importa que quiera o no ser responsable —dije, jalando furiosa la puerta, sintiendo que la rabia crecía en mi interior, allí donde debería haber estado el poder; llenándome hasta el borde sin ofrecerme ninguna válvula de escape—. Déjeme salir de aquí ahora mismo.

—¿En qué demonios estabas pensando? —preguntó Veronica, ignorándome por completo—. ¿Te fuiste al norte? ¿Es que nadie te ha explicado la tregua? ¿Y qué dificultad tenía que te limitaras a seguir las instrucciones que te di?

—Sus instrucciones no eran correctas —dije—. En la oficina de mi papá no había escáneres de poder, y si obtuve alguna pista sobre la llave fue por pura suerte.

A Veronica le brillaron los ojos.

—¿Y no se te ocurrió venir a mí con esa información? Para pedirme consejo, antes de lanzarte a cruzar la ciudad y estar a punto de morir...

—Lo siento —dije, sin sentirlo en absoluto—. La próxima vez lo haré mejor. Ahora déjeme salir.

—No te disculpes conmigo —dijo Veronica—. Es a Christian al que van a quemar.

Retrocedí de golpe, tuve que sostenerme en la pared para conservar el equilibrio. Veronica observó mis cuitas con expresión un tanto sorprendida, como si no hubiera sido consciente del impacto que sus palabras tendrían sobre mí.

—Decidió entregarse, ¿sabes? —me dijo, como si eso mejorara las cosas—. Se fue con ellos voluntariamente.

—No, se fue con ellos por mí. Se suponía que yo tenía que curarlo, que corregir lo que hizo mi mamá, pero en cambio Christian va a morir por mi culpa.

—A veces —dijo Veronica—, la gente no quiere que la curen.

—No me importa lo que quiera —dije—. No pienso perderlo. —Aquellas palabras se fijaron en mi interior como un voto, un peso líquido y acerado sobre mis huesos que me indicaba con exactitud lo que tenía que hacer a continuación—. Puedo conseguir la llave de la ciudad —dije—. Puedo traerla hasta aquí y podemos usarla para detener la quema.

Veronica se encogió de hombros, como si creyera que se trataba de una pregunta. Pero no era así.

—Usted me dijo que podría derrocar al General, que es la fuerza más poderosa de la ciudad. Así que tendría que ser suficiente para salvar a Christian.

—En teoría —dijo Veronica—, la llave puede hacer muchas cosas. Pero no tiene sentido especular hasta que no la vea delante de mí. Van a quemar a Christian la víspera del 1 de noviembre. Faltan dos días, Lilly. Y la llave lleva siglos desaparecida. Perdóname si no puedo creer que vayamos a ponerle las manos encima a tiempo.

—Pero es que podemos hacerlo —dije, negándome a permitir que un solo ápice de duda entrara en mi mente. Negándome a pensar en el tiempo que había pasado tirada en esa mazmorra, dejando que pasaran las horas—. Ahora sé dónde está.

—Ahora sabes dónde está… —repitió Veronica, y me miró con dureza—. Supongo que eso explicará por qué cruzaste la línea divisoria.

Asentí con la cabeza.

309

—Hay una moneda —dije—. Es de oro, y tiene un símbolo. Creo que es lo que está buscando el General.

—¿Qué tipo de símbolo? —preguntó Veronica.

—Sebastian lo llama el portal de la vida y la muerte.

—¿Sebastian? —repitió Veronica con tono cortante—. ¿Sebastian Paradiso?

Me quedé paralizada, dándome cuenta un segundo tarde de que nunca debería haber pronunciado su nombre, de que debería haberlo mantenido fuera de aquello por completo. Veronica se inclinó hacia delante, con una mirada gélida, y apoyó las manos sobre el escritorio.

—¿Me estás diciendo que, después de todos estos años, de todos estos siglos de búsqueda, el enano de esa basura de los Paradiso se las arregló para hacerse con la llave fundacional de Castello?

—¿Por qué todo el mundo odia tanto a Sebastian? —pregunté.

Veronica me ignoró por segunda vez.

—¿Por qué no se la quitaste?

—Bueno, lo intenté. Quiero decir, se la pedí, pero…

—Mientras se la pidieras —dijo Veronica, sarcástica—, nadie puede echarte ninguna culpa.

—Sebastian ya no la tenía —le espeté—. Pero dijo que podía conseguirla de nuevo. Y sé cómo contactar con él sin que esta vez me atrapen. Solo tiene que dejarme salir de aquí. Tiene que dejar que lo intente. —Di un paso hacia ella, inclinándome sobre el escritorio, dispuesta a suplicar, dispuesta a hacer lo que fuera necesario—. Por favor —dije—. Déjeme conseguir la llave. Y luego déjeme ir por Christian.

Veronica me estuvo observando durante largo rato, como si calculara algo con la vista, acumulando números y cantidades en su cabeza. Intentando decidir si podía confiar en mí tras los alborotos que había montado. Se decidió por una opción que me sorprendió, porque se parecía mucho a la compasión.

—Pobre niña —dijo—. Te autodestruirías por él, ¿verdad? Recuerdo esa sensación.

Estiró la mano desde el otro lado del escritorio y me apartó de la cara un mechón mugriento de pelo, dejó que su palma permaneciera pegada a mi pómulo. Fue un gesto inesperado, cálido y de una dulzura extraña, que despertó en mí una especie de *flashback*: el recuerdo infantil de una mujer hermosa y mi desesperación porque me quisiera como yo la quería a ella. Por primera vez en años, me di cuenta de que echaba de menos a mi mamá.

—Muy bien —dijo Veronica—. Tráeme la llave y sacaremos a tu chico de ahí con vida.

311

38

Llegué a la casa de Liza justo antes de que comenzara el toque de queda. Las botellas rotas sobre el pavimento centelleaban bajo la luz de la luna. Cuando llamé, el timbre sonó como una campana fúnebre. Al principio no pasó nada. Luego, se abrió la puerta y ella apareció ante mí, el cabello suelto sobre los hombros, un brazo cruzado sobre el pecho a modo de escudo. Pese a lo sucedido entre las dos, sentí una punzada de alivio al verla. Al tenerla allí, en persona, tuve que creer que de algún modo podríamos arreglarlo todo.

Entonces Liza dijo:

—Largo de mi casa.

E intentó cerrarme la puerta en las narices.

Me eché hacia delante y metí el cuerpo en el umbral antes de que la puerta se cerrara; entré trastabillando en el vestíbulo, que estaba muy oscuro. De repente tenía a Liza muy cerca de mí. Por un instante nos quedamos mirándonos, mientras mi respiración se agitaba un poco más de la cuenta. Intenté leer en sus ojos, pero estos estaban inexpresivos, desprovistos de su encanto habitual. Aquello hizo que me descentrara, que no supiera bien cómo comportarme. Se suponía que era yo la que debía sentar el tono. Era yo la que tenía permiso para estar enojada.

—¿Viniste a recuperar tu precioso mapa? —me preguntó Liza al final.

—No —contesté—. Te lo puedes quedar. Sé que te gusta estar rodeada de escenarios de crímenes.

Liza soltó una risita tensa.

—Así que vuelve a ser uno de esos días en que te las das de ser mejor que yo.

Acto seguido dio media vuelta y se dirigió hacia la escalera mohosa que conducía a su departamento.

—Liza, espera —dije, pero ella no volteó.

Vacilé un instante, pero decidí que no tenía más opción que seguirla.

Al entrar en el departamento vi que había poca luz, y Liza era solo una silueta oscura en el otro extremo del pasillo. Oí que, en una habitación cercana, sonaba música como de un disco rayado. Parecía una ópera, trágica y mayúscula: un hombre y una mujer cantaban juntos en una armonía entrelazada.

—¿Qué es esto? —pregunté, curiosa a mi pesar.

—*Carmen* —contestó Liza—. Es casi el final.

—¿De qué trata?

—Trata de una chica que es hermosa de verdad, pero descuidada. Hace que un chico se enamore de ella, y a continuación lo abandona. Así que él la mata. Lo está haciendo en este mismo momento.

Liza dio la vuelta de nuevo, desapareció tras una puerta al final del pasillo. Se me hizo un nudo en la garganta, seguía con la respiración agitada… Toda la convicción que había sentido en la puerta de la calle se había desvanecido en un instante. En aquel momento tan solo me sentía atascada, atrapada entre dos necesidades, la de acercarme y la de alejarme de ella. Al final, pese a que mi cerebro me decía a gritos que aquello parecía una trampa, ganó la opción de acercarme.

Encontré a Liza en un baño de azulejos rotos, llenando una inmensa bañera de porcelana. Allí la música sonaba más alta, la voz de la mujer se elevó hacia las alturas para a continuación desmoronarse con rapidez.

—Casi no queda agua caliente —dijo Liza sin mirarme—, así que tendrás que conformarte con la fría.

—¿Qué?

—El baño es para ti —dijo ella—. Estás hecha un asco. Has dejado un reguero de suciedad por toda la casa.

Bajé la mirada y reparé por primera vez en las capas de mugre y de sangre de mi ropa.

—Hasta te voy a contar una historia mientras te aseas —dijo Liza—. Trata sobre la manera en que los principitos prendieron el fuego. La averigüé a partir del mapa: pusieron gasolina en el agua bendita. Así que cada persona que entraba en la iglesia ayudaba a propagar las llamas…

—Liza, para —le pedí—. Ya sabes que no quiero hablar sobre ellos.

—No, no lo sé —dijo ella, dando media vuelta para enfrentarme—. Resulta que no sé nada sobre ti. Bueno, salvo que eres una mentirosa. Y una ladrona.

Tuve que mirarla dos veces.

—Tú me robaste el mapa…

—Sí —dijo Liza—. Pero tú me robaste el poder.

Fue como si el suelo se hubiera hundido bajo mis pies. La cabeza me daba vueltas y caer del guindo de esa forma tan súbita hizo que se me revolviera el estómago. Así que aquel era el motivo por el que me miraba como si me quisiera muerta… Aquella era la trampa.

—Pareces perpleja —dijo Liza con frialdad mientras se agachaba para cerrar los grifos—. ¿Pensabas que no lo descubriría? Sinceramente, Lilly, ¿crees que me chupo el dedo? Lo único que me sorprende es que no se diera cuenta nadie más en todo el estadio. Tus esposas se rompieron así. —Chasqueó los dedos—. Un milagro. Fue de lo más evidente.

Avanzó un paso rápido hacia mí, sus ojos verdes se habían vuelto negros, puro tizón.

—Es lo único que he deseado siempre. Nada más: solo el poder. Y llegas tú, haciéndote la dulce e inocente, y me lo quitas… —Su voz se torció como un látigo—. Tu baño está listo —dijo Liza—. Métete.

Era una mala idea, la peor de las ideas, pero por algún motivo no pude obligarme a desobedecer.

—Lo siento —dije en un susurro antes de quitarme los jeans y el suéter, y hundirme en la bañera—. Liza, te juro que no pretendía…

—Cállate, Lilly —dijo ella—. Y enséñame lo que sabes hacer. —Se metió en la bañera y se quedó plantada ante mí, como una diosa vengativa—. A ver, romper unas esposas no es nada. Quiero verte destrozar algo de verdad.

—No —mascullé—. No voy a hacer eso.

—¿Por qué no? —preguntó ella, que de repente se arrodilló y salpicó agua helada por todas partes—. No me digas que le tienes miedo… ¿Es que temes que el poder te guste un poco más de lo debido? ¿Que tengas que abandonar la rutina de la chica buena en cuanto reconozcas lo mucho que te gusta romper las cosas?

—¿Por qué haces esto? —le pregunté, inclinándome hacia ella, respondiendo a la furia de sus ojos con la mía—. ¿Por qué tienes tantas ganas de que sea mala?

—Solo quiero que seas sincera —contestó Liza, que curvó los labios en una de sus sonrisas despiadadas para decirme que me conocía mejor que yo misma—. Quiero que seas interesante. Que admitas que estás enojada, y que estás desesperada por repartir a diestra y siniestra. Estoy harta de que finjas ser feliz con esa vida tuya tan pobre y limitada…

Detrás de Liza, el espejo del baño se rompió en un millón de esquirlas. Una lluvia de cristal cayó sobre las dos; los fragmentos relucían en el agua de la bañera y se habían depositado sobre su cabello como la nieve recién caída. El resultado fue que me sentí mareada, incapaz de explicar por qué lo había hecho, por qué había mordido el anzuelo, cuando mi cerebro lógico me había pedido a gritos que no lo hiciera. Quizá se debiera a que una parte secreta y letal de mí coincidía con ella. O porque sabía que la llevaría a mirarme de aquel modo: los ojos muy abiertos, hambrientos, con un deseo crudo por la sensa-

315

ción eléctrica de poder que había en el aire. Nuestras rodillas se tocaron por debajo del agua, mi cuerpo deseó doblarse hacia el suyo como la flor se dobla hacia el sol.

—Mucho mejor —dijo Liza, que se pasó la lengua por los labios en busca de algún cristal—. Me repatea que actúes como una sumisa. En el fondo, sabes que eres igual que yo.

Entonces se echó hacia atrás, y algo cruel apareció en sus ojos cuando intenté seguirla por instinto.

—¿Para qué viniste, Lilly? ¿Qué quieres de mí?

Me tomé un momento para recordarlo, tratando de desempañarme la mente.

—Sebastian —dije al fin—. Dijo que encontraría algo que me hace falta, pero me quedé sin tiempo. Así que necesito que me digas cómo puedo encontrarme con él sin tener que cruzar la línea divisoria.

Liza enarcó una ceja.

—¿Y por qué tendría que hacer eso?

—Porque eres mi amiga. Porque te lo estoy pidiendo. Porque, por muy enojada que estés ahora conmigo, sé que te preocupas por mí.

—Me preocupo por ti… —repitió Liza, y sonrió con suficiencia—. ¿Es eso lo que crees?

No dije nada, me negué a reaccionar.

—¿Es que no escuchaste a Chrissy? —me preguntó Liza—. No eres más que un juguete. Fue divertido jugar contigo durante un tiempo, pero ahora ya me aburrí.

—No te creo —le dije en un susurro—. No te creo para nada.

—Bueno, pues deberías. Porque fue un juego, ¿es que no lo ves? Unas risas. Y me lo pusiste tan fácil…

Su voz rezumaba desprecio, y me alejé de ella por instinto mientras me agarraba las manos en torno a las rodillas.

—Vi la manera en que me mirabas cuando llegaste a la ciudad. A Nico. A Christian… A todos. Como una cachorrita enamorada. Desesperada por encontrar a alguien que te quisiera. Alguien que te aceptara tal como eres.

—Es posible que te mirara de esa manera —dije—, pero tú me devolviste la mirada.

—¿En serio? —dijo Liza, y se encogió de hombros—. Qué gracioso… No lo recuerdo.

—Eres una hipócrita —dije de repente—. Hablas sobre ser sincera, sobre tomar aquello que quieres. Sobre la admiración que sientes hacia los principitos por su valor, cuando en realidad no te pareces en nada a ellos. Eres tan pobre y estás tan asustada como el resto de nosotros. Ni siquiera puedes admitir que sientes algo por mí. Todo este tiempo has tenido demasiado miedo para aceptar que quieres…

—¿Que quiero qué, Lilly? —preguntó Liza, que se volvió a inclinar hacia delante con una mirada oscura y furiosa, pero también cautelosa, que se esforzaba por esconder algo en su interior—. Exactamente, ¿qué crees que quiero de ti?

—Esto —dije, y la besé.

Tenía la boca húmeda por el agua y Liza se puso en tensión durante un segundo, las manos sobre mi pecho, a punto de apartarme de un empujón. Pero entonces sentí que sus labios se abrían bajo los míos, y de repente aquello se volvió real. Era diferente a Christian en todos los sentidos: más dulce, más afilada, sus contornos irregulares me arañaban los huesos. Pero aun así me hacía sentir bien. Sentía que la necesitaba a ella también.

—¿Lo ves? —dije con un jadeo, apartándome un poco—. Esto está bien.

Liza no contestó. Se limitó a enredarme una mano en la melena y a empujarme con fuerza hacia atrás, con lo que el agua salpicó a ambos lados de la bañera. Dejé que me mantuviera allí, curvando el cuello para recibirla, sintiendo que las esquirlas de vidrio me cortaban la piel sin que me importara lo más mínimo. Nuestras bocas se deslizaban juntas, mitad dentro y mitad fuera del agua; sus dientes jalaban mi labio inferior, me llenaban de incienso, de vainilla y de sangre.

Cuando al fin me dejó ir, me sumergí por completo, con los ojos totalmente cerrados y los labios ardiendo. Bajo la superfi-

317

cie todo estaba tranquilo y en silencio, y cuando abrí los ojos vi que Liza me miraba desde arriba.

«Me devolvió el beso —pensé, sintiendo que me recorría un alivio vertiginoso de nuevo, convencida por segunda vez de que las cosas iban a salir bien—. Me devolvió el beso».

De repente, Liza se puso en pie y salió de la bañera. Yo salí a la superficie, jadeando un poco, y la vi cruzar la habitación para dirigirse al alféizar de la ventana, donde encendió el celular deslizando el dedo sobre la pantalla. Tenía el suéter pegado al cuerpo, le goteaba agua de las mangas. Al tenerla de espaldas a mí, vi que había una tensión en la postura de sus hombros, y yo no deseaba eso, no podía aceptarlo en absoluto.

—Liza —dije, llevándome un dedo a los labios inflamados, disfrutando del calor que su boca había dejado en ellos—. Liza, ¿podemos hablar de esto?

—Ya está —dijo ella.

La miré sin comprender.

—Sebastian —dijo ella, y me di cuenta de que había vuelto a olvidarme de él—. Mañana al amanecer se reunirá contigo en las catacumbas.

39

$\mathcal{A}$l final, la entrada era evidente. Por mucho que me hubieran contado que las catacumbas estaban selladas, la puerta permanecía intacta. Estaba alojada dentro de un antiguo mausoleo de piedra, abierto después de que alguien le reventara el candado. Al otro lado de la puerta, en la boca de la tumba, vi una escalera de piedra que caía hacia las profundidades de la tierra.

En el exterior aún estaba oscuro, el brillo del amanecer apenas había comenzado a teñir el cielo y en el interior del mausoleo la negrura era aún mayor. Encendí la linterna que me había dado Liza y dejé que la luz rebotara contra las paredes, y vi murales pintados con espray, velas caídas y cristales rotos, como si unos niños se hubieran reunido allí alguna vez para invocar a los fantasmas. En lo alto de las escaleras, tallado en el suelo había un mensaje bíblico que cobró consistencia cuando el haz de la linterna le pasó por encima. Eran dos cráneos con unas rosas que florecían en sus bocas.

HUESOS SECOS, COBRARÁN VIDA

«Qué buen rollo este sitio», pensé, y comencé a bajar las escaleras.

El techo se cerró casi de inmediato sobre mi cabeza, se estrechó y se curvó como el interior de una pipa. Cuando me atreví a mirar las paredes, me encontré con que también estaban pintarrajeadas con dibujos infantiles de cuerpos que se retorcían y figuras en llamas. Bajo mis pies, los viejos escalones de piedra descendían hacia el interior de la tierra como en el pozo de una mina.

Intenté mantener el sentido de la orientación mientras avanzaba, pero los ángulos no dejaban de cambiar, la escalera corría hacia un lado y luego hacia el otro, me daba la sensación de que me movía en espiral mientras bajaba cada vez a mayor profundidad. Cuanto más descendía, más frío se volvía el aire. Las paredes a mi alrededor estaban húmedas, cubiertas de limo. Cuando llegué al fin de las escaleras, tuve la sensación de que había recorrido varios kilómetros hacia abajo.

Di un paso vacilante al frente y acto seguido me apoyé en la pared para recuperar el equilibro después del vértigo de la escalera. La oscuridad era extrema y hacía un frío penetrante. Me estremecí, me abracé el torso, desplacé los pies insegura y noté que algo se rompía bajo uno de ellos. Poco a poco, sin ganas, apunté la linterna hacia abajo.

Eran huesos. Huesos secos. Estaba en los túneles.

A regañadientes, moví la linterna en círculo para asimilarlo: las laderas enormes de esqueletos desmembrados que se apilaban a mi alrededor y cubrían el suelo de un blanco resplandeciente. Alex me había dicho que las catacumbas estaban demasiado llenas para seguir usándolas, pero nunca imaginé que pudieran tener aquel aspecto. Tuve la sensación de que los cuerpos iban a ahogarme.

Me puse a caminar con rapidez, ignorando los huesos que crujían y se partían bajo mis pies. Los esqueletos se me venían encima por todas partes, masas de cráneos sonrientes y partes del cuerpo que no sabía reconocer. Justo cuando pensaba que no podría soportarlo más, el pasaje comenzó a abrirse y me escupió hacia una cueva. Era como un cruce de caminos, una caverna amplia con una nueva serie de túneles que se ramificaban a partir de ella en diferentes direcciones. Me detuve de golpe, temerosa de no volver a encontrar jamás el camino hacia las escaleras si perdía la ubicación del túnel por el que había llegado. Y de todos modos no fue necesario que me moviera, porque Sebastian ya estaba allí, esperándome.

Lo percibí antes de verlo; era una ondulación leve en la oscuridad que me llevó a hacer un barrido con la linterna.

—Aquí —dijo, y a mi izquierda se produjo un destello de luz, el de un cerillo al encenderse.

La cara de Sebastian quedó a la vista de manera fugaz al otro lado de la caverna. Pensé que parecía mucho más alto de lo normal. El cerillo se apagó, pero encendió otro y estiró el brazo hacia arriba, hacia la pared de la cueva, donde pareció prenderle fuego a una montaña de cráneos sinuosos. Al cabo de un instante me di cuenta de que fue un pegote de velas a medio quemar entre los huesos lo que iluminó la caverna con un feroz fulgor anaranjado.

Sebastian estaba sentado al borde de un ataúd altísimo. Este se encontraba abierto, los huesos se derramaban por todos sus costados, pero el muchacho parecía completamente en paz con aquella circunstancia. Llevaba un uniforme escolar impoluto, de colores verde y gris, con corbata, y me recordó al de Christian, solo que era cien veces más nuevo. Esperaba que Gato estuviera con él, hecho un ovillo sobre su hombro o investigando los alrededores, pero Sebastian estaba solo.

Dedicamos un instante a estudiarnos el uno al otro en silencio. No lo había visto cuando me juzgaron en el estadio, supuse que lo habrían excluido, igual que a mi papá, pero era consciente de que debía de haber oído lo que había hecho Chrissy.

—Te dije que no había acabado aún contigo —soltó Sebastian, como si le hubiera dado pie con mis pensamientos.

Me encogí de hombros. Las *vendette* de Chrissy parecían encontrarse a años luz de distancia, pero Sebastian no estaba de acuerdo.

—La gente la está convirtiendo en una heroína —dijo—. Por desenmascarar a un Santo. —Entornó los ojos—. Es peligroso dejar que mi hermana piense que tiene todo ese poder.

321

Para ser alguien que se acaba de mudar a la ciudad, has provocado una espantosa cantidad de problemas.

—Ya, bueno —murmuré—. Al parecer me viene de familia.

Con el ceño fruncido, Sebastian se bajó del ataúd deslizándose. Aterrizó con ligereza sobre los pies y vino hacia mí. Llevaba una pistola metida en el cinturón, lo que creaba un contraste extraño con su uniforme escolar. La ancha línea de anillos en sus dedos resplandecía a la luz del fuego.

—Te traje esa moneda estúpida —dijo Sebastian—. Tal como querías. No lo habría hecho de no ser porque ella te estaba esperando. Ya probó tu sangre, así que supuse que al final no podría impedir que la consiguieras.

—¿De qué estás hablando? —le pregunté en un susurro, enervada, observándolo meter la mano en el bolsillo y sacar el collar con la moneda de oro—. ¿Por qué no dejas de decir que la llave me conoce?

Sebastian no contestó. La cadena se desenrolló entre sus dedos y la moneda de su extremo comenzó a balancearse como el péndulo hipnótico de un reloj. Aquella visión hizo que me diera un vuelco el corazón, una excitante ola de poder comenzó a agitarse bajo mi piel. Deseaba tocarla. Quizá fuera la cualidad de la luz, o que Sebastian la había limpiado, pero descubrí que podía ver los detalles de la moneda con mucha más claridad que antes: el corte violento de la puerta de espinos, las palabras en latín en su parte superior. *«Per me omnia»*.

—¿Sabes lo que significa? —le pregunté.

—«A través de mí, todo» —contestó Sebastian al instante, y acto seguido arrugó la nariz y corrigió su gramática—: «Todo a través de mí».

—Suena a promesa.

—O a advertencia —dijo él.

—¿Alguna vez pensaste en quedártela? —murmuré, resiguiendo el oro con la vista, resistiendo la necesidad codiciosa de soltar la mano como si fuera una serpiente y limitarme a arrancarle la moneda de la suya—. Si las leyendas son ciertas y la llave controla el poder de la ciudad, tu familia podría haber gobernado el lugar.

Un destello de rabia atravesó el rostro de Sebastian; fue tan vívido que casi lo sentí como un golpe.

—Chica nueva —dijo Sebastian con frialdad, poniendo en tensión los dedos bajo los anillos—, ¿qué te hace pensar que quiero que mi familia gobierne algo?

Me encajó la llave en la mano con una mirada dura.

—Agárrala —dijo—, pero ándate con ojo. Hay puertas que es mejor mantener cerradas.

En aquel momento, las laderas de esqueletos que nos rodeaban se vinieron abajo y los ejecutores se echaron sobre nosotros.

Sebastian apuntó con la pistola a la vez que yo liberaba el poder: disparó tres veces antes de que los ejecutores lo agarraran por detrás y lo empujaran para que cayera de rodillas contra el suelo. Yo deslicé la mano por el aire e hice que se desplomaran, que fueran cayendo como muñecos de papel. Pero entonces noté un dolor profundo en la muñeca y todo mi ser se entumeció. Fue un frío súbito, nauseabundo, como si me estuviera hundiendo en diversas capas de aguas negras. Mi poder había desaparecido.

La silueta de Tiago se elevaba ante mí, con un puñado de jeringas en la mano. Me había administrado una dosis superior a la normal, suficiente para que me diera vueltas la cabeza y mis miembros perdieran la fuerza en un instante.

—Deluca otra vez —dijo con tono cordial, jalándome para atraerme hacia su pecho—. Ya sabía que no habías dicho tu última palabra. —Sonreía, pero su boca estaba borrosa, era un tajo blanco suspendido en el aire—. Dos Santos en una semana. Cuando queramos darnos cuenta, tendremos una purga completa entre las manos.

Tiago estiró el brazo hacia Sebastian, que seguía clavado al suelo bajo los ejecutores, y le quitó la llave de la mano.

—Y veo que también encontraron la reliquia familiar perdida del General. Llevaba mucho tiempo esperando que apareciera. Estoy seguro de que estará de lo más agradecido.

323

La vista me estaba fallando de verdad. El contorno del cuerpo de Sebastian apareció borroso mientras los ejecutores lo arrastraban hacia el interior de uno de los túneles. Fui consciente vagamente de las ideas que intentaban abrirse paso a través de la neblina de mi mente: «¿Cómo nos encontraron aquí? ¿Cómo se enteraron?».

Entonces me hizo efecto la fuerza completa de las inyecciones y el mundo desapareció. Sentí que me deslizaba entre los brazos de Tiago y no creo que él se molestara en sostenerme.

40

$\mathcal{M}$e desperté sobre una superficie fría en penumbra, un *déjà vu* de la mazmorra de Veronica, solo que en esta ocasión estaba encadenada. Me palpitaba la muñeca a causa de las inyecciones, tenía el cuerpo entumecido y ansiaba mi poder.

—Christian —dije, desesperada por obtener una respuesta, pensando que, si los dos íbamos a morir, al menos podríamos hacerlo juntos.

Sin embargo, no me contestó nadie.

Estaba encadenada a una especie de columna de piedra al pie de una amplia escalinata que quedaba iluminada a franjas por la luz que se filtraba desde las ventanas a mi espalda. Muy por encima de mi cabeza, un techo abovedado culminaba en una cúpula, pero tenía la sensación de encontrarme a mucha altura, como si de lado a lado de mi cuerpo hubiera una larga caída en la oscuridad.

—Christian —repetí.

«Contéstame, vamos…».

—No está aquí —dijo una voz.

Fue un sonido suave, reconocible de manera instantánea incluso para mi mente semiaturdida. Encogí el cuerpo contra aquello a lo que estuviera encadenada. La voz se estiró como una sonrisa.

—¿Me tienes miedo?

—Sí —contesté en un susurro.

—Bien —dijo el General, y salió a la luz.

Su figura encapuchada, envuelta en un sayo de arpillera, descendió por la escalera que tenía delante. Era como si se deslizara sobre la piedra. Cuando llegó al descansillo en el que estaba encadenada, retrocedí aún más, temiendo que se me acercara, pero en su lugar se alejó, comenzó a serpentear por la oscuridad que me rodeaba, apareciendo y desapareciendo de la vista.

—¿Dónde está Christian? —pregunté, intentando enfrentarme a mi miedo, al martilleo horrible de mi corazón.

—Está en una celda —contestó el General—, esperando a que comiencen los festejos.

«Los festejos».

—¿Por qué no estoy con él?

—Porque soy compasivo —dijo el General, que al fin se plantó ante mí—. Y porque te necesito para otra cosa.

Levanté la vista hacia él casi de mala gana, sin querer ver, pero siendo incapaz de apartar los ojos. Noté que me devolvía la mirada, el peso doloroso de sus ojos sobre los míos.

—Es increíble —dijo el General—. Eres igual que ella.

Levantó los brazos poco a poco y se echó la capucha hacia atrás. Ya le había visto el rostro, pero me sorprendió de todos modos: tenía una belleza cruel, muy distinta a la silueta fantasmal de su vestimenta. De cerca, todo en él resultaba brutal: el corte militar de su pelo, los tatuajes negros que se enroscaban entre su cuello y sus sienes. La corona de espino grabada en la frente, tan afilada que llegué a creer que podría herirme.

—Eres la viva imagen de tu madre —dijo el General.

En mi pecho, algo se enfrió.

—Lilliana Deluca. Sobre el papel, un nombre que no significaba nada. Jamás imaginé que pudieras ser su hija. Ella era más bonita que tú, por supuesto. También más encantadora. Pero llevas su sangre en las venas, y eso es lo único que importa.

Volvió a desaparecer de mi vista, se desplazó hacia mi espalda, me habló desde la oscuridad.

—Te habías escondido bien, lo reconozco. Al mezclarte con la multitud te pasé completamente por alto. Pero el juicio me lo reveló. Eras como un fantasma en la arena: la pequeña princesa, resucitada. La reina ardiente que regresaba para hostigarme. —El General volvió a aparecer junto a las escaleras, esa vez para burlarse—. Tu madre provocó el incendio del siglo. Vaya herencia a la que hacer frente.

—¿Cómo sabe que fue ella? —le pregunté en un susurro. Entonces me acordé de Veronica—. Ay, Dios, no me diga que también fueron amigos.

—¿Amigos? —repitió el General—. ¿De verdad tienes una opinión tan baja de mí? No. Tu madre escogió como misión destrozarme la vida. Y eso fue antes de que provocara el incendio.

—Entonces debió de ser bastante lista —dije, sorprendida al descubrir que la estaba defendiendo—. Al escapar de la ciudad cuando tanta gente parecía saber con exactitud lo que había hecho.

—Lista —dijo el General—, quizás. O tan solo desalmada. Al fin y al cabo, estaban reventando a mi hermano en la plaza, esperando a que ella apareciera. Pero ella optó por huir.

Siguió un silencio, un momento en el que sus ojos reflejaron un desprecio tan profundo que temí ahogarme en él.

—Tu madre era muy especial —dijo el General—. No parecía sentir nada.

Guardé silencio, hecha un ovillo... Deseaba discutir con él, pero no sabía cómo.

El General volvió a alejarse, y esa vez me atreví a mirar más allá de la columna, para ver hacia dónde se dirigía. A mi espalda, el suelo de mármol se ramificaba en una serie de pasajes, un laberinto suspendido de galerías que se entrecruzaban en el aire. La más amplia de ellas daba a una pared con vidrieras que relucían a la luz menguante del exterior. En los cristales vi representado el mito de Ícaro, eran paneles inmensos del muchacho y sus alas y su destrucción. Así que estábamos en la iglesia.

327

El General se plantó delante del panel central: Ícaro en pleno vuelo, las alas que rozaban el sol. Las llamas comenzaban a extenderse por las plumas en fragmentos afilados de cristal dorado. Más allá de la ventana se abría la plaza de Castello, una hoja de mármol que debería haber parecido diminuta desde aquella altura, pero que en su lugar ofrecía un aspecto inmenso. Veía los detalles del pavimento: una serpentina de papel olvidada, un lazo infantil que ondeaba al viento. Me di cuenta de que se trataba de un cristal de aumento. Desde allí arriba, el General podía ver la plaza entera con la misma claridad que si se encontrara en el suelo.

—He recorrido un largo camino —dijo con suavidad—. Salí de la nada, así que de verdad vengo de muy lejos. Enseñé a esta ciudad a adorarme. No tengo ningún mérito, ninguna riqueza, ningún título, pero me adoran igual. —El General asintió con la cabeza en dirección al vidrio—. He recorrido un largo camino, pero puedo llegar aún más lejos.

Miró por encima del hombro, no pareció sorprenderse al ver que lo estaba observando.

—¿Sabes lo que solía decir tu madre? Cuando éramos niños, me contó que los Santos eran los elegidos, y que los que cargaban con una maldición éramos nosotros, los mortales. Solía torturarme por eso, por ser tan humano. Y lo era. Lo soy. Pero nada es permanente. En este mundo hay más posibilidades que la de que exista gente nacida con poder y gente que no lo tiene. También puedes tomarlo. Puedes estirar el brazo y quedártelo para ti.

Volvió a detenerse ante mí, su sayo susurraba al contacto con el suelo de mármol.

—La gente de esta ciudad cree que los salvé. Me llaman profeta, ¿y por qué no habría de serlo? Tú harás que suceda.

—¿De qué está hablando? —le pregunté.

—Me trajiste la llave fundacional de Castello —dijo el General—, y te lo agradezco. Llevaba mucho tiempo buscándola. El portal hacia el poder de esta ciudad, el puño de hierro para gobernarla. Siempre he querido disponer de ese derecho y hacer lo mismo que tu madre: destrozar a la gente sin esfuerzo.

—Pero si usted lo odia —dije—. Odia el poder…, quiere destruirlo.

El General lanzó una carcajada límpida y desinhibida, como la de un niño.

—¿Qué demonios te hace pensar eso?

Levanté la mirada hacia él, convencida de que me estaba tomando el pelo.

—Todo lo relacionado con esta ciudad —le espeté—. Los análisis de sangre, los ejecutores, los sermones que da, que diga que el poder procede del demonio, que los Santos están malditos…

—Ay, vamos, niña… —dijo el General, sin pensar—. Esas son las historias que cuento a la gente para que me quiera. Ya deberías saberlo.

Pero no lo sabía. No lo entendía.

—Es muy simple —dijo el General—. Érase una vez que tu madre intentó reducir esta ciudad a cenizas. Y yo decidí reconstruirla. No tenía poder para hacerlo. Solo palabras, una idea. Les di algo que odiar. Algo que temer. La gente hará lo que sea si la asustas de verdad con algo. Así que hice que les temieran a ustedes. Les conté que los Santos eran brujos y me suplicaron que los redimiera. Les dije que su sangre estaba corrupta y me rezaron como a una divinidad. Los masacraron porque les dije que así acabarían con su dolor. Las palabras tienen ese tipo de fuerza. Las palabras hacen que la gente crea. Compré esta ciudad con palabras.

El General sonrió.

—Pero el poder es mejor.

Lo observé pasearse frente a la escalera, sintiendo como si las cosas se estuvieran disolviendo a mi alrededor, como si alguien intentara poner el mundo boca abajo.

—Se puede dudar de las palabras. Siempre habrá alguien que escogerá no creer. Pero nadie duda del poder. El poder aniquila. El poder hace que la gente se postre tanto si quiere hacerlo como si no. Les doblega las extremidades. Les altera la mente. El poder es ineludible.

El General dio la vuelta para encararme, me atrapó con la sencilla sinceridad de su voz, con el salvaje color gris de sus ojos.

—Quiero modelar el universo a mi imagen y semejanza, y no quiero que se oponga a mí. Para eso sirve la llave.

—Así que se lo inventó —dije en voz baja—. Todo lo malo acerca de los Santos, simplemente…, se lo sacó de la manga. Le contó a la gente una historia de luz y oscuridad, y la gente le creyó. Se volvieron unos contra otros. Mataron por usted…

—No seas ridícula —dijo el General con frialdad—. La gente de esta ciudad lleva siglos matándose. Lo único que hice fue proporcionarle un objetivo mejor. —Se encogió de hombros—. Dicen que la llave fundacional contiene el poder de un dios. Yo soy el único dios que esta ciudad miserable ha merecido nunca.

Volví a hundirme contra la columna de piedra, mareada por el peso de lo que estaba comprendiendo.

—Es usted un fraude.

—No —dijo el General—. Soy un gobernante. Y, con esa llave, pienso gobernar durante mucho tiempo.

Se alejó de nuevo y me descubrí pensando en la eternidad, en un hombre encapuchado, dueño de una voz letal, que jalaba los hilos de las marionetas.

—¿Qué está esperando, entonces? —le pregunté—. Ya tiene la llave. ¿Por qué no la usa?

—¿No te lo dijo? Veronica Marconi mandó a sus soldaditos a una misión con un montón de mentiras. Qué vergüenza.

Me removí, alterada al comprobar que conocía los planes de Veronica.

—El portal de la llave está cerrado —dijo el General—. Alguien pagó un precio muy alto para ello. Llevaron a cabo un sacrificio de sangre, entregaron su poder a la ciudad a cambio de negarnos el poder de la ciudad al resto de nosotros. Porque eran codiciosos y estaban llenos de odio, y no podían soportar la idea de que alguien más pudiera reinar.

—¿Y quién haría algo así?

El General me dirigió una mirada de extrañeza.

—¿Tú qué crees? Fue tu madre.

Estaba pasando de nuevo: la sensación de que las cosas se inclinaban, de que todo se torcía y salía mal.

—No, eso es imposible —tartamudeé—. La llave lleva siglos perdida. Han pasado mil años desde la última vez que alguien fue capaz de encontrarla…

—Otra mentira del clan Marconi, veo. ¿De verdad fingió Veronica que nunca se había encontrado la llave? Cuando, para empezar, la idea de desenterrarla fue suya… —El General chasqueó la lengua como si estuviera amonestando a un niño—. De pequeños, siempre íbamos juntos los cuatro: Val y yo, tu madre y Veronica. Nos colábamos al otro lado de la línea divisoria, nos reuníamos extramuros. Jugábamos a ser rebeldes en la zona de guerra que nos rodeaba. Las niñas me despreciaban, por supuesto, y yo las despreciaba a ellas, pero Val se las arregló para convencernos a todos de que nos lleváramos bien. Estaba enamorado de tu madre, y por algún motivo pensaba que podríamos ser una especie de familia.

Los ojos del General se oscurecieron de golpe, anunciando tormenta.

—Mi hermano era lo único que tenía, y tu madre me lo arrebató. Me obligó a destruirlo. De todos sus pecados, ese es el único que nunca le perdonaré.

»Fue Veronica la que sugirió que buscáramos la llave. Su familia había mantenido vivas algunas historias que el resto del mundo había olvidado, como la de que la llave fundacional de Castello abriría el portal al poder de la ciudad. Y que la podríamos usar para convertirnos en reyes y reinas. En aquel momento, no teníamos nada mejor que hacer que buscarla.

331

Éramos niños estúpidos, perdidos, necesitados de un propósito. Pero había truco, ¿sabes? Dos de nosotros ya tenían el poder. Y aquel fue el error de Veronica: pensar que alguien como tu madre estaría dispuesta a compartirlo.

El General había desaparecido de nuevo a mi espalda y su voz me llegaba desde las sombras.

—A tu madre le costó muy poco localizar la llave. Supongo que la percibió, y se llevó a mi hermano consigo para desenterrarla. Después se negaron a mostrárnosla, no dejaron que la tocáramos. Lo único que supimos fue que de repente se habían vuelto imparables. Fue en aquel momento cuando cambiaron los dos: no al volverse Santos, sino cuando abrieron el portal. Cuando tuvieron el poder de Castello entre las manos. Dejaron al margen a todos y se construyeron su propio pequeño mundo juntos. Borrachos de poder, lo exigían todo. Como unos principitos de verdad, nos abandonaron en el polvo.

»Supongo que ese es el motivo por el que tu madre acabó haciendo desaparecer la llave. Tras el incendio, cuando todos sus planes ya habían salido mal, simplemente no pudo tolerar la idea de que alguien más usara el poder de la ciudad tal y como había hecho ella. Lo había codiciado tanto, había trabajado tan duro para que siguiera siendo suyo… Así que hizo un sacrificio: le ofreció su propio poder a la llave para que sellara el portal. Y entonces la escondió. Porque, pasara lo que pasara, la verdad que tuvo en más alta estima a lo largo de toda su vida fue que solo ella merecía gobernar.

El General volvió sobre sus pasos y se plantó frente a mí. Le brillaban los ojos de regocijo.

—Nunca imaginé que tendría hijos. Eso hace que revertir su sacrificio resulte mucho más sencillo. Tu sangre es la misma que la suya, igual que tu poder. Eres la única persona de la Tierra que puede deshacer lo que hizo. Supongo que ahora se sentiría muy decepcionada contigo.

Cuando terminó de hablar no pude moverme, mi mente no dejaba de dar vueltas, como una rueda rota. Pensé en lo que había dicho Sebastian en los túneles: «Ya probó tu sangre». En la rabia de mi mamá a lo largo de todos esos años, en las puertas cerradas y en el hecho de que siempre se hubiera avergonzado tanto de mí.

«No me odiaba solo porque sabía que acabaría siendo como ella —pensé con un cierto desánimo que me llevaba a hundirme—. Me odiaba porque yo no debería haber existido nunca. Porque sabía que podía estropearlo todo».

—No lo haré —dije en un susurro—. No desbloquearé la llave. No puede usar mi sangre.

—Pues claro que puedo —dijo el General—. Podría obligarte si así lo deseara, pero sería muy aburrido. Eso sí, la obtendré de cualquier modo. —Hizo un gesto hacia las vidrieras, un dedo huesudo señaló la plaza a nuestros pies—. Están construyendo la pira del muchacho. Arderá a medianoche a menos que dé la orden de que se detengan.

El corazón me martilleaba en el pecho, me llevó a ponerme en pie a mi pesar, desesperada por ver bien lo que pasaba en el exterior. El General pasó por delante de mí y me hizo señas para que lo siguiera.

—Ven, niña —dijo—. Ponte a mi lado. Mira lo que veo yo.

Lo seguí con lentitud, descubriendo que las cadenas me daban margen para desplazarme, que se arrastraban tras de mí, agarradas de mi cintura y de mis brazos. Vi a través del cristal que estaba anocheciendo y una multitud comenzaba a formarse en la plaza. Los ciudadanos de Castello, vestidos con sus mejores galas, habían acudido a presentar sus respetos en el aniversario del incendio que provocó mi mamá. Era mitad conmemoración, mitad celebración, tal como había dicho Alex. «El día en que los Santos nos destruyeron, nosotros destruiremos a uno de ellos».

A lo largo de los límites de la plaza se alineaban hombres vestidos con túnicas y con tambores ceñidos al pecho, que se preparaban para la representación. Las banderas rojas con el símbolo de la trinidad del General se desplegaban desde las

333

ventanas como lenguas sangrientas. Y, en el centro de todo ello, sobre una plataforma elevada al lado de la iglesia, vi la pira de Christian, una enorme montaña de madera con una estaca en el centro, rodeada por unos ejecutores que ponían clavos y sogas en su sitio a martillazos.

—Esta es mi ciudad —dijo el General, que se había transformado de nuevo en un predicador, con aquel encanto hipnótico al que ni siquiera yo podía resistirme—. Mi gente. Atarán a tu chico ahí arriba y lanzarán vítores cuando las llamas comiencen a prender. Si desbloqueas la llave para mí, le perdonaré la vida.

Guardé silencio, pensando en lo que diría Christian si se enterara de aquello, en lo furioso que se sentiría.

—Dudas —dijo el General, con curiosidad—. De verdad eres hija de tu madre.

—Primero quiero verlo —dije—. Tráigalo aquí, donde no puedan tocarlo. Después…

—Silencio, niña —me interrumpió el General—. No estás en situación de exigir nada. Rompe el cerrojo y salva al muchacho. Es mi última oferta.

—Pero usted es un mentiroso —dije con frialdad—. Lleva veinte años mintiéndole a esta ciudad. ¿Por qué debo confiar en que le perdonará la vida cuando haya acabado?

El General sonrió, divertido de nuevo. Por seguir provocándome.

—¿Por qué deberías confiar en nadie? En esta ciudad te han mentido desde el principio. ¿Es que no lo he dejado lo bastante claro? No soy más traicionero que cualquier otra persona que hayas conocido aquí. Mira a la chica que te vendió, por ejemplo.

—¿Qué chica? —pregunté.

—¿De veras crees que fue un accidente que mis hombres los encontraran en las catacumbas? Y no solo a ti, sino la llave de la ciudad también. Qué buena suerte tras tantos años de fracasos. Hubiera sido impensable si la *signorina* Elisabetta no nos hubiera indicado dónde buscar.

Me quedé mirándolo sin comprender, convencida de que no conocía a nadie con ese nombre. Pero entonces la idea me embistió de una manera horrible: «Liza. Se refiere a Liza».

—No —dije en voz baja—. No es cierto. No le creo.

—Las catacumbas del sudoeste al amanecer —dijo el General—. Ella misma guio a los ejecutores por las escaleras.

Sacudí la cabeza, negándome a aceptarlo.

—Está mintiendo de nuevo. No fue Liza. Ella no me haría eso.

—No te sientas dolida —dijo el General—. No es más que una niña celosa. No es ni de lejos la peor traición que has recibido. —Algo brillante centelleó en su mirada—. ¿O es que nunca te has preguntado, para comenzar, cómo fue que acabaste viviendo en esta ciudad infernal?

Retrocedí para alejarme de él, con los brazos extendidos, pensando: «No más. Por favor, pare. No quiero saber más».

—Fue mi papá... —me oí decir—. Usted le ofreció un empleo...

—¿Yo? —El General parecía estar disfrutando—. ¿Es eso lo que crees de verdad? ¿Que lo encontré yo por mi cuenta? ¿Que convoqué a mi ciudad para que se metiera en mis asuntos un extraño llamado Jack Deluca? No, niña. Nos reunió otra persona. Alguien que te quería a ti. Alguien que conspiró y mintió y negoció para traerte hasta aquí, alguien que conocía tu genealogía, que era consciente de lo valiosa que podrías resultar...

El General dio un paso lento adelante y el sol poniente prestó color a su rostro con franjas rojizas y doradas; lo volvió glorioso, casi divino, incluso sin la llave. Sacó algo de los pliegues del sayo, un trozo de pergamino, y me lo puso en las manos. Al bajar la vista me encontré con el contrato de trabajo de mi papá. Dirección, empleos anteriores, miembros de la familia, vivos y fallecidos. Y, al pie, con caligrafía pulcra, la nota manuscrita:

Jack Deluca: ingeniero - recomendado al General por Veronica Marconi

335

Por un instante, no pude respirar.

—Estabas a salvo —dijo el General—. A un océano de distancia, invisible para mí, hasta que ella me susurró el nombre de tu padre al oído. Me insistió en que yo necesitaba un ingeniero, un talento nuevo en mis filas, así que me arriesgué: invité a tu padre a venir a la ciudad y su hija lo acompañó, tal y como Veronica había planeado. Es una mujer inteligente: nos engañó a los dos.

—Pero no tiene sentido —dije tartamudeando—. Veronica se sorprendió al verme. Dijo que no lo podía creer cuando me vio en la escuela…

—¿Y quién ha dicho que Veronica Marconi sea el paradigma de la sinceridad en Castello? Está tan podrida como el resto y tiene que lidiar con sus propios resentimientos. ¿Cómo crees que se sintió en su juventud, siendo la heredera del trono de los Marconi, esperando que el mundo se postrara a sus pies, cuando constató que el poder de tu madre no hacía más que crecer? Veronica también deseaba ser especial. Quería mantenerse al nivel del talento de tu madre. Había oído las historias de la llave fundacional desde que estaba en la cuna. Imagínate su rabia cuando tu madre se la robó delante de sus narices. Y luego cuando la selló…, cuando cerró el portal ante el resto de nosotros y la escondió. Por no hablar del fuego, que fue la desgracia definitiva.

»Lo que los principitos hicieron en esta iglesia destrozó el futuro de Veronica. Destruyó su dinastía familiar y sus oportunidades de gobernar la ciudad. ¿Cómo podía perdonar algo así? Pasó a necesitar la llave más que nunca. Quería recuperar su herencia y planeó reclamarla con el poder. Así que, cuando tu madre desapareció, Veronica comenzó a seguir su rastro. Tardó años, pero acabó encontrando a una mujer llamada Carly Deluca, y luego te encontró a ti.

El General parecía casi impresionado, pero su voz estaba teñida de burla.

—La última persona sobre la Tierra con la sangre de la reina principita. La única persona que podía disponer de la oportunidad de encontrar la llave y abrir de nuevo el portal. Así que te trajo a Castello y esperó pacientemente. Te tomó bajo su ala, te acarició el cabello, secó tus lágrimas y, a cambio, tú arriesgaste la vida por esa llave. Te hubiera pedido tu sangre cuando se la entregaras, y tú se la habrías dado sin pensarlo dos veces.

—Por la ciudad —dije, con expresión de impotencia—. Porque quiere proteger Castello de usted.

—Una causa noble —dijo el General—. Pero Veronica Marconi quiso el poder mucho tiempo antes de querer destruirme a mí. Para ella, fuiste la solución perfecta.

Intenté asumir aquella información, inmóvil y entumecida frente a la ventana, con la cabeza nublada por todo lo que temía en aquella ciudad: Christian en llamas, la furia de Liza, Nico con un balazo en el hombro. Todas las sombras de Castello se retorcieron a la vez para conformar una verdad aplastante.

«Ella te hizo esto. Veronica Marconi quería recuperar su ciudad y te arrastró hasta aquí. Te utilizó. No le importó a qué precio».

De repente me mareé, perpleja ante la ceguera con que me había tragado todas sus mentiras sobre la llave, que se suponía que era la única manera de curar la ciudad. Le creí cuando me dijo que podría salvar a Christian, como si a ella le importara que viviera o muriera.

«Estoy sola —constaté—. Siempre he estado sola. Nunca me han querido: solo te quieren mientras las cosas son sencillas, pero después se cortan las muñecas y te quedas SOLA».

—Así que ya ves —dijo el General con dulzura—: en esta ciudad, la verdad es una ilusión. Nuestro odio es demasiado profundo. Aquí todos tenemos esqueletos en el armario. Cargamos con los huesos del pasado, con la maldición de su recuerdo, con un deseo desesperado de sobreponernos. Pero el pasado es despiadado. No muere con mucha facilidad. Tienes que matarlo tú mismo.

Pegó las manos a la ventana, donde la pira de Christian se elevaba en el crepúsculo.

337

—Esta es tu elección. Hace veinte años, tu madre se quedó entre las sombras y vio cómo despedazaban a mi hermano. ¿Piensas hacerle lo mismo al muchacho?

—No —contesté.

La palabra laceró el aire, rompió algo que nunca más volvería a recomponerse.

—Buena chica —dijo el General—. El efecto de las inyecciones se te pasará antes de medianoche. Entonces podrá comenzar el sacrificio.

41

$\mathcal{M}$e costó tener noción del paso del tiempo en la iglesia después de que cayera la noche. Los segundos se volvieron minutos y los minutos horas de oscuridad borrosa, quebrada únicamente por los ruidos que llegaban del exterior: las risas agudas en la plaza, las voces de la multitud que allí se iba congregando. De vez en cuando, la oscuridad desaparecía iluminada por el parpadeo de las llamas sobre las vidrieras: eran los ejecutores, que cruzaban la plaza con sus antorchas, preparándose para la quema.

Yo estaba de rodillas, al pie de las escaleras, con aquellas gruesas cadenas alrededor de los brazos y del vientre. A duras penas sentía que me limitaran ya, no eran más que un peso que debía soportar, la carga que no había logrado quitarme de encima. Tenía los labios muy secos; el cuerpo, febril.

Vi a mi mamá en pie en lo alto de la escalinata, con cortes en ambas muñecas, la piel blanca y exangüe en la oscuridad. Entonces apareció Veronica, una figura resplandeciente que me persuadía y susurraba, y me hacía tomar veneno como si los suyos fueran consejos sinceros. Al fin acabó por desvanecerse, y la figura de la escalera pasó a ser la de Liza, que llevaba una capa de terciopelo negro y sostenía una lámpara de queroseno en la mano proyectando sombras sobre el mármol mientras se dirigía hacia mí. Supuse que se trataba de otra fantasía, y ni siquiera cuando noté la calidez de la lámpara sobre la cara tuve la seguridad de que fuera real.

—Pareces abatida —dijo Liza—. No te sienta bien.

—¿Qué estás haciendo aquí? —pregunté con un susurro.

—Me mandó a prepararte. Para el sacrificio de sangre y todo eso… tienes que tener buen aspecto.

—¿Así que ahora te dedicas a hacerle recados al General?

—Qué va —contestó Liza—. Estoy aquí por mi propio entretenimiento. Me gusta ver cómo se desmoronan las cosas.

—Me entregaste —dije, obligándome a no torcer la voz—. Confiaba en ti, ¿cómo pudiste…?

—Ya te lo dije una vez —afirmó Liza—. No debes confiar en nadie más que en ti misma. Ese ha sido tu error.

—Qué manera tan solitaria de vivir la vida.

Liza se encogió de hombros.

—Te di una oportunidad —repuso ella—. Te dije que podríamos ser diferentes estando juntas, pero, nada, tuviste que estropearlo todo.

—Yo no quiero ser diferente —repliqué—. Nunca lo he querido. Quiero ser normal. Quiero hablar de cosas normales contigo. Quiero que nos gustemos la una a la otra como hace la gente normal. Sin toda esa rabia, sin hacernos daño…

—¿Quieres ser normal? —repitió Liza, riéndose de mí—. Pues deberías haberlo pensado antes de robarme el poder.

—Haces como si lo hubiera hecho a propósito —dije, furiosa—. ¿Sabes que no puedo controlarlo? Yo no pedí que me pasara nada de todo esto. Y te lo daría si pudiera. Si eso te hiciera feliz, te dejaría que me extrajeras el poder. Pero no creo que fuera así. Creo que no importa lo que te dé, porque nunca dejarás de querer más.

A Liza se le endureció la expresión y se agachó de repente para colocarse al nivel de mi mirada. Sus ojos verdes ardían en la oscuridad. Sentí que me faltaba el aliento, cara a cara con su ferocidad desnuda. La crueldad de la que era capaz, y la rabia: todo ello formaba parte de ella. Todo ello era algo que yo había intentado negar. Todo estaba dispuesto ex profeso para destruirme.

—Nunca debería haberme prendado de ti —dije en voz baja—. Tendría que haberlo hecho de Giorgia. Dios, incluso de Susi. De alguien que no acabara conmigo. De alguien que no quisiera quemarnos a todos.

Liza sonrió al oírme, se acercó más a mí y esbozó sus palabras sobre mis labios:

—No seas estúpida, Lilly —dijo—. Puede que queme al resto, pero me voy a quedar contigo.

De repente, se oyó un ruido sobre nuestra cabeza, el chirrido lejano de una puerta en la oscuridad. Tensé el cuerpo por la anticipación. El General se acercaba.

—Esto está a punto de comenzar —dijo Liza mientras se incorporaba y se apartaba de mí—. Haz lo que te diga y no hagas preguntas. Confía en mí.

Sonaba muy segura al decirlo, como si supiera con exactitud lo que el General planeaba y hubiera decidido que no debería ser motivo de preocupación para ninguna de las dos. La vi subir la escalinata, detenerse a mitad de camino, levantar la lámpara y estrellarla contra el pasamanos de mármol para liberar la llama de queroseno, que se elevó disparada por los aires, un chorro de luz arrebatadora que me cegó tras tantas horas de oscuridad. Cuando al fin recuperé la visión, la iglesia entera estaba a la vista, iluminada por la enorme línea de llamas que ascendía por el pasamanos.

El Icarium resplandecía a mi alrededor, sus muros imponentes y sus techos abombados se volvieron de repente tan brillantes como a la luz del día. Yo estaba en el palco suspendido sobre el altar, justo debajo de la curva de la cúpula titánica de la iglesia. Veía los bancos borrosos en el suelo, bajo mis pies, como si fuera el mobiliario diminuto de una casa de muñecas. Frente a mí, la escalinata parecía ascender sin fin: mármol en pendiente y un trono de madera en lo alto. El General estaba allí sentado, con el pecho inclinado sobre las rodillas. Seguía con la capucha baja, el rostro pintado por la luz del incendio, el sayo arrugado bajo la correa de la escopeta que llevaba al hombro.

341

A mitad de la escalera, sobre un estrado intermedio entre él y yo, había dos estatuas antiguas que parecían atormentadas e incompletas, como si unos cuerpos vivos hubieran quedado atrapados dentro de la piedra. Cada una de ellas elevaba un brazo hacia la otra, y sus dedos de mármol estaban a punto de rozar la parte más elevada del arco. Como en un portal.

La estatua de la izquierda tenía la cabeza echada hacia atrás y sujetaba una daga plateada en la mano libre. La llave de la ciudad colgaba de una cadena sucia alrededor de su cuello.

Liza tomó asiento al final del pasamanos, detrás de las estatuas. Parecía completamente en calma, como si en realidad aquello fuera un mero entretenimiento para ella..., como si dispusiera de un control absoluto sobre la situación. Por su parte, el General no parecía reparar en ella. Tenía los ojos clavados en mí. Se quitó la escopeta del hombro con un balanceo y la apuntó hacia mi pecho.

—Libérate —dijo.

Lo hice de manera automática, utilizando los primeros rastros de poder para romper las cadenas que me rodeaban los brazos y el cuerpo. Cuando los eslabones cayeron con estrépito contra el suelo, el General cargó la escopeta.

—Levántate, niña —dijo—. Cumple con tu deber.

Me puse en pie como pude; por un instante, sin el contrapeso de las cadenas, perdí el equilibrio. A lo lejos sonaba un golpeteo: un ruido sordo y hueco, como el latido de un corazón monstruoso. Tardé un momento en darme cuenta de que eran los tambores del exterior. Los hombres de la plaza habían comenzado a tocar la marcha de la ejecución.

Subir los escalones hasta el estrado fue como avanzar por unas arenas movedizas. Los tambores palpitaban a mi alrededor, se elevaban y caían acompañando mi pulso. Ante mis ojos, el suelo de mármol giraba en círculos. Solo la llave parecía real, un parpadeo dorado que me hacía señas para que me acercara. Desde allí, colgada tranquila sobre el pecho de la estatua, parecía inofensiva, pero mis instintos me decían lo contrario. Todos los nervios de mi cuerpo deseaban tocar la llave, y todo el peso de mi razón me indicaba que retrocediera.

Al llegar al borde de la plataforma vacilé, recelosa del arma del General y de la semicurva que dibujaba su sonrisa: un elemento fantasma que siempre parecía estar burlándose de mí.

—El cuchillo —dijo.

Tomé la daga de la mano estirada de la estatua. El mango estaba frío pero mi piel ardía con el cosquilleo del poder bajo su superficie, que respondía a la atracción de la llave. «Te estaba esperando —pensé—. Todos estos años ha estado esperando que la encontraras».

Los tambores ganaron intensidad y eché un vistazo instintivo por encima del hombro, más allá de las vidrieras, hacia la plaza. La multitud era enorme, miles de personas se apelotonaban para ver la pira. Ya habían sacado a Christian, que estaba rodeado por un grupo de ejecutores.

Era una visión angélica a la luz de la luna, algo demasiado efímero como para provocar ningún dolor. Acto seguido, los ejecutores hicieron que se acercara, lo obligaron a subir los escalones de la pira, y pude ver los detalles truculentos: las sogas que arrastraba con las muñecas y el cuello, los jirones de su ropa. Tenía la piel enrojecida, los rizos pegados a la frente por el sudor y los moretones. No tenía la mirada centrada; los ojos le brillaban blancos y vidriosos a causa de las inyecciones.

«Te lo van a quitar —pensé, mientras observaba cómo los ejecutores lo ataban a la estaca—. Te lo van a quitar y ya no te quedará nada».

Levanté el cuchillo sobre la palma de mi mano y la corté. Primero llegó el dolor, luego la sangre, que se acumuló entre mis dedos, cálida y pegajosa. Di un paso hacia la sombra de la estatua y pegué la mano a la llave de su pecho.

La respuesta fue inmediata, un tirón devastador dentro de mi cuerpo, como si me estuvieran poniendo los órganos al revés. El poder se disparó con una intensidad que no había sen-

343

tido nunca, como si la llave hubiera encontrado el pozo más profundo de la fuerza que tenía y lo estuviera vaciando para sacarlo al exterior. El oro comenzó a quemar bajo la palma de mi mano; intenté retirarla, pero me di cuenta de que no podía moverme. La llave me había atrapado de manera total, era un candado invisible sobre mi poder que lo canalizaba entre mi cuerpo y la moneda.

Caí de rodillas sobre el estrado, jadeando, con la cabeza dándome vueltas, como si acabara de bajarme de un carrusel frenético. Me ardía la mano, la piel chisporroteaba en su unión con el oro. La iglesia se sacudía con violencia a mi alrededor, el revoque se descarapelaba en las paredes, los palcos se mecían, los crucifijos enjoyados giraban en el aire. De repente, un aluvión de imágenes, ajenas y familiares a la vez, atravesó fugaz mi mente.

Corro desesperada por un pasillo, estoy herida y soy consciente de que me persiguen. Un chico hermoso me sostiene entre sus brazos, sé que nunca quise abandonarlo. Veronica Marconi, cuando era una joven, me cruza la cara de una bofetada.

Y, mientras las imágenes pasaban ante mis ojos, el poder iba menguando. Igual que el de mi mamá cuando realizó el sacrificio.

«Mamá, ayúdame —pensé, intentando llegar hasta la chica de los recuerdos, suplicándole que me escuchara—. Mamá, por favor, no quiero hacer esto».

Porque la llave me lo estaba quitando todo. Notaba el portal, más allá, que despertaba al mundo tras una larga duermevela. Con el ojo de mi mente, la vi como esa puerta a punto de venirse abajo, con una capa de espinas, llena de sangre y oscuridad: el candado que mi mamá había tejido sobre el poder de la ciudad. Al otro lado de la puerta yacían las profundidades infinitas de la urbe. El corazón latiente de Castello, hinchado y retorcido, un abismo de poder que casi no me atrevía a mirar. Lo único que impedía que alguien lo usara era el candado, y este se estaba derritiendo con rapidez. Gracias a mi sangre. Gracias a mi sacrificio, pues la llave me estaba robando hasta el último gramo de poder que tenía.

«No —pensé, frenética, y jalé mi mano con toda la fuerza posible, y sentí que se me rasgaba la piel al separarla del oro—. No, es mío, forma parte de mí, no puedes quedártelo todo…».

Me alejé tambaleándome del estrado, consciente de que antes le había dicho una mentira a Liza. Quería el poder. Lo necesitaba. Me negaba a renunciar a él. Y me pregunté si aquello era lo que había destruido a mi mamá: la pérdida de algo tan grande. Que te arrancaran el alma de cuajo.

En algún lugar sobre mi cabeza, el General dijo:

—Vuelve a poner la mano sobre la llave, niña. O el muchacho morirá.

Pero no pude moverme. Estaba hecha un ovillo al pie del estrado, sosteniendo la palma destrozada contra el pecho, temblando de la cabeza a los pies.

—Más no —dije—. Por favor, más no, no puedo.

—Ahora —espetó el General, y acto seguido estaba ahí, de pie junto a mí y apuntando la escopeta hacia mi cabeza.

—Pero ya es suficiente —dije—. ¿Es que no lo nota? El sello se está desarmando. El portal está casi abierto por completo. Puede tomar la llave, puede usarla…

—No quiero casi todo el poder de esta ciudad —dijo el General, con malicia—. Lo quiero todo. Pon la mano sobre la llave ahora mismo o vamos a acabar esta noche de la peor manera. —Pegó el cañón del arma a mi frente—. Sin duda te das cuenta de que tu sangre se derramará con la misma facilidad cuando estés muerta…

—NO —espetó Liza, que se había puesto en pie allá, en la escalinata, y lo miraba con ojos llameantes—. Ha de vivir. Esa fue mi condición.

El General no dijo nada. Se limitó a levantar la escopeta y le disparó a ella en vez de a mí.

Fue como si sucediera a cámara lenta: su cuerpo salió disparado hacia atrás, se dobló por la mitad al golpear contra el pasamanos y rodó por los escalones dejando a su paso un rastro de color rojo. Su cabello rubio se abrió sobre el mármol como una corona. Sentí que algo en mi interior se quebraba, mi cabeza se llenó de interferencias, lancé el cuerpo hacia delante, desesperada por llegar junto a ella. La punta de la bota del General me aplastó un lado de la caja torácica y me clavó al suelo.

—Niña estúpida —dijo, y pegó la escopeta contra mi mejilla—. ¿Ahora ves lo que te estás jugando? ¿Entiendes lo que puedo llegar a hacer?

Negué con la cabeza, notando que el arma resbalaba sobre las lágrimas de mi piel, y ya no me importó dónde pudiera posarse.

—Devuélvamela —dije, deseando gritarle, pero reducida en su lugar a una súplica—. Devuélvamela…

—No —dijo el General—. Y el muchacho será el siguiente. Si hubieras hecho lo que te pedí, podrías haberlos salvado a los dos. Qué desperdicio.

Su voz sonaba tan relajada, tan petulante, que sentí una oleada de furia crecer en mi pecho y nublar mi visión. De repente dejó de importar lo agotada, lo enferma que pudiera estar por dentro, y supe lo que tenía que hacer. Supe que tenía que acabar con aquello. Solo necesitaba la fuerza para poder moverme.

—En realidad eres como ella, ¿sabes? —dijo el General—. Dejas que todo el mundo muera en tu lugar. Pero ya estoy cansado de eso. —Desplazó la escopeta hasta mi frente con la lentitud de una caricia, pero esa vez con carácter definitivo—. Cuando veas a tu madre, dile que gané.

—Dígaselo usted mismo —contesté, y levanté la mano buena, en la que aún sostenía la daga del sacrificio, para clavársela al General en la pierna.

Él se echó hacia atrás, sorprendido de manera momentánea. La sangre manaba por el sayo y eso me llevó a rogar por que le hubiera cortado una vena. La escopeta perdió el contacto con mi frente y yo me arrastré lejos de ella, usando hasta el último gramo de energía que tenía para subirme al estrado. Trastabillé a la desesperada, dejando la marca roja de mi mano en el suelo, en busca de la llave de la ciudad.

Un segundo después oí el disparo a mi espalda, sentí que el cartucho estallaba al lado de mi cabeza. La bala hizo pedazos uno de los pasamanos de mármol y me llevó a tropezar y a resbalar por el suelo. Los palcos se estremecieron por la fuerza de la detonación, comenzaron a balancearse como hamacas al viento.

—Idiota —dijo el General, que disparó de nuevo para destrozar otro trozo de pasamanos. Los fragmentos de piedra se clavaron en mi costado—. ¿De verdad piensas que puedes escapar de mí así?

Pero yo no quería escapar. Solo quería detener todo aquello.

«No voy a perder a nadie más en sus manos —pensé—. Me niego. No se quedará también a Christian».

Me lancé por la llave y cerré la mano en torno a la cadena en el mismo momento en que el General disparaba contra la estatua de la que colgaba. La cabeza estalló en una nube de mármol y durante unos instantes no pude ver nada, no pude respirar… tenía la garganta llena de polvo, los ojos cubiertos de blanco. Cuando recuperé el sentido estaba de pie sobre la plataforma, sujetando la cadena rota de la llave, y la moneda de oro se balanceaba ante mí. Bajo mis pies comenzó a agrietarse el suelo, los palcos temblaban. A pocos pasos de distancia, el General apuntó el arma contra mí.

No sé cuánto tiempo permanecimos de aquella manera, observándonos mutuamente, con la llave colgando entre ambos, vibrando de anticipación. Pidiéndome más, siempre más: más sangre, más alma. Más poder. Lo notaba con mayor claridad que nunca: el corazón húmedo de la ciudad, que acechaba al otro lado del portal. Reluciente y peligroso, pero hermoso también. Muy hermoso. Y muy letal.

347

Siglos de guerra y ruina y reinos devastados: todo por aquello. Una monedita de oro. Tenía en la mano el motivo por el que habían muerto todas las personas que en algún momento habían vivido sobre el suelo de Castello. Y me ofrecía multitudes a cambio de un sacrificio final.

«A través de mí, todo —pensé, de manera confusa—. Todo a través de mí».

«De acuerdo —decidí—. Quédate con mi poder. Quédate con mi sangre. Te daré todo lo que tengo. Pero dame tú algo a cambio. Ayúdame a acabar con esto».

—Ya veo —dijo el General con dulzura, leyendo mis ojos—. Crees que puedes utilizarla contra mí. Crees que, si te ofreces a ella por completo, te obedecerá. —Negó con la cabeza lentamente, casi compasivo. Cargó otro cartucho en el arma y la apuntó contra mi pecho—. Tesoro —dijo—, no seas ingenua. Mira lo bien que le funcionó a tu madre.

Pero yo no tenía otra elección. Nunca la había tenido.

348

—Deje de hacerles daño a mis amigos —dije, y llevé la mano ensangrentada hacia la llave.

Sonó un disparo. La llave explotó en un destello dorado.

Los palcos se desplomaron.

42

$\mathcal{A}$l abrir los ojos, todo era de color naranja. El mundo refulgía a mi alrededor, los bordes agudos se suavizaban bajo aquella luz parpadeante.

«Fuego —pensé—. Estás muerta, así que hay fuego». Entonces algo golpeó contra el suelo cerca de mí, me envolvió con una lluvia de polvo de revoque, y me puse a toser hasta que me dolieron los huesos. El dolor me devolvió el sentido. «Así que no estoy muerta. Aún no».

Estaba tirada sobre una montaña de escombros en el suelo del Icarium, mirando los restos dentados de los palcos, muy por encima de mi cabeza. Sentí que se me revolvía el estómago, en una especie de vértigo retroactivo, al comprender que acababa de estar ahí arriba y que había recorrido toda esa distancia en mi caída.

Cerré los ojos, no quería pensar en aquella altura abrumadora, e intenté encontrarle un sentido a lo que había pasado. Sentía el cerebro espeso, apagado, como si estuviera despertando de un trance o de un coma. Los recuerdos iban y venían, apenas duraban el tiempo suficiente como para que pudiera aprehenderlos. El cuerpo de Liza en el suelo, los ojos vidriosos de Christian. El tiro de la escopeta del General, que venía directo hacia mí.

Me incorporé rápidamente, manoteándome el pecho desesperada, a la espera de notar la sangre que brotaba de mí, pero no encontré nada. Solo estaban mis manos, quemadas y en carne viva por haber tocado la llave.

«La llave».

La llave había recibido el balazo.

A mi alrededor, por el suelo se extendían pedacitos de oro, como tras una explosión de polvo de hadas: eran los fragmentos retorcidos de la moneda. Pasé una mano temblorosa por aquellos trozos, en busca de algo familiar: el latido delirante del poder que había sentido cuando sostuve la llave. La consciencia de aquel corazón oscuro que se arremolinaba al otro lado del portal. Pero ya no estaba.

La llave se había roto. El General había intentado dispararme y le había dado a la gallina de los huevos de oro en su lugar. La había destruido. Y, por el camino, había estado a punto de tirar abajo la iglesia entera.

Examiné las ruinas, los pedazos de palco que seguían cayendo aquí y allá, como bolas gigantes de granizo. El estrado, que había caído directamente sobre el altar, parecía la proa de un barco que se estuviera hundiendo. Allí se encontraba el General cuando me disparó.

Un ramalazo de miedo me recorrió el cuerpo y me obligó a ponerme en pie, sin importar lo doloroso que resultara. Tenía que estar en guardia. «¿Y si sigue aquí? ¿Y si sobrevivió, igual que yo? ¿Y si tiene el arma?».

Al moverme, unos pliegues de seda negra se desenredaron de mi cintura. Bajé la mirada y vi que uno de los estandartes del símbolo de la trinidad del General me envolvía como un capullo. Debía de haberse desprendido de las paredes de la iglesia durante mi caída y, al enredarse en mi cuerpo, la había amortiguado. No había ningún otro estandarte a la vista. Solo escombros y más escombros.

«Entonces tiene que estar muerto —me dije—. No hay manera de sobrevivir a una caída así».

La constatación llegó con lentitud, como notas de sol que atravesaran la niebla de mi mente. «Eso significa que gané».

Esperaba la descarga de adrenalina por victoria, la llegada de la satisfacción. Pero allí no había nada, porque en realidad nada había cambiado. Liza seguía muerta. Y Christian en la pira.

Me di la vuelta y corrí desesperada hacia las puertas de la iglesia mientras recordaba lo que había visto antes a través de las vidrieras: el cuerpo de Christian amarrado a la estaca, rodeado por un círculo de ejecutores. «¿Cuánto tiempo ha pasado desde entonces? —pensé, mirando a mi alrededor, en busca de alguna indicación de la hora—. Si es medianoche, si son más de…».

Por un instante, el pánico fue tan intenso que tuve que cerrar los ojos para escapar a él. En la oscuridad, el mundo pareció encogerse, estrecharse hasta quedar compuesto tan solo por los sonidos que llegaban de la plaza. Al principio eran débiles, los amortiguaba el velo de aire brumoso que había en la iglesia. Pero, cuando me concentré con fuerza, pude oír los tambores. Que seguían tocando la misma marcha, solo que con mayor rapidez, avanzando hacia el clímax. No sabía mucho sobre ejecuciones, solo que los tambores se detendrían cuando Christian estuviera muerto. «Así que todavía hay tiempo».

351

Abrí los ojos de golpe. Las puertas del Icarium se alzaban frente a mí, como paneles monstruosos de madera por encima del naufragio. Intenté imaginar la escena del exterior: la terraza de mármol en la que encontré a Christian aquel día, después de la misa. Y, por debajo, la plaza, atestada de vecinos de Castello, todos esforzándose por ver al condenado. Todos escuchando la voz que se elevaba por encima de los tambores: Tiago estaba dirigiéndose a la multitud.

No pude entender lo que decía, pero entre sus frases sonaban aplausos atronadores. La gente respondía igual que en el estadio, ansiosa por tener a alguien a quien hacerle daño. Vi una imagen fugaz del General en mi cabeza, una sombra negra contra la vidriera: «Atarán a tu chico ahí arriba y lanzarán vítores cuando las llamas comiencen a prender».

Probé a flexionar los dedos, intentando invocar el poder. No pasó nada. En mi interior había un pozo que la llave había devorado, que había rascado hasta vaciarlo.

«Por favor —pensé, rezando a cualquier dios que quisiera escucharme—. Por favor, que no haya desaparecido por completo».

Era consciente de que al final había ofrecido la totalidad de mi poder, pero el disparo del General llegó antes de que pudiera completar el sacrificio. Así que tenía que quedar un poco de poder en mi ser. Tenía que ser así.

Algo atravesó mis pensamientos, un ruido fuera de lugar: un tamborileo regular junto a las puertas de la iglesia. Entorné los ojos, enfoqué la mirada sobre las fuentes de agua bendita de mármol. Al caer, los palcos las habían golpeado y roto, el agua se derramaba en pequeños chorros que caían hacia el suelo. Solo que aquello no olía a agua, sino a gasolina.

Me quedé contemplando las fuentes durante un instante, intentando interpretarlo con un cerebro que trabajaba a cámara lenta. Me acordé de Liza, en su baño gélido, cuando me contó que sabía cómo habían provocado el incendio los principitos. Su aliento sobre mis labios cuando dijo: «No seas estúpida…, me voy a quedar contigo». El hecho extraño de que observara sin inmutarse lo que hacía el General.

Todo ello porque tenía su propio plan. Porque le había hecho algo a la iglesia. Había organizado una ruta de escape para las dos, pero no había podido ponerla en práctica.

Poco a poco, como en una ensoñación, me dirigí hacia las fuentes. Había escombros por todas partes, en los bancos aplastados brillaban pequeños incendios. Agarré un trozo de madera en llamas, la esgrimí ante mis pasos como si fuera un arma. La gasolina se extendía por el suelo cada vez más rápido, empapaba los muebles rotos, formaba charcos relucientes sobre el mármol. Si prendía, no se apagaría igual que las llamas de los escombros. Se extendería. Y seguiría haciéndolo. Imparable. Tal y como Liza hubiera deseado.

Sin pensármelo más, tiré el madero ardiente sobre un charco de gasolina y corrí hacia las puertas de la iglesia.

Sentí el golpe gélido del aire nocturno, el suelo resbaladizo de la terraza bajo los pies. No pude ver nada en la oscuridad súbita, la plaza giraba como un agujero negro ante mis ojos. Pero percibí a la multitud por el silencio que había caído sobre ella, por los centenares de miradas que se arrastraron sobre mi cuerpo. Los tambores se habían detenido de golpe, Tiago había dejado de hablar. La conmoción por la manera en que se habían abierto las puertas de la iglesia había llamado la atención de todo el mundo. Me pregunté si la gente estaría esperando la aparición del General, para pronunciar un discurso cargado de emoción.

En su lugar, a través de la entrada abierta del Icarium, vieron un incendio.

Hubo un momento de incredulidad colectiva, como si la gente no pudiera entender lo que estaba viendo. Entonces, en algún lugar de la noche, una mujer gritó y su voz perforó el silencio como una aguja e hizo que se desatara el pánico de manera instantánea.

«Bien —pensé—. Que tengan miedo. Que se dejen llevar por el pánico». Mientras estuvieran distraídos, no podrían quemar a Christian.

Di dos pasos hacia la barandilla, necesitaba verlo, pero descubrí que los pies no aguantaban mi peso, toda la sangre que había perdido me estaba pasando factura. Caí al suelo, temerosa de desmayarme, pero alguien me sujetó en el último instante.

—Ey, mírame.

Era Nico, que, arrodillado ante mí, me mantenía erguida sujetándome con fuerza por los brazos. Ignoraba de dónde había salido, porque solo un segundo antes la terraza estaba vacía, y la última vez que lo vi se encontraba medio muerto en la arena del estadio, con un agujero de bala en el hombro. No era la primera vez que tenía que preguntarme si no sería una alucinación.

—No te muevas —me dijo cuando intenté alargar la mano y tocar su piel—. Solo dime dónde te duele.

—Da igual —contesté, incapaz de explicarle que las peores heridas estaban en mi interior, allí donde no había manera de curarlas.

353

Frente a nosotros, oía el clamor de la multitud aterrorizada; a nuestra espalda, las llamas se elevaban cada vez a mayor altura. Como si nada, un mundo entero se venía abajo.

—Lilly, ¿dónde está el General? —me preguntó Nico—. ¿Qué te hizo?

—El General murió —dije, y me alejé de él, me sostuve de la barandilla para obligarme a ponerme en pie. Dejé de lado el dolor y el agotamiento, consciente de que tenía que comunicar la noticia—: ¡El General murió!

Esas últimas palabras se las dije a la gente, levantando la voz para que sonara por encima del ruido de la plaza. Me sentía poseída, abrumada por la necesidad urgente de hacer que me escucharan. De repente, su pánico no me pareció suficiente. Necesitaba que sintieran lo mismo que yo: todo el dolor y todo el vacío. Necesitaba que supieran que se había acabado.

—Está ardiendo en ese incendio. Les dijo que era un profeta, pero les mintió. Les mintió acerca de todo. No era diferente a ninguno de ustedes. No se salvó, y tampoco puede salvarlos.

Hice una pausa para respirar y me di cuenta de que se había hecho el silencio. Mi voz resonaba por la plaza, diciendo cosas que ignoraba comprender hasta el momento en que salían de mi boca. Y la gente me observaba. Me escuchaba.

—Las leyes que el General les enseñó eran malignas. Y él lo sabía. Me lo dijo. El poder no es la maldición que les contó. Los Santos no son el enemigo. No somos demonios. Somos personas, igual que todos ustedes. Buenas y malas y estúpidas y asustadas.

Mi mirada se posó en la pira por primera vez: la estaca a la que estaba amarrado Christian, cuya piel relucía a la luz de las antorchas. Tenía la cabeza gacha, los músculos flojos bajo las vueltas de la soga, pero al oírme hablar pareció salir de su aturdimiento. Levantó la cabeza como si se tratara del movimiento más difícil de la historia y me miró.

—Sé que en esta ciudad pasó algo terrible —dije, notando el dolor de las lágrimas en la garganta—. Sé que aquello les hizo daño a todos. Fue culpa de mi mamá, y fue algo imperdonable. Y lo siento. Pero no pueden repararlo haciéndonos daño a cambio. Eso no es más que odio. Odio y miedo, y no solucionan nada. Tienen que dejarlo estar.

Cuando acabé de hablar, la gente se quedó paralizada; sus ojos resplandecientes seguían puestos en mí, eran como un paisaje helado. Examiné sus rostros en busca de simpatía o de rabia, de algo reconocible. Casi todos parecían conmocionados, desconcertados por no tener un líder que les dijera lo que debían pensar.

Entonces alguien gritó:

—¡Blasfemia!

Era Tiago, por supuesto, que se encontraba de pie sobre una plataforma de madera delante de la pira de Christian, con una antorcha en la mano.

—Esa chica es una bruja —gritó a la multitud—. Cuando habla, nos condena a todos. Deténganla.

Los ejecutores le obedecieron al instante, se dirigieron en formación hacia la escalera que conducía hacia la terraza de la iglesia por el lado de los Paradiso. Nico volvió a agarrarme del hombro y los dos nos alejamos de ellos trastabillando en dirección al lado Marconi de la escalera. A nuestra espalda, la fachada del Icarium mostraba un fulgor anaranjado, las llamas se elevaban y asomaban al exterior, y el techo comenzó a hundirse. Las columnas de humo ascendían hasta oscurecer la luna. El calor crepitaba en el aire.

Habíamos llegado a lo alto de la escalera cuando alguien me agarró por la cintura y detuvo mi huida, me hizo dar media vuelta sobre mis pies y dejé de ver a Nico. Era Veronica Marconi, que había subido las escaleras a mi encuentro, con el cabello recogido en un chongo en la parte posterior de la cabeza, como una guerrera. La tela de su abrigo de lana me rasguñó la mejilla.

—No podrás huir de ellos, *amore* —dijo Veronica—. Pero te tengo.

No deseaba estar cerca de ella; me retorcí para escapar de sus manos, solo para encontrarme cara a cara con una línea de ejecutores dirigida por Tiago. Confundida, dejé que Veronica volviera a jalarme. Tiago me apuntó a la cabeza con su pistola.

—Deluca —dijo, con una sonrisa torcida—. Ya sabía yo que me resultabas familiar. ¿Cómo olvidar a la primera chica que te rechazó? —Le dirigió una mirada fugaz a Veronica—. Dámela, Vee. Me lo debe por su madre.

—No te pongas en ridículo —dijo Veronica en voz baja—. Tus amenazas ¿han funcionado alguna vez conmigo?

—Es una Santa —dijo Tiago—. Si le pido a la gente que la queme, lo hará.

—La gente ya no te pertenece —dijo Veronica—. La mitad es mía. —Entonces levantó la voz, asegurándose de que llegara a toda la plaza—. Ya oyeron lo que dijo la chica: el General murió. Así que el armisticio se terminó. Y están en mi territorio.

Una ola recorrió la multitud, un latido de incertidumbre. Tiago torció los labios, frenético y furioso.

—Eso es traición —dijo entre dientes—. Prometiste ser leal. Prestaste juramento…

—Tú siempre has dicho que lo hice con los dedos cruzados —contestó Veronica—. Y creo que es lo único en lo que has acertado a lo largo de toda tu vida. —Dio un paso hacia él, alta e hipnótica bajo el fulgor del fuego—. ¿De verdad pensabas que permitiría que gente como tú me arrebatara mi ciudad? Los seres más bajos, más básicos entre nosotros… ¿Pensabas que les permitiría gobernar? —Sonrió con desdén—. Por favor. El General no fue más que una atracción secundaria. Un interludio breve entre sendos herederos legítimos. Ahora está acabado y pienso reclamar mi herencia.

—No —dijo Tiago. Había algo peligroso en su rostro, el inicio de una violencia real—. Quiero a la bruja. No vas a apartarme de otra chica Tale.

—Deja que te cuente una historia —dijo Veronica, levantando de nuevo la voz, dirigiéndose también a la multitud—. Érase una vez una familia que derramó su sangre por esta ciudad hasta que las calles quedaron pavimentadas en rojo. Era el clan Marconi. Por entonces teníamos principios. Protegíamos a los nuestros. No nos enfrentábamos entre nosotros. Como no nos enfrentaremos entre nosotros ahora.

A sus pies, la multitud pareció agitarse, como si Veronica los hubiera despertado de un sueño. Como si les hubiera recordado cosas que habían olvidado.

—La chica es inocente —le dijo a Tiago—. No te la puedes llevar. Y sigues estando en mi territorio.

Por la mirada de Tiago pasó una vida entera de furia, capa tras capa de traiciones y odios que yo no pude ni comenzar a comprender. Sacudió la cabeza con lentitud.

—Tú así lo quisiste —le dijo a Veronica—. No olvides que tú así lo quisiste.

Acto seguido se giró hacia el gentío.

—Ciudadanos de Castello —dijo—, el clan Marconi ha cometido un acto de traición contra nuestra ciudad.

Puso los brazos en alto, abarcando la plaza; una sombra perfecta del General.

—Mátenlos —ordenó entonces Tiago—. Mátenlos a todos.

357

43

*C*omenzó poco a poco.

Entre los Paradiso, alguien levantó un pedazo de madera de la base de la pira de Christian y lo lanzó contra el otro lado de la plaza. El leño dibujó un arco limpio y hermoso a través del aire, y cayó en medio de un grupo del clan Marconi. Un cuerpo se desplomó. Tiago rio. Veronica me empujó sin contemplaciones hacia las escaleras y me dijo:

—Vete.

Después: el caos puro.

La plaza estalló en un frenesí, una estampida de cuerpos que corrían para huir o para luchar. La mayor parte de la gente se dirigió hacia las calles que salían de la ciudad, padres que arrastraban a sus hijos de la mano. Pero, en cambio, otras personas comenzaron a empujar hacia la línea divisoria con los puños enhiestos, buscando pelea. Era como si hubieran prendido una mecha debajo de los clanes, y aquello se había vuelto irreversible: veinte años de rabia reprimida se estaban derramando como un reguero de pólvora y habían conducido a una mortífera batalla campal.

Bajé corriendo las escaleras y me zambullí en medio del alboroto, intentando no perder de vista la pira. Esta se veía igual que en mis sueños, cubierta por una capa de humo, solo que en esa ocasión quien iba a morir era el muchacho que debía salvarme. Me rodeaba una multitud enfurecida, dedos ensangrentados que me agarraban del suéter mientras me abría paso a empujones. Oí que alguien me llamaba, me pedía que esperara, pero no pude prestarle atención. Una mano salió disparada y me golpeó en el hombro; trastabillé, me caí y me esforcé por ponerme en pie de nuevo.

A la izquierda, el techo del Icarium seguía derrumbándose; la altísima cúpula de bronce caía en forma de feroz lluvia de escombros sobre la plaza. Había chispazos por todas partes, trozos de madera en llamas que golpeaban contra el suelo como estrellas fugaces. Un hombre se lanzó sobre mí desde un lateral, esgrimiendo el palo roto de una bandera a modo de lanza, y me aparté demasiado tarde. Un dolor intenso perforó mi costado e hizo que volviera a tambalearme.

En aquel momento, los cimientos de la iglesia se quebraron.

Fue como si una lámpara de cristal cayera al suelo: un estallido súbito de calor, llamas y mármol hecho añicos cubrió la plaza. El suelo se estremeció con fuerza, hizo que todo el mundo perdiera el equilibrio. Volví a caer, no podía ver la pira de Christian, y cuando me puse en pie de nuevo todo había cambiado. La pira estaba en llamas.

Por un instante no pude respirar, no pude pensar, no pude moverme en absoluto. Un pedazo del techo llameante de la iglesia había caído sobre la base de la pira, y el fuego serpenteaba por ella, subía poco a poco como unos dedos de intenso color naranja. Christian, que era una silueta negra ante la estaca, se removía de manera inútil para librarse de las cuerdas. Los ejecutores lo habían atado con tanta fuerza que para el caso podría haber estado encadenado.

Me abrí paso en una especie de delirio salvaje, agarrándome de los brazos de la gente que me rodeaba para mantenerme erguida. Me sentía demasiado mareada y Christian se encontraba demasiado lejos. Lo quería demasiado y estaba a punto de perderlo. El dolor en mi costado había empeorado, sentí que una descarga húmeda caía por mi suéter indicándome que volvía a perder sangre. Tras toda la que le había dado a la llave, no creía que pudiera permitírmelo. Me atena-

359

zó una oleada de náuseas y tuve que detenerme para recuperar el aliento. Me palpitaba la cabeza por la inutilidad de todo aquello. Tenía que avanzar, pero no podía, así que Christian iba a morir quemado vivo.

—Lilly —dijo alguien—, deja de correr. Estoy intentando ayudarte.

Era Nico de nuevo, que me agarró de la muñeca e hizo que me girara hacia él. Su piel brillaba a la luz del fuego y llevaba una navaja de bolsillo en la mano. Su hoja estaba empapada en sangre, como si hubiera tenido que abrirse paso repartiendo tajos entre la gente. Me dejé caer sobre él, agradecida por tener algo en lo que apoyarme, e intenté aclarar la mente.

—La pira —dije—. Tenemos que llegar hasta la pira.

Nico le echó un vistazo, con las llamas avanzando hacia el cuerpo de Christian, y se encogió por la impresión.

—¿No puedes detenerlo? Eres una Santa, ¿verdad? ¿No lo puedes apagar?

—Renuncié a mi poder —contesté, sintiendo un nuevo ataque de pánico ante aquella idea—. No sé si me queda algo.

A Nico se le congeló la expresión.

—Okey —dijo—. Entonces tendré que bajarlo de ahí. Lo único que tienes que hacer tú es contener las llamas.

Negué con la cabeza, quise decirle que era imposible, que en aquel momento no podía hacer nada útil, pero ya era demasiado tarde. Nico se estaba abriendo paso entre la multitud.

Sin su apoyo me tambaleé un poco, me mordí la lengua y usé la punzada de dolor para concentrarme. Los escalones que subían por la pira estaban en llamas, así que Nico se dirigió hacia un lateral, saltó por encima de un pequeño foco y comenzó a trepar por la pirámide de madera hasta llegar a la cima. Christian tardó unos instantes en darse cuenta de que había alguien con él, y eso que Nico ya había comenzado a cortar las cuerdas con la navaja. Tenía la cabeza caída, el cuerpo flojo, casi inconsciente, sin fuerzas, pero vi que sus labios se movían de todos modos, diciendo algo así como: «Vete de aquí, Carenza».

Nico siguió cortando.

Usé las uñas para apartar a la gente que tenía delante e intenté ignorar el dolor del costado, el hecho de que cada vez que tomaba aire pareciera ser la última. Cuando llegué junto a la pira, las llamas eran demasiado altas para saltar, y seguían creciendo sin pausa.

Cojeé algunos pasos en una dirección y en la otra, intentando dar con un lugar en el que el fuego pareciera más débil, lo bastante como para que pudiera contenerlo. Veía todos los detalles de la escena que tenía lugar por encima de mí, tan cercana pero a la vez completamente fuera de mi alcance. Empapado en sudor, con un brillo febril en los ojos azules, Christian intentaba alejar a Nico de allí antes de que fuera demasiado tarde.

—Baja, Carenza —le repetía—. Vete de aquí.

Las llamas lamían las perneras de sus jeans, los tacones de sus botas, como si el fuego se burlara de ellos, los degustara antes de hacer que ardieran de verdad.

—Cállate, Asaro —dijo Nico, que deslizó la navaja con fuerza para cortar la última de las ataduras que retenían el cuerpo de Christian.

Le fallaron las rodillas, y Nico lo agarró por los hombros y lo apartó de la estaca. El fuego estaba por todas partes, era una barrera infranqueable a su alrededor que les estaba chamuscando el pelo y la ropa. Nico dibujó un círculo irregular con Christian a su lado, a la espera de que yo hiciera algo: que las llamas se retiraran y dejaran un sendero que les permitiera salir.

«Pero es que no lo entiendes —pensé, furiosa—. Se acabó para mí. No me queda nada. No soy nada».

A través de las llamas, Nico me miró a los ojos. Allí, iluminado desde atrás por el fuego, con los ojos oscuros perforando mi mirada, tenía un aspecto como de otro mundo. No vi incertidumbre en su expresión, ni pánico. Era como si estuviera completamente convencido de que yo podría hacerlo. Al fin y al cabo, había apostado la vida en ello. Lo cual había sido una estupidez, decidí, porque fue él quien me acusó de ser débil.

Tomé aire poco a poco. Cerré los ojos. Me quedé muy quieta frente a la pira, con los brazos abiertos, e intenté invocar el poder. «Vamos —me dije—. Vamos, vamos…».

Pensé en mi sangre sobre la llave: esa puerta remolino de oscuridad que me había chupado todo el poder. Sentí que mis esperanzas se marchitaban y morían.

Pero entonces pensé en Nico, que mantenía a Christian en pie, confiando en mí. Pensé en el brillante aleteo del calor en mi sangre. En la posibilidad de volver a estar entera.

«El poder es lo que soy —pensé, y busqué en las profundidades de mi cuerpo, donde noté que el esqueleto de algo muy pequeño y frágil se agitaba en mi pecho—. Forma parte de mí. Nadie puede arrebatármelo, no del todo. Así que vamos. Vamos, escúchame».

Aquel elemento frágil comenzó a crecer con mucha lentitud. Tenía el aliento atorado en la garganta, me temblaban las manos. Nunca había necesitado nada con tanta intensidad, era un deseo tan fuerte que tuve la sensación de que podría abrir mundos enteros por la mitad, arrasar ciudades hasta los cimientos. Si me hubiera quedado algo de aire, lo habría usado para gritar.

«Lucha por mí. Nadie más puede. Solo yo».

«Solo yo».

«Así que, por favor».

«POR FAVOR».

Y entonces lo noté.

Era una chispa diminuta. Una pizca apenas, lo necesario para encender una vela, quizá para abrir una puerta. Pero el poder estaba allí. No me había abandonado. Era mío. Y podía usarlo.

Al abrir los ojos vi a Nico, que seguía observándome desde la pira, casi oscurecido por las llamas. Christian estaba inconsciente, se había derrumbado sobre él. Nos miramos a los ojos de nuevo y él asintió con la cabeza una vez. «Preparado».

Levanté las manos y disparé mi poder.

Fue una agonía diferente a la de cuando la llave intentó vaciarme, pero al menos en aquel momento era yo quien la había elegido. Aun así… el dolor.

Disparé aquella chispa diminuta de calor, amplificándola y distorsionándola, obligándola a salir a través de mis dedos. Apunté hacia la pira. Llevé mi cuerpo más allá de cualquier límite, rasqué en los rincones más perdidos y olvidados de mi interior, dejando un rastro de sangre a mi espalda. Lancé hasta el último gramo de mi fuerza vital contra las llamas.

Y valió la pena. Porque, durante un segundo apenas, estas flaquearon. Se retiraron hacia los lados y crearon un hueco en el fuego. Nico lo vio. Empujó a Christian hacia delante y saltó con él. Juntos pasaron por la brecha y cayeron en la plaza.

Desfallecí de inmediato, el mundo se tambaleó, las lágrimas rodaban por mis mejillas. Vomité sobre el suelo de la plaza, el corazón me latía enfermo y furioso, mi visión se fundía a negro, pero seguía viva. Y ellos también.

Christian estaba tirado a mi lado, junto a Nico, que fue el primero en incorporarse. Tenía las rodillas ensangrentadas por la caída, y los tacones de sus botas se habían quemado por completo. Se limpió la ceniza de la boca y le pasó un brazo a Christian por los hombros, para intentar levantarlo. Pero Christian era un peso muerto. Me acerqué a ellos gateando, sobre manos y rodillas temblorosas, y yo misma estiré un brazo hacia su cuerpo, sentí la calidez perfecta de su piel contra la mía. Parpadeó una vez, vi un destello de color azul turbio en sus ojos, antes de que los cerrara de nuevo. Tenía las pestañas cubiertas de polvo negro y rayas pintadas en las mejillas.

—No debiste hacerlo —me dijo a mí o a Nico, no lo supe con seguridad—. No debiste.

363

Entonces volvió a perder la consciencia. Nico me miró por encima del cuerpo de Christian, con expresión un tanto dolorida.

—Tenemos que sacarlo de aquí.

—¿Cómo? —le pregunté en un susurro.

A nuestro alrededor, la plaza mostraba un aspecto apocalíptico, estaba llena de llamas y de sombras. Habíamos acabado en el lado de los Paradiso, ligeramente al norte de la línea divisoria. Los clanes seguían combatiendo, los cuerpos se arremolinaban en el aire cargado de humo, pero se había producido un cambio en el curso de la batalla, un nuevo orden había comenzado a cobrar forma. Cuando los cimientos de la iglesia se quebraron, los ejecutores abandonaron la terraza para engrosar las filas de los Paradiso y apuntar sus armas contra los Marconi de la multitud. Estos se separaron bajo el ataque, comenzaron a retirarse. Y los Paradiso avanzaron. Formaron una unidad, un grupo de hombres con antorchas, de mujeres que hacían oscilar sus joyas como si fueran látigos, y desfilaron hacia la línea divisoria. Al frente, liderándolos, estaba Chrissy Paradiso, con un hermoso vestido de color rojo.

—¿Puedes ayudarme con el peso? —me preguntó Nico, que tenía la barbilla manchada de sangre y se aferraba al cuello de la camiseta destrozada de Christian con los dedos sucios de hollín—. No creo que pueda cargar con él yo solo.

Asentí con la cabeza sin saber si lo lograría; solo sabía que tenía que hacerlo. Rodeé la cintura de Christian con el brazo mientras Nico se lo pasaba por debajo de los hombros. Juntos lo levantamos del suelo, nos pusimos en pie tambaleándonos. Estábamos atrapados en la zona más expuesta de la plaza, con la marea de los Paradiso acercándose a nuestra espalda y la seguridad de las calles Marconi como un borrón a lo lejos. Parecía imposible que pudiéramos llegar hasta allí. Los ejecutores disparaban con desenfreno y la gente se desplomaba a nuestro alrededor; caían al suelo y no volvían a levantarse. Solo Veronica Marconi parecía no sentirse afectada por el peligro. La vi a través del humo, avanzando sin dudar, con la cabeza alta. No le importaban las balas, ni la masa de los Paradiso que se nos acercaba, porque tenía su propia arma. Estaba levantando la línea divisoria.

Lo noté antes de verlo, un ruido sordo procedente del suelo, como si algo se moviera bajo nuestros pies. Entonces, en el centro mismo de la plaza, comenzó a emerger un muro. Frente a nosotros, unas púas inmensas de hierro brotaron del suelo. En algunas zonas, el óxido las había teñido de rojo, pero en general estaban afiladas como las puntas de unas agujas infectadas. Veronica estaba plantada junto a las ruinas de la escalera que conducía a la iglesia en llamas, haciendo maniobrar un sistema de cadenas enroscadas que había permanecido escondido dentro de los cimientos del Icarium. Había hecho algo para poner el sistema en movimiento y las cadenas se estaban desenrollando, tiraban de la línea divisoria a su paso. Primero aparecieron las púas de hierro, que se elevaron uno, dos, tres centímetros con cada tirón, hasta que de repente alcanzaron la altura de las rodillas de una persona normal y yo le grité a Nico que corriera, «CORRE», porque por debajo de las púas había una pared, hecha de paneles retorcidos de metal con gruesas capas de malla de alambre, dispuesta a dividir la ciudad para siempre. Y nosotros seguíamos en el lado de los Paradiso.

El tiempo pareció deformarse mientras avanzábamos tambaleándonos hacia la línea divisoria. Era como si mi cerebro diera saltos, como si fuera demasiado rápido y demasiado lento, captando un centenar de cosas a la vez. El aire denso y quemado, el dolor en mi costado y en mi pecho. El cuerpo inconsciente de Christian, que golpeaba con fuerza contra el mío. Los últimos combatientes Marconi, que huían a nuestro alrededor y pasaban sobre el muro como una marea en retirada. Y, por encima de todo ello, oí un nuevo y extraño sonido de metal que golpeaba sobre metal: el repicar de las campanas de la iglesia.

365

Estas resonaban desde algún punto entre las ruinas llameantes del Icarium, zarandeadas por el fuego, y marcaban
un ritmo oscuro sobre la plaza. Era como un reloj gigante que
medía los segundos que nos quedaban de vida. Cuando al fin
llegamos al muro divisorio, este ya me llegaba por la cintura.
El alambre de espino de su parte superior estaba coronado
con trozos de cristal. Cada uno de sus filos parecía estar en-
venenado.

—Yo lo paso —dijo Nico, jalando a Christian para apartarlo
de mí antes de que pudiera protestar.

Se agarró de las púas del muro con una mano y se impulsó, arrastrando a Christian a su espalda. Sus jeans se hicieron
jirones en el hierro, los rizos cubiertos de hollín de Christian
se enredaron en el alambre de espino. Entonces cayeron al
suelo por el lado de los Marconi, fuera de mi vista. De repente
estaba sola.

Me giré para mirar la plaza, mi visión iba y venía con el
repicar de las campanas. Tenía la sensación de que mi cuerpo se
había vuelto líquido, debilitado como estaba por la pérdida de
sangre y por el daño que le había provocado yo misma al for-
zarlo con el poder. Los zarcillos de la oscuridad se enroscaban
sobre los bordes de mi mente.

—Lilly —dijo Nico, que se había puesto en pie al otro lado
de la línea divisoria e intentaba darme la mano a través de las
púas de hierro—. Vamos.

Parpadeé, sin moverme. De repente, la imagen del cuerpo
retorcido de Liza en el suelo inundó mi mente. Junto con la
manera en que me miró Christian aquella noche, al descubrir
quién era mi mamá. Junto con la comprensión de lo que me
quedaba y lo que ya no tenía.

—Lilly, vamos —repitió Nico.

Los Paradiso ya estaban muy cerca, corrían hacia el muro,
pero apenas me parecían peligrosos; a la luz del fuego, sus figuras presentaban unos rasgos suaves, resultaban hipnóticas.
Entonces Nico estiró el brazo y me agarró por el cuello del sué-

ter, me jaló hacia atrás con violencia. Me di la vuelta de golpe para mirarlo, furiosa, y constaté que el muro divisorio ya me llegaba por el pecho.

—¿Qué estás haciendo? —me preguntó, mirándome a través del alambre de espino—. ¿Por qué te detuviste?

Me encogí de hombros. De repente no le encontraba el sentido, ¿por qué debía seguir avanzando cuando ni siquiera sabía hacia dónde me dirigía?

A Nico le chispeaban los ojos.

—Dios, ustedes dos… —dijo—. ¿Por qué se castigan de esta manera?

Y entonces se inclinó hacia mí, me agarró con fuerza del cuello, sin importarle el alambre que le cortaba la cara.

—Cruza el muro, Lilly —dijo Nico Carenza—. Por favor. Estoy cansado de perder cosas.

En aquel momento hice lo que me pedía, porque nunca pensé que oiría a aquel chico suplicarme algo.

Me agarré del muro cuando pasaba por encima de mis hombros, me sujeté de las púas de hierro con ambas manos y dejé que me levantaran del suelo. Nico estiró los brazos y sostuvo los míos, me levantó y me hizo pasar al otro lado. Caí con fuerza, golpeé el suelo y bajé rodando hacia la parte de mármol. Christian estaba allí, acostado de lado, aún inconsciente. Enredé las manos en su camiseta y lo jalé para acercarlo a mí. No pensaba soltarlo, ni en aquel momento ni nunca más.

Un instante después, los Paradiso chocaron contra el muro. Abrieron agujeros a puñetazos en la malla metálica, intentaron agarrarnos por la ropa mientras se reían como hienas. Dispararon una lluvia de balas a través de los agujeros. Yo me quedé agachada en el suelo, con Christian entre los brazos, protegiéndolo con mi cuerpo.

Los Paradiso se agarraron a partes del muro e intentaron trepar por él, pero este no dejaba de crecer, el alambre de espino dio paso a unas sólidas planchas de metal que era imposible escalar. Lejanamente recordé lo que me había dicho Liza sobre

367

las campanas de Castello: que el General las había prohibido porque eran un símbolo de guerra: «Antes del armisticio, se pasaban todo el día sonando».

Por encima de nuestras cabezas, el muro divisorio quedó encajado en su sitio: siete metros de planchas de metal, grafitis y óxido que bloqueaban el lado Paradiso de la plaza y todo lo que había más allá.

Y las campanas no dejaban de repicar.

44

$\mathcal{H}$abía luz a mi alrededor. Una luz de verdad, no la neblina anaranjada y humeante del fuego. La luz del sol. Noté su calidez sobre mi rostro antes incluso de abrir los ojos. Me dio sensación de seguridad.

Me desperté poco a poco, parpadeando ante aquel fulgor. Estaba acostada en una cama que me resultaba familiar, rodeada por unas paredes que reconocí. Caballeros ensangrentados, de armadura desgastada: los amigos en los que más podía confiar. La luz de la mañana bañaba mi habitación, la conducía a un estado cercano a la belleza. Era la primera vez en siglos que me despertaba sin miedo. Entonces recordé lo sucedido.

Me incorporé de golpe en la cama, arañando las sábanas para bajarme de ella. Una mano me agarró del hombro y me empujó de nuevo contra la almohada.

—No —dijo Nico, que estaba sentado en un sillón polvoriento al lado de la cama, vestido con una camiseta blanca limpia y unos jeans manchados de hollín.

Tenía el cabello sucio, apelmazado, pero se había lavado la cara. Los aretes plateados de sus orejas relucían de manera hipnótica.

—¿Qué haces aquí? —le pregunté con un tartamudeo—. ¿Dónde está Christian?

—Está bien —contestó Nico—. Todo está bien ahora.

Me quedé mirando la luz que llegaba del exterior, comprendiendo por primera vez su significado verdadero. La mañana.

Un nuevo día. Ya no estábamos en la plaza. No habíamos ardido. Había un agujero negro en mi cabeza, allí donde deberían haber estado las últimas horas. Solo recordaba la caída contra el mármol, el cuerpo de Christian entre mis brazos. El tañido de las campanas.

—¿Qué nos pasó? —le pregunté en un susurro.

—Después de que subiera el muro evacuaron la plaza. La verdad es que no estabas consciente. Creo que yo tampoco. Había tanto humo...

—¿Y Christian?

—Está bien —repitió Nico—. Alex se lo llevó.

—Alex está encerrado.

Nico se encogió de hombros.

—Ya no.

Le eché un vistazo a la pared que tenía detrás de la cabeza, pensando en la habitación de Alex al otro lado..., y me di cuenta de que muy probablemente Christian estaría allí en aquel momento. La necesidad de verlo era tan fuerte que hizo que mi vista se cortocircuitara. Conté hasta cinco y esperé a que se me pasara.

—¿Cuánto tiempo estuve dormida? —le pregunté a Nico.

Él miró por la ventana, como midiendo la luz que entraba.

—Doce horas, más o menos.

—¿Mi papá me trajo a casa?

—No —contestó Nico—. De hecho, no lo he visto.

—Entonces, ¿cómo llegué hasta aquí?

—Te traje yo —dijo Nico, que se inclinó hacia delante en el sillón y apoyó los codos sobre las rodillas. Sus ojos se posaban en los míos y volvían a apartarse, como si no quisiera mirarme durante demasiado rato—. Alex me dijo dónde vivías. Solo pensé... que no deberías despertarte sola.

Algo cálido brotó en mi pecho.

—Gracias —le dije—. Por salvar a Christian. Yo sola no podría haberlo hecho.

—Él hizo lo mismo por mí —dijo Nico—. En el estadio, cuando detuvo a Chrissy... Supe que había sido cosa del poder, pero nunca esperé que lo tuviera él. No alguien de esa familia. —Levantó la mirada de golpe—. Y luego estás tú…

—¿Crees que es algo malo? —le pregunté—. ¿Que los Santos están malditos, como dijo el General…?

Una tormenta de emociones recorrió el rostro de Nico, como si estuviera reviviendo una tortura.

—Pues claro que no —contestó en un susurro—. ¿Tú lo mataste, Lilly?

Aquella pregunta debería haberme sorprendido, pero en realidad me pareció completamente natural.

—No —contesté—. Supongo que quise hacerlo, pero al final se lo hizo él mismo.

—¿Cómo?

—Por codicia —murmuré—. Yo le había dado la llave de la ciudad, que abría un portal hacia todo el poder de Castello. Pero no dejó que me reservara un poco siquiera para mí. Y entonces me quitó a Liza. Y quiso arrebatarme a Christian…

Se me cerró la garganta por el miedo que me provocaba aquella idea.

—¿Eso es lo que buscaba la profesora Marconi? —preguntó Nico con lentitud—. ¿La llave de la ciudad? Hizo que te registraran antes de dejar que saliéramos de la plaza. Dijo que quizá llevaras algo de oro.

Asentí con la cabeza mientras el dolor crecía en mi interior al pensar en todas las maneras en que Veronica había intentado arruinarme la vida.

—Buscarla fue idea suya desde el principio —le expliqué—. Al parecer, ha deseado esa llave desde que era niña. Ese es el motivo por el que me trajo a la ciudad, para que se la consiguiera. En ausencia del General, la hubiera vuelto invencible. La única gobernante verdadera de Castello. Y yo fui lo bastante idiota como para aceptarlo. —Se me endureció la voz—. Pero ahora nunca la tendrá. Quedó destrozada, yo lo vi. El General la hizo volar por los aires cuando intentaba pegarme un tiro.

Nico frunció el ceño.

371

—Me parece un gran error de su parte.

Me encogí de hombros, sin el menor deseo de cuestionarlo; estaba demasiado agotada como para dudar de nada. Me removí sobre los cojines y sentí de repente un dolor en el costado, el de la herida que me habían hecho en la plaza, que aunque estaba vendada seguía palpitando. Aquello me devolvió una oleada de recuerdos: el caos de la multitud, la sangre sobre las aceras. La gente que caía y no volvía a ponerse en pie. Se me cortó la respiración, busqué a Nico con la mirada de manera instintiva.

—Fue feo, ¿verdad? —le pregunté.

—No tanto como lo será de ahora en adelante.

—¿Crees que los Paradiso atacarán de nuevo?

—Seguro que sí —dijo Nico—. A menos que los ataquemos nosotros primero. La profesora Marconi ya está organizando patrullas fronterizas y entrenamientos con armas. Creo que será el comienzo de una nueva guerra.

—Pero el muro está en su lugar. Los Paradiso tienen su lado, nosotros tenemos el nuestro. No hay nada por lo que luchar.

Nico lanzó una carcajada carente de humor.

—Esto es Castello. Siempre hay algo por lo que luchar. Mi papá solía contarme historias sobre lo que hacía la gente antes de que apareciera el General. Las bombas y las masacres eran un estilo de vida. Esta ciudad es como una partida de ajedrez verdaderamente peligrosa. Los clanes llevan siglos jugándola. El General los distrajo durante un tiempo, pero eso no podía durar. En algún momento tenían que seguir con el juego, porque alguien tiene que ganar. Nadie se ha conformado nunca solo con media ciudad.

—Entonces, ¿qué hacemos?

—Lo mismo de siempre —dijo Nico—. Seguir vivos. Pero deberías atender a Christian. Creo que alguien le hizo daño de verdad. Y… tú también deberías cuidarte. Hay gente que te necesita.

Volvía a estar inclinado hacia mí, los ojos oscuros y prudentes puestos en mi rostro. Vi que no se había lavado la sangre del cabello, que la piel en el lateral del cuello se le estaba pelando por las quemaduras, y sentí la necesidad de tomarlo de la mano; deseé la cosa más simple, la presión firme de sus dedos sobre los míos. Pero, en ese preciso instante, Nico se apartó.

—Debería irme —dijo, poniéndose en pie de repente—. Todas las personas que puedan caminar deben ayudar a apagar los incendios de la plaza. La profesora Marconi no está perdiendo el tiempo a la hora de dirigir su lado de la ciudad.

Asentí con la cabeza y el movimiento hizo que me mareara, que quisiera hundirme otra vez en los cojines y dormirme de nuevo.

—Nico —le dije, cuando ya estaba en la puerta—, ¿ahora somos amigos o qué?

Él se detuvo de golpe y se giró para mirarme. Había algo en su rostro: algo dulce y dolido.

—Sí, Lilly —contestó—. Ahora somos amigos.

373

Cuando desperté de nuevo ya había oscurecido. Todos los rincones de mi habitación que los rayos del sol habían calentado antes estaban en sombras. Alguien me había cambiado de suéter al vendarme la herida, pero el resto de mi ropa seguía mugriento y olía a chamusquina. Me bajé de la cama y me dirigí hacia el armario con movimientos terriblemente lentos, apoyándome en los muebles para no perder el equilibrio. Por algún motivo, lo único que encontré para ponerme fue un viejo camisón blanco de mi mamá.

Me lo puse y eché un vistazo por la ventana, vi el nuevo perfil de Castello, que se elevaba ante el cielo nocturno. Dos torres de vigilancia con un agujero dentado entre ellas, allí donde estaba la cúpula del Icarium. El humo seguía hinchándose en el horizonte, lo que me indicó que el incendio no había acabado de arder.

La casa estaba en silencio, vacía, pero algo extraño parecía haberle sucedido. La puerta de entrada colgaba de sus bisagras y los muebles estaban volcados. Los cajones fuera de sitio, las sillas por el suelo, que además estaba cubierto de papeles. Era como si hubieran llevado a cabo un registro frenético.

—¿Papá? —pregunté, y oí el eco de mi voz procedente de las habitaciones vacías—. ¿Estás aquí?

Sin embargo, la casa permaneció en silencio. De repente, una intuición se disparó en mi pecho y me dirigí hacia la cocina con la idea de echarle un vistazo a la panera en la que había metido los documentos que Jack me pidió que escondiera. Allí también habían registrado los cajones, había cubiertos y platos rotos desperdigados por el suelo. Y la panera estaba vacía. Los documentos habían volado. Y, con ellos, el diario de mi mamá.

Me quedé un instante allí de pie, intentando imaginar dónde podía estar mi papá y qué podía haber ocurrido con los papeles que intentó enseñarme. En circunstancias normales, habría asumido que él estaría en su oficina y que se los habría llevado consigo. Pero, dado todo lo que había ocurrido la noche anterior, me pareció poco probable. Ni siquiera Jack podría haber estado trabajando mientras se quemaba la iglesia. Y eso no explicaba que la casa estuviera tan desordenada.

«Quizá se haya ido —dijo una vocecilla en mi cabeza—. Le dijo a Veronica que, después de todo, quería salir de aquí. Así que tomó lo que necesitaba y se fue corriendo. Y decidió que no te necesitaba».

—Cállate —dije en un susurro—. Eso no es cierto.

Tenía que haber otra razón. Algo que explicara por qué estaba la casa patas arriba y también la ausencia de mi papá. Supuse que aparecería en cualquier momento y me contaría lo que estaba pasando, pero, mientras tanto, tenía que estar en otra parte.

Bajé las escaleras y salí a las calles de Castello, una red de sombras que solo rompía el brillo inquietante de los incendios a lo lejos. Avancé descalza por los adoquines helados de Via Secondo hasta llegar a la puerta de seguridad de Alex.

El cerrojo estaba abierto, así que la hice retroceder con cautela y entré a la caja de la escalera, dejé que mi instinto me condujera hacia el sitio al que necesitaba llegar. En el descansillo del tercer piso, la puerta tenía una elegante placa con el apellido de la familia, y mientras llamaba se me ocurrió que no me había molestado en mirar la hora. Que yo supiera, podría haber sido la mitad de la noche y tenía la sensación de que a la mamá de Alex no le haría gracia esa intromisión.

«Deberías haber ido por el tejado», pensé en el momento exacto en que se abría la puerta.

Alex estaba de pie ante mí, desnudo de cintura para arriba, con unos pantalones de piyama de franela azul con logotipos desvaídos de superhéroes.

—Sabía que vendrías —dijo, adormilado—. Lo único que no sabía era por dónde.

Tenía mucho mejor aspecto que en la jaula de Veronica; había algo limpio e inocente en él, la falta de cuero y de cantos agudos. Tenía el pelo oscuro enmarañado, como recién salido de la cama. De repente, sentí una oleada de cariño, unas ganas enormes de estrecharlo entre mis brazos. Así que lo hice.

Alex se tambaleó un poco, con el cuerpo rígido y sorprendentemente cálido bajo mi abrazo.

—¿Qué narices, Deluca? —dijo.

—Abrázame tú también, anda —le pedí, y él obedeció con lentitud—. Lo siento —le dije en un susurro al sentir que sus brazos me envolvían, reticentes pero firmes—. No dejaré que vuelvan a hacerle daño. Por favor, perdóname.

—Okey —dijo Alex, que acabó apartándome de él con las mejillas sonrojadas por la vergüenza.

Le sonreí.

—Deja de fingir que te gusto —murmuró—. Sé que estás aquí por Christian.

Me hizo pasar a su departamento, que recordaba de la última vez como una extensión prístina de habitaciones con muebles modernos y obras metálicas de arte en las paredes. Golpeé una de ellas con el hombro y me disculpé en voz baja, temerosa de despertar al resto de la casa.

—No te preocupes —me dijo Alex por encima del hombro—. No hay nadie. Mi mamá fue a hacer una evaluación de los daños con la profesora Marconi. Y a mi papá no lo he visto desde lo de la plaza.

Había un ligero tono de intranquilidad en su voz y eso hizo que también me pusiera nerviosa.

—Yo tampoco he visto a mi papá.

Alex se giró sin decir una palabra y me ofreció su mano. La tomé al instante y recorrimos así el pasillo que llevaba a su habitación.

Una luminosidad tenue se derramaba por debajo de la puerta y proyectaba un brillo relajante sobre el suelo. Sabía que Christian estaba allí dentro, lo notaba gracias a la sensación ardiente de mi cuerpo, más profunda que el poder, más profunda que la sangre. Alex vaciló un instante con la mano en el pomo, me dirigió una mirada insegura.

—Sabes que está enfermo, ¿verdad? Los ejecutores lo drogaron hasta las patas. A ver, está vivo, así que no me quejo, pero... no esperes encontrarlo bien.

Asentí con la cabeza, preparándome para lo que iba a encontrar, y dejé que Alex abriera la puerta de un empujón. Por un instante, el pulso se me aceleró tanto que pensé que me iba a estallar el corazón. La habitación se desplazó ante mis ojos en una neblina caleidoscópica y, cuando parpadeé y conseguí que mi vista recuperara la normalidad, Alex había desaparecido y tenía a Christian ante mí.

Estaba sentado en una esquina de la cama, con las piernas cruzadas y la cabeza gacha, los rizos manchados aún de hollín. Verlo me dejó paralizada porque nunca había deseado algo tanto y nunca había temido con tanta intensidad mi deseo. Sentía el cosquilleo de la culpa sobre la piel, había mil razones para mantenerme alejada, pero por una vez las dejé de lado. Christian levantó la cabeza, parpadeó ante la luz de la lámpara y dijo mi nombre.

Crucé la habitación a toda prisa, me arrodillé delante de él, sobre la cama, y dejé que me tocara primero: había codicia y urgencia en sus manos, como si tuviera que convencerse a sí mismo de que yo estaba allí de verdad. Me agarró por la nuca y me atrajo hacia él hasta que chocaron nuestras frentes.

—Eres tú de verdad —dijo Christian—, ¿sí?

Asentí con la cabeza. De repente me daba miedo hablar, el alivio que experimentaba al sentir su cuerpo contra el mío era tan agudo que pensé que iba a echarme a llorar.

—Porque antes no sabía distinguirlo. Cuando me tuvieron encerrado no dejaba de verte, pero luego siempre te marchabas.

—Aquello era un sueño —le dije en un susurro—, pero ya se acabó.

—Pero te gusta marcharte —dijo él, parpadeando, con los ojos vidriosos—. ¿No es cierto? Incluso cuando prometes no hacerlo. Te gusta huir de las cosas antes de que las cosas huyan de ti.

—Pero no hui —le dije—. Intenté curarte. Intenté curar esta ciudad…

—No puedes, Lilly —dijo Christian con una expresión extraña, de burla, mientras sus labios en carne viva por el humo se curvaban para formar una sonrisa—. No hay nada que puedas hacer al respecto.

—Pero…

—No hay nada que puedas hacer si sales corriendo.

—Es solo que no quería hacerte daño —le dije—. Lo que mi mamá le hizo a tu papá…, no quería empeorarlo.

—Pero eso tengo que decidirlo yo —protestó Christian—. Yo decido lo que quiero, independientemente de lo que me haga sentir. Y te quiero a ti, ¿de acuerdo? Si me aceptas, yo te quiero a ti.

—¿Y qué hay de las inyecciones? —Miré las marcas que habían dejado las agujas de los ejecutores a lo largo de sus bra-

377

zos, rojas e inflamadas—. La última vez dijiste que solo me querrías si podías tener también las inyecciones.

—No lo dije en ese sentido —repuso Christian—. Es solo que hacen que todo sea tan sencillo… —Sacudió la cabeza, se le caían los párpados—. Pero te quiero a ti de todos modos. Con o sin las inyecciones. Cueste lo que cueste.

—Okey —susurré. Estaba desesperada por creerle, carecía de la fuerza de voluntad necesaria para dudar. Quería que me arrastrara con él hacia la cama, que se me entrecortara el aliento. Quería darle todo lo que tenía—. No creo que esto nuestro vaya a ser sencillo. No tan sencillo como las inyecciones, vaya, pero creo que valdrá la pena. Si lo intentamos, creo que estará muy bien.

—Entonces bésame —dijo Christian—, y averigüémoslo.

El sueño fue fugaz y oscuro.

Yacía entre los brazos de Christian, enredados los dos bajo las sábanas de Alex, y ella estaba en el umbral de la puerta, observándonos. Liza tenía el pecho abierto, desgarrado, impregnado de sangre por culpa de la escopeta del General; el cabello manchado de ceniza. Los zarcillos de la oscuridad parecían brotar palpitantes de su cuerpo; por debajo de ellos, su piel se había vuelto cerosa, sus venas eran negras como el carbón. En sus ojos de color verde brillaba algo mortal y eléctrico. Algo que se parecía al poder.

Esbozó una sonrisa de dientes afiladísimos.

—No lo olvides, Lilly —me dijo—. Me voy a quedar contigo.

Agradecimientos

*E*ste libro no existiría sin el apoyo de numerosas personas. Llevaba años viviendo conmigo y con las personas cercanas a mí, y está en deuda, igual que yo, con su cariño y su generosidad.

A mi agente, Stephanie Thwaites, gracias por defendernos con tanta ferocidad a mí y a mi texto. Has trabajado sin descanso para cuidar y defender este libro en cada momento, así que me siento muy agradecida por tenerte en mi rincón. A Isobel Gahan, gracias por guiarme durante el año de mi debut con mano diestra y paciencia infinita, y gracias a Jonny Geller por hacerlo posible.

A Jane Griffiths e India Chambers, mis editoras, gracias por haber tomado el relevo y abrir sus corazones al mundo de Castello. Ha sido un privilegio trabajar con ustedes; hicieron que esta historia esté a años luz, en cuanto a intensidad, de lo que yo jamás imaginé. A Shreeta Shah, gracias por tu atención a los detalles y por la gracia con la que afrontaste mis crisis de última hora, y a Charlotte Winstone, Jannine Saunders, Stevie Hopwood y a los departamentos enteros de Marketing y Relaciones Públicas de Penguin Random House, gracias por hacer que *Fuego en la sangre* se reúna con sus lectores. A Beth Fennell, Sabrina Chong y todo el mundo en derechos extranjeros de PRH, no podría haber soñado con un grupo de gente más brillante y dedicado a la hora de luchar por mi libro. Y a Millie Lean, la primera persona que se enamoró de esta historia, gracias por haber apostado por mí.

A mis padres, que han creído en mí durante cada segundo de cada día de mi vida: este libro debe su existencia a su amor y apoyo inquebrantables. Gracias por enseñarme que las palabras sirven para construir mundos y que todo es posible.

A mi abuela, por ser mi modelo y mi confidente, y a mi tío, por mantenerme con los pies en el suelo.

Un agradecimiento especial para los primeros seguidores de mis textos, que me han proporcionado un espacio para vivir y trabajar a lo largo de los años: Sue y Trey, Pat y Tom, Hannelore y Jochen, y sobre todo Jeanne y Gerry, que me ofrecieron un hogar cuando más lo necesitaba. A Emily R. por su asesoría, a Michael S. por prestar atención a mis divagaciones y a Gina P. por ayudar a que me enfrentara a los demonios. A Mario, Giuliana, Nico y Martina, por sus décadas de hospitalidad; y a Valeria, por haber creado algo mágico durante mi infancia y por haberlo preservado hasta la actualidad.

380

A Danielle, gracias por sacar este libro del cajón en el que lo había guardado bajo llave y por devolverle la vida con tu entusiasmo ilimitado. Y a Rowan, gracias por atenderme el teléfono a cuatro husos horarios y tres continentes de distancia, y hacer que me mantuviera fiel a mi visión, por editar como un profesional y por nunca darte por vencido conmigo. Me alegro mucho de haberte convencido para que compartiéramos aquel Uber para ver a BTS. Gracias.

A mis *Ocean's Eight* (más un perro): Anya, Claire, Eliza, Paloma, Sofia, Tara, Yen Ba, y Em y Gucci, que me han salvado la vida más veces de las que creen, gracias por haberse pasado los últimos diez años dispuestas a salir a enterrar cuerpos conmigo. Su amistad es mi principal motivo de orgullo.

A mi comunidad veneciana, no creo que hubiera podido acabar este libro sin ustedes. Me abrieron sus vidas y me aislaron de todos los altibajos con una red de bondad ilimitada. Marina, gracias por haberme resguardado de la lluvia, literalmente; por haberme invitado a formar parte de tu familia y por no dejar nunca que coma sola. A Isabella, Francesca F. y al equipo de M., gracias por ser mis animadoras literarias y mis compinches. Y a Amy, Cristina, Daniele, Elena, Elga, Francesca C., Gaia, Giuliana, Maria C., Melania, Monica, Piero, Sabrina, Toma y Vanessa, gracias por cubrirme las espaldas en cada centímetro cuadrado de esta ciudad. No veo el momento de compartir esta historia con todos ustedes.

Gracias a los colegas escritores que me han acompañado durante este viaje: a Megan, por tu optimismo y por tus valiosos consejos, y a Lyndall, ¿por dónde empiezo? Tu amistad y tu solidaridad han traído una gran alegría a mi vida. Gracias por haberme enseñado los juegos largos, por hacer realidad Castello con tus dibujos y por haberme guiado por numerosos campos de minas editoriales. Me siento muy afortunada por conocerte.

Por último, mi yo a los doce años no me perdonaría que deje de mencionar a Stephen King. Aprendí a escribir imitando *El cuerpo* y tengo una profunda deuda con los umbrales de posibilidad que su narrativa abrió en el interior de mi mente. A veces, los detalles más pequeños pueden cambiar el curso de tu vida. Gracias, colega.

ESTE LIBRO UTILIZA EL TIPO ALDUS, QUE TOMA SU NOMBRE
DEL VANGUARDISTA IMPRESOR DEL RENACIMIENTO
ITALIANO, ALDUS MANUTIUS. HERMANN ZAPF
DISEÑÓ EL TIPO ALDUS PARA LA IMPRENTA
STEMPEL EN 1954, COMO UNA RÉPLICA
MÁS LIGERA Y ELEGANTE DEL
POPULAR TIPO
PALATINO

Fuego en la sangre de Kat Delacorte
se terminó de imprimir en noviembre de 2023
en los talleres de
Impresora Tauro, S.A. de C.V.
Av. Año de Juárez 343, col. Granjas San Antonio,
Ciudad de México